Kerstin Klein

Lassen Sie mich durch, ich bin verliebt!

Buch

Neues Spiel, neues Glück! Die Restaurantfachfrau Jessie und ihre beste Freundin, die Köchin Charlie, wagen noch einmal etwas Neues und übernehmen die Pacht für eine Polizeikantine. Zwischen Rezepten, Businessplänen, anfänglichem Chaos und vielen, vielen Meetings trifft Jessie jedoch ausgerechnet auf ihre alte Jugendliebe Gabriel, der ihr vor vierzehn Jahren das Herz brach. Obwohl sie beide damals noch Teenager waren, konnte Jessie ihm die Abfuhr all die Jahre nicht verzeihen. Als sie Gabriel, der inzwischen Kommissar bei der Polizei ist (und damit regelmäßig in der Kantine isst), zum ersten Mal wieder begegnet, ist sie völlig von den Socken. Er ist immer noch genauso unwiderstehlich wie damals, hat sogar noch ein paar hübsche Muskeln zugelegt, und macht ihr eindeutige Avancen, die Jessie alles andere als kaltlassen. Aber da ist ja auch noch ihr Freund, der ältere, ziemlich langweilige, sehr nüchterne Steuerberater Robert, bei dem sie sich zwar sicher, aber nicht besonders begehrt fühlt. Und so dauert es nicht lange, und Jessies Gefühle fahren Achterbahn, und auch Gabriel will bald mehr als nur eine Affäre …

Autorin

Kerstin Klein machte zunächst eine Ausbildung zur Rechtsanwaltsgehilfin, bevor sie ein Jahr in Griechenland lebte. Danach kehrte sie nach Hamburg zurück und arbeitete bis zur Geburt ihres Sohnes in einem Fachverlag, dann als Journalistin für eine lokale Zeitungsgruppe in der Nordheide. Seit 2000 wohnt Kerstin Klein mit ihrem Mann in einem sehr kleinen Dorf zwischen Hamburg und Bremen, wo sie bis vor zwei Jahren Pferde und Hängebauchschweine gezüchtet hat – und jetzt ihrer großen Leidenschaft, dem Schreiben, nachgeht.

Bei Blanvalet von Kerstin Klein lieferbar:

Vollmeisen (37781) · Dumpfbacken (37926) ·
Knalltüten (38175) ·
Dieses Leben ist vom Umtausch ausgeschlossen! (0107)

KERSTIN KLEIN

Lassen Sie mich durch, ich bin verliebt!

Roman

blanvalet

MIX
Papier aus verantwortungsvollen Quellen
FSC® C014496

Verlagsgruppe Random House FSC® N001967
Das für dieses Buch verwendete FSC®-zertifizierte
Papier *Holmen Book Cream* liefert
Holmen Paper, Hallstavik, Schweden.

1. Auflage
Originalausgabe Februar 2016
bei Blanvalet Verlag, einem Unternehmen der
Verlagsgruppe Random House GmbH, München

Dieses Werk wurde vermittelt durch die
Literarische Agentur Thomas Schlück GmbH, 30827 Garbsen
Umschlaggestaltung und -motiv: www.buerosued.de
Redaktion: Eva C. Seifert
LH · Herstellung: sam
Satz: KompetenzCenter, Mönchengladbach
Druck und Bindung: GGP Media GmbH, Pößneck
Printed in Germany
ISBN: 978-3-7341-0108-3

www.blanvalet.de

1

Jessie kauerte in der hintersten Ecke der Küche, das Gesicht hinter einem Geschirrhandtuch verborgen. Dieser Schutz vor der Realität wurde leider von Charlie, ihrer besten Freundin seit der ersten Klasse, weggezogen.

»Schlechter Zeitpunkt, um jetzt die Nerven zu verlieren. Wir öffnen in zehn Minuten.«

»Das musst du mir nicht sagen«, jammerte Jessie. »Haben wir uns das wirklich gut überlegt? Ist das nicht alles eine Nummer zu groß für uns?«

»Falls ja, kommt diese Überlegung wohl etwas zu spät. Nun komm schon, natürlich wird alles gut gehen. Glaubst du im Ernst, die Bank hätte uns so viel Geld geliehen, wenn die nicht von uns überzeugt gewesen wären?«

Jessie atmete tief aus. Da war was dran. Seit einem halben Jahr bemühten sich die beiden, den Pachtvertrag für die Kantine im Polizeipräsidium zu bekommen. Unzählige Meetings, Businesspläne, aufgelöste Lebensversicherungen und schlaflose Nächte später hatten sie nicht nur den Zuschlag bekommen, sondern auch den Kredit von der Bank. Von einer gemeinsamen Selbstständigkeit träumten sie, seit die Tinte unter ihren Ausbildungsverträgen trocken war. Jessie hatte Restaurantfachfrau gelernt und Charlie Köchin. Und nun, elf Jahre später, war die Zeit reif für diesen Sprung.

»Mach dir lieber Sorgen um deine Haare als um die Kantine. Deine Frisur hat sich nämlich verabschiedet«, grinste Charlie.

Im Waschraum angekommen, musste Jessie ihrer Freundin recht geben. Mit dem üblichen Seufzer betrachtete sie sich im Spiegel. Sie war nicht nur mit wilden Locken gestraft, die sich jedem Versuch, sie in Form zu bringen, deutlich widersetzten. Die Farbe war ja in Ordnung, ein dunkler Kastanienton, der je nach Lichteinfall braun oder rötlich schimmerte. Aber wenn sie nervös war und sich durch die Haare fuhr, hatten die die unpassende Angewohnheit, in alle Richtungen abzustehen. So wie jetzt. Notdürftig band Jessie sie wieder zu einem Knoten zusammen und betrachtete den Rest von sich. Auch nicht viel besser. Zu ihrem Leidwesen war sie gerade mal einen Meter zweiundsechzig groß. Und ihre Figur war ein einziger Albtraum. Hätte sie in den Fünfzigerjahren gelebt, dann wäre diese Sanduhrfigur ja vielleicht mal angesagt gewesen. Aber heute sollten alle Frauen groß und dünn sein. Und sich nicht, wie Jessie, in Größe vierzig zwängen. An guten Tagen. Wer nimmt schon eine kleine Frau mit Locken und großen, blauen Kulleraugen ernst? Sie hasste es, als niedlich bezeichnet zu werden.

Es wurde halb drei, bis die beiden zum ersten Mal seit vier Stunden dazu kamen, sich hinzusetzen.

»Was meinst du?«, fragte Jessie ängstlich. »Das ist doch gut gelaufen, oder?«

»Auf alle Fälle«, freute sich Charlie. »Die Leute sahen echt zufrieden aus. Wir haben zwar ungefähr hundert Essen über, aber die Salatbar ist fast leer, und wenn es sich erst rumspricht, dass es bei uns schmeckt, wird es noch viel voller. Das läuft.«

Zwei Tage später füllte Jessie gerade Tomaten nach, als ein großer Mann mit selbstbewusstem Gang hereinkam und sich neugierig umschaute. Sie sah zu, dass sie in die Küche kam.

»Charlie«, wisperte sie. »Lass uns tauschen. Ich koche, und du gehst raus.«

Charlie lachte. »Du willst kochen? Sorry, aber bei dir brennt selbst das Wasser an. Tun dir schon die Füße weh?«

»Nein. Gabriel ist da draußen.«

»Nicht dein Ernst«, staunte Charlie. »Der Gabriel? Was macht der denn hier?«

»Weiß ich doch auch nicht. Geh mal raus und sag ihm, er soll weggehen.«

»Geht nicht, dann brennen mir die Frikadellen an. Vielleicht ist er ja schon wieder weg oder sieht dich gar nicht.«

Da Charlie lieber ihre Freundin als ihre Töpfe im Stich ließ, straffte Jessie die Schultern und ging mit den Tomaten wieder in die Kantine. Bestimmt war er schon weg, redete sie sich Mut zu.

Das allerdings war ein Trugschluss.

»Jessie? Ich glaube es nicht, was machst du denn hier? Das ist ja ewig her.«

»Leider nicht lange genug«, antwortete sie missmutig. »Ich glaube, du gehst jetzt wieder. Dies ist die Polizeikantine, und nur Polizisten und Verwaltungsangestellte dürfen hier essen.«

»Ach was. Und du bringst es übers Herz, einen armen, hungrigen Mann wieder wegzuschicken? Einfach so?«

»Einfach so«, bestätigte Jessie und versuchte, nicht nur Gabriel, sondern auch dessen Begleitung, einen Mann Mitte dreißig, der ihr Gespräch gespannt verfolgte, zu ignorieren.

»Tja, Herzchen, dann muss ich dich wohl ins Vertrauen ziehen. Ich bin Polizist.«

»Nee, ist klar«, schnaubte Jessie. »Wenn du Polizist geworden bist, dann bin ich Sissy, die Kaiserin von Österreich.«

Gabriel grinste. »Ihre Majestät, erfreut, Ihre Bekanntschaft zu machen.« Anschließend zog er eine Polizeimarke aus seiner Jeanstasche und zeigte sie ihr lächelnd.

»Ich wusste ja schon immer, dass in diesem Land eine Menge faul ist. Aber wenn jemand wie du Polizist werden kann, dann stinkt es hier verdammt nach faulen Eiern. Gut, dann hast du eben Hausverbot.«

»Schnuffelchen, du kannst mir kein Hausverbot erteilen. Dazu hast du leider keinen Grund. Also, was möchtest du mir denn empfehlen? Was ist das Menü des Tages?«

»Eier vom Mistkerl, gesotten und gebraten«, zischte Jessie und flüchtete zurück in die Küche.

Charlie sah von ihren Frikadellen hoch. »Oh, oh. Er hat dich gesehen. Und, was macht er hier?«

»Du glaubst es nicht. Er ist anscheinend Polizist geworden. Sogar Kommissar, das gibt es doch gar nicht.«

»Gabriel? Kommissar?« Charlie lachte laut. »Gut, wir haben ihn zuletzt gesehen, als er siebzehn war, aber das ist ja mal eine Veränderung.«

»Ich finde das überhaupt nicht witzig«, fauchte Jessie. »Ich wollte diese Schweinebacke nie wieder in meinem Leben sehen und jetzt stolziert er hier rein, als würde das alles ihm gehören.«

»Wie sieht er denn aus?«, fragte Charlie neugierig.

»Habe ich nicht drauf geachtet«, behauptete Jessie. »Ist mir auch egal.«

»Mir nicht. Meine Frikadellen sind fertig, und ich werde ihm jetzt mal guten Tag sagen«, beschloss Charlie.

Jessie sackte auf einen Stuhl. Ausgerechnet Gabriel. Der Mann, von dem sie sich unvernünftigerweise nicht nur einmal, sondern gleich zweimal das Herz hatte brechen lassen. Gut, das erste Mal zählte nicht zu hundert Prozent, damals war er sieben und sie sechs gewesen. Trotzdem konnte sie den Schmerz noch heute fühlen. An einem Tag gingen sie noch Hand in Hand zusammen zur Schule und am nächsten beschloss er, dass Mädchen unter seiner Würde seien. Und sie ein Jahr lang, bis er umzog, komplett ignorierte.

Daraus hätte sie unbedingt lernen müssen. Aber nein, als sie ihn mit sechzehn wiedertraf, verliebte sie sich das zweite Mal in ihn. Diesmal unsterblich. Es war nicht nur sein Äußeres gewesen, diese hellblauen Augen zu den fast schwarzen Haaren, die ihm bis auf die Schulter fielen. Er hatte ihr auch das Gefühl gegeben, das schönste Mädchen auf der ganzen Welt zu sein. An seiner Seite wurde sie selbstbewusst, legte ihre Schüchternheit ab und begann zu strahlen. Nach nur zwei Wochen mit ihm verlor sie erst ihre Jungfräulichkeit und dann ihren Verstand. Jedes Wort, das aus seinem schönen Mund kam, hielt sie für das Evangelium. Und er kannte eine Menge schöner Worte. Darin schwelgte sie fünf Monate. Bis sie ihn an seiner Schule abholen wollte und er knutschend mit einer blonden Sirene auf dem Schulhof stand.

Ihre Welt stürzte nicht nur ein, sie hörte jeden verdammten Stein aufschlagen. Mit zitternder Stimmte stellte sie ihn zur Rede, wobei sie immer noch hoffte, dass er nur für eine Schultheaterprobe geübt hätte. Dafür wirkte er allerdings zu schuldbewusst und murmelte etwas von Gefühlen, denen man nie trauen könnte, weil sie sich so schnell wandelten. Am Ende seiner Tirade war er ein hilfloses Opfer. Jessie war tränenüberströmt weggelaufen. Seitdem waren vierzehn Jahre vergangen, aber verzeihen würde sie ihm trotzdem nie.

Gabriel und Lennart saßen an einem Tisch und schaufelten die Tortellini mit Käsesoße in sich rein.

»Das ist wirklich eine Steigerung. Schmeckt wesentlich besser als früher«, befand Gabriel.

»Wer war die Kleine?«, wollte Lennart wissen. »Die ist niedlich.«

»Och, nur eine Freundin von früher. Also, diese Käsesoße ist wirklich genial.«

»Wirkte auf mich nicht so richtig freundschaftlich. Lass mich raten. Noch eine deiner ständigen Frauengeschichten. Schaffst du es auch irgendwann mal, keine verbrannte Erde zu hinterlassen?«

»Was soll das denn? Ich verhalte mich immer korrekt. Das war so eine Teenie-Geschichte, kennst du doch. Man verbringt ein bisschen Zeit miteinander und dann eben nicht mehr.«

»Also, ich glaube, sie hat eine andere Erinnerung daran«, grinste Lennart. »Und wenn das eine Teenie-Geschichte war, musst du dich ganz schön mies benommen haben. Wenn sie heute noch sauer auf dich ist.«

»Ja, kann sein. Mein Gott, damals war ich siebzehn. Du weißt doch, wie Jungs in dem Alter sind.«

»Und heute bist du einunddreißig. Und hast immer noch jede Woche eine Neue.«

»Du redest vielleicht einen Scheiß. Ich bin durchaus in der Lage, ernsthafte Beziehungen zu führen. Denkst du vielleicht mal an Lara?«

»Lara? Mit der du ganze sechs Wochen zusammen warst?«

»Schwachsinn. Wir waren ein Jahr zusammen, das weißt du ganz genau.«

»Nein, weiß ich nicht. Ihr wart sechs Wochen zusammen, und dann ist sie für ein Jahr nach Australien gegangen.«

»Aber wir haben vorher nicht Schluss gemacht, also

zählt das. Und nun nerv nicht, sondern lass uns lieber überlegen, wie wir an Kramer rankommen. Der wird langsam ein bisschen zu gierig. Angeblich hat er Stefan Frigge aus dem Geschäft gedrängt.«

»Kümmern wir uns gleich drum. Nur eins noch«, grinste Lennart. »Stefanie hat vorhin angerufen. Ich soll dich daran erinnern, dass morgen früh um zehn die Kostümprobe ist.«

Gabriel wurde blass. »Verdammt. Okay, pass auf. Du bist nicht nur mein Partner, sondern, warum auch immer, mein bester Freund. Also tu mir einen Gefallen und schieß mir in den Fuß. Wir sagen einfach beide, dass sich beim Reinigen deiner Waffe ein Schuss gelöst hat. Kann ja jedem mal passieren.«

»Keine Chance. Ich habe bereits Wetten angenommen, wie lange es dauert, bis dein Auftritt bei YouTube läuft. Ich brauch das Geld, damit bezahle ich Maggies und meinen Urlaub.«

»Da spricht ein wahrer Freund«, grollte Gabriel. »Ich weiß nicht, wie ich sonst aus dieser Nummer wieder rauskommen soll.«

»Gar nicht«, lachte Lennart. »Aber vielleicht lernst du mal was draus? Dass man nicht da vögelt, wo man arbeitet?«

»Tolle Erkenntnis. Es war die Weihnachtsfeier, wie du weißt. Da werden solche Dinge einfach erwartet.«

Und Gabriel hatte die Erwartungen erfüllt, indem er mit Stefanie, einer Angestellten aus der Personalabteilung, eine dummerweise nicht mal besonders vergnügliche Nacht verbracht hatte. Es konnte doch nun nicht seine Schuld sein, dass sie die Signale nicht verstanden hatte und der Meinung war, dies wäre der Beginn einer wunderbaren Lovestory. Wusste doch jeder, dass eine gemeinsame Nacht nach der Weihnachtsfeier nicht zählt. Na ja, jeder außer Stefanie. Trotzdem hatte Gabriel ein schlechtes Gewissen.

Und Stefanie war leider die Vorsitzende des Festkomitees zur Verabschiedung verdienter Beamter. Nur so war es zu erklären, dass er sofort zustimmte, als sie ihn gebeten hatte, eine Rolle in der Aufführung zur Verabschiedung von Hans Schlüter, dem Chef der Abteilung Organisierte Kriminalität, zu übernehmen. Und nicht weiter zugehört, sondern sich nur gewünscht hatte, sie würde einfach, wie weggezaubert, aus seinem Büro verschwinden.

Lennart amüsierte sich königlich. »Ich wette, dieses Indianerkostüm steht dir außerordentlich gut. *YMCA*«, stimmte er vergnügt an, »it's fun to stay at the YMCA.«

»Ja, ist gut jetzt«, brummte Gabriel. »Geh ich eben zu dieser Probe. Werde ich auch überleben.«

»Kennst du das Video eigentlich?«, fragte Lennart scheinheilig.

»Nein, kenn ich nicht. Aber den Song. Was auch immer der bei einer Verabschiedung zu suchen hat.«

»Ach so, dann weißt du ja gar nicht, dass es keinen Grund zur Aufregung gibt. Denn deine Kostümprobe dauert bestimmt nicht lange.«

»Wie meinst du das denn jetzt?«, fragte Gabriel misstrauisch.

»Och, nur so. Weil der Indianer doch außer einem Federschmuck auf dem Kopf und einer Jeans mit einem knappen Lendenschurz drüber nichts anhat. Da kannst du mal deinen heißen Oberkörper präsentieren.«

Gabriel fiel fast vom Stuhl. »Du verarschst mich doch! Das ist jetzt nicht dein Ernst.«

Lennart lachte nur. »Guck dir einfach mal das Video an. Und übrigens, das nächste Mitglied deines Fanclubs will dir seine Aufwartung machen.«

Vorsichtig drehte Gabriel sich um. Eine große schlanke Frau mit kurzen blonden Haaren näherte sich.

»Gabriel, hey, kennst du mich nicht mehr?«, strahlte sie ihn an.

Lennart hatte recht. Er schlief mit zu vielen Frauen. Denn an diese konnte er sich überhaupt nicht erinnern.

»Klar«, strahlte er vorsichtig zurück. »Wie geht's denn so?«

»Na ja, du weißt schon. Nach dem Unfall ist eben nichts mehr so, wie es mal war.«

»Das, äh, das tut mir leid«, stotterte Gabriel. Hatte er die Frau erst angefahren und dann Sex mit ihr gehabt?

Die Frau lachte. »Mensch, Gabriel, ich bin's, Charlie. Die Freundin von Jessie.«

»Natürlich, Charlie.« Gabriel atmete erleichtert aus. »Tut mir leid, ich habe euch beide eine Ewigkeit nicht gesehen. Arbeitet ihr hier?«

»Ja, wir sind die neuen Pächter der Kantine«, beantwortete sie stolz seine Frage. »Ich hoffe, es schmeckt euch bei uns?«

»Ich bin Lennart, und ja, das tut es«, schaltete sich Gabriels Kollege ein.

»Gut zu wissen. Ich muss jetzt wieder in die Küche, ich wollte nur schnell Hallo sagen. Wir sehen uns jetzt ja sicher öfter mal, also, schönen Tag noch.«

Aufgeregt steuerte sie die Küche an.

»Wow, Jessie, er war ja schon mit siebzehn ein Knaller, aber jetzt … Hast du gesehen, wie breit seine Schultern geworden sind?«

»Interessiert mich nicht. Aber wenn du so begeistert von ihm bist, benenn doch das Gericht des Tages nach ihm.«

»Du bist immer noch sauer auf ihn«, stellte Charlie fest. »Das ist eine Leistung, nach vierzehn Jahren.«

»Blödsinn. Er ist mir total egal«, behauptete Jessie. »Und können wir uns jetzt vielleicht mal wieder um unsere Arbeit kümmern? Die ist mir nämlich, im Gegensatz zu diesem Mistkerl, wichtig.«

»Na klar. Aber er sieht trotzdem verdammt scharf aus. Bei dem kann eine Frau schon in Versuchung kommen.«

»Da wird sich dein Matthis aber freuen«, gab Jessie trocken zurück.

»Klar würde er das. Es würde ihm nur bestätigen, dass seine Frau mit offenen Augen durch die Welt geht«, grinste Charlie. »Aber der Mann, mit dem ich ihn betrügen würde, muss erst noch geboren werden. Trotzdem musst du zugeben, dass Gabriel sich nicht gerade zum Schlechteren gewandelt hat.«

»Ich gebe gar nichts zu«, stellte Jessie fest. »Von mir aus sieht er eben gut aus, aber nur von außen. Seine Seele ist schwarz wie die Nacht. Und jetzt gehe ich an die Abrechnungen.«

So ganz konnte sie sich darauf aber nicht konzentrieren. Gut, natürlich war es gelogen, dass sie nicht registriert hatte, wie Gabriel heute aussah. Die langen Haare waren einem Kurzhaarschnitt gewichen, was ihm natürlich auch noch besonders gut stand. Die Gesichtszüge waren markanter geworden, nur die Augen strahlten immer noch in diesem Eisblau. Verboten werden müssten solche Augen, dachte Jessie verbittert. Und mit Sicherheit war er auch noch unerträglich eitel. Der neue Gabriel sah sehr muskulös aus, und das stammte bestimmt nicht vom Aktentragen. Der rannte mindestens fünf Tage die Woche ins Fitnessstudio. Jessie konnte ihn direkt vor sich sehen, wie er sich mit debilem Grinsen im Spiegel beobachtete, wenn er die Hanteln hob. Energisch verbot sie sich jeden Gedanken an ihn und erledigte endlich die Abrechnungen.

Der Tag endete auch heute wieder erst um achtzehn Uhr.

Da sie jeden Morgen bereits um sechs aufstand, wollte sie nur noch nach Hause in die Badewanne. Diesen Plan machte ein Anruf von Robert zunichte.

»Hallo, Jessica. Ich weiß, es ist sehr kurzfristig, aber würdest du dich heute Abend mit mir beim Italiener treffen? Es gibt einen Grund zu feiern.«

»Welchen denn?«, fragte sie müde und bemühte sich gleichzeitig, aufrichtig interessiert zu klingen.

»Das möchte ich dir lieber persönlich sagen. Soll ich einen Tisch für zwanzig Uhr reservieren?«

»Ja, gerne«, log Jessie. »Dann bis später.«

In dem Moment kam Charlie in das kleine Büro. »Ich bin total erledigt. Trotzdem sollten wir noch den Menüplan für nächste Woche erstellen. Was hältst du von regelmäßigen Schnitzeltagen?«

»Klingt gut, aber können wir das morgen Vormittag machen? Ich bin heute Abend noch mit Robert zum Essen verabredet.«

Charlie rollte mit den Augen. »Nein, und was wird das aufregend. Jede Kartoffel hat mehr Charisma als dieser Mann.«

»Du bist unfair. Gut, er ist vielleicht ein bisschen akademisch, aber dafür sehr zuverlässig.«

»Na, das ist doch das, was sich Frauen wünschen. Wie auch immer, das musst du selbst wissen. Wir sollten uns gleich morgen früh wegen der Menüpläne zusammensetzen.«

Jessie stimmte zu und machte sich auf den Heimweg. Mit Robert war sie seit acht Monaten zusammen, und er war, nach unzähligen Enttäuschungen, endlich ein Mann, der treu, aufrichtig und eben zuverlässig war. Eigenschaften, die er als Steuerberater auch gut brauchen konnte. In der Funktion hatte Jessie ihn kennengelernt, und er hatte auf sie so einen guten Eindruck gemacht, dass sie ihn sofort engagiert hatte. Zwei Monate später waren sie sich auch privat nähergekommen. Sofort nach dem ersten Kuss hatte er ihr einen anderen Steuerberater empfohlen, weil er Berufliches nicht mit Privatem verbinden wollte. Ein anständiger Mensch eben. Vielleicht tanzten ihre Endorphine nicht gerade Sirtaki, aber was hatte ihr all die Leidenschaft in früheren Beziehungen schon gebracht? Nichts als Tränen und immer ein bitteres Ende. Also war sie mit Robert endlich auf der sicheren Seite, egal, wie viel Charlie auch darüber lästern mochte. Vor allem war er mit seinen achtundvierzig Jahren reif genug für eine erwachsene Partnerschaft.

Um kurz nach acht betrat Jessie das Restaurant. Robert saß bereits an einem Tisch und winkte ihr verhalten zu. Nach einem kurzen Kuss auf seine Wange nahm sie ihm gegenüber Platz.

»Erzähl mal, welchen Grund gibt es zu feiern?«

Bevor er ihr antworten konnte, kam der Kellner an den Tisch.

»Ich glaube, heute können wir uns wohl mal ein Gläschen Wein gönnen, was meinst du, Liebes?«, fragte er.

»Ja, gern«, stimmte sie zu. Nach dem heutigen Tag hätte sie auch eine ganze Flasche in nur einem Zug leeren können, aber da Robert meistens enthaltsam lebte, versuchte sie sich anzupassen.

»Ich bin in den Fachbeirat der Steuerberaterkammer gewählt worden«, berichtete er stolz. »Das ist eine große Ehre, ich bin sogar der jüngste Fachbeirat seit Gründung der Kammer.«

»Das ist ja großartig«, freute Jessie sich.

Während Robert einen Monolog über die Pflichten eines

solchen Beirates hielt, schweiften Jessies Gedanken ab. Aber als in ihrem Kopf das Bild von zwei eisblauen Augen erschien, rief sie sich energisch zur Ordnung. Zum einen wollte sie nicht einen einzigen Gedanken mehr an Gabriel verschwenden, zum anderen war es unfair Robert gegenüber. Er sah mit seinen braunen, gescheitelten Haaren und den braunen Augen vielleicht nicht aus wie ein Ladykiller, aber richtig nett, was er ja auch war. Also lenkte sie ihre Aufmerksamkeit wieder auf ihn und hörte zu.

»Das Essen geht heute auf meine Rechnung«, beschloss er. »Schließlich wird einem nicht jeden Tag eine solche Ehre angetragen.«

Robert brachte Jessie hinterher noch zu ihrem Auto. »Ich würde gerne noch für ein Stündchen zu dir kommen, wenn es dir recht ist«, teilte er ihr etwas verlegen mit.

»Gerne. Fahr einfach hinter mir her.«

Als er sich später in ihrem Schlafzimmer von ihr verabschiedete, lächelte sie ihm zu und sank müde in die Kissen. Gut, Sex mit Robert war nicht besonders aufregend. Sie zogen sich getrennt voneinander aus, legten sich ins Bett und zogen die Decke über sich. Robert streichelte sie kurz zwischen den Beinen und fragte dann höflich, ob sie bereit wäre. Diese Frage bejahte sie jedes Mal. Daraufhin legte er sich auf sie, und nach spätestens fünf Minuten war alles vorbei. Aber sie führten eben eine erwachsene, ruhige Beziehung, in der Sex nicht im Mittelpunkt stand. Sondern gegenseitiger Respekt und die Vorliebe für ein harmonisches Leben. Robert achtete und schätzte sie, das war eine Menge wert. In früheren Beziehungen ging es den Männern immer nur um Sex, und Jessie scheute keinerlei Anstrengungen, um ihnen den Himmel auf Erden zu bereiten. Doch sobald der Reiz des Neuen verflogen war, verschwanden genau diese Männer wieder aus ihrem Leben. Und erzählten ihr, sie wäre im Bett zwar eine echte Granate, doch für eine feste Bindung wären sie noch nicht reif.

Was für ein Glück, dass sie nun Robert hatte. Diese ganzen schweißtreibenden Stellungen und wilden Nächte lagen eindeutig hinter ihr. Eingetauscht gegen einen Mann, auf den sie sich endlich mal verlassen konnte.

2

Gabriel und Lennart probierten sich nach und nach durch das Angebot. Heute waren riesige Wiener Schnitzel mit einem Berg von Pommes an der Reihe. Statt eines großen kalten Biers, wie es eigentlich zu so einem Essen gehörte, standen zwei Gläser mit Cola vor ihnen. Während Gabriel gerade überlegte, welcher Schwachkopf Alkohol in der Kantine verboten hatte, setzte Lennart schon wieder dieses süffisante Grinsen auf.

»Da bekommt jemand Besu-huch«, sang er.

Wirklich, der Mann entwickelte sich immer mehr zur Nervensäge. Träge sah Gabriel sich um und blickte in blaue, hoffnungsvolle Augen.

»Hallo, Gabriel«, piepste die junge Frau neben ihm.

»Hallo, Stefanie«, gab er zurück und starrte verzweifelt auf sein Handy. Warum klingelte das nie, wenn man es brauchte?

»Das ist so schade, dass du es heute Morgen nicht zur Kostümprobe geschafft hast. War euer Einsatz wenigstens erfolgreich?«

Lennart machte den Mund auf, doch Gabriel starrte ihn mordlustig an. »Ja, das war fast so etwas wie ein Durchbruch in unserem Fall«, deckte er seinen Partner geistesgegenwärtig. Um ihm gleich darauf das Messer in den Rücken zu stoßen. »Nun können wir es in den nächsten Tagen ruhiger angehen lassen. Wenn du also eine neue Probe ansetzen willst, Gabriel hat jetzt Zeit.«

Der sah aus, als ob er sich am liebsten über den Tisch stürzen würde, um Lennart besser würgen zu können.

»Das ist schön zu hören. Ich rufe dich an und sag dir den Termin«, blinzelte sie Gabriel an. »Ich will euch auch gar nicht länger stören, ich muss die Aufführung noch mit der neuen Pächterin besprechen.«

Langsam kam wieder Leben in Gabriel. »Was habt ihr denn da zu besprechen? Muss die Aufführung vielleicht verschoben werden?«

»Ich hoffe doch nicht«, zirpte sie. »Aber wir hatten die Kantine von dem vorigen Pächter gemietet. Ich will nur die neue Pächterin fragen, ob der Termin trotzdem noch steht.«

»Mäuschen«, strahlte Gabriel sie an. »Setz dich doch einen Moment hin. Mach es dir gemütlich. Iss meine Pommes, die schmecken sagenhaft gut. Ich bin sofort wieder da.« Mit langen Schritten eilte er zur Essensausgabe. »Wo ist Jessie?«, fragte er Melanie, die Allroundkraft, die sowohl in der Küche als auch beim Service mit anpackte.

»In ihrem Büro. Aber da können Sie nicht rein.«

Gabriel, ein Mann mit einer Mission, hatte keine Zeit für Diskussionen. Ganz hinten in der Ecke entdeckte er eine Tür mit dem Schild *Büro*. Genau durch diese Tür stürmte er und erschreckte Jessie damit halb zu Tode.

»Raus hier, aber sofort. Dies ist mein Büro.«

Gabriel machte die Tür hinter sich zu und hockte sich auf eine Ecke des Schreibtisches.

»Jessie, ich weiß, wir beide sind nicht besonders gut auseinandergegangen. Aber meinst du nicht, dass nun mal die Zeit gekommen ist, sich wieder zu vertragen?«

»Diese Zeit wird niemals kommen. Und noch mal – raus hier.«

»Schätzchen, guck nicht so grantig, davon bekommst du

Falten. Die würden noch gar nicht in dein hübsches Gesicht passen.«

»Wenn du schon nicht verschwindest, sag mir einfach, was du von mir willst. Dein Süßholzgeraspel ist bei mir auf alle Fälle verschwendet.«

»Ich will dir nur einen Gefallen tun, dann bin ich auch schon wieder weg. Am 28. März wollen ein paar Abteilungen die Kantine hier abends mieten. Du lehnst das ab. Das ist schon alles, um was es geht. Eine winzige Kleinigkeit.«

Jessie lehnte sich in ihrem Sessel zurück. »Und warum sollte ich das ablehnen?« Langsam begann die Sache, Spaß zu machen.

»Weil das absolute Chaoten sind, du würdest deinen Laden nicht wiedererkennen. Die betrinken sich, und dann schlagen sie alles kurz und klein.«

»Aha. Also, Polizisten wollen ihre eigene Kantine mieten und führen sich dann auf wie Rockstars. Willst du das damit sagen?«

»Ganz genau. Ich weiß, da gibt es diesen Irrglauben, dass Polizisten anständige Menschen sind und das Eigentum anderer respektieren. Aber glaube mir, so ist es ganz und gar nicht. Im Gegenteil …«

Weiter kam er nicht, denn es klopfte an der Tür, und kurz darauf steckte eine mittelgroße, etwas mollige Frau ihren Kopf durch die Tür.

»Gabriel, was machst du denn hier?«, fragte sie verwirrt. »Entschuldigung, ich bin Stefanie Gruber vom Festkomitee. Sind Sie Frau Dittmer?«

»Ja, bin ich«, gab Jessie neugierig zurück.

»Also, ich wollte mit Ihnen über eine Vermietung der Kantine sprechen. Das war mit Ihrem Vorgänger schon abgesprochen.«

»Aber Stefanie«, schaltete sich Gabriel ein. »Dafür hat

die Frau jetzt gar keine Zeit. Lass uns wieder an meinen Tisch gehen. Du kannst noch mehr Pommes haben«, bot er selbstlos an.

»Die Frau hat jetzt Zeit«, verkündete Jessie. »Und du wolltest gerade gehen, Gabriel. Also, lass dich nicht aufhalten.«

Kurz erwog er, sich Stefanie einfach über die Schulter zu werfen und sie aus der Kantine zu tragen. Aber das weckte vielleicht neue Hoffnungen in ihr, darum warf er Jessie nur einen bösen Blick zu und verschwand.

»Kennen Sie Gabriel schon länger?«, fragte Stefanie.

Diesen liebeskranken Blick kannte Jessie. So einen Blick hatte sie noch ein Jahr nach dem Aus mit Gabriel täglich im Spiegel gesehen.

»Nur flüchtig, und es ist lange her. Wie kann ich Ihnen helfen?«

»Ja, also, wie gesagt, wir haben die Kantine am 28. März für eine Verabschiedung gemietet. Und ich wollte nur wissen, ob das noch Bestand hat.«

»Hat Gabriel mit dieser Veranstaltung irgendwas zu tun?«, fragte sie, obwohl sie sicher war, die Antwort bereits zu kennen.

»Ja, er hat sich sofort zur Verfügung gestellt, als ich ihn gefragt habe. Er ist so süß«, seufzte Stefanie sehnsüchtig. »Jedenfalls, wir haben eine Gruppe zusammenbekommen, die als Village People auftreten und *YMCA* singen wird. Gabriel ist der Indianer.«

Jessie versuchte, ihr prustendes Lachen als Hustenanfall zu tarnen. »Ist nicht wahr. Der Indianer – ist das nicht der Nackte?«

Stefanie wurde rot. »Nicht richtig natürlich. Er trägt einen Lendenschurz. Geht es Ihnen nicht gut?«

Jessie keuchte und prustete so sehr, dass ihr die Tränen aus den Augen schossen. »Geht gleich wieder, ich habe eine

Art Bronchitis«, behauptete sie und versuchte, sich wieder in den Griff zu kriegen. »Also, selbstverständlich können Sie die Kantine mieten, sehr gerne sogar. Sollen wir das Catering für Sie übernehmen?«

»Das wäre klasse. Aber unser finanzieller Rahmen ist ziemlich eng, können Sie mit einem kleinen Budget auskommen?«

»Auf alle Fälle. Und wie wir damit auskommen können.« Sie blätterte in ihrem Terminkalender. »Wollen wir uns am kommenden Freitag um fünfzehn Uhr vielleicht noch einmal hier treffen? Dann können wir das alles genauer besprechen.«

»Gern, das wäre prima«, freute sich Stefanie und verabschiedete sich.

Kaum fiel die Tür hinter ihr zu, konnte Jessie nicht mehr an sich halten. Sie kreischte so laut vor Lachen, dass sogar Charlie ihre Töpfe allein ließ und zu ihr kam.

»Was ist denn hier so lustig? So ausgelassen habe ich dich ja lange nicht mehr gesehen.«

»Er ist, er ist …«, gackerte Jessie und konnte nicht aufhören damit. »Er ist … der Indianer.« Ein neuer Lachanfall schüttelte sie.

Obwohl Charlie keine Ahnung hatte, um was es hier ging, musste sie mitlachen. »Okay, aber jetzt beruhige dich mal. Wer ist der Indianer?«

»Gabriel«, keuchte Jessie. »Aus irgendeinem Grund hat er sich bereit erklärt, bei einer Verabschiedung hier in unserer Kantine den Indianer von den *Village People* zu machen. Weißt du? Der mit dem nackten Oberkörper. Und eben war er hier und hat mir eine Menge Blödsinn erzählt, damit ich die Kantine nicht für die Verabschiedung vermiete. Das ist einfach zu gut.« Sie wischte sich die Tränen aus den Augen. »Meine ganze Wimperntusche ist verschmiert. Ich muss mal eben in den Waschraum«, sagte sie und verließ, immer noch lachend, ihr Büro.

Das geschah dieser Ausgeburt der Hölle doch einfach mal recht. Warum auch immer er sich bereit erklärt hatte mitzumachen, ganz offensichtlich brauchte er nun einen Grund für einen Rückzieher. Den *sie* ihm ganz bestimmt nicht geben würde. Im Gegenteil, ihr Platz wäre in der ersten Reihe. Und bis es so weit war, würde sie sogar dieses schrille Pfeifen auf zwei Fingern lernen.

Während Jessie sich noch immer königlich amüsierte, marschierte Gabriel voller Wut in sein Büro zurück. Oh, wie sie diesen kleinen Auftritt genossen hatte. War es denn zu viel verlangt, einem alten Freund einen kleinen Gefallen zu tun? Genau mit dieser Frage konfrontierte er Lennart, der fünf Minuten später ins Büro kam. Den hatte er wohl in der Kantine vergessen.

»Ich werde nie verstehen, warum du mit einer Frau zusammengezogen bist. Da kannst du deine Seele ja gleich dem Teufel verschreiben. Sie hätte einfach sagen können, tut mir leid, die Kantine wird nicht vermietet. Aber nein, das wäre ja zu einfach. So ticken Frauen einfach nicht, stimmt's?«

»Wohl nicht«, gab Lennart gutmütig zu. »Aber kannst du nun endlich mal mit Stefanie Klartext reden? Ich habe wirklich absolut keine Lust mehr drauf, von ihr ständig über dich ausgequetscht zu werden. Ihre Theorie des Tages ist, dass du Sternzeichen Fisch bist und daher große Probleme mit Nähe hast. Ehrlich, ich muss mir das nicht länger anhören.«

»Brauchst du auch nicht. Sie hat es längst kapiert, das heute war nur noch ein letztes Aufbäumen. Glaub mir, ich kenne die Zeichen.«

Davon war er jedenfalls überzeugt. Zumindest so lange, bis es an der Tür klopfte und Stefanie vor seinem Schreibtisch stand.

»Hallo, Gabriel. Hast du mal zwei Minuten Zeit für mich? Ich möchte mit dir reden.«

Hätte sie gefragt, ob er auf einem Tiger durch Kurdistan reiten würde, er hätte weniger Angst gehabt. »Ja, nun, das ist im Moment ein bisschen ungünstig. Wir sind gerade in einer Besprechung.«

»Ach was«, gab Lennart seinen Senf dazu. »Ich wollte sowieso gerade eine rauchen gehen. Redet ihr beide nur.«

Er verließ das Büro, und Gabriel starrte ihm erbittert hinterher. Warum nur war ihm früher nie aufgefallen, was der Mann für einen fleischigen Hals hatte? Seine Finger würden trotzdem rumpassen. Was war der Kerl für ein mieser Verräter. Außerdem rauchte der überhaupt nicht. Gut, wenn sein Partner und ehemals bester Freund ihn im Stich ließ, würde er eben selbst das Kommando übernehmen.

»Es geht um die Nacht nach der Weihnachtsfeier, oder?«

»Ja«, antwortete Stefanie mit zittriger Stimme. »Ich verstehe es einfach nicht. Wir waren uns doch so nahe. Was ist denn bloß passiert?«

Natürlich waren sie sich nah gewesen. Wie sollte Sex auch sonst funktionieren? Ehrlich, er würde Frauen nie verstehen. Aber sie wollte eine Antwort, also sollte sie eine bekommen. Die, die immer funktionierte.

»Du bist eine tolle Frau, Stefanie. Und lägen die Dinge anders, würdest du mich sehr glücklich machen. Aber so, wie es ist, kann ich nicht der Mann sein, den du verdienst.«

»Wie ist es denn?«, fragte sie begierig. »Natürlich kannst du der richtige Mann sein. Was sage ich da, du kannst nicht, du bist es.«

»Nein, Stefanie«, antwortete er und wiegte bedächtig den Kopf. »Aber ich will ehrlich zu dir sein, wenigstens das hast du verdient. Es gibt eine Frau in meinem Leben, über die ich einfach nicht hinwegkomme.«

»Es ist diese Jessie Dittmer, stimmt's? Ich wusste es doch, da waren so ganz bestimmte Schwingungen zwischen euch in ihrem Büro.«

Das lief ja besser als erwartet. Mit einer realen Frau im Hintergrund wurde die Sache ja mal richtig glaubwürdig.

»Ja, das hast du ganz richtig beobachtet. Wir haben eine gemeinsame Vergangenheit. Und die Wahrheit ist, sie hat mir das Herz gebrochen. Und das dermaßen gründlich, dass selbst so eine Wahnsinnsfrau wie du es nicht schafft, mich zu heilen. Sie ist einfach meine Seelentante.«

»Seelentante? Du meinst Seelenverwandte, oder?«

Tante, Verwandte, so gut kannte er sich im weiblichen Vokabular nun auch wieder nicht aus.

»Genau. Hab ich doch gesagt. Ich bin komplett blockiert für einen neuen Anfang. Ich denke Tag und Nacht an sie. Es tut mir wirklich leid.«

Mit ganz neuem Respekt sah Stefanie ihn an. »Weißt du, es macht mich wirklich ein Stück weit stolz, dass du so offen zu mir bist. Weil, dann hast du diese Nähe zwischen uns auch gespürt. Und du sollst eines wissen – ich kann warten. Ich bin ganz sicher, eines Tages wachst du morgens auf und erkennst, dass diese Jessie die Vergangenheit ist. Und ich die Zukunft. Aber ich bin eine geduldige Frau.«

»Das ist schön, Stefanie. Aber ich habe durchaus Verständnis, wenn du jetzt einen neuen Indianer suchen möchtest. Nachdem die Dinge zwischen uns so sind, wie sie eben sind.«

Leider sprengte sie seine Hoffnungen mit einem unbekümmerten Lachen.

»Ach, Gabriel, also wirklich. Ich bin durchaus in der Lage, solche Dinge zu trennen. Also, sehen wir uns am Freitag um zehn? Ich bin wirklich gespannt, wie du als Indianer aussiehst.« Mit diesen unheilschwangeren Worten verließ sie sein Büro. Gut, er würde sein Leben von Grund auf ändern. Konnte ja nicht so schwer sein. Wenn eine Million Priester auf der Welt es schafften, im Zölibat zu leben, dann würde es für ihn auch kein Problem sein. Als er gerade darüber nachdachte, ob im Vatikan wenigstens Gummipuppen erlaubt waren, kehrte Lennart zurück.

»Guck mich nicht so an. Irgendwann musstest du das ja mal klären. Hast du es jetzt hinter dir?«

»Ja, hab ich«, gab Gabriel mürrisch zurück. »Trotzdem will sie mich noch als Indianer. Lennart, jetzt mal im Ernst, ich kann das nicht machen.«

»Dumm gelaufen. Aber aus der Nummer kommst du nicht mehr raus. Das ganze Präsidium weiß schon Bescheid. Wenn du einen Rückzieher machst, stehst du als das totale Weichei da.«

»Und wenn ich es mache, als Depp der Nation. Aber du wirst schon sehen, irgendwas fällt mir ein.«

3

Zwei Wochen waren seit der Eröffnung vergangen. Jessie und Charlie saßen abends noch im Büro und gingen die Abrechnungen durch.

»Sieht gut aus«, stellte Charlie fest. »Ein Urlaub in der Karibik ist noch nicht drin, aber wir haben nach der kurzen Zeit schon eine Auslastung von siebzig Prozent. Darauf sollten wir anstoßen.«

Kurz darauf kam sie mit einer Flasche Sekt wieder, und beide hoben feierlich die Gläser.

»Meinst du, wir sollten zu den drei normalen Gerichten noch ein vegetarisches anbieten?«, fragte Jessie.

»Habe ich auch schon dran gedacht. Also, versuchen können wir es. Und wir müssen über David sprechen. Das funktioniert nicht mit ihm.«

David war für die Desserts zuständig. Er hatte es in zwei Wochen geschafft, dreimal zu spät zu kommen. Und sein Tiramisu war eine Katastrophe.

»Wer sagt es ihm?«, überlegte Jessie und sah Charlie hoffnungsvoll an.

»Das machen wir zusammen. Aber erst brauchen wir einen Ersatz. Und ich weiß auch schon wen.«

Neugierig guckte Jessie ihre Freundin an.

»Erinnerst du dich an Sahin? Mit dem wir in den *Kutscherstuben* zusammengearbeitet haben? Der ist richtig gut, und ich habe gehört, er sucht noch einen Nebenjob.«

»Oh, ja, der ist wirklich gut. Hast du seine Adresse?«

»Nein, aber der hängt meistens abends in dieser *Billardhalle* in der Ottestraße rum. Wollen wir mal hinfahren? Vielleicht haben wir Glück.«

Eigentlich war Jessie absolut müde gewesen, aber der Sekt hatte ihre Lebensgeister wieder geweckt. Wieso war die ganze Flasche überhaupt schon leer? Bestimmt hatte Charlie sie ausgetrunken. Komisch nur, dass ihr ein wenig schwummerig war. Obwohl sie hier an der Quelle saß, kam sie kaum zum Essen. Ihre Hüften interessierte das allerdings nicht, schmaler waren sie dadurch trotzdem nicht geworden.

In der *Billardhalle* gingen sie zuerst zum Tresen und fragten nach Sahin.

»Der ist heute noch nicht aufgetaucht, ist aber auch noch nicht seine Zeit. Meistens kommt er gegen zehn«, klärte sie der Barkeeper auf.

Gut, mussten sie eben warten. Und da der Barkeeper sie so hoffnungsfroh anschaute, bestellte Jessie sich einen großen Cocktail mit viel Rum. Charlie nippte an einer Weinschorle. Spielverderberin.

»Ich habe Nachholbedarf«, klärte Jessie sie mit nicht mehr ganz fester Stimme auf. »Robert hält nicht viel von Alkohol, und allein trinken macht nicht so viel Spaß.«

»Ach, Jessie«, begann Charlie bekümmert, bevor sie sich auf die Zunge biss. Leider war ihre Freundin alt genug, um selbst zu wissen, was sie tat. »Ich geh mal kurz vor die Tür und rufe Matthis an. Bin gleich wieder da«, sagte sie stattdessen.

Jessie bestellte sich den nächsten Cocktail. Sie brauchte dringend Vitamine, und dieser Drink schmeckte mehr nach Obstsaft als nach Alkohol. Trotzdem fing der Barhocker leicht an zu schaukeln. Während sie sich vorsichtshalber am Tresen festhielt, sah sie einen Mann, dessen Anblick ihr heute Abend gar nicht so verhasst war wie sonst.

»Howgh, Häuptling Sitting Bull«, nuschelte sie. »Sind die Friedensverhandlungen mit den Weißen schon vorbei?«

Das fand sie selber so rasend komisch, dass sie vor lauter Lachen einen Schluckauf bekam. Gabriel hingegen machte kein erfreutes Gesicht.

»Äußerst lustig«, gab er nur zurück und bestellte sich ein Bier.

»Oh, jetzt ist Sitting Bull böse«, bemerkte Jessie. »Bindet er mich jetzt an den Marterpfahl?«

Während sie weiter vor sich hin kicherte, erschien vor Gabriels Augen eine nackte Jessie, die sich um einen Marterpfahl wand. Während er sie genauer ins Visier nahm, stellte er fest, dass er verdammt scharf auf sie war. Diese Figur versprach Freuden der ganz besonderen Art. Erfreut bemerkte er, dass es ihr wohl genauso ging. Denn ehe er sichs versah, hatte sie die Arme um seine Hüften geschlungen und ihr Gesicht an seinen Bauch gedrückt. Dabei murmelte sie vor sich hin.

»Was hast du gesagt, Zuckerstückchen?«, fragte er nach.

Jessie nahm den Kopf von seinem Bauch. »Komisch, wie sich hier alles dreht. Und die ganzen bunten Lichter. Bin ich in Disneyland?«

Ihr Kopf sackte wieder gegen seinen Bauch. Verdammt, die Frau war ja voll wie eine Haubitze.

Charlie, die gerade wieder zum Tresen kam, traute ihren Augen nicht. »Hallo, Gabriel. Äh, Jessie, was machst du da?«

Statt einer Antwort gab Jessie eine Art Schnarchen von sich.

»Ich hätte sie nicht allein lassen dürfen«, ärgerte sich Charlie. »Erst erzählt sie mir, dass sie in Sachen Alkohol Nachholbedarf hat, und dann lass ich sie hier allein am Tresen stehen.«

Gabriel guckte auf die Flut von Locken herab. Ihre Hände lagen jetzt nicht mehr auf seinen Hüften, sondern umklammerten seinen Hintern. Und wenn ihr Kopf nur noch einen Zentimeter weiter nach unten rutschte, würde er für nichts mehr garantieren können.

»Du solltest sie besser nach Hause bringen«, sagte er schroff zu Charlie. Lennart hatte recht. Er war wirklich ein Schwein. Da hing eine hilflose, betrunkene Frau an ihm, und er bekam eine Erektion. Das war selbst für seine Verhältnisse ziemlich übel.

»Ja, ich weiß, aber da gibt es ein Problem. Ich musste meinen Führerschein für ein paar Wochen abgeben, war etwas schnell unterwegs. Und ein Taxifahrer nimmt sie in ihrem Zustand bestimmt nicht mit.« Dabei sah sie Gabriel hoffnungsvoll an.

Der seufzte. »Gut. Wo wohnt sie?«

»Gar nicht so weit von hier«, strahlte Charlie ihn an. »Im Mahlerstieg 69. Das ist total nett von dir. Warte, ich gebe dir ihren Schlüssel.« Sie kramte in Jessies Handtasche, bis sie den Haustürschlüssel fand. »Und, übrigens, das passiert ihr so gut wie nie. Also, sie trinkt sehr selten, darum verträgt sie Alkohol wohl nicht so gut. Noch mal ganz vielen Dank.«

»Jessie?«, rüttelte er sie ein bisschen. »Jessie, ich bring dich nach Hause. Versuch mal bitte, einfach einen Fuß vor den anderen zu setzen.«

»Lass mich schlafen«, knurrte sie an seinem Bauch. »Ich will nirgendwo hingehen.«

Gabriel seufzte zum zweiten Mal und hob sie hoch. Zufrieden kuschelte sie sich an ihn und drückte dabei ihren Busen an seine Brust. Während sein Blut erneut aus dem Gehirn in tiefere Regionen schoss, trug er sie Richtung Parkplatz. Da kamen ihm zwei Kollegen grinsend entgegen.

»Musst du die Frauen jetzt schon betrunken machen, damit du sie abschleppen kannst?«, grinste Steven, einer aus der Abteilung für Organisierte Kriminalität.

»Klar muss er das«, amüsierte sich auch Nick, sein Partner. »Er flößt ihnen Feuerwasser ein und schleppt sie dann in seinen Wigwam.«

»Ich lach mich gleich tot. Das ist Jessie, die neue Pächterin der Kantine. Und ich hab damit gar nichts zu tun, ich bringe sie nur nach Hause.«

Unter dem Gelächter der beiden schleppte er Jessie in sein Auto, ließ sie auf den Beifahrersitz sinken und versuchte, sie anzuschnallen.

»Nicht so stürmisch«, kicherte sie. »Ich mache keine wilden Sachen mehr.«

Mehr als diesen Satz brachte sie nicht mehr heraus, ihr Kopf sank wieder Richtung Schulter, und die Augen schlossen sich.

Gabriel kam ins Schwitzen. Eilig sah er zu, dass er auf seine Seite des Autos kam, und gab Gas. An der nächsten Ampel warf er einen Blick auf die betrunkene Frau neben ihm. Ihre Haare hatten sich aus diesem Knoten, den sie immer trug, gelöst und fielen ihr weit über die Schultern. Weit war auch ihr Ausschnitt, die Bänder an ihrem Top lösten sich langsam auf und gaben den Blick auf einen roten Spitzen-BH frei. Gabriel schaute ganz schnell wieder nach vorn und war heilfroh, als sie endlich im Mahlerstieg ankamen.

Jessie rappelte sich ein wenig auf. »Bin ich zu Hause?«, fragte sie in einem sehr kurzen klaren Moment. »Wie ist das denn passiert?«

»Ich habe dich gefahren«, sagte der Mann auf dem Fahrersitz. Lustig, der sah aus wie Gabriel. Ging das schon wieder los, dass sie von ihm träumte? Aber der Traum war gar nicht schlecht. Er hielt sie in seinen Armen, trug sie die Treppe hoch und legte sie auf ihrem Bett ab.

Neugierig schaute er sich in ihrem Schlafzimmer um, bis sich ein ganz breites Grinsen auf seinem Gesicht ausbreitete. Ach nee. Die ach so coole, toughe Jessie. Die ihre wunderschönen Locken in einem strengen Knoten versteckte und ihre heiße Figur in schrecklichen Hosenanzügen. Dieses Zimmer hier sprach eine ganz andere Sprache. Mit dunkelrot gestrichenen Wänden, goldenen Spiegeln und einem Messingbett, bei dem jeder nur halbwegs vernünftige Mann an Handschellen denken musste, sah es aus wie die Deluxe-Version eines Bordells. Und mitten in diesem Bett lag Jessie, die wie ein kleiner Engel schlief. Gabriel war zuerst richtig gerührt, bis er sich über sich selbst erschreckte. Er war ein Mann. Ein Mann kannte das Wort gerührt nicht einmal. Es musste an dieser Atmosphäre hier liegen, beschloss er. Besser, er ging schnell wieder. Allerdings war er noch nicht mal aus der Schlafzimmertür, als Jessie für einen kurzen Moment zum Leben erwachte.

»Zieh mich aus«, flüsterte sie mit erotischer Stimme. »Ganz langsam, und dann ziehe ich dich aus.«

Das waren zum Glück ihre letzten Worte, bevor sie in einen komaähnlichen Schlaf fiel. Gabriel sah zu, dass er aus der Wohnung kam. Dieser Versuchung zu widerstehen wäre selbst dem Papst schwergefallen. Warum hatte er in den letzten beiden Wochen nie gemerkt, wie scharf diese Frau war? Sex pur, jedenfalls, wenn sie sich nicht hinter dieser Geschäftsfrau-Fassade versteckte. Kaum saß er im Auto, klingelte sein Handy und lenkte ihn von diesen unwillkommenen Gedanken ab.

»Hallo, hier ist Kati, aus dem Fitnessstudio. Erinnerst du dich noch an mich?«

»Klar tu ich das. Wie geht's denn so?«

»Gut, aber mir ist ein bisschen langweilig. Hast du vielleicht Lust, mich zu besuchen?«

Genau das, was er jetzt brauchte. Eine Frau, die abends einen Mann zu sich nach Hause einlud, wollte ganz sicher nicht mit ihm Kuchen backen. Er erinnerte sich etwas unscharf an eine dunkelhaarige Frau, die er zweimal im Fitnessstudio getroffen hatte und mit der er Telefonnummern getauscht hatte. Konnte man mal wiedersehen, welch gute Entscheidungen er in seinem Leben so traf.

»Aber gerne, Mäuschen. Gib mir mal deine Adresse.«

Als er endlich in seinem eigenen Bett lag, war es zwar schon zwei Uhr morgens, aber das war die Sache wert gewesen. Zufrieden streckte er sich aus und war nach einer Minute eingeschlafen.

4

Jessie wurde am nächsten Morgen durch schrilles Telefonklingeln geweckt. Mit den schlimmsten Kopfschmerzen ihres Lebens schlich sie durch die Wohnung zum Telefon.

»Ja?«, krächzte sie. War das ihre Stimme? Sie konnte sich nicht erinnern, sich jemals so angehört zu haben.

»Hallo, du Alki, hier ist Charlie. Ich kann mir vorstellen, dass du nach deinem Jahrhundertbesäufnis gestern Abend nicht gerade vor Gesundheit strotzt, aber ich warte auf dich, seit einer Stunde. Es ist nach neun.«

»Mir geht es nicht gut«, brachte Jessie gerade noch raus, bevor sie ins Badezimmer rennen und den Kopf über die Kloschüssel halten musste. Auch nach langem Zähneputzen und einer heißen Dusche fühlte sie sich nicht viel besser. Das war ein ernsthafter Nachteil der Selbstständigkeit: Sie konnte sich nicht einfach krankmelden und zurück ins Bett kriechen. Jessie schluckte zwei Aspirin, trank fast eine ganze Flasche Wasser und war danach wenigstens in der Lage, Charlie zurückzurufen.

»Gib mir noch eine halbe Stunde, dann bin ich da.«

»Das wirst du wohl nicht schaffen. Dein Auto steht noch hier, du musst mit der Bahn fahren.«

»Was für ein Mist. Ich weiß überhaupt nicht, was passiert ist. Ich erinnere mich nur noch an einen Cocktail, und danach ist alles schwarz. Wie bin ich denn überhaupt nach Hause gekommen?«

»Äh, da können wir ja gleich drüber reden. Ich muss jetzt

in die Küche, also bis gleich«, antwortete Charlie schnell und legte auf.

Nach einer Dreiviertelstunde mit Bus und Bahn durch die Stadt kam Jessie endlich in der Kantine an. In der Küche herrschte Hochbetrieb, Charlie stand mit Pascal und Andreas, den anderen beiden Köchen, am Herd, während Melanie Salat zubereitete.

Nach einem kurzen Hallo bat Jessie Charlie für eine Minute in ihr Büro.

»Wie konnte mir so etwas nur passieren?«, jammerte sie, sobald die beiden allein waren. »Peinlicher geht es ja wohl nicht. Ich habe den totalen Blackout. Wenigstens lag ich heute Morgen in meinem eigenen Bett, wenn auch komplett angezogen. Warum hast du mir nicht wenigstens die Schuhe ausgezogen?«

»Äh, na ja, du weißt doch, dass ich im Moment noch Fahrverbot habe. Darum konnte ich dich nicht selbst nach Hause bringen.«

»Und wer hat es dann getan?«, wunderte sich Jessie.

»Ja, also, äh … das war Gabriel«, gab Charlie zu.

»Was?« Jessie funkelte Charlie böse an. »Du meinst, Gabriel hat mich nach Hause gefahren? Und mich in diesem Zustand gesehen? Wie konntest du das zulassen?«

»Mensch, Jessie, was hätte ich denn machen sollen? Du warst komplett weg, und die *Billardhalle* ist wohl ein Treffpunkt der Polizisten. Ich habe mindestens fünf erkannt. Ich wollte nicht, dass die dich da so sehen, und Gabriel war gerade da.«

»Großartig«, stöhnte Jessie. »Ich wäre lieber auf allen vieren nach Hause gekrochen. Jetzt muss ich mich auch noch bei ihm bedanken.«

»Na ja, es war ja auch nett von ihm. Ich muss jetzt wieder in die Küche.«

Charlie hatte es mehr als eilig, aus dem Büro wegzukommen. Es war sicher ein Akt der Nächstenliebe, Jessie nicht alles zu erzählen. Zum Beispiel, dass sie Gabriel umklammert hatte wie ein Groupie Justin Bieber und mit dem Kopf an seinem Bauch geschnarcht hatte.

Auch ohne dieses Wissen ging es Jessie schlecht genug. Von den Gerüchen aus der Küche wurde es auch nicht besser. Charlie hatte ein Einsehen.

»Sieh zu, dass du nach Hause kommst. Wir schaffen das heute auch mal ohne dich. So kannst du nicht arbeiten.«

»Es tut mir wirklich leid«, versicherte Jessie. »Und du kannst mir glauben, das wird mir nie wieder passieren. Ich hole jetzt mein Auto, und dann will ich nur noch schlafen. Vielen Dank. Morgen bin ich wieder okay.«

Trotz der kurzen Nacht saß Gabriel schon um acht Uhr morgens am Schreibtisch. Kurz danach kam auch Lennart, ein Tablett mit Mettbrötchen in der Hand.

»Ich habe Nick und Steven in der Kantine getroffen«, berichtete er. »Du hast gestern Abend doch nicht wirklich eine komplett besoffene Jessie abgeschleppt?«

»Diese Waschweiber«, fluchte Gabriel. »Haben die in ihrer dämlichen Abteilung nichts zu tun, dass sie den ganzen Tag tratschen können? Natürlich habe ich sie nicht abgeschleppt.«

»Und was hast du dann mit ihr gemacht?«

»Was wohl? Sie nach Hause gebracht, weil ihre Freundin mich darum gebeten hat. Und sonst natürlich gar nichts, ich bin doch kein Schwein«, empörte er sich. »Was denkst du eigentlich von mir? Ob du es glaubst oder nicht, ich habe auch noch was anderes im Kopf als Frauen.«

In dem Moment klingelte sein Handy.

»Hallo, Gabby, hier ist Kati«, flötete es aus dem Hörer.

»Die Nacht mit dir war einfach ein Traum. Ich wusste es schon, als ich dich das erste Mal gesehen habe. Das Schicksal hat uns füreinander bestimmt.«

Gabriel bekam vor Schreck einen Hustenanfall.

»Äh, Kati, ich bin nicht ganz sicher, ob das Schicksal etwas damit zu tun hat. Und ich heiße Gabriel.«

Ihm gegenüber haute Lennart sich gerade vor Vergnügen auf die Schenkel. Gabriel hatte große Lust, ihm eine Flasche über den Kopf zu ziehen.

»Ich weiß«, kicherte sie. »Aber Gabby passt viel besser zu dir. Und nenn es, wie du willst, Schicksal, Liebe, ist doch egal. Ich kann es nicht erwarten, dich wiederzusehen.«

Hatte die Frau etwa gerade das Unwort ausgesprochen? Hatte sie wirklich Liebe gesagt? Gabriel bekam Atembeschwerden. Warum hatte er letzte Nacht nicht bemerkt, dass die Frau komplett verrückt war? Und warum passierten immer ihm solche Dinge?

»Kati«, setzte er hilflos an, als sein Blick auf ein Memo fiel mit der Überschrift *Hilfe für Afghanistan*. »Kati«, sagte er, nun wieder mit fester Stimme. »Ich weiß genau, was du meinst. Aber das Schicksal meint es nicht gut mit uns beiden. Tatsächlich verlasse ich noch heute das Land. Ich fliege schon mittags nach Afghanistan. Dort wartet ein Sondereinsatz auf mich.«

»Und wann kommst du wieder?«, fragte sie mit zitternder Stimme.

»Das weiß ich noch nicht so genau«, log er. »Aber sobald ich wieder hier bin, melde ich mich bei dir.« Mit einem »Mach's gut« beendete er schnell das Gespräch.

Lennart lachte nicht mehr, sondern guckte ihn resigniert an. »Bitte sag nicht, dass das die Kati aus dem Fitnessstudio war.«

»Ich sage es nicht«, erwiderte Gabriel mit einem schiefen Grinsen.

»Wirklich, es reicht. Ich mochte das Studio. Eigentlich mochte ich es sogar noch lieber als das, in dem wir vorher waren. In das du nicht mehr gehen konntest wegen dieser Sarah. Bald haben wir alle Studios der Stadt durch.«

»Ich kann doch auch nichts dafür«, verteidigte sich Gabriel. »Gestern Abend war nun ganz sicher nicht von großer Liebe und tiefer Bindung die Rede. Wenn dich eine Frau abends um zehn anruft und zu sich nach Hause einlädt, dann sucht die doch keinen Mann, der sie zum Altar führt. Kannst du mir mal erzählen, was eine Frau an einem One-Night-Stand so falsch verstehen kann? Ich habe ihr doch keinerlei Versprechungen gemacht.«

Lennart schüttelte nur den Kopf. »Du wirst zweiunddreißig. Versuch es doch endlich mal mit einer richtigen Beziehung. Seit ich mit Maggie zusammenlebe, geht es mir so gut wie nie zuvor.«

»Ja, ja. Das erzählst du ja auch jeden Tag nur drei Mal. Für mich ist das nichts. Mag sein, dass es am Anfang mal ganz nett ist. Aber dann? Dann fängt das Gequengel an. ›Warum arbeitest du so lange?‹, ›Was soll das heißen, du triffst dich mit deinen Freunden?‹, ›Magst du mich nicht mehr?‹, ›Willst du deine Zeit nicht mit mir verbringen?‹ Glaub mir, darauf kann ich verzichten.«

»Maggie quengelt nicht«, stellte Lennart fest.

»Ausnahmen bestätigen die Regel. Und das ist sowieso ein blödes Thema. Also, vielleicht können wir einfach mal anfangen zu arbeiten.«

Obwohl Jessie bis nachmittags geschlafen hatte, war sie abends um acht schon wieder müde. Bevor sie ins Bett gehen konnte, rief Robert an.

»Liebes, ich habe seit zwei Tagen nichts von dir gehört. Geht es dir gut?«

»Nicht so ganz, ich habe mir eine Grippe eingefangen«, log sie. »Ehrlich gesagt bin ich noch ein bisschen wackelig.«

»Das tut mir leid. Ich komme lieber nicht vorbei, momentan kann ich mir keine Grippe leisten. Wir haben Hochbetrieb wegen des Jahresabschlusses.«

»Das macht nichts«, beruhigte Jessie ihn. »Ich melde mich einfach bei dir, wenn es mir besser geht.«

»Das ist schön. Dann wünsche ich dir eine gute Besserung. Ich werde an dich denken.«

»Ich an dich auch. Ich ruf dich an.«

Am nächsten Morgen war der Kater endlich verschwunden. Sie steckte ihre Haare in dem altbewährten Knoten fest, tuschte sich die Wimpern und legte etwas Lippenstift auf. Der Tag fing gut an, denn ihr Lieblingshosenanzug in Größe vierzig kniff endlich nicht mehr so fies an den Hüften. Als sie Charlie in der Kantinenküche sah, fiel ihr wenigstens der Grund wieder ein, warum sie überhaupt in diese *Billardhalle* gegangen waren.

»Hast du Sahin noch getroffen?«

»Nein. Matthis hat mich um halb elf abgeholt, und bis dahin war er nicht aufgetaucht. Ich habe dem Barkeeper meine Nummer gegeben, wenn er ihn sieht, richtet er ihm aus, dass er mich anrufen soll.«

»Alles klar. Ich habe Blumen mitgebracht, wir müssen endlich diese scheußlichen Plastikblumen entsorgen.«

Während Charlie und Melanie weiter Brötchen vorbereiteten, ging Jessie zu den Tischen. Sie tauschte die Plastikblumen gegen je eine rosafarbene Margerite. Das sah doch schon viel besser aus.

Als sie gerade die Speisepläne für die kommende Woche

am Eingang aushängen wollte, stieß sie fast mit Gabriel zusammen.

»Oh. Hallo«, brachte sie frustriert heraus. Sie würde lieber nur mit einem Bikini bekleidet bei *DSDS* vorsingen, als ihn zu treffen, aber da musste sie jetzt wohl durch.

»Also, ich muss mich wohl bei dir bedanken. Dass du mich nach Hause gefahren hast, meine ich.«

»Hat Spaß gemacht«, erwiderte er und schaute ihr mit diesem eisblauen Blick tief in die Augen. »Du musst mir nur irgendwann mal erklären, warum du keine wilden Sachen mehr machst.«

»Was?«, brachte Jessie entsetzt heraus. »Was meinst du damit?«

Gabriel lehnte sich gemütlich an den Türrahmen. »Keine Ahnung. Das hast du zu mir im Auto gesagt. Heißt das, du stehst nur noch auf Blümchensex?«

Jessie lief hochrot an. »Ich, ich, das geht dich gar nichts an. Und wenn ich das tatsächlich gesagt habe, meinte ich damit ganz bestimmt nichts Sexuelles.«

»Och, ich glaube schon, Herzchen. Oder warum hast du mich in deinem Schlafzimmer aufgefordert, dich auszuziehen? Und mir angeboten, das Gleiche danach bei mir zu machen?«

»Das hast du dir ausgedacht«, zischte Jessie. »Wirklich, du bist das Allerletzte. So etwas würde ich nie zu dir sagen.«

Die Sache begann Gabriel jetzt mal so richtig Spaß zu machen. »Schätzchen, meine Ohren funktionieren ganz gut. Und weißt du was? Wenn du mich das nächste Mal darum bittest, könnte es sein, dass ich genau das tue. Und zwar ganz langsam.«

Warum gab es im Supermarkt keine Schlagfertigkeit zu kaufen? Jessie hätte die Familienpackung mitgenommen. So kam nur ein wenig eindrucksvolles »Du! Du, du Mistkerl!« heraus, wonach sie sich direkt zu den Toiletten flüchtete. Sie spritzte sich eine Menge kaltes Wasser ins Gesicht und ließ sich anschließend in ihrem Büro auf den Stuhl fallen. Das hatte er sich doch bestimmt nur ausgedacht, oder? Und fand das wahrscheinlich auch noch unglaublich witzig. Sie konnte diesen Mann doch nicht im Ernst aufgefordert haben, sie auszuziehen?

»Charlie?«, rief sie durch die Tür. »Kannst du mal kurz kommen?«

Statt Charlie antwortete Melanie. »Die bringt gerade die Brötchen nach vorne. Ich sag ihr gleich Bescheid.«

Zwei Minuten später betrat Charlie das Büro. »Du glaubst nicht, wer hier eben Brötchen geholt hat. Gabriel. Und er war sehr vergnügt.«

»Das kann ich mir vorstellen. Ich hatte nämlich schon vor dir das Vergnügen. Und weißt du, was dieser arrogante Penner behauptet hat? Ich hätte ihm, als er mich gestern nach Hause gebracht hat, Avancen gemacht. So was Lächerliches. Der hat den Humor eines Grundschülers.«

Charlie antwortete nicht, aber irgendwie schaute sie komisch.

»Charlie? Warum guckst du so? Du glaubst das doch nicht etwa, oder?«

»Also, du warst ja schon etwas hinüber. Da sagt man vielleicht manchmal Dinge, die man nicht so meint«, wich sie aus.

Jessie wurde blass. »Du verheimlichst mir doch irgendwas. Wieso glaubst du ihm?«

Charlie gab sich einen Ruck. »Na gut. Ich wollte dir das nicht sagen, aber, als ich vom Telefonieren wieder reinkam, hast du dich an Gabriel geklammert, als wäre er dein Rettungsring. Und dein Kopf lag auf seinem Bauch.«

Jessie schloss die Augen. »Oh nein«, wimmerte sie. »Ich

habe ihn umklammert? Und mein Kopf lag an seinem Bauch?«

»Hm, ja, also, irgendwie schon.«

Jessie richtete sich auf. »Okay. Du bekommst meine Anteile an der Kantine. Schick mir das Geld einfach irgendwann, wenn du es hast. Ich wandere aus. Heute. Jetzt gleich.«

»Komm, beruhige dich. Du bist nicht die erste Frau, die mal ein bisschen mehr getrunken hat, als ihr guttut. Immerhin hattest du keinen Sex mit ihm.«

»Nein«, stellte Jessie fest. »Nein, hatte ich nicht. Aber ein Trost ist das nicht. Der denkt doch jetzt, dass ich scharf auf ihn bin.«

»Glaub ich nicht«, beruhigte sie Charlie. »Aber weißt du, irgendwann musst du dich mit diesem Thema mal auseinandersetzen.«

»Was meinst du damit? Da gibt es nichts auseinanderzusetzen.«

»Jessie. Erinnerst du dich noch an Joost? Mit dem ich zusammen war, als ich fünfzehn war?«

»Ja, klar. Wieso?«

»Danach kam Hajo. Dann Benni. Und so weiter. Bis ich Matthis kennengelernt habe. Und hast du seitdem nur einmal gehört, dass ich von Joost oder Benni oder sonst wem gesprochen habe?«

»Nein. Habe ich nicht. Aber ich weiß nicht, worauf du hinauswillst.«

»Darauf, dass du nie über Gabriel hinweggekommen bist. Immer wieder, seit vierzehn Jahren, bringst du ihn irgendwie ins Gespräch. Du hast, genau wie alle anderen Frauen, deinen Anteil an Nieten gezogen. Aber nie den Richtigen getroffen. Und momentan verschwendest du dich an einen Typen wie Robert. Der ist so trocken, da krieg ich

Asthma. Und immer, seit vierzehn Jahren, kreist Gabriel in deinem Kopf herum. Das heißt doch nur, dass du die Sache nie verarbeitet hast. Und das ist nicht gesund.«

Jessie lachte bitter. »Wie hätte ich es denn bitte verarbeiten sollen? Er war mein erster richtiger Freund. Alles lief wie in einem Liebesfilm, nur ohne Happy End. Am Abend waren wir noch bei ihm und haben uns geliebt. Aber am nächsten Tag ertappe ich ihn, wie er mit einer anderen rumknutscht.«

»Genau das meine ich. Du schleppst diese Teenie-Liebe nun schon so lange mit dir rum. Lass sie endlich hinter dir.«

»Tue ich ja«, behauptete Jessie. »Aber leichter wäre es, wenn ich wüsste, was damals schiefgelaufen ist«, gab sie zu. »Weißt du, wenn ich verstehen könnte, warum er mich einfach so abserviert hat. Es lief doch alles so gut.«

»Dann frag ihn. Hör dir seine Erklärung an, danach hakst du es ab und siehst mal nach vorne. Und dann kannst du gleich mal deine Beziehung zu Robert überdenken.«

Was die immer auf Robert rumhackte. Gut, dann hatte sie eben kein übergroßes Kribbeln im Bauch. Aber das war auch richtig so. Solch Kribbeln hielt doch nie lange, und danach kam die große Enttäuschung. Nein, mit Robert war sie endlich mal auf der sicheren Seite.

Charlie ging zurück in die Küche, um nach drei Minuten zurückzukehren.

»Sahin hat eben angerufen. Er kommt heute Nachmittag um halb fünf her.«

»Endlich mal eine gute Nachricht. Denn David ist schon wieder seit zehn Minuten zu spät.«

Am Nachmittag erwartete Jessie Stefanie zu ihrem Termin wegen der Anmietung der Kantine. Stefanie kam zwar pünktlich, verhielt sich aber nicht nur distanziert, sondern fast schon feindselig. Nach einigen schnippischen Bemerkungen reichte es Jessie.

»Gibt es vielleicht ein Problem zwischen uns?«, wollte sie wissen. »Sie kommen mir ein bisschen negativ vor.«

Stefanie gab erst nur ein »Pfff« von sich. Dann behauptete sie: »Das bilden Sie sich nur ein. Haben wir alles besprochen? Dann gehe ich jetzt. Wiedersehen.«

Die Tür schloss sich mit einem lauten Knall hinter ihr.

Jessie hätte wetten können, dass dieses Verhalten irgendwie mit Gabriel zu tun hatte. Gleich darauf schüttelte sie entnervt den Kopf. Schon wieder war er in ihrem Kopf. Vielleicht hatte Charlie wirklich nicht ganz unrecht. Und ja, eine Erklärung für sein damaliges Verhalten hätte sie wirklich gern. Aber sie würde ihn ganz bestimmt nicht danach fragen. Sie hätte auch gerne Größe 36, und auch die bekam sie nicht. Also sollte sie die Vergangenheit einfach endlich begraben. Schließlich hatte sie jetzt Robert, und alles war gut.

Später erschien Sahin zu seinem Vorstellungsgespräch. Sogar pünktlich, das war schon die erste Verbesserung. Er war ein lässiger Typ in Jeans, vielleicht mit seinen gerade mal eins siebzig etwas kurz geraten, aber er sollte ja nicht modeln, sondern Desserts zubereiten.

Nach einer netten Begrüßung kam Charlie gleich zur Sache. »Wir würden dich gerne für die Desserts einstellen. Was du kannst, wissen wir. Wir kennen dich ja aus den *Kutscherstuben*. Allerdings ist es nur ein Halbtagsjob, mehr als zwei oder drei Stunden am Tag wirst du nicht brauchen.«

Nachdem Jessie ihm erklärt hatte, für wie viele Personen sie planten, und dass sie jeden Tag drei verschiedene Süßspeisen anboten, strahlte Sahin sie an.

»Das wäre perfekt. Dafür brauche ich zwei Stunden, wenn ich von zehn bis zwölf arbeiten könnte, wäre das genau das Richtige. Meine Schicht in den *Kutscherstuben* fängt um zwei an, so könnte ich mir hier ein bisschen Extrageld verdienen. Also, ich bin dabei. Wann kann ich anfangen?«

»Dein Vorgänger hat zwei Wochen Kündigungsfrist. Also sehen wir uns Montag in zwei Wochen, okay?«

Sie klärten noch seinen Stundenlohn, und dann war endlich Wochenende. Jessie hatte lange genug in der Gastronomie gearbeitet, um zu wissen, wie anstrengend die Arbeit war. Aber wenn man auch noch der Chef war, gehörten zwölf bis vierzehn Stunden Arbeit täglich bald zum Alltag. Daher fiel sie freitags meist schon vor neun ins Bett und schlief fast zwölf Stunden. Samstags stand sie dann wieder frisch gegen Mittag bei Robert vor der Tür.

Seine Wohnung war ein bisschen deprimierend. Wohin das Auge blickte, sah es Braun. Braune Sofas, hellbraune Schrankwand, dunkelbraune Lampen. In den ersten Monaten hatte sie versucht, ihm ein paar andere Farben näherzubringen, aber Robert hatte sofort klargemacht, dass er sich in seiner Wohnung wohlfühlte, genau so, wie sie war.

»Ich weiß, wir wollten jetzt einen Spaziergang im Park machen«, sagte er, als sie eintrat, »aber könnten wir damit vielleicht noch zehn Minuten warten? Ich brauche noch zwei Teile, dann ist der Berg fertig.«

Jessie lächelte ihn an und setzte sich aufs Sofa. Roberts großes Hobby war das Puzzeln. Im Wohnzimmer vor dem Fenster stand ein Extratisch dafür, perfekt ausgeleuchtet mit braunen Lampen. Daran saß Robert nun wieder mit konzentrierter Miene und suchte die fehlenden Teile. Wohl die einzigen in der Wohnung, die nicht braun waren. Bis er sie gefunden hatte, dauerte es fast zwanzig Minuten.

»Es tut mir leid, Liebes, dass ich dich habe warten lassen.

Aber jetzt können wir los. Bewegung an der frischen Luft ist ein sehr wichtiger Ausgleich zu einer anstrengenden Arbeitswoche.«

Sie schlenderten durch den Park, in dem komischerweise außer ihnen nur alte Leute unterwegs waren. Wussten denn die ganzen Leute in ihrem Alter nicht, dass frische Luft wichtig war? Robert erzählte von seiner ersten Sitzung als Fachbeirat in der Steuerberaterkammer, und Jessie unterdrückte ein Gähnen.

Nach einer Stunde im Park war sie etwas ermattet von diesem Gespräch.

»Wollen wir vielleicht in ein Café gehen?«, fragte sie hoffnungsvoll. »In der Fußgängerzone ist das *Café Licht*, da gibt es ganz tollen Kuchen.«

»Aber Jessica«, tadelte Robert sie. »Das ist doch nur Geldschneiderei. Weißt du, wie viel die für ein einziges Stück Kuchen haben wollen? Für das Geld kann man drei Kuchenmischungen kaufen. Und ich hatte gehofft, du würdest mich heute zu meinen Eltern begleiten.«

»Das würde ich natürlich gerne tun. Aber leider, ausgerechnet heute, muss ich mit Charlie die Abrechnungen durchgehen. Das haben wir in der Woche nicht geschafft«, log Jessie. Nicht, dass sie Roberts Eltern nicht mochte. Das Problem war nur, dass beide bereits in einem Pflegeheim lebten. Und, um es mal freundlich auszudrücken, geistig nicht mehr so ganz auf der Höhe waren.

»Ihr müsst euch besser organisieren«, belehrte Robert sie. »Und ich weiß auch nicht, ob es so gut war, dass du dich beruflich ausgerechnet mit Charlotte zusammengetan hast. Sie kommt mir doch etwas flatterhaft vor.«

»Nein, das ist sie nicht«, verteidigte Jessie ihre Freundin. »Wir sind ja noch nicht mal vier Wochen dabei, da dauert es eben, bis der Laden organisiert ist.«

»Nun gut. Dann fahre ich jetzt eben allein. Denk daran, morgen Abend ist das Konzert. Treffen wir uns vor der Musikhalle? Um halb acht?«

»Ich freue mich schon«, sagte Jessie. Das war schon die zweite Lüge innerhalb von fünf Minuten. Robert war ein großer Freund der klassischen Musik und hatte zwei Karten für ein Symphonieorchester besorgt. Gut, sie bevorzugte vielleicht eine andere Musikrichtung. Aber es war nett von ihm, dass er sie nicht ausschloss. Außerdem musste man in jeder Beziehung Kompromisse machen.

Er verabschiedete sich mit einem kurzen Kuss auf die Wange von ihr, und sie machte sich auf in ihre Wohnung. Die schrie seit Tagen nach einem Staubsauger und mindestens zwei Putztüchern.

Am Montag fegte sie nervös durch die Kantine und fragte Charlie schon zum vierten Mal, ob sie auch wirklich drei Tage ohne sie auskäme. Ab mittags war Jessie für eine viertägige Fortbildung für Personalmanagement in der Handelskammer angemeldet. Charlie antwortete zum vierten Mal, dass es kein Problem wäre. Vorher allerdings hatten sie noch die undankbare Aufgabe, David zu entlassen.

»Es tut uns leid, David«, wagte Jessie sich vor. »Aber das funktioniert mit uns nicht. Es geht nicht, dass du so oft zu spät kommst, und leider sind wir von deinen Desserts auch nicht überzeugt.«

David zuckte nur die Schultern. »Ist sowieso scheiße hier. Wenn ich sofort gehen soll, kriege ich aber noch zwei Wochen Gehalt.«

Leider hatte er recht. Sie sagten es ihm zu, und David verschwand.

»Können wir es uns leisten, Sahin schon morgen anfangen zu lassen?«, wollte Charlie wissen.

»Vom Finanziellen her eigentlich nicht, aber hier hat keiner Zeit, auch noch Desserts zu machen. Und ganz bestimmt können wir es uns nicht leisten, zwei Wochen nichts anzubieten. Ruf ihn bitte mal an und frag, ob er morgen schon anfangen kann.«

Charlie beendete das Telefonat. »Alles klar. Er ist morgen um zehn hier.«

Nachdem die Sache geklärt war, fuhr Jessie zu ihrer Fortbildung.

In ihrer Abwesenheit hatte Charlie nicht nur keine Probleme, sondern eine Menge Spaß. Denn Gabriel und Lennart kamen jeden Tag zum Essen, und es hatte sich ergeben, dass Charlie ihre Pause mit den beiden verbrachte. Die beiden waren am Montag erst um zwei erschienen, als Charlie endlich auch mal Pause machen konnte. Erst stand sie noch am Tisch der beiden und unterhielt sich mit Gabriel über die alten Zeiten. Nach einigen »Kennst du den noch?« und »Was macht die heute?« setzte sie sich dazu. So war es die Woche über geblieben. Ob sie sich das auch noch traute, wenn Jessie zurück war, da war sie sich nicht sicher. Aber mit den beiden konnte man eine ganze Menge Spaß haben, und manchmal kam sie vor lauter Lachen gar nicht zum Essen.

»Meine Freundin Maggie, Gabriel und ich wollen morgen Abend auf den Dom. Was hältst du davon, mit deinem Mann mitzukommen?«, fragte Lennart sie am Donnerstag.

»Das ist eine Superidee. Da waren wir schon ewig nicht mehr. Hättet ihr etwas dagegen, wenn ich Jessie auch frage? Sie ist morgen wieder hier, und wenn einer mal ein bisschen Spaß vertragen könnte, dann sie.«

Betont gleichmütig zuckte Gabriel mit den Schultern. »Klar, frag sie ruhig. Hat sie keinen Spaß?«

»Ach, das ist eine lange Geschichte«, wich Charlie aus. Auch wenn sie sich mit den beiden super verstand, Jessies Tristesse mit Robert würde sie nicht ausplaudern. »Treffen wir uns um acht am Eingang? Das wird bestimmt klasse.«

»Wollen wir morgen Mittag mal wieder zum Chinesen?«, fragte Lennart Gabriel später, als sie gerade Feierabend machen wollten. »Da waren wir die ganze Woche nicht.«

»Nee, lass uns das ein anderes Mal machen. Morgen gibt es in der Kantine Schweinebraten.«

Lennart guckte Gabriel misstrauisch an. »Du magst überhaupt keinen Schweinebraten. Weißt du was? Dir spukt diese niedliche Jessie im Kopf herum.«

»Was für ein Schwachsinn. In meinem Kopf spukt niemand herum. Kann ein Mann sich nicht einfach auf einen Braten freuen?«

»Irgendein Mann vielleicht. Du nicht. Und das eine will ich dir sagen. Mir schmeckt es in der Kantine. Wenn du mit Jessie was anfängst, ihr das Herz brichst und dann auch da nicht mehr hingehen kannst, ist das dein Problem. Ich werde nämlich trotzdem weiter in der Kantine essen.«

Gabriel sah ihn missmutig an. »Davon kann überhaupt keine Rede sein. Gut, okay, sie ist niedlich. Aber selbst du wirst mitbekommen haben, dass sie nicht besonders gut auf mich zu sprechen ist. Also geht es hier nur um den Schweinebraten.«

Lennart schaute ihn ernüchtert an. »Von wegen. Du hast doch schon lange Witterung aufgenommen. Es reizt dich, dass sie dir nicht, wie die anderen Frauen, sofort in die Arme sinkt.«

Gabriel starrte ihn bitter an. Was war nur los mit diesem Mann? Der war ja regelrecht besessen von seinem Privatleben. Hatte er ihn nicht davor gewarnt, mit einer Frau zusammenzuziehen? Und nun? Nun sah man ja, was dabei rauskam. Er sprach schon wie diese Leute aus den Rosamunde-Pilcher-Filmen. Nicht, dass er sich die etwa anguckte. Aber er war ganz sicher, dass dort Redewendungen wie »Das Herz brechen« und »Witterung aufnehmen« vorkamen. Und quatschen tat er wie ein Hobbypsychologe.

»Glaub, was du willst. Ich gehe jedenfalls morgen Schweinebraten essen.«

Abends zog er los in die *Billardhalle*. Mit ein paar Kollegen um sich rum, einem kalten Bier in der Hand und einer süßen Blondine im Visier fühlte er sich ganz in seinem Element. Er spielte seine Partie zu Ende und warf der Blonden einen Blick zu. Sie verstand die Einladung und kam näher.

»Du spielst ja richtig professionell Billard«, eröffnete sie das Gespräch. »Hilfst du mir, meine Technik zu verbessern?«

»Schätzchen, ich kenne deine Technik ja noch gar nicht«, erwiderte er mit einem halben Grinsen. »Aber ich habe nichts dagegen, sie kennenzulernen.«

Dieser Spruch klang selbst in seinen Ohren ziemlich platt. Doch die Blonde schenkte ihm ein Lächeln und nahm den Queue in die Hand. Sie lehnte sich weit über den Billardtisch und streckte dabei ihren Hintern, nett verpackt in einer engen Jeans, in die Luft. Einen Anblick, den Gabriel durchaus zu würdigen wusste.

»Ich bin übrigens Isabel«, teilte sie ihm mit.

Nach einem kurzen Spiel, in dem beiden klar war, dass es hier nicht um Billard ging, zog sie ihn an den Tresen. Zwei Bier später ging Isabel in die Offensive.

»Hast du vielleicht Lust, mich nach Hause zu bringen? Damit wir uns noch etwas über meine Technik unterhalten können?«

»Eine gute Idee. Das sollten wir unbedingt tun«, antwortete Gabriel und ging mit ihr zu seinem Auto.

Bereits auf der Fahrt zu ihrer Wohnung brachte sie ihre Hand auf seinem Oberschenkel in Stellung. Obwohl ihm angenehm warm wurde, musste er unbedingt noch eine Sache klären. Denn die *Billardhalle* war fast so etwas wie sein zweites Zuhause, daraus wollte er sich nicht vertreiben lassen.

»Du bist richtig süß. Und du musst wissen, dass ich im Moment nicht auf der Suche nach einer festen Beziehung bin. Okay?«

Isabel lachte. »Wenn ich einen festen Freund suchen würde, würde ich die Sache anders angehen. Also, was ist, haben wir ein bisschen Spaß zusammen?«

Diese Frau war die Antwort auf seine Gebete.

Genau so sollte es sein, dachte Gabriel sich zwei Stunden später, als er wieder auf dem Weg in seine Wohnung war. Heißer Sex ohne schlechtes Gewissen. Warum nur gab es nicht mehr Frauen wie Isabel? Sie hatte ihn danach weder gefragt, an was er denken würde, noch wollte sie seine Handynummer haben. Stattdessen schrieb sie ihm ihre auf und ließ ihn wissen, nichts gegen eine Wiederholung zu haben. Irgendwann. Was für eine angenehme Person.

Freitagmorgen war Jessie zurück in der Kantine und ließ sich von Charlie auf den neuesten Stand bringen. Nachdem alles Berufliche geklärt war, erzählte ihr Charlie von dem geplanten Besuch auf dem Hamburger Dom.

»Es wäre toll, wenn du mitkommen würdest. Weißt du noch, dass wir früher fast dort gewohnt haben?«

»Wie könnte ich das vergessen? Wir haben uns immer am Autoskooter rumgedrückt und uns alle paar Tage in einen anderen Jungen verliebt.«

»Lange her«, bedauerte Charlie. »Übrigens kommen auch Lennart, der Freund von Gabriel, und seine Freundin mit.«

»Wie das denn? Was habe ich denn in den vier Tagen verpasst?«

»Och, das hat sich so ergeben, dass wir manchmal zusammen gegessen haben. Der ist sehr nett. Ach ja, und Gabriel kommt auch mit«, nuschelte Charlie.

»Aha. Dann wünsche ich dir viel Spaß, aber ich gehe ganz bestimmt nicht mit Gabriel auf den Dom. Stell dir vor, da war ich sogar schon mal mit ihm. Und eine Woche später hat er Schluss gemacht.«

»Na ja, die Gefahr besteht ja heute nicht mehr«, grinste Charlie vorsichtig. »Gib ihm doch einfach mal eine Chance. Wenn man ihn näher kennt, ist das ein total witziger Typ.«

»Du hast die Zeit ja gründlich genutzt«, gab Jessie verstimmt zurück. »Und meine Antwort ist nein. Ich will ihm weder eine Chance geben noch ihn näher kennenlernen.«

»So meine ich das doch gar nicht. Aber du willst doch immer noch wissen, was damals los war. Also, verbring ein bisschen Zeit mit ihm, irgendwann kommt ihr zwangsläufig auf die Vergangenheit zu sprechen. Dann kannst du ganz nebenbei fragen, was damals schiefgelaufen ist.«

Jessie überlegte. Der Vorschlag war nicht so schlecht. Obwohl sie selbst nicht verstand, warum diese uralte Sache für sie immer noch ein Thema war, musste sie zugeben, dass sie die Antwort auch heute noch, vierzehn Jahre später, brennend interessierte.

»Ja, okay, dann komme ich eben mit. Aber ich frage Robert, ob er auch Lust hat«, antwortete sie und griff zum Handy. Charlie wartete mit dem Augenrollen, bis Jessie mitsamt dem Handy nach draußen gegangen war.

Nach zwei Minuten kam sie zurück. »Robert kann nicht, er geht heute Abend zu einer Tauschbörse für Puzzles.«

»Er geht zu was?«, fragte Charlie fassungslos.

»Du hast es verstanden. Er puzzelt eben gern. Und weil er nicht ständig neue kaufen möchte, trifft er sich eben mit Gleichgesinnten und tauscht dort. Ist doch nicht schlimm.«

»Ich sag da nichts mehr zu«, beschloss Charlie. »Und nun lass uns mal ein bisschen arbeiten, damit wir hier pünktlich rauskommen.«

»Gut. Wie macht sich Sahin?«

»Super. Er hat gestern eine Mousse au Chocolat gemacht, so etwas hast du noch nicht gegessen. Schon um eins war alles weg.«

5

Spätnachmittags stand Jessie vor ihrem Kleiderschrank und probierte schon die dritte Jeans an. Diese ging auch nicht, darin sah ihr Hintern regelrecht voluminös aus. Selbstverständlich war es ihr vollkommen egal, was Gabriel von ihr dachte. Aber so was von egal. Trotzdem hatte sie nichts dagegen, gut auszusehen, also gab sie sich mehr Mühe als sonst. In ihrer schwarzen Glückshose und einem grauen Pullover mit ziemlich tiefem Ausschnitt sah sie wenigstens nicht dick aus. Dank einer Haarkur, die sie über eine Stunde hatte einwirken lassen, glänzten ihre Locken und standen nicht strohartig ab. Sogar geschminkt hatte sie sich, und ihr Aussehen gab ihr richtig Selbstvertrauen.

»Du siehst einfach super aus«, bestätigte auch Charlie, die kurz vor halb acht zusammen mit Matthis in ihre Wohnung kam.

»Echt heiß«, grinste Matthis und gab ihr einen Kuss auf die Wange. Mit dem hatte Charlie mal so richtig Glück gehabt. Mit seinen ewig verwuschelten Haaren und dem optimistischen Lächeln im Gesicht war er nicht nur ein toller Anblick. Er war auch der netteste Mann, den Jessie je getroffen hatte. Er und Charlie waren seit drei Jahren verheiratet, aber die Blicke, die er seiner Frau ständig zuwarf, ließen eher vermuten, dass sie die Flitterwochen noch vor sich hätten.

Am Eingang des Doms standen schon Lennart, seine Freundin und Gabriel. Jessie nuschelte ein kurzes Hallo in seine

Richtung, bevor sie Maggie, Lennarts Freundin, vorgestellt wurde. Die war ihr auf Anhieb sympathisch. Unter einem dunklen Kurzhaarschnitt blitzten vergnügte braune Augen, und auch sie hatte, wie Jessie, keineswegs Modelmaße. Aber ihr strahlendes Lächeln machte das mehr als wett. Als alle sich bekannt gemacht hatten, wagte Jessie einen zweiten Blick auf Gabriel. Er trug schwarze Levis, in denen sein Hintern unfairerweise nicht voluminös aussah, sondern verdammt knackig. Der schwarze Rollkragenpullover und die Lederjacke darüber ließen seine Augen noch blauer erscheinen. Gut, war er eben ein Hingucker. Ihr doch egal. Vielleicht sah Robert nicht unbedingt heiß aus, aber er würde ihr nie das Herz brechen. Und das war doch wohl mehr wert als so ein Möchtegernstar.

Nach zwei Achterbahnfahrten und einer Runde auf dem fliegenden Teppich dachte Jessie allerdings weder an Robert noch an Gabriels knackigen Hintern. Dafür hatte sie einfach zu viel Spaß. In der Achterbahn kreischte sie wie ein Teenie und lachte über das ganze Gesicht.

Gabriel beobachtete sie erstaunt. Das war eine ganz andere Jessie als die, die er nach vierzehn Jahren wiedergetroffen hatte. Als er ihre fast ekstatische Freude beobachtete, dachte er unwillkürlich wieder an ihr Schlafzimmer. Der Hosenanzug und der strenge Haarknoten hatten definitiv nichts mit der echten Jessie zu tun. Und das erste Mal seit Langem erlaubte er sich, an ihre frühere Zeit zurückzudenken. Und vor allem an den Grund, warum er die Sache beendet hatte.

Einige Fahrten später beschlossen Charlie, Matthis, Lennart und Maggie eine Runde mit dem Riesenrad zu drehen.

»Ohne mich«, beschloss Jessie. »Das ist viel zu langweilig.«

»Muss ich auch nicht haben. Ihr trefft uns da hinten im Bierzelt«, sagte Gabriel und zog Jessie mit sich.

Kurz darauf saßen sie mit zwei großen Bierkrügen vor sich an einem wackeligen Tisch.

»Charlie hat gesagt, du musst heute Abend mitkommen. Weil du so wenig Spaß hast. Was hat sie damit gemeint?«, fragte Gabriel.

»Keine Ahnung«, tat Jessie unschuldig. »Ich habe in meinem Leben nämlich eine ganze Menge Spaß. Mit meinem Freund«, fügte sie hinzu. »Leider mag Charlie ihn nicht besonders. Warum auch immer.« Je leerer ihr Bierkrug wurde, umso gesprächiger wurde sie. »Er heißt Robert und ist ein wenig älter als ich. Und er ist sehr zuverlässig. Und immer korrekt.«

Gabriel taxierte sie mit einem eisblauen Blick. »Seltsame Art, seinen Freund zu beschreiben. Hört sich eher an, als wäre er dein Steuerberater.«

»Na ja, er ist tatsächlich Steuerberater. Allerdings nicht mehr meiner. Er ist gerade als Fachbeirat in die Steuerberaterkammer gewählt worden.«

Was redete sie denn da für einen Blödsinn? Als ob Gabriel das interessieren würde. Schnell konzentrierte sie sich auf den Rest ihres Bieres.

Gabriel grinste sie an. »Da habt ihr bestimmt eine Menge Spaß miteinander.«

Verunsichert sah Jessie ihn an. »Wie meinst du das? Also, auf seine Art ist er bestimmt auch irgendwie humorvoll. Aber natürlich geht es in einer Beziehung nicht darum, sich ständig vor Lachen zu kringeln.«

Gabriel hatte genug gehört. »Komm«, sagte er und zog sie von der Bank hoch. »Wir beide fahren jetzt Autoskooter.«

Jessie trank noch schnell den Rest von Gabriels Bier und ließ sich kichernd von ihm mitziehen. »Das habe ich zuletzt mit fünfzehn gemacht. Und schon damals konnte ich es nicht.«

Gabriel sah sie lächelnd an. »Musst du auch nicht. Heute hast du einen Chauffeur. Na los.«

Kurze Zeit später kam Jessie aus dem Lachen nicht mehr heraus. Ihr Skooter wurde von anderen gerammt, Gabriel rammte zurück, und jedes Mal wurde sie an seine Schultern geschleudert. Viel zu früh war die Zeit um, und der Skooter blieb stehen.

»Möchtest du noch mal fahren?«, fragte Gabriel.

»Nein. Jetzt will ich an die Schießbude. Ich habe es nie geschafft, etwas zu treffen, aber ich glaube, heute ist mein Glückstag.«

Vielleicht war er das, aber nicht an der Schießbude. Mit zielsicherer Genauigkeit traf Jessie mit jedem Schuss daneben.

»Dann musst du eben schießen. Du hast das doch gelernt, oder? Ich will die Milka-Kuh«, sagte Jessie und zeigte auf ein monströses Plüschtier, das zwar lila war, aber ansonsten wenig Ähnlichkeit mit einer Kuh hatte.

Gabriel legte an und zielte. Nach fünfzehn Treffern richtete er sich auf und schaute hinter Jessie. »Guck mal, wer da steht. Kennst du den noch?«

Jessie verrenkte sich den Hals, aber so sehr sie auch die Menge absuchte, sie sah niemanden, der ihr bekannt vorkam. Sie drehte sich wieder zu Gabriel um, der gerade etwas von dem Schießbudenbetreiber in die Hand gedrückt bekam.

»Wen meintest du denn? Ich habe niemanden erkannt.«

»Och, dann hab ich mich wohl geirrt«, behauptete er. »Ich bin leider zu schlecht im Schießen, für die Kuh hat es nicht gereicht. Nur dafür«, sagte er mit einem provozierenden Grinsen.

Jessie starrte fassungslos das Paket an, das Gabriel ihr in die Hand gedrückt hatte. Darauf stand »Gruß vom Kiez«, und ein buntes Bild zeigte, was sich in dem Päckchen befand. Ein Set Reizwäsche, das nicht einmal annähernd wichtige Stellen verbergen konnte.

»Du bist so ein Idiot«, sagte Jessie, konnte sich ein Grinsen aber nicht ganz verkneifen. Sie stopfte die Wäsche in ihre Handtasche. »Lass uns mal lieber wieder ins Bierzelt gehen, die anderen warten bestimmt schon auf uns.«

Die waren allerdings so sehr in ihr Gespräch vertieft, dass sie die beiden kaum bemerkten.

»Typisches Paarverhalten«, klärte Gabriel Jessie auf. »Kennst du das? Kaum sind die unter sich, tauschen sie sich über Rezepte und Ikea-Küchen aus.«

»Genau«, kicherte Jessie. »Und die besten Urlaubsziele. Ich will was trinken. Und dann in die Geisterbahn.«

»Komm, Engelchen. Du bekommst jetzt ein kaltes Bier. Und danach gehen wir in die Geisterbahn.«

Nach dem zweiten großen Bier wusste Jessie nicht mehr, warum sie vorher auf keinen Fall mit Gabriel auf den Dom gewollt hatte. Das hier war richtig lustig. So lustig, wie die Gespenster in der Geisterbahn gruselig waren. Mehr als einmal versteckte sie ihren Kopf an Gabriels Schulter. Der hatte den Arm um sie gelegt und küsste sie auf den Kopf.

»Keine Angst. Ich beschütze dich vor den bösen Geistern.«

Nach der Geisterbahn entdeckte Jessie die große Achterbahn mit dem dreifachen Looping.

»Und? Traust du dich?«, fragte sie Gabriel.

Der steckte seinen Finger in ihre Gürtelschlaufe, zog sie gefährlich nahe zu sich und sah ihr tief in die Augen.

»Nicht, wenn das was Wildes ist. Weil, wilde Sachen machst du ja nicht mehr. Oder, Jessie?«

Jessie blickte zurück, was definitiv ein Fehler war. Sie atmete Gabriels Geruch ein, und auf einmal wurde ihr ganz schrecklich heiß. Sein Gesicht war nur noch ein paar Zentimeter von ihrem entfernt, und plötzlich lösten sich vierzehn Jahre in gar nichts auf. Wie ferngesteuert legte sie ihre Arme um seinen Hals und hob den Kopf. Gabriel umarmte sie und begann, sie zu küssen.

Ein letztes Mal dachte Jessie an Robert. Allerdings war dieser Gedanke nicht so schmeichelhaft, denn so, wie Gabriel sie jetzt küsste, war sie schon ewig nicht mehr geküsst worden. Voller Verlangen und Versprechungen. Es kam ihr vor, als würde sie sich einfach auflösen. Dahinfließen und verbrennen. Sie presste sich dichter an Gabriel und schob ihre Hände unter seine Lederjacke. Dort trafen sie auf harte Muskeln, und wie Jessie schnell merkte, war das nicht alles, was hart war. Eine ausgeprägte Wölbung in seiner Jeans drängte sich gegen ihren Bauch. Dieser Kuss hätte ewig dauern können, aber leider zerstörte Jessies Handy den Moment. Schwer atmend löste sie sich von Gabriel, zog das Handy aus der Tasche und schaute auf das Display. Robert.

Sofort kam sie wieder zu sich. Was zur Hölle tat sie hier? Sie war ja wohl wirklich das dümmste Stück auf zwei Beinen. Mit dem Handy in der Hand ging sie ein paar Schritte und begrüßte dann Robert mit einem heiseren »Hallo«.

»Hallo, Liebes, ist deine Grippe zurück? Du klingst ein wenig erkältet.«

»Äh, nein, ich glaube nicht.«

»Schön, schön. Ich rufe an, weil ich leider morgen keine Zeit für dich habe. Die Steuerberaterkammer hat kurzfristig einen Termin anberaumt. Es tut mir sehr leid. Sehen wir uns am Sonntag?«

»Ja, gerne«, brachte Jessie heraus und sah zu, dass sie das Gespräch beendete. Was war da eben bloß in sie gefahren? Sie konnte Gabriel doch nicht ausstehen, warum um alles in der Welt war sie dann so scharf auf ihn? Das ergab überhaupt keinen Sinn. Jessie tat, als würde sie noch telefonieren, und dachte angestrengt nach. Jetzt galt es, Schadensbegrenzung zu betreiben. Sie steckte das Handy wieder ein und drehte sich zu Gabriel um. Der stand immer noch vor der Achterbahn und sah ihr mit einem unergründlichen Blick entgegen.

Jessie zwang sich zu einem Lachen. »Was war das denn eben? Tut mir wirklich leid, irgendwie habe ich mich hier auf dem Dom wieder gefühlt wie eine Fünfzehnjährige. Und damals gehörte Knutschen unbedingt dazu. Nimm es nicht persönlich, okay?«

Gabriel taxierte sie weiter mit diesem Blick. »Du hast dich nicht angefühlt wie eine Fünfzehnjährige. Eher wie eine Dreißigjährige, die schon viel zu lange nicht mehr richtig geküsst worden ist.«

»Ach, jetzt spricht der Experte, wie? Ich muss dich leider enttäuschen. Ich werde ständig geküsst, ganz oft. Und jetzt will ich zurück zu den anderen.«

Plötzlich fing er auch noch an zu grinsen. »Wie du meinst. Und, Jessie?«

»Was denn?«, fragte sie genervt zurück.

»Ich kann deinen BH sehen.«

Entsetzt sah sie an sich herunter. Der Pullover war ihr über eine Schulter gerutscht, und ihr halber Busen winkte fröhlich heraus. Mit rotem Kopf zog sie den Pullover wieder hoch und ging Richtung Bierzelt.

Den Rest des Abends sah sie zu, so viel Abstand wie nur möglich zu Gabriel zu halten.

»Wisst ihr, was wir zum Abschluss machen sollten?«, fragte Maggie. »Mit dieser neuen Wasserbahn fahren. Was haltet ihr davon?«

»Das ist super«, bestimmte Charlie. »Los, alle mit.«

Jessie trottete hinterher. In diesen Booten, gemeinsam mit den anderen, war sie in einer Wildwasserbahn auf der sicheren Seite. Allerdings war dies keine Wildwasserbahn. Hier gab es kleine Boote, in die immer nur zwei Leute reinpassten. Und so unauffällig Jessie auch versuchte, Charlie ein Zeichen zu geben, die verstand es einfach nicht. So guckte sie grimmig zu, wie erst Charlie und Matthis und dann Lennart und Maggie in ein Boot einstiegen.

»Ach, irgendwie sieht das ziemlich langweilig aus«, sagte sie zu Gabriel. »Ich glaube, ich warte lieber hier.«

»Angst, mit mir allein zu sein, Schätzchen?«, grinste der. »Glaub mir, ich kann damit umgehen, wenn du zu aufdringlich wirst.«

»Du bist ein solcher Mistkerl«, zischte Jessie ihn an. Weiter kam sie jedoch nicht, denn der Angestellte der Bahn blaffte sie ziemlich unfreundlich an.

»Sie halten hier den Betrieb auf. Steigen Sie endlich ein.«

Mit zusammengebissenen Zähnen setzte Jessie sich ins Boot und guckte stur geradeaus. Das Boot fuhr in eine dunkle Höhle, und sie verdrängte ihren Ärger. Denn das hier war total niedlich gemacht. Die Wasserbahnen führten sie direkt durch eine orientalische Märchenwelt. Verschiedene Schauplätze zeigten bewegende und sprechende Figuren wie Ali Baba, Sindbad und viele mehr.

»Das ist so schön«, staunte Jessie mit großen Augen. Kurz darauf spürte sie Gabriels Finger, die sich unter ihre Locken geschoben hatten und ganz leicht ihren Nacken streichelten. Sofort versteifte sie sich, und er zog seine Hand weg.

»Keine Angst. Ich tue nichts, was du nicht auch willst«, sagte er leise und lehnte sich zurück. »Aber wenn du dich gerne noch mal wie ein Teenie fühlen möchtest – ich stehe zur Verfügung.«

»Das wird nicht passieren«, gab Jessie verbissen zurück. »Glaub mir, das wird sich nicht wiederholen.«

»Ich glaube doch«, lächelte er. »Und du glaubst es auch. Aber ich bin ein geduldiger Mann. Ich kann warten.«

Er beugte sich vor und strich ganz sanft über ihre Unterlippe. »Und die gute Nachricht ist, ich weiß jetzt schon, dass sich das Warten lohnen wird.«

Jessie sagte gar nichts mehr. Die Märchenwelt hatte ihren Reiz verloren, sie wollte nur noch hier raus. Vor allem weg von Gabriel. Denn egal, was sie versuchte, dieser Kuss ließ sich nicht aus ihrem Kopf vertreiben. Und Gabriels Nähe, in der sie sein Rasierwasser riechen konnte und seine Worte nachhallten, war gefährlich. Sie musste sich ganz dringend in Sicherheit bringen. Als das Boot endlich wieder aus der Höhle herausfuhr, konnte sie es gar nicht abwarten auszusteigen.

Die anderen warteten schon auf sie.

»Gehen wir zusammen noch was trinken?«, fragte Matthis.

»Gute Idee«, sagte Jessie schnell. »Und trinkt etwas für mich mit. Ich muss dringend los, ich bin schon viel zu spät dran.«

Mit diesen Worten flüchtete sie Richtung Bahn. Sie hoffte, dass die anderen sich nicht fragten, für was sie an einem Freitagabend zu spät dran war. Die nächste U-Bahn war ihre, und erst, als der Zug aus dem Bahnhof fuhr, konnte sie tief durchatmen. Wenn der glaubte, sie würde noch einmal auf ihn reinfallen, dann hatte er sich getäuscht. Und wie arrogant dieser Mann war. Er würde auf sie warten, das war ja wohl ein Witz. Da könnte er aber lange warten. Mit diesem Mann war sie fertig, und so ein kurzer Kuss würde daran ganz bestimmt nichts ändern.

Gabriel sah Jessie versonnen hinterher. Das hier entwickelte sich ja endlich mal zu einer willkommenen Abwechslung. Waren Männer nicht von Natur aus Jäger? Er hingegen hatte in der letzten Zeit eher nur gesammelt. War ja fast ein bisschen jämmerlich. Aber nun wurde es interessant. Denn er wusste genug über Frauen, dass ihm klar war, dass Jessie ihm nicht die Schwer-zu-Kriegende vorspielte, um sich interessant zu machen. Ihr Kopf mochte zwar laut und deutlich Nein rufen, aber ihr Körper wollte etwas ganz anderes. Und er würde diesem herrlichen Körper nur zu gerne das geben, was er haben wollte. Denn was er da eben in seinen Armen gehalten hatte, war äußerst vielversprechend gewesen.

»Du hast schon wieder diesen Blick«, stellte Lennart fest, der an seine Seite gekommen war. »Ich wusste es doch. Du bist scharf auf sie.«

»Auf wen denn diesmal?«, fragte Gabriel betont gelangweilt.

»Du weißt genau, wen ich meine. Denk daran, was ich gesagt habe. Ich lasse mich nicht aus der Kantine vertreiben.«

»Hast du diese Probleme eigentlich schon länger? Man sagt, dass bei der Polizei ein paar ganz fähige Psychologen arbeiten würden. Vielleicht solltest du dir mal einen Termin geben lassen. Offenbar ist mit deinem Leben eine Menge nicht in Ordnung, wenn du dich immer so besessen auf meines stürzen musst.«

Sein blöder Freund guckte nicht einmal beleidigt, sondern lachte nur. »Wie du meinst. Und jetzt gehen wir was trinken.«

6

Samstagmittag klingelte Jessies Telefon, und eine aufgeregte Charlie war dran.

»Und? Was ist passiert? Du bist doch nicht ohne Grund gestern so schnell verschwunden.«

»Gar nichts ist passiert. Jedenfalls nichts, was der Rede wert wäre. Und ihr? Wart ihr noch woanders?«, wollte sie schnell das Thema wechseln.

Charlie ließ sich aber nicht ablenken. »Natürlich ist etwas passiert. Und du wirst es mir schon noch erzählen. Aber gut, ich kann warten.«

Großartig. War sie nur noch von geduldigen Menschen umgeben? Sie war ja ein richtiger Glückspilz. Zum Glück beharrte Charlie nicht mehr auf diesem unwillkommenen Thema. Vorerst.

»Ja, wir waren noch in der *Sansi-Bar*. War echt witzig, überhaupt kann man mit der Bande viel Spaß haben. Wir wollen uns nächsten Freitag bei dem Italiener in der Denzelstraße treffen. Du kommst doch auch?«

»Ja. Aber mit Robert«, stellte Jessie fest. »Und jetzt muss ich zum Flughafen, meine Mutter abholen.«

»Ist ihr Urlaub schon vorbei? Grüß sie schön von mir«, bat Charlie.

Als Jessie später in die Ankunftshalle kam, war der Flieger aus Griechenland schon gelandet. Und bevor sie ihre Mutter sah, hörte sie sie schon. Dieses Lachen klang wie ein

Truck, der gerade gestartet wurde. Und der Rest der Frau passte dazu. Ihre Mutter war neunundvierzig, behauptete, keinen Tag älter als dreiundvierzig zu sein, und kleidete sich wie eine Zwanzigjährige. Kaum sah sie Jessie, stieß sie ein schrilles Kreischen aus.

»Jessie. Wie cool ist das denn? Du holst mich ab?«

»Das habe ich dir doch gesagt. Willkommen zu Hause. War dein Urlaub schön?«

»Super war der. Ich will mich nur noch schnell verabschieden, dann können wir los.«

Mit ihrem knallig pinkfarbenen Rollkoffer im Schlepptau ging sie zu drei Frauen, die höchstens fünfundzwanzig waren, und alle vier hopsten und machten äußerst merkwürdige Armbewegungen. Musste wohl ein Insider sein. Jessie beobachtete ihre Mutter. Heute trug sie schwarze Lederleggins, ein leuchtend rotes Oberteil, das, natürlich, mal wieder ausgeschnitten war bis zum Bauchnabel, und hochhackige schwarze Stiefel. Mit ihren blondierten, aufgetürmten Haaren und dem dramatischen Make-up sah sie aus wie eine in die Jahre gekommene Pamela Anderson. In der Version für Arme. Es hatte eine Zeit in Jessies Leben gegeben, da hatte sie sich ständig für ihre Mutter geschämt. Und sich gewünscht, sie wäre weniger schrill und laut, stattdessen mehr wie andere, normale Mütter. Aber als diese Phase vorbei war, hatte sie das riesengroße Herz von Tanja unter all diesen verrückten Klamotten erkannt. Und ihre Freunde liebten sie. Bei ihr zu Hause durften Partys gefeiert werden, sie durfte als Erste aus ihrem Freundeskreis in die Disco und vor allem waren Jessies Freunde ihr stets willkommen. Sie bestand darauf, von ihnen geduzt zu werden, hörte sich all ihre Teenieprobleme mit einer Engelsgeduld an und bot sogar richtig gute Lösungen. Als sie merkte, dass es Jessie sehr ernst war mit Gabriel, besorgte sie ihr nicht nur die Pille, sondern ging jedes Wochenende aus und ließ die beiden allein. Einen Vater hatte Jessie nie vermisst. Zum einen waren ständig Männer um ihre Mutter herum, von denen der ein oder andere einer Vaterfigur sehr nahe kam. Und zum anderen hatten sie auch zu zweit einen Riesenspaß. Jessies leiblicher Vater hatte die damals erst achtzehnjährige schwangere Tanja sitzengelassen und ward seitdem nie mehr gesehen. Wie Tanja sagte, kein großer Verlust.

Auf dem Weg zum Auto erzählte Jessies Mutter von ihrem Urlaub, wobei der Name »Klausi« bedenklich oft fiel.

»Stell dir vor, die ganzen zwei Wochen hat die Sonne gestrahlt. Und die Cocktailbar am Pool hatte schon ab zehn Uhr morgens geöffnet. Du glaubst nicht, was wir für einen Spaß hatten.«

»Mama, du hast immer Spaß«, stellte Jessie leicht neidisch fest, während sie den schweren Koffer ins Auto hievte. Ihre Mutter saß schon drin und kramte ihr Handy heraus.

»Ich muss zuerst Maren anrufen, und dann erzählst du mir, wie es mit eurer Kantine so läuft«, bestimmte sie.

Jessie sah ihr zu, wie sie auf dem Handy tippte. Das war schon eine Leistung, mit diesen Fingernägeln die richtigen Zahlen zu treffen. Tanja war selbstständige Nageldesignerin und selbst die beste Werbung für ihren Laden. Ihre Kunstnägel waren gefährlich lang und zurzeit mit einem schwarzlila Muster versehen. Maren, die Angestellte ihrer Mutter, hatte sich während ihres Urlaubs um das Nagelstudio gekümmert. Das hatte sie wohl gut hingekriegt, denn mit einem Lächeln im Gesicht beendete Tanja das Gespräch.

»Und nun zu dir. Wie läuft der Laden?«

»Nicht so schlecht, es gibt aber noch Luft nach oben. Der vorige Pächter hat sich von den Lieferanten fast nur Fertigprodukte liefern lassen, und so hat es wohl auch geschmeckt. Aber langsam spricht es sich rum, dass wir besser sind. Ich glaube, wir sind auf einem guten Weg.«

»Das ist schön. Ich komme nächste Woche vorbei und schau es mir mal an. Ach, könntest du mir wohl den Koffer hochbringen? Ich habe heute Abend ein Date mit Klausi, da kann ich mir keinen abgebrochenen Nagel leisten.«

Während Jessie sich mit dem Koffer abmühte, hatte ihre Mutter bereits die erste Nachbarin entdeckt und erzählte auch ihr von der Sonne, dem Pool und der Cocktailbar. Jessie wartete fünf Minuten vor der Tür, bis ihre Mutter endlich die Treppe hochkam und aufschloss. In dieser Wohnung war Jessie groß geworden, und auch, wenn sie für zwei Frauen ein bisschen klein gewesen war, hatte sie ihr Zuhause geliebt.

»Und jetzt stoßen wir darauf an, dass ich wieder sicher gelandet bin«, schlug Tanja vor und holte gleich eine Sektflasche aus dem Kühlschrank. Während sie den ersten Schluck nahm und ihre obligatorische Zigarette rauchte, musterte sie ihre Tochter prüfend. »Irgendwas ist mit dir«, meinte sie. »Was ist los?«

»Nichts«, versuchte sich Jessie in Ausflüchten. »Ich bin nur ein bisschen müde.«

»Blödsinn. Wenn dich einer kennt, dann ich. Und so wie jetzt guckst du nur, wenn es um einen Mann geht. Also, der Steuerberater wird es nicht sein, der ist kein Mann für solche Blicke. Was habe ich verpasst?«

Ihre Mutter schaffte es immer wieder, dass sie ihre Geheimnisse preisgab.

»Gabriel ist Polizist geworden und isst bei uns in der Kantine. Und er hat mich auf dem Dom geküsst«, platzte Jessie raus.

Tanja strahlte. »Gabriel? Im Ernst? Gott, der Junge war

schon immer so schnuckelig. Er ist zur Polizei gegangen? Ich hätte ihn eher auf der anderen Seite des Schreibtisches gesehen«, lachte sie ihr dröhnendes Lachen. »Und ihr habt euch also geküsst. Ich wette, der Junge versteht was davon.«

»Darum geht es doch nicht«, erwiderte Jessie verärgert. »Du weißt selber, wie mies es mir damals ging. Ich will nichts mehr mit ihm zu tun haben.«

»Ist klar. Darum hast du dich auch küssen lassen«, amüsierte sich ihre Mutter.

»Ich finde das überhaupt nicht witzig«, stellte Jessie klar.

»Ach, Mädchen, woher hast du bloß diesen ständigen Ernst? Männer sind zum Vergnügen da. Verbring doch einfach eine nette Zeit mit ihm und mach dir nicht immer so viele Gedanken. Und vor allem, lass dein Herz da raus.«

»Du hast wohl vergessen, dass ich mit Robert zusammen bin. Da werde ich mir kaum mit einem anderen Mann eine nette Zeit machen.«

»Wann kommst du endlich zur Vernunft und lässt diesen Blödsinn mit dem Steuerberater? Der Mann ist eine echte Spaßbremse, und das weißt du auch.«

»Und wann hörst du endlich auf, auf ihm rumzuhacken? Ich dachte, wir hätten eine Abmachung, dass Robert meine Sache ist.«

»Von mir aus gern. Ich will bestimmt nicht, dass er meine Sache ist«, schüttelte sich Tanja. »Aber der Steuerberater interessiert mich auch nicht. Dafür aber Gabriel. Ich komme am Montagmittag zu dir in die Kantine und schau ihn mir mal an.«

»Wenn es dir Spaß macht. Sei bitte um halb zwei da, ich muss dich am Eingang abholen, sonst kommst du nicht rein. Und jetzt lass ich dich auspacken und für dein Date fertigmachen. Was ist dein Klausi denn für einer?«

»Ein Netter. Der übrigens weiß, wie man sich amüsiert. Darum geht es doch im Leben.«

Jessie hatte da andere Ansichten, aber die behielt sie für sich.

Am Sonntag schlenderte Jessie mit Robert durch das Völkerkundemuseum und bewunderte die Ausstellung der Maya-Textilien. Während Jessie die bunten Muster bestaunte, las Robert aus dem Katalog vor.

»Das passt ja richtig gut, dass diese Ausstellung jetzt hier gezeigt wird. Nächsten Freitag gibt es in der Musikhalle ein Konzert mit Maya-Musik. Das sollten wir uns unbedingt anhören.«

»Ja, vielleicht. Aber Charlie und Matthis wollen mit uns am Freitag zum Italiener. Und ein Kommissar, den wir in der Kantine kennengelernt haben, kommt auch mit seiner Freundin. Das wird bestimmt Spaß machen, die sind wirklich nett.«

»Ach, Liebes, ich weiß nicht. Warum soll ich den Freitagabend mit wildfremden Leuten verbringen? Solche Konstellationen liegen mir nicht so besonders.«

»Tu es mir zuliebe, ja? Ich mag die wirklich.«

»Nun gut. Dann bin ich dabei, wenn es dir so wichtig ist. Ist es dir recht, wenn ich dich jetzt nach Hause bringe? Ich habe später bei mir noch einige Dinge für die nächste Woche vorzubereiten.«

Er brachte Jessie nicht nur nach Hause, sondern bat auch darum, noch etwas bleiben zu dürfen. Im Schlafzimmer zog er die Jalousien herab, zog sich aus und legte sich zu Jessie ins Bett. Die bemühte sich, in Stimmung zu kommen, doch so richtig gelang es ihr nicht. An Robert konnte es auf gar keinen Fall liegen. Er war im Bett sehr rücksichtsvoll und fragte ständig nach, ob ihr dieses oder jenes gefiel.

Urplötzlich schob sich Gabriel in ihre Gedanken. Sie war sicher, dass der nicht so viel reden würde. Bei der Vorstellung, was er stattdessen alles mit ihr anstellen würde, wurde ihr heiß. Das nahm Robert zum Anlass, das Finale einzuläuten, und Jessie fühlte sich einmal mehr als ganz schlechter Mensch. Das hatte Robert nicht verdient. Er allerdings wusste nichts von den Bildern in ihrem Kopf.

»Du warst heute sehr leidenschaftlich, Liebes. Das war etwas ungewohnt für mich, aber du hast mir damit ein großes Kompliment gemacht. Ich danke dir dafür.« Mit diesen Worten stand er auf, um unter die Dusche zu gehen.

»Robert? Kannst du nicht noch ein bisschen liegen bleiben? Und mich in den Arm nehmen?«, bat Jessie.

Robert hüstelte. »Tut mir leid, Liebes. Aber ich brauche danach einfach immer eine Dusche. Man kommt ja doch ein wenig ins Schwitzen.«

Jessie blieb allein im Bett zurück und widerstand dem Drang, ihren Kopf gegen die Wand zu hauen. Was bloß stimmte nicht mit ihr? Da hatte sie das große Glück, mit einem Mann zusammen zu sein, der sie achtete und schätzte. Der sich nicht den Kopf nach anderen Frauen verdrehte, der sie respektierte. Und sie dachte ausgerechnet beim Sex mit diesem anständigen Mann an den größten Mistkerl unter der Sonne. Und das Schlimmste war – diese Gedanken machten sie auch noch heiß. Ob eine Psychotherapie da Abhilfe schaffen konnte? Vielleicht hatte sie ja doch einen Defekt, weil sie ohne Vater aufgewachsen war. An irgendetwas musste es doch liegen.

Noch lange, nachdem Robert sich verabschiedet hatte, lag sie mit offenen Augen im Bett. Undankbar, genau, das war sie. Aber damit war nun ein für alle Mal Schluss. Gut, hatte Gabriel sie eben so geküsst, dass ihre Knie gezittert hatten und ihr in ganz bestimmten Regionen ihres Körpers furchtbar warm geworden war. Aber es war ja klar, dass er so küssen konnte. Schließlich war es sein Hobby, Frauen aufzureißen. Da bekam man mit der Zeit sicher eine Menge Übung im Küssen. Aber sie würde nicht darauf reinfallen. Eine weitere Trophäe in Gabriels Harem zu sein, das brauchte sie genauso wenig wie zwei Kampfhunde im Haus. Also würde sie sich jetzt endlich zusammenreißen und sich einfach jeden Gedanken an ihn verbieten. Genau so, wie sie sich Schokolade und Pralinen verboten hatte. Einfache Geschichte.

7

Am Montagmorgen klingelte Gabriels Telefon.

»Hallo, hier ist Stefanie«, zirpte es in sein Ohr. »Kommst du heute Nachmittag bitte zur Kostümprobe? Und keine Ausflüchte diesmal, ja? Wir müssen jetzt endlich anfangen zu üben.«

Gabriel murmelte etwas in den Hörer und legte wütend auf. So. Und nun war Schluss mit diesem Unsinn. Es würde ihm jetzt etwas einfallen, diese Sache ein für alle Mal zu beenden. Und zwar jetzt gleich. Welche Möglichkeiten hatte er? Steffi hatte es bereits abgelehnt, einen anderen Indianer zu suchen. Also hieß es, sie umzustimmen. Allerdings müsste er dafür wohl mindestens mit einem Heiratsantrag aufwarten, und Heiraten war definitiv noch schlimmer, als den Indianer zu machen. Kurz dachte er daran, am Tag der Aufführung einen herrenlosen Koffer in die Kantine zu schmuggeln. Doch die Drogenhunde waren so gut, spätestens nach einer halben Stunde würde es Entwarnung geben, und er müsste doch auf die Bühne. Während er noch über seine Möglichkeiten grübelte, kam Lennart schlecht gelaunt ins Büro.

»Weißt du was? Dieser senile Richter Marquard hat den Durchsuchungsbeschluss für Kollmann abgelehnt. Wie viele Beweise will der denn noch, dass in Kollmanns Wohnung gedealt wird wie auf einem orientalischen Bazar?«

»Ich habe mir so etwas schon gedacht. Je näher seine Pensionierung rückt, umso weniger arbeitet der Kerl. Aber in zwei Wochen ist der weg, und dann kriegen wir den Beschluss von seinem Nachfolger. Jede Wette.«

»Hoffentlich hast du recht. Manchmal hab ich echt die Nase voll. Man kann Schlüter nur beneiden, dass er es bald hinter sich hat. Und das mit achtundfünfzig, da hat er noch Zeit genug, seinen Ruhestand zu genießen.«

Gabriel richtete sich auf. »Der ist erst achtundfünfzig? Wieso geht er denn jetzt schon in Pension?«

»Keine Ahnung. So eine vorzeitige Pensionierung ist doch nicht unüblich. Angeblich hat seine Frau Druck gemacht, aber so sehr interessiert mich das nun auch nicht.«

Nun, Gabriel interessierte es dafür umso mehr. »Ich bin mal kurz weg«, ließ er Lennart wissen und sah zu, dass er in den zweiten Stock zu Schlüter kam. Natürlich, die Lösung lag doch auf der Hand. Warum war ihm das nicht schon eher eingefallen?

»Haben Sie vielleicht mal ein paar Minuten Zeit für mich?«, fragte Gabriel gleich, nachdem er geklopft und die Tür aufgerissen hatte.

»Sicher, kommen Sie rein. Worum geht es denn?«

Gabriel machte die Tür hinter sich zu und setzte sich vor Schlüters Schreibtisch. »Also, das ist jetzt vertraulich. Und muss unter uns bleiben. Versprechen Sie mir das?«

Fragend sah Schlüter ihn an, zuckte dann aber mit den Schultern und nickte. »Gut, es bleibt unter uns. Also, was gibt's?«

»Meine Eltern haben hier in der Stadt einen gewissen Einfluss«, log Gabriel. »Am Wochenende gab es in ihrem Haus einen Empfang, bei dem auch unser Polizeipräsident anwesend war. Und ich habe ein Gespräch zwischen ihm und seinem Stellvertreter mit angehört.«

»Der Polizeipräsident? Bei Ihren Eltern? Na, so was. Und über was haben die geredet?«

Gabriel wagte den Sprung ins kalte Wasser. »Ehrlich gesagt, über Sie. Dass sie froh sind, dass Sie frühzeitig in Pension gehen, weil die für Ihre Position bereits einen Nachfolger haben. Und nun halten Sie sich fest. Die wollen Gerhard Wagner als Chef der Abteilung Organisierte Kriminalität.«

Schlüter wurde blass. »Gerhard Wagner? Den Assistenten des Polizeipräsidenten? Aber der ist doch gar kein richtiger Polizist, der hat doch von unserer Arbeit überhaupt keine Ahnung!«

»Ich weiß das, Herr Schlüter, und Sie wissen das auch. Aber auch bei uns gibt es Politik, und für den Präsidenten ist es nun mal eine angenehme Sache, eine Marionette auf diesem Stuhl zu wissen.«

»Das ist unglaublich«, murmelte Schlüter. »Einfach unglaublich. Was wird aus dieser Abteilung werden? Meine Jungs werden niemals mit diesem Fatzke zusammenarbeiten. Wahrscheinlich stehen die auch schon auf der Abschussliste.«

»Möglich ist es«, nickte Gabriel. »Ich konnte das einfach nicht für mich behalten, aber Sie verstehen jetzt sicher, warum dieses Gespräch so vertraulich ist. Wenn jemand mitkriegt, was ich getan habe, sehe ich für mich in diesem Haus keine große Zukunft mehr.«

»Ich bin Ihnen sehr dankbar«, sagte Schlüter und stand auf. »Glauben Sie mir, ich werde sehr sorgfältig darüber nachdenken.«

»Davon bin ich überzeugt. Ich danke Ihnen für Ihre Zeit«, antwortete Gabriel höflich und ging zum Fahrstuhl. Kaum war er außer Sicht, begann er, vergnügt zu pfeifen. Manchmal musste ein Mann besondere Maßnahmen ergreifen, und diese war ihm ausgesprochen gut gelungen. Er hatte keinerlei Zweifel, zu welchem Schluss Schlüters sorgfältige Überlegungen kommen würden. Immer noch grinsend kehrte er zurück in sein Büro.

»Warum bist du so vergnügt?«, wollte Lennart wissen. »Welches arme weibliche Wesen wird nun nächste Woche in sein Kissen heulen?«

»Ich bringe Frauen nicht zum Heulen, sondern zum Lächeln. Merk dir das endlich mal«, teilte Gabriel ihm mit und lehnte sich in seinem Stuhl zurück. »Und nun muss ich telefonieren.« Er rief Stefanie an und bat sie um zwei Tage Aufschub. »Ich weiß, die Zeit wird langsam eng. Aber ich verspreche dir, wenn du mich am Mittwoch für die Probe haben willst, werde ich da sein. Du kannst dich darauf verlassen.«

»Na gut. Aber auch wirklich, ja?«

»Schätzchen, ich halte meine Versprechen. Bis Mittwoch«, verabschiedete sich Gabriel und grinste schon wieder.

Lennart beobachtete ihn misstrauisch. »Manchmal möchte ich gar nicht wissen, was in deinem Kopf vor sich geht. Übrigens, in zwei Minuten sollte Borchert hier erscheinen für seine Aussage. Kannst du die aufnehmen? Ich muss gleich als Zeuge vor Gericht aussagen.«

»Alles klar. Viel Glück, wir sehen uns später.«

In der Küche der Kantine herrschte wie immer mittags Hochbetrieb. Jessie eilte zwischen Küche und Essensausgabe hin und her, füllte Nudeln und Kartoffeln nach und kontrollierte die Getränkeautomaten. Ab halb zwei ließ der Betrieb nach, und sie setzte sich das erste Mal an diesem Tag hin.

»Ein Anruf von der Pforte für dich«, informierte sie Melanie.

Richtig, ihre Mutter wollte sich heute ja die Kantine anschauen. Sie sagte dem Beamten am Eingang Bescheid, dass sie sie abholen würde, und machte sich auf den Weg. Tanja hatte heute mal ein etwas unauffälligeres Outfit gewählt, sie trug enge Jeans, einen selbstverständlich tief ausgeschnittenen Pullover und mörderisch hohe Schuhe. Ihre Haare fielen über die Schultern, und das Make-up konnte man mit ein bisschen gutem Willen beinahe als dezent bezeichnen.

»Du siehst klasse aus«, lobte Jessie ihre Mutter. »Dieser, äh, etwas reduzierte Look steht dir.«

Tanja lachte. »Sag ruhig, dass du mich sonst zu aufgebrezelt findest. Dafür könntest du etwas mehr tun. Was sollen bloß immer diese Hosenanzüge? Du bist doch keine Sparkassenangestellte.«

Jessie ging auf diese ewig selbe Klage gar nicht ein. »Komm mit, ich zeige dir unsere Kantine.«

Nach einer ausführlichen Begrüßung mit Charlie und großer Inspektion setzten sich die beiden an einen Tisch.

»Ist das hier immer so leer?«, fragte Tanja besorgt.

»Nein, zum Glück nicht. Aber um die Uhrzeit sind die meisten schon wieder weg.«

»Also, ich finde es toll. Ich bin sicher, ihr seid auf dem richtigen Weg. Leider muss ich gleich wieder weg, der nächste Termin wartet. Trotzdem, ganz herzlichen Glückwunsch, ich bin stolz auf euch beide.«

»Das freut mich wirklich«, sagte Jessie und sah gleichzeitig einen unwillkommenen Besucher durch die Tür treten.

»Du wolltest doch Gabriel sehen. Der kommt gerade rein, also viel Spaß mit ihm. Ich gehe ins Büro. Danke für deinen Besuch. Ich melde mich.« Jessie sah zu, dass sie wegkam.

Sie saß kaum fünf Minuten in ihrem Büro, als die Tür aufging und Gabriel reinkam.

»Hallo, Häschen. Du gehst mir doch nicht etwa aus dem Weg, oder?«

Jessie knirschte mit den Zähnen. »Mein Name ist Jessica. Und dies ist mein Büro. Da hast du nicht so einfach reinzuplatzen.«

»Also, du hörst dich fast ein ganz klein wenig aggressiv an. Ich will dir nur etwas sagen, dann bin ich schon wieder weg.«

»So. Und? Was willst du mir sagen?«

»Ich habe ziemlich viel an dich gedacht, weißt du?«

Jessie lachte höhnisch. »Dein typischer Einstiegssatz, nehme ich an? Was ist jetzt meine Rolle in dieser Szene? Soll ich lustvoll erschauern, meine Hand auf den Busen pressen und zitternd flüstern: ›Ich muss gestehen, mir geht es genauso‹?«

Gabriel grinste. »Also, mir gefallen alle drei Dinge. Das lustvolle Erschauern, dass es dir genauso geht und ganz besonders die Sache mit der Hand auf dem Busen.«

»Schön für dich. War's das jetzt? Musst du nicht irgendwelche Drogendealer verhaften?«

»Och, die laufen mir nicht weg. Aber ich lass dich jetzt mal wieder allein.« Er stand auf, kam zu Jessie, hob ihr Kinn leicht an und hauchte ihr einen Kuss auf den Mund. »Damit du auch weiterhin an mich denkst, Mäuschen. Bis bald.« Bevor er die Tür hinter sich zumachte, drehte er sich noch einmal um. »Übrigens, passt dir die Wäsche?«

Bevor der Notizblock, den Jessie nach ihm geworfen hatte, ihn traf, hatte er die Tür schon zugemacht. Sie hörte nur noch sein amüsiertes Lachen. Wie konnte ein Mann nur dermaßen arrogant sein? Aber gut, sollte er ruhig seine Witze machen, denn am Ende wäre sie es, die lachen würde. Beim Anblick seines Gesichts, wenn er endlich begriff, dass es auf dieser Welt tatsächlich eine Frau gab, die ihm nicht in die Arme sinken würde.

Am Dienstag rief Tanja an. »Jessie, ich brauche ganz dringend deine Hilfe. Manuela ist hier, weißt du, aus dem zweiten Stock. Danny, ihr Sohn, ist letzte Woche auf der Straße von Polizisten angehalten und durchsucht worden. Dieser Dummkopf hatte tatsächlich zwei Gramm Gras dabei. Der versaut sich doch die ganze Zukunft. Ob du nicht mal mit Gabriel sprechen könntest? Ob man da nicht was machen kann?«

»Also, Mama, wie stellst du dir das denn vor? Was soll Gabriel denn da machen?«

»Ach Jessie, frag ihn doch einfach. Du kennst doch Danny, der hatte doch noch nie irgendwas mit Drogen zu tun. Im nächsten Jahr macht er sein Abitur, das kann nur ein Ausrutscher gewesen sein. Bitte, versuch es, ja? Manuela ist nur noch am Heulen.«

»Also gut«, knickte Jessie ein. »Ich spreche mit ihm, aber versprich dir nicht zu viel davon. Ich glaube nicht, dass ein Drogenermittler in so einer Sache viel Verständnis hat.«

»Das ist so lieb von dir. Gib mir bitte Bescheid, was er gesagt hat, ja?«

»Mach ich. Bis dann.«

Jessie legte den Hörer auf und verzog den Mund. Großartig, jetzt musste sie diesen Mann auch noch um einen Gefallen bitten. Sie sah auf die Uhr. Halb zwei, das war eigentlich seine Zeit. Tatsächlich entdeckte sie ihn ziemlich schnell. Er saß mit drei anderen Männern am Tisch und aß eine Currywurst mit Pommes. Wieso hatte der eigentlich so eine gute Figur? Bei den Kalorienbomben, die er ständig in sich reinschaufelte, sollte er mindestens hundertfünfzig

Kilo wiegen. Gerecht war das nicht. Jessie wartete, bis er sein Tablett wegbrachte, und trat ihm in den Weg.

»Äh, hallo«, fing sie an, bis Gabriel sie auch schon unterbrach.

»Na, Mausilein? Hast du Sehnsucht nach mir?«

»Träum weiter. Ich möchte dich was fragen. Kannst du mal kurz mit in mein Büro kommen?«

Gabriel wiegte den Kopf. »Ich weiß nicht. Da ist es so unbequem. Wollen wir nicht lieber in mein Auto?«

Jessie schloss die Augen und zählte bis drei. Sie durfte sich einfach nur nicht provozieren lassen. Also tat sie, als hätte sie nichts gehört, und ging voraus in ihr Büro.

Kaum hatte Gabriel die Tür hinter sich geschlossen, redete sie los. Bevor ihm wieder etwas einfiel, das sie aus der Fassung brachte. »Meine Mutter hat mich eben angerufen. Bei dem Sohn ihrer Nachbarin sind letzte Woche zwei Gramm Gras gefunden worden. Und sie macht sich Sorgen um ihn, weil er eigentlich mit Drogen gar nichts am Hut hat. Also hat sie mich gebeten, dich zu fragen, ob man da irgendetwas machen kann.«

Gabriel grinste nicht länger, sondern schaute sie ernst an. »Zwei Gramm, sagst du? Jessie, ich darf dir keine Informationen über laufende Ermittlungen geben. Das könnte mich meinen Job kosten.«

»Okay. Hab ich mir schon gedacht. Trotzdem danke.«

»Nicht so schnell. Also, angucken kann ich mir die Sache ja mal. Aber es darf niemand mitbekommen, dass wir beide darüber sprechen. Komm heute Abend zu mir, so gegen acht. Dann kann ich dir sagen, ob ich etwas tun kann.«

»Wow. Danke, das ist echt nett. Gib mir bitte mal deine Adresse, ich werde pünktlich da sein.«

Nachdem sie ihm den Namen von Danny aufgeschrieben hatte und er ihr seine Adresse, verließ er ihr Büro. Sie sah ihm noch lange versonnen hinterher. Dass er wegen ihr seinen Job aufs Spiel setzte, das beeindruckte sie nun doch.

Gabriel ging vergnügt zurück an seinen Schreibtisch, mit einem Gesichtsausdruck, den sonst nur ein Hund im Wurstparadies hatte.

»Wo hast du die Verfahren, die eingestellt werden?«, fragte er Lennart.

Der seufzte. »Da. Dieser große Stapel. Wen suchst du?«

»Danny Weiß, mit zwei Gramm Gras. Ist letzte Woche auf der Straße durchsucht worden.«

Lennart suchte erst im Computer und dann in den Akten. »Hier, da ist sie. Kannst du mir mal sagen, warum uns die Streifenbeamten immer wieder so einen Scheiß schicken? Die wissen genau, dass bei einer solch kleinen Menge Eigenbedarf gilt. Und wir gar nicht anders können, als das sofort wieder einzustellen. Also, haben die Langeweile, oder was?«

»Keine Ahnung. Aber tu mir mal einen Gefallen und schick die Akte noch nicht ins Schreibbüro. Lass sie mal ein paar Tage bei mir liegen.«

»Steckt bei dem Typen doch mehr dahinter?«

»Weiß ich noch nicht. Nur so ein Gefühl«, sagte Gabriel nicht ganz wahrheitsgemäß, legte die Akte in seinen Schreibtisch und lehnte sich auf dem Stuhl zurück. Das breite Grinsen erschien ganz von allein. Manchmal zahlte sich Geduld eben aus. Wunderbare Gelegenheiten wurden einem dann, einfach so, auf dem Tablett serviert. Mitten in seine Gedanken, welche Taktik am Abend wohl die vielversprechendste wäre, klingelte sein Telefon.

»Herr Brinkmann? Schlüter hier. Ich habe eben meine Abteilung informiert, und Sie sollen der Nächste sein, der es erfährt: Ich habe meinen Antrag auf Frühpensionierung zurückgezogen und werde bleiben. Ich kann es nicht verantworten, dass diese Marionette auf meinen Stuhl gehievt wird.«

Gabriel brauchte all seine Willenskraft, um nicht laut »Hurra« zu schreien. Stattdessen versicherte er mit einigermaßen fester Stimme Herrn Schlüter seinen ganz großen Respekt für diese Entscheidung.

»Ich möchte mich noch einmal bei Ihnen für die Informationen bedanken. Ich stehe in Ihrer Schuld. Wenn mal irgendwas ist, zögern Sie nicht, sich an mich zu wenden.«

Gabriel bedankte sich und legte auf. Was für ein schöner Tag.

»Wer kriegt deinen Respekt?«, wollte Lennart wissen.

»Ach, kennst du nicht. Steht das SEK noch bereit für die Hausdurchsuchung bei Carstensen? Wenn ja, müssen wir gleich los.«

»Ja, alles nach Plan. Die machen uns wie beantragt die Tür auf, und wenn da drin alles sicher ist, können wir loslegen.«

»Gut, worauf wartest du? Auf geht's«, antwortete Gabriel bestens gelaunt.

8

Bei der Hausdurchsuchung lief alles glatt, und es wurden so viele Beweise sichergestellt, dass Carstensen, einer der Großdealer, seine Ware in den nächsten Jahren höchstens im Knast verkaufen konnte. Dementsprechend gut drauf schlug Lennart vor, nach Feierabend noch ein Bier trinken zu gehen.

»Komm, das müssen wir feiern. Wenn ich daran denke, wie viel Zeit wir in den Fall gesteckt haben. Teilweise habe ich nicht mehr an einen Erfolg geglaubt.«

»Feiern ist gut, aber ich habe heute nicht viel Zeit. Wie spät ist es?«

Lennart guckte auf seine Uhr. »Halb sechs.«

»Okay, zwei Bier sind drin.«

Kurze Zeit später standen zwei kalte Biere vor ihnen, und sie beglückwünschten sich gegenseitig.

»Hast du denn heute Abend was Wichtiges vor? Sonst kannst du auch mit zu mir kommen, Maggie macht heute Lasagne.«

»Nee, geht nicht. Jessie besucht mich heute Abend.«

»Nicht dein Ernst. Wie hast du das denn geschafft?«, fragte Lennart ehrfürchtig.

»Einfach so. Sie stellt eben mittlerweile fest, dass ich doch nicht der Mistkerl bin, für den sie mich immer gehalten hat.«

»Aha. Einfach so, ja? Aber ist ja erstaunlich, dass sie zu

dir kommt. Sonst hältst du die Frauen doch immer von deiner Wohnung fern.«

»Blödsinn. Was du immer für einen Mist redest. Es ergibt sich eben nur nicht so häufig.«

»Wenn du meinst. Aber vermassele es nicht. Die Jessie, die ist nicht so wie die anderen Frauen, mit denen du sonst rumhängst. Da wirst du dir schon mehr Mühe geben müssen.«

»Wie meinst du das denn?«

»Die fällt nicht so einfach auf dich rein. Ich meine, sie ist ja auch Geschäftsfrau, oder? Solche Frauen sind tough. Da musst du sozusagen die weibliche und die männliche Hälfte bedienen.«

»Ich soll sie wie einen Mann bedienen?«, stieß Gabriel entsetzt hervor. »Sag mal, hast du sie noch alle?«

»Mann, Gabriel, krieg dich ein und hör mal richtig zu. Ich meine damit, da hilft dir dein Geturtel allein auch nicht weiter. Sie muss auch merken, dass du sie ernst nimmst.«

Gabriel starrte seinen Freund an. Der war gar nicht so doof. Nun sah er auch ganz klar seine Taktik. Er würde sehr reserviert sein. Sie respektieren. Über ihren Job mit ihr sprechen. Er sah zufrieden in sein Bier. Genau das würde sie verrückt machen, weil sie das Gegenteil erwarten würde. Und wenn eine Frau erst mal darüber nachdachte, ob ein Mann sie vielleicht gar nicht attraktiv fand, tja, dann hatte er schon gewonnen.

»Lennart, du bist doch wieder mein Freund«, sagte er und drückte seinem verdutzten Kollegen einen Kuss auf den Kopf. »Ich muss los. Wir sehen uns morgen.«

Er machte noch verschiedene Besorgungen und fuhr nach Hause. Nachdem er ein bisschen aufgeräumt hatte, bezog er für alle Fälle noch das Bett neu und räumte die Playstation und die Männermagazine weg. Die Dusche ließ er aus strategischen Überlegungen noch etwas warten.

Jessie stand mal wieder unentschlossen vor ihrem Kleiderschrank. Zwar wollte sie keine falschen Signale aussenden, aber natürlich trotzdem gut aussehen. Endlich entschloss sie sich für eine Jeans und ihren heißgeliebten roséfarbenen Kaschmirpullover, der bis über die Hüften ging. Der war schon ein wenig ausgeleiert und saß um die Schultern ziemlich locker, aber das machte nichts. Sie wollte ja schließlich auf keiner Modenschau auflaufen. Ihre Haare steckte sie im Nacken fest, und nachdem sie ein bisschen Make-up aufgelegt hatte, fand sie sich selbst ziemlich hübsch.

Gabriel wohnte relativ zentral, hatte aber das Glück, eine Wohnung in einer ruhigen Nebenstraße zu haben. In der sie sogar einen Parkplatz fand. Mit einem leicht mulmigen Gefühl klingelte sie bei ihm und ging hoch in den zweiten Stock.

»Hallo, Jessica, ist es schon acht?«, fragte er etwas verwirrt. »Tut mir leid, ich bin eben erst nach Hause gekommen. Komm rein.«

Sie folgte ihm in ein Wohnzimmer, das sie so mehr oder weniger erwartet hatte. Ledermöbel, viel Technik und wenig Deko. Was sie allerdings nicht erwartet hatte, war das aufgeschlagene Buch auf dem Sessel. Dostojewski, *Schuld und Sühne*. Da hätte sie eher auf eine *Playboy*-Sammlung getippt. Und auch mit seinem Filmgeschmack hatte sie nicht gerechnet. Es lagen DVDs mit alten Schwarz-Weiß-Klassikern auf dem Glastisch. So ein bisschen hatte sie sich vielleicht doch in ihm getäuscht.

»Macht es dir etwas aus, wenn ich kurz duschen gehe?«, fragte er höflich. »Das war ein langer Tag.«

»Äh, nein, gar nicht«, antwortete sie mit etwas trockenem Mund. Der Gedanke an einen nackten Gabriel unter der Dusche, nur wenige Meter von ihr entfernt, ließ sie etwas warmlaufen.

»Super. Mein Weinhändler hat mir einen neuen Chardonnay empfohlen, ich bringe dir mal ein Glas davon.«

Der Mann hatte einen Weinhändler? Er war doch eher der Typ mit einem Kühlschrank voller Bier. Ihr alter Groll auf ihn hatte ihr wohl den Blick auf den erwachsenen, neuen Gabriel verstellt.

»Ach, und ich habe noch etwas für dich, hier«, sagte er, drückte ihr eine Zeitung in die Hand und verschwand im Badezimmer.

Verwirrt blickte sie auf die *Financial Times*. Was sollte sie denn damit? Hielt er sie wirklich für eine Frau, die Wirtschaftsmagazine las? Sie blätterte ein wenig darin, hörte aber mit mehr als einem Ohr auf das Prasseln der Dusche. Unwillkürlich stieg vor ihr das Bild dieses durchtrainierten Mannes auf, voller Seifenschaum auf dem muskulösen Körper. Jessie trank einen großen Schluck Wein und versuchte krampfhaft, das Kopfkino abzuschalten. Denk an die Steuererklärung, ermahnte sie sich. An den Klimawandel. Die Umweltverschmutzung, an irgendwas, nur nicht an den nackten Mann unter der Dusche.

Der kam nach zehn Minuten wieder ins Wohnzimmer, in Jeans und mit nacktem Oberkörper, ein Shirt in der Hand.

Jessie versuchte krampfhaft, nicht hinzuschauen, aber so viel Selbstbeherrschung hatte sie nun doch nicht. Sie wagte einen Blick und sah breite Schultern, muskulöse Oberarme und einen flachen Bauch. Diese verdammte Jeans saß auch noch tief genug, um ihre Fantasie weiter anzukurbeln.

»Können wir erst etwas zu essen bestellen, bevor wir uns um diese unangenehme Sache kümmern?«, fragte er und zog endlich das T-Shirt an. »Ich bin am Verhungern.«

»Ja, gerne. Ich habe auch noch nichts gegessen«, stotterte sie mit rauer Stimme.

»Ist Pizza okay, Jessica?«

»Äh, für mich lieber was anderes. Ich hätte gerne einen Salat mit Pute.«

Ohne näher darauf einzugehen, nahm er das Telefon und gab die Bestellung durch. Das fand Jessie nun schon ein klein wenig beleidigend. Hätte er nicht sagen können: »Salat? Das hast du doch gar nicht nötig.« Hm. Vielleicht fand er doch, dass sie es nötig hätte. Und warum nannte er sie plötzlich immer Jessica? Wo waren denn all diese blöden Kosenamen hin, mit denen er sonst immer nur so um sich warf? Konnte es sein, dass er sie gar nicht mehr attraktiv fand? Also, natürlich wollte sie nichts von ihm. Schließlich hatten ihre Erfahrungen mit ihm sie gelehrt, dass man zu ihm so viel Abstand wie möglich halten sollte. Trotzdem stellte sie fest, dass sie ein kleines bisschen enttäuscht war. Gut. Mehr als ein kleines bisschen.

Während sie auf ihr Essen warteten, stellte er ihr viele Fragen über die Kantine. Und wie bewundernswert er es fand, wenn Frauen Erfolg im Geschäftsleben suchten. Er war so, so sachlich irgendwie. Mit leicht zusammengekniffenen Augen sah sie ihn vorsichtig an. Er erwiderte ihren Blick mit einem offenen, freundlichen Lächeln und stand auf, weil es an der Tür geklingelt hatte.

Als Gabriel auf dem Flur stand, musste er unwillkürlich grinsen. Der Anfang war gemacht. Sie war verwirrt, durcheinander und konnte sich auf sein Verhalten keinen Reim machen. Also würde sie spätestens nach dem Essen versuchen, ihn aus der Reserve zu locken. Frauen konnten einfach nicht anders, selbst wenn sie von einem Mann nicht das Geringste wollten. Mit Desinteresse oder gar Ablehnung konnten sie seiner Erfahrung nach einfach nicht umgehen.

Er kam mit seiner Pizza und ihrem Salat zurück ins Wohnzimmer. Außerdem hatte er die Weinflasche in der Hand und goss ihr Glas wieder voll.

»Das sieht etwas trocken aus«, sagte er und deutete auf ihren Salat. »Möchtest du ein Stück von meiner Pizza?«

Begehrlich sah Jessie die Pizza an, von der ein herrlicher Geruch aufstieg. »Nein, danke«, sagte sie trotzdem. »Ich bleibe beim Salat.«

»Wie du willst. Ich mach nur mal kurz den Fernseher an, da gibt es etwas, das ich unbedingt sehen möchte. Danach reden wir über diesen Danny, ja?«

»Äh, ja, okay.«

Als ob es nicht reichte, dass Gabriel neben ihr auf dem Sofa saß und sie abwechselnd den Geruch der Pizza und den noch besseren Geruch seines Duschgels in der Nase hatte. Nun musste sie sich bestimmt auch noch Fußball anschauen. Doch Gabriel überraschte sie schon wieder. Er verfolgte gespannt eine Sendung auf einem dieser Nischensender, in dem gerade über die Wirtschaftskrise diskutiert wurde. Fast fühlte sie sich, als ob sie neben Robert säße. Dann hielt sie es nicht mehr aus.

»Darf ich doch mal von deiner Pizza abbeißen?«, fragte sie Gabriel mit einem, wie sie hoffte, nicht zu gierigen Blick. Doch er sah sie gar nicht an, sondern schob ihr nur ein Stück Pizza herüber und schaute weiter in den Fernseher.

Was war hier nur los?

Sie beugte sich vor, um die Pizza zu essen, und Gabriel sah aus dem Augenwinkel, wie ihr der Pullover über die Schulter rutschte und den Blick auf einen schwarzen BH-Träger freigab. Das Mädchen hatte sicher einen verdammt guten Geschmack, was Wäsche betraf. Viel zu schnell für seinen Geschmack zog sie den Pullover wieder hoch und fragte ihn, ob sie mal seine Toilette benutzen dürfe.

»Klar, über den Flur, zweite Tür rechts«, antwortete er.

Kaum war sie draußen, räkelte sich Gabriel zufrieden auf dem Sofa und stellte den Fernseher mit dieser langweiligen Diskussion aus. Sie zappelte definitiv am Haken. Und er tat ihr mit seinem Verhalten noch einen Gefallen. Dadurch würde sie sich selbst gegenüber endlich eingestehen, dass sie etwas von ihm wollte. Konnte doch nicht gesund sein, wenn eine Frau ihre Bedürfnisse unterdrückte. Und warum sollte die Natur Jessie mit so vielen Vorzügen bestückt haben, wenn da nicht auch eine Menge Bedürfnisse vorhanden war?«

Währenddessen saß Jessie auf dem Badewannenrand und grübelte. Irgendwas stimmte hier nicht. Erst baggerte er sie ständig an, und nun, allein mit ihr in seiner Wohnung, tat er, als wäre sie eine lästige Verwandte, die kurz zu Besuch gekommen war. Er benahm sich ja, als hätte er keinerlei Interesse an ihr. Das passte überhaupt nicht zu ihm. Sie kniff die Augen zusammen und dachte scharf nach. Dann wurde ihr klar, was hier nicht stimmte. Natürlich. Sie hatte sogar vor einiger Zeit in einer Frauenzeitschrift einen Artikel darüber gelesen.

Als sie zurück ins Wohnzimmer kam, hatte er die Teller weggeräumt, den Fernseher ausgestellt und ihr Glas nachgefüllt. Er selbst hatte jetzt ein Bier vor sich stehen.

Jessie setzte sich etwas näher an ihn heran und beschloss, die Flucht nach vorn anzutreten. »Und, konntest du etwas über Danny rausfinden? Kann man da irgendwas machen?«

»Ach, Jessie, das kommt darauf an. Kannst du wirklich die Hand für ihn ins Feuer legen? Bist du ganz sicher, dass er nicht mit Drogen dealt?«

»Also, die Hand ins Feuer legen kann ich nicht. So gut

kenne ich ihn ja nicht. Aber meine Mutter verbürgt sich für ihn, und die kennt ihn schon fast zehn Jahre. Insofern bin ich ziemlich sicher, dass er nicht mit Drogen dealt, sondern sie höchstens mal ausprobiert hat.«

»Okay. Ich werde das für dich erledigen und dafür sorgen, dass das Verfahren eingestellt wird. Aber das muss wirklich unter uns bleiben, verstehst du?«

»Oh Gabriel«, hauchte Jessie dankbar und rutschte noch ein wenig näher zu ihm. »Das ist so unglaublich lieb von dir. Vielen, vielen Dank. Ich könnte dich einfach küssen dafür.« Wie von selbst begann ihr Pullover, langsam von der Schulter zu rutschen.

»Wirklich?«, fragte Gabriel nach und lächelte sie an. »Lass dich auf gar keinen Fall davon abhalten. Komm her, Schätzchen.«

»Ach, nein. Lieber nicht. Dafür habe ich mittlerweile viel zu viel Respekt vor dir. Ich muss zugeben, vor diesem Abend habe ich dich für einen ziemlichen Aufreißer gehalten. Aber du hast mir gezeigt, dass ich mich geirrt habe. Dass du dich so für meine Arbeit interessierst, hat mir gezeigt, wie tiefgründig du bist. Also, ich muss jetzt los. Vielen Dank für deine Hilfe, meine Mutter wird sich sehr freuen. Tschüss, Gabriel.«

Mit diesen Worten sprang sie vom Sofa, nahm ihre Handtasche und lief fast aus der Wohnung. Bei sich zu Hause kramte sie erst Mal durch all ihre Frauenzeitschriften, bis sie diesen ganz bestimmten Artikel fand. Überschrieben war er mit *Die Tricks der Männer.*

Genau das war es, was ihr in Gabriels Badezimmer wieder eingefallen war. Gespannt las sie.

Mädels, seid auf der Hut. Männer bedienen sich jetzt auch gerne unserer Tricks. Sehr erfolgversprechend scheint es, jegliches Interesse an der Frau, die sie rumkriegen wollen, zu verbergen. Denn auch die Männer nutzen im 21. Jahrhundert gerne Elemente der psychologischen Kriegsführung im Geschlechterkampf. Und mal ehrlich, wen von uns nervt es nicht, wenn ein Mann, der erst ganz deutliche Signale geblinkt hat, plötzlich auf jede Anmache verzichtet? Also haben die Kerle von uns gelernt, machen einen auf unerreichbar, und wir fallen darauf rein. Und fragen uns sogar noch, was wir falsch gemacht haben, dass sie uns nicht mehr auf dem Radar haben. Fallt darauf nicht rein und ihm auf keinen Fall um den Hals – denn genau das will er erreichen.

Jessie schnaubte empört. Genau diese Nummer hatte er abgezogen. Und sie wäre um ein Haar tatsächlich darauf reingefallen. Hatte sich gefragt, ob er kein Interesse mehr an ihr hatte, und ihn am liebsten geküsst, um zu sehen, wie er darauf reagierte. Oh, und wie er sich darüber amüsiert hätte. Aber leider hatte er einfach zu dick aufgetragen. Sonst wäre sie überhaupt nicht ins Grübeln gekommen. Trotzdem, einen Punkt hatte er gemacht. Dass er sich für Danny einsetzen wollte, das war wirklich nett von ihm.

Lennart schaute interessiert hoch, als Gabriel am nächsten Morgen ins Büro kam. »Na? Netten Abend gehabt?«

»Na? Netten Abend gehabt?«, äffte Gabriel ihn nach. »Nein, ganz und gar nicht. Das kommt davon, wenn man auf Amateure hört. Da lief nichts.«

»Tja, das Leben bringt doch immer wieder neue Erfahrungen«, amüsierte sich Lennart. »Ich habe es dir doch gesagt, diese Frau ist tough. An der wirst du dir die Zähne ausbeißen.«

»Abwarten. Das ist nur das Eröffnungsspiel. Glaube mir, das Blatt wird sich auch wieder wenden.«

Unterbrochen wurde er von dem Telefon. Eine enttäuschte Stefanie begrüßte ihn. »Hallo, Gabriel, hast du schon gehört? Herr Schlüter geht doch nicht in den Ruhestand, damit ist seine Verabschiedung gestorben.«

»Ach, das tut mir aber leid«, heuchelte Gabriel. »Wo du dir doch so viel Mühe gegeben hast. Trotzdem, mach dir einen schönen Tag.« Er teilte Lennart freudig mit, dass sich dieses Problem gelöst hatte. »Schlüter lässt sich nicht frühzeitig pensionieren, warum auch immer. Also gebe ich auch nicht den Indianer.«

»Da steckt doch mehr hinter«, vermutete Lennart. »Hast du da was gedreht? Nein, sag es mir nicht. Ich will es gar nicht wissen.«

»Was bitte schön soll ich denn da gemacht haben?« Unschuldig hob Gabriel die Hände. »Ich bin einfach nur ein kleines Glückskind.«

Die nächsten Stunden vertiefte er sich in seine Arbeit, bis Andrea aus der Poststelle auf ihrer täglichen Runde in das Büro kam.

»Moin, ihr beiden«, begrüßte sie sie kurz, legte ein paar Hauspostumschläge auf den Schreibtisch und war schon wieder weg.

»Oh, oh. Da bekommt mal wieder jemand einen Liebesbrief«, grinste Lennart und schmiss Gabriel einen Umschlag zu, auf dem groß und deutlich »Privat« vermerkt war.

Gabriel sah den Umschlag an, als ob der ihn beißen könnte. Er hatte doch seit dem Desaster mit Stefanie nichts mehr hier im Haus am Laufen, oder? Also gut, vielleicht den einen oder anderen netten Flirt, aber so etwas zählte doch wohl nicht. Vorsichtig öffnete er den Umschlag und zog eine rausgerissene Seite aus einer Zeitschrift hervor. *Die Tricks der Männer* las er ratlos. Allerdings je mehr er las, umso mehr verstand er. Im Umschlag befand sich auch noch ein Zettel, auf dem nur vier Worte standen:

Hallo, Mäusezähnchen. Schlechter Versuch.

Er lachte lauthals los. Und ob diese Frau tough war. Aber das ließ die Sache nur interessanter werden.

»Ich bin gleich wieder da«, informierte er Lennart und sah zu, dass er in Jessies Büro kam.

Die sah ihn nur entnervt an. »Guten Morgen. Komm ruhig rein. Bring auch noch all deine Freunde mit. Ich habe hier ein Büro der offenen Tür.«

»Guten Morgen, Engelchen. Ich habe deine Post bekommen, weiß aber wirklich nicht, warum. Du glaubst doch nicht etwa, dass dieser komische Artikel irgendwas mit mir zu tun hätte?«

»Nein, natürlich nicht. Wie sollte ich wohl auf einen solch abwegigen Gedanken kommen?«

»Genau«, sagte er zufrieden und setzte sich vor sie auf die Schreibtischkante. »Dann sind wir also wieder Freunde? Und du kannst jetzt das nachholen, wozu du gestern Abend nicht mehr gekommen bist?«

»Wozu bin ich denn gestern Abend nicht mehr gekommen?«, fragte Jessie misstrauisch.

»Du wolltest mich doch küssen, hast du das vergessen? Aber du siehst, ich bin nicht nachtragend. Du darfst es jetzt tun.« Dabei schaute er sie mit seinen eisblauen Augen viel zu intensiv an.

»Wie großzügig von dir. Aber stell dir vor, ich will dich gar nicht küssen.«

Gabriel schob sich noch näher zu ihr. »Doch, Jessie, genau das willst du. Du wolltest es auf dem Dom, du wolltest es gestern, und du willst es jetzt immer noch. Das Einzige, was du nicht willst, ist, es zuzugeben.« Damit überbrückte er den letzten Abstand zwischen ihnen und küsste sie ganz leicht auf den Mund. »Denk drüber nach, okay? Wir sehen uns.«

Er verließ das Büro und ließ eine verstörte Jessie allein. Am liebsten hätte sie ihren Kopf auf den Schreibtisch geschlagen. Denn das Erbärmliche war, dass er tatsächlich recht hatte. Sie wollte ihn wirklich küssen. Und sie wollte es nicht beim Küssen belassen. Das war doch krank. Sie wusste doch nur zu gut, was für ein Mistkerl er war, und trotzdem war sie scharf auf ihn. Obwohl sie einen Freund hatte, der ihr voll und ganz vertraute. Da musste doch in ihrem Kopf irgendetwas nicht stimmen, sonst konnte das doch gar nicht angehen.

Nach der Arbeit fuhr sie zu ihrer Mutter.

»Ich soll dich von Gabriel grüßen. Er sorgt dafür, dass das Verfahren gegen Danny eingestellt wird. Aber dafür muss Danny versprechen, dass er ab sofort die Finger von dem Zeug lässt.«

»Wie super ist das denn? Sag ihm ganz vielen Dank von mir.«

»Sag ihm das selbst. Ich will nicht mehr mit ihm reden.«

»Oha. So schlimm?«

»Ach, Mama«, seufzte Jessie. »Das ist doch ein Sport für ihn, Frauen rumzukriegen.«

»Also, wäre ich zehn Jahre jünger, ich hätte nichts gegen Sport mit diesem Mann.«

»Ich bin aber nicht wie du. Und außerdem, dann würde ich Robert betrügen, und so etwas mache ich nicht.«

»Das tust du doch schon. Indem du mit den Gedanken bei Gabriel bist. Dann kannst du auch ruhig einen Schritt weitergehen, Betrug ist Betrug, so oder so.«

Jessie sah sie erschrocken an. »Nein. Das ist etwas ganz anderes. Und Robert hat das nicht verdient.«

»Der Steuerberater hat eine Frau in seinem Alter verdient. Und zwar eine, die genauso langweilig ist wie er. Wie hältst du es bloß mit ihm aus?«

Wütend stand Jessie auf. »Ich hab es wirklich satt, dass jeder auf Robert rumhackt. Vielleicht könnt ihr einfach mal akzeptieren, dass er mein Freund ist. Und ich fahr jetzt zu ihm, er macht mir vielleicht nicht ständig schöne Augen, dafür aber Hackbraten. Und genau den werde ich jetzt essen.«

Aufgebracht verließ sie die Wohnung ihrer Mutter und fuhr zu Robert.

»Hallo, Liebes«, freute er sich. »Du kommst genau richtig, das Essen ist gleich fertig. Willst du schon mal den Tisch decken?«

»Gerne«, antwortete Jessie und holte die braunen Sets aus der Schrankwand. Kurz darauf saßen sie sich am Tisch gegenüber. »Das schmeckt einfach toll. Ich weiß nicht, wie du so ein Essen hinkriegst«, bewunderte Jessie Robert.

»Das ist ganz einfach, das kannst du auch lernen. Weißt du, wie viel Geld in diesem Land für Fertigessen verschwendet wird? Dabei kann man für die Hälfte des Geldes gut selbst kochen. Und schmecken tut es auch besser.«

Nach dem Essen deckten sie gemeinsam ab und räumten die Küche auf.

»Ich habe eine Überraschung für dich«, lächelte Robert. »Weil ich doch unseren Termin am Samstag absagen musste. Eine kleine Wiedergutmachung.«

Gespannt wartete Jessie, bis Robert mit einem kleinen Paket in der Hand zurückkam und es ihr gab. Erstaunt holte sie daraus ein … ja, irgendein Dings heraus. »Was ist das?«, wollte sie wissen.

»Das ist ein Aufsatz für deinen Wasserhahn. Damit sparst du bis zu fünfzig Prozent Wasser im Jahr. Eine tolle Sache, ich habe mir den auch gekauft.«

»Oh. Also, äh, vielen Dank. Das ist ja nett von dir.«

»Gern geschehen. Was meinst du, können wir jetzt ein wenig Fernsehen gucken? Gleich fangen die Verbrauchertipps an, die schaue ich immer gerne.«

Sie setzten sich auf das braune Sofa. Während Robert interessiert die Sendung verfolgte, fielen Jessie die Augen zu. Erst ein sachtes Rütteln von Robert ließ sie wieder wach werden.

»Liebes, du bist eingeschlafen. Es ist wohl besser, du fährst jetzt nach Hause und schläfst. Ich muss auch bald ins Bett.«

»Ich komme mit«, lächelte Jessie schlaftrunken.

»Also, ehrlich gesagt, darauf bin ich heute gar nicht eingestellt. Aber wir holen das am Wochenende nach, ja?«

Als Jessie in ihrem Auto nach Hause fuhr, gestattete sie sich einen kleinen, enttäuschten Seufzer. Vielleicht, wenn sie schon zwanzig Jahre verheiratet wäre, würde es ihr sehr gut gefallen, dass Robert kein besonders an Sex interessierter Mensch war. Aber so langsam wurde sie ein klein wenig frustriert. In den letzten Wochen hatten sie gerade zweimal Sex gehabt. Viel war das nicht, musste sie sich eingestehen.

9

Am nächsten Morgen leerte sie den Zettelkasten in der Kantine aus. Den hatten sie gleich in ihrer zweiten Woche angebracht und damit um Kritik und Anregungen gebeten. Es war zäh angelaufen, aber mittlerweile lagen jede Woche mindestens zehn Zettel darin mit Wünschen nach speziellen Gerichten. Jessie nahm den Zettelwust heraus und ging in ihr Büro. Dabei fiel ein Briefumschlag heraus, auf dem »Jessie« stand. Da es unter den Kantinenbesuchern nicht gerade viele gab, die sie mit ihrem Vornamen, geschweige denn mit ihrem Spitznamen, ansprachen, konnte sie sich schon denken, von wem der war. Sie wünschte sich die Charakterstärke, ihn einfach ungelesen in den Papierkorb zu werfen, musste sich aber eingestehen, dass ihr Charakter wohl nicht so besonders stark war.

Also öffnete sie den Umschlag. Darin lagen eine Kinokarte und ein kleiner Zettel.*Du musst mich nicht küssen, um dich zu bedanken. Aber vielleicht mit mir ins Kino gehen?*

Sie schaute sich die Kinokarte an. *Spectre,* der neue James Bond, immerhin mit Daniel Craig. Für die heutige Abendvorstellung um acht und natürlich in der letzten Reihe. Das Schlimme war nicht, dass sie ihm Dank schuldete. Das Schlimme war, dass sie wirklich neben ihm in einem dunklen Kinosaal sitzen *wollte.* Den Rest des Tages konnte sie sich kaum auf ihre Arbeit konzentrieren. Immer wieder sagte sie sich die Gründe vor, warum sie auf gar keinen Fall mit Gabriel ins Kino gehen sollte. So jämmerlich es war, sie musste sich eingestehen, dass sie es nicht schaffen würde, zwei Stunden eng neben ihm zu sitzen, ohne sich zu wünschen, dass er sie endlich küsste. Und das durfte nicht passieren. Sie war mit Robert zusammen. Ihr war Treue sehr wichtig. Und, vor allem, Männer wie Gabriel stürzten Frauen immer nur ins Unglück. Leider hatte sie ebenfalls den ganzen Nachmittag eine kleine Stimme im Kopf. Die immer flüsterte: »Na und? Was ist schon dabei? Niemand wird es erfahren. Und es kann doch sein, dass es wirklich nur um einen Kinobesuch geht. So wie man mit seinem Bruder ins Kino geht.«

Bis abends um sieben hatte sie immer noch keine Entscheidung getroffen. Sagte sie sich jedenfalls selbst und begründete die Dusche und das ausführliche Kur- und Föhnprogramm für ihre Haare damit, sich selbst etwas Gutes zu tun. Um zwanzig nach sieben kapitulierte sie endgültig, trank zur Beruhigung zwei Gläser Wein und verließ in Jeans und einem – immerhin – mehr als hochgeschlossenen Rollkragenpullover ihre Wohnung.

Gabriel lächelte ihr vor dem Kino unverfänglich entgegen. »Schön, dass du mitkommst. Der Film soll echt gut sein.«

»Ja, sicher«, antwortete Jessie nervös. »Ist ja keine große Sache. Wenn du wegen mir oder meiner Mutter deinen Job aufs Spiel setzt, kann ich ja wenigstens mit dir ins Kino gehen.«

Die erste Viertelstunde des Films war wirklich gut, und Jessie schaffte es annähernd, sich darauf zu konzentrieren. Damit war schlagartig Schluss, als sie Gabriels Hand in ihrem Nacken spürte. Sie lehnte den Kopf zurück, um ihn anzuschauen, und das war eine Bewegung zu viel. Denn sofort hauchte er ihr wieder einen dieser ganz leichten Küsse auf den Mund, um sich gleich darauf zurückzuziehen.

»Komm, Jessie. Sag es mir. Sag mir, dass du es willst«, flüsterte er.

»Ich will das nicht«, stammelte sie, um ihm im selben Moment die Arme um den Hals zu legen und ihre Lippen auf seinen Mund zu pressen. Er begann ganz sacht, ihren Kuss zu erwidern, bis das Ganze in eine ernsthafte Knutscherei ausuferte. In Jessies Kopf war kein Platz mehr für Bedenken oder Gedanken an Treue. So war sie in ihrem ganzen Leben noch nie geküsst worden. Gabriel war zwar auch schon mit siebzehn gut gewesen, aber *so* küssen konnte er damals noch nicht. Ihr wurde so heiß, dass sie fast dachte, einen Fieberanfall zu haben.

Er beendete den Kuss, aber zog sie noch näher zu sich heran. »Komm, lass uns hier verschwinden. Ich will mit dir allein sein«, sagte er leise und hauchte ihr federleichte Küsse auf den Hals.

Mit all ihrer Willenskraft setzte Jessie sich auf. »Das, das geht nicht. Was mache ich hier bloß? Ich habe einen Freund. Ich kann doch nicht einfach meinen Freund betrügen.«

Panisch stand sie auf, nahm ihre Handtasche und verließ fluchtartig das Kino. Schon bevor sie in ihrem Auto saß, flossen die Tränen. Nun konnte sie es nicht mal mehr vor sich selbst leugnen. Sie war komplett verrückt nach diesem Mann. War es immer gewesen. Und in diesem Moment gab es nichts, was sie lieber täte, als mit ihm allein zu sein. Allein bei der Vorstellung daran sackten ihr fast die Knie weg. Aber sie war nun mal mit Robert zusammen. Und Gabriel würde ihr ganz sicher auch ein drittes Mal das Herz brechen. Denn einfach ein paar Mal mit ihm unverbindlich ins Bett zu gehen und dann die Sache wieder zu vergessen, für so etwas hatte sie kein Talent. Darum musste sie jetzt endlich die Konsequenzen ziehen. Keine Treffen mehr mit Gabriel. Keine Gespräche. Kein gar nichts mehr.

10

Am nächsten Morgen betrat ein äußerst schlecht gelaunter Gabriel das Büro.

»Was ist denn mit dir los?«, fragte Lennart.

»Nichts«, antwortete Gabriel brummig. »Mir geht es wunderbar.«

»Ja, ist klar. Genauso wirkst du auch. Was ist passiert?«

»Gar nichts ist passiert. Und jetzt komm mit, wir müssen jemanden verhaften.«

»Wen müssen wir denn verhaften?«, fragte Lennart ratlos.

»Ist doch scheißegal. Irgendwen eben. Da draußen laufen doch genug Idioten rum.«

»Das ist doch überhaupt nicht unser Job«, wandte Lennart ein.

»Ach nein? Ist es nicht? Sind wir Polizisten oder nicht? Und Polizisten verhaften ja wohl Leute. Aber dann bleib hier. Geh ich eben allein.«

Seufzend stand Lennart auf und folgte Gabriel. Wenn der in so einer Laune war, wollte er ihn lieber nicht alleine draußen rumlaufen lassen.

Drei Stunden später saßen ein entspannter Gabriel und ein kleinlauter Lennart im Büro von Karsten Schubert, ihrem Vorgesetzten.

»So, wer für diese Aktion verantwortlich ist, brauche ich wohl nicht erst zu fragen. Sag mal, Gabriel, hast du sie eigentlich noch alle? Hier türmen sich die Akten, und du spielst da draußen Wilder Westen. Weißt du eigentlich, wie viele Beschwerden ich allein in der letzten Stunde gekriegt habe? Tolle Idee, Dealer genau neben einem Kinderspielplatz festzunehmen. Und nicht etwa still und leise, nein, nicht unser Gabriel. Die Kinder sollen ja auch was zu sehen bekommen für ihr Geld, stimmt's? Drei Mütter haben mir bis jetzt schon angedroht, dass wir die Therapiekosten für ihre Kinder übernehmen sollen.«

»Karsten, jetzt reg dich doch nicht so auf. Da war Gefahr im Verzug. Da mussten wir einschreiten.«

»Gefahr im Verzug, ja? Nach Zeugenaussagen saßen die drei Typen still und friedlich auf einer Bank, bevor du sie durch die Gegend gewirbelt hast.«

»Also, gewirbelt ist jetzt übertrieben. Wir mussten sie schnell auf den Boden bekommen, weil sie bewaffnet sein konnten.«

»Und das ist auch euer Job, ja? Ist mir da irgendwas entgangen? Bis jetzt dachte ich, ihr seid Drogenermittler. Ermittler. Kommt von Ermitteln. Hier. Im Präsidium.«

»Ich kann mir eben nicht den ganzen Tag hier den Hintern platt sitzen. Da werde ich bekloppt«, regte Gabriel sich auf.

»Das hättest du dir vorher überlegen sollen. Lass mich überlegen. Wie war das noch mal? Warum wolltest du diesen Job unbedingt haben und nicht länger als verdeckter Ermittler arbeiten?«

Gabriel schwieg mit mürrischer Miene.

»Ich helfe deinem Gedächtnis mal auf die Sprünge. Weil dir die Arbeitszeiten nicht gepasst haben. Weil du – und ich zitiere ›überhaupt keine Zeit mehr hast für dein Privatleben. Weil Frauen es nicht mögen, wenn man sie ständig versetzt.‹ So, und jetzt hast du seit einem halben Jahr, was du wolltest. Wo also liegt dein Problem?«

»Er hat kein Problem«, versuchte Lennart seinem Freund zu helfen. »Das heute war eine einmalige Sache, das wird nicht wieder vorkommen.«

»Natürlich wird es das nicht«, erwiderte Karsten. »Denn beim nächsten Mal bekommt ihr ein Disziplinarverfahren, das sich gewaschen hat. Und jetzt raus aus meinem Büro, ich habe einen Termin bei der Rechtsabteilung.«

»Meine Fresse, Gabriel.« Lennart schüttelte den Kopf, als sie die Tür zu Schuberts Büro hinter sich geschlossen hatten. »Musste das sein? Du kannst froh sein, dass Karsten unser Vorgesetzter ist. Ein anderer hätte uns jetzt sofort ein Verfahren angehängt.«

»Ja, ist ja gut. Aber Spaß gemacht hat es trotzdem, oder?«

»Na gut, ein bisschen«, musste Lennart zugeben. »Aber wenn du das nächste Mal schlechte Laune hast, geh zum Sport und tob dich da aus.«

Kurz vor Feierabend kam Charlie auf Jessie zu. »Tust du mir einen Gefallen und gehst mit mir noch etwas trinken?«, fragte sie.

»Klar. Was ist denn los?«

»Eigentlich nichts«, behauptete Charlie. »Einfach nur so.«

Erst als die beiden in der Bar um die Ecke saßen und ihr erstes Glas tranken, wurde Charlie deutlicher.

»Jessie, was ist los mit dir in letzter Zeit? Ich mache mir echt langsam Sorgen, du kommst mir richtig unglücklich vor. Erzähl schon.«

Jessie seufzte. »Ich weiß es auch nicht genau. Ich weiß, du kannst mit Robert nicht so viel anfangen, aber ich komme wirklich gut mit ihm aus. Und trotzdem geht mir Gabriel nicht aus dem Kopf.«

»Hab ich mir schon gedacht. Was ist denn passiert?«

»Ich war gestern mit ihm im Kino, und wir haben schon wieder rumgeknutscht«, gab Jessie zu.

»Schon wieder? Ich wusste es doch, da war was zwischen euch auf dem Dom.«

»Ja. Da haben wir uns das erste Mal geküsst. Aber du verstehst das nicht. Ich will das gar nicht. Wirklich nicht. Es passiert einfach so.«

»Wie, einfach so?«

»Ich weiß es doch auch nicht. Aber sobald ich in seiner Nähe bin, schaltet irgendwas in meinem Kopf aus. Vielleicht, weil er so gut riecht.«

»Daran allein wird's nicht liegen«, bedauerte Charlie. »Aber fällt dir vielleicht was auf?«

»Was meinst du?«

»Denk doch mal nach. Ihr knutscht auf dem Dom und im Kino. Das sind doch klassische Teenie-Orte. Ich glaube, du fühlst dich in seiner Nähe wieder wie sechzehn. Und mit sechzehn hast du eben immer ihn geküsst.«

»Meinst du? Daran soll es liegen?«

Charlie sah kurz auf den Boden. War sie nun eine sehr gute oder eine sehr miese Freundin, wenn sie diese Schiene weiterfuhr? Eine gute, beschloss sie. Sie wollte wirklich das Beste für Jessie. Und der Steuerberater war das nicht.

»Ja, genau das meine ich«, behauptete sie. »Hättet ihr keine gemeinsame Vergangenheit, würdest du komplett anders auf ihn reagieren. Weil du ja auch mit Robert zusammen bist. Und darum hast du nur eine Chance, ihn aus deinem Kopf zu bekommen.«

»Welche?«, fragte Jessie gespannt.

»Du musst einmal mit ihm ins Bett. Nur ein Mal. Danach wirst du wissen, dass du dir diese ganze Chemie nur einbildest. Du wirst merken, wie wohl du dich mit Robert fühlst, und alles ist wieder gut.«

»Das ist nicht dein Ernst. Ich soll Robert betrügen, um zu wissen, wie gut es mir bei ihm geht?«

»Betrügen ist immer so ein großes Wort. Man kann es auch so sehen, dass du ihn im Moment betrügst, weil du so oft an Gabriel denkst.«

»Komisch. Genau das hat meine Mutter auch gesagt«, grübelte Jessie.

»Und die hat meistens recht. Ich bin sicher, einmal Sex mit Gabriel, und die Sache ist ausgestanden«, sagte Charlie und kreuzte dabei unter dem Tisch die Finger.

»Ich weiß nicht. Ich bin einfach nicht der Typ für unverbindlichen Sex. War ich noch nie.«

»Du bist bestimmt die einzige Frau, die mit dreißig noch nie einen One-Night-Stand hatte. Was willst du sonst machen? Dich heimlich nach Gabriel verzehren? Vielleicht sogar die Firma schmeißen, damit du ihn nur ja nicht mehr siehst? Das funktioniert doch nicht.«

Jessie überlegte. Vielleicht hatte Charlie wirklich recht? Sie dachte an ihre letzte Diät. Indem sie sich jegliche Form von Schokolade verboten hatte, wurde sie von Tag zu Tag wilder darauf. Sogar geträumt hatte sie davon. Bis sie nicht mehr widerstehen konnte und sich eine halbe Tafel Nougatschokolade fast komplett in den Mund gestopft hatte. Aber danach war es tatsächlich gut, das Verlangen war weg und kehrte auch in den darauffolgenden Tagen nicht wieder. Allerdings, sie würde Robert dann so richtig betrügen. Nett wäre das nicht.

Charlie unterbrach ihre Grübeleien. »Weißt du, was noch dazukommt? Du bist eine gesunde Frau von dreißig Jahren und hast ganz normale Bedürfnisse. Und wie du mir selbst erzählt hast, läuft in der Richtung nicht viel mit Robert.«

»Das habe ich überhaupt nicht gesagt«, regte Jessie sich

auf. »Ich habe nur gesagt, dass es in unserer Beziehung um wichtigere Dinge als um Sex geht.«

»Nenn es, wie du willst. Trotzdem kommst du in der Hinsicht zu kurz, ob du es nun zugibst oder nicht. Und wenn da jemand wie Gabriel kommt, der Sex pur verströmt, ist doch klar, dass du darauf anspringst. So, und mehr sage ich auch nicht. Denk einfach mal drüber nach. Und freu dich jetzt auf Freitag, da gehen wir zum Italiener. Und hinterher noch in den *Chicago*-Club, da waren wir ewig nicht mehr.«

»Aber Gabriel kommt nicht mit, oder?«

»Nein, soweit ich weiß nicht, war auf dem Dom jedenfalls keine Rede von.«

Zum gleichen Zeitpunkt saßen Gabriel und Lennart in der *Billardhalle* vor ihrem Bier.

»Erzähl mir doch einfach mal, was los ist. Du bist im Moment ja nicht mehr zum Aushalten«, beklagte sich Lennart.

»Nichts ist los«, wich Gabriel aus.

»Mann, nun hör endlich mal mit diesem Scheiß auf. Natürlich ist was los, also spuck es aus und gut ist.«

»Ich bin nur ein bisschen frustriert. Da ist diese Frau. Mal will sie, mal wieder nicht. Das nervt.«

»Jessie«, stellte Lennart fest. »Die kommt mir gar nicht so wankelmütig vor.«

»Ja, vielleicht. Die weiß einfach nicht, was gut für sie ist. Erst macht sie mich heiß, und dann fällt ihr ein, dass sie ihren Freund nicht betrügen will.«

»Ach, den Steuerberater?«

»Woher weißt du denn von dem?«

»Hat Matthis, der Mann von Charlie, mir auf dem Dom erzählt. Muss die totale Spaßbremse sein und ist schon irgendwas um die fünfzig.«

»Echt? Kann nicht viel mit dem Kerl los sein, so, wie sie auf mich reagiert.«

Lennart grinste Gabriel an. »Für mich hörte sich das nicht so an, als wenn der Typ eine große Konkurrenz darstellen würde. Maggie und ich gehen Freitag mit Charlie und Matthis zum Italiener. Und rate mal, welches andere glückliche Paar auch mit von der Partie sein wird. Jessie und der Steuerberater. Lernen wir ihn doch einfach mal kennen.«

Endlich konnte auch Gabriel wieder grinsen. »Alles klar. Lernen wir den Steuerberater einfach mal kennen.«

Am Freitagnachmittag saß Jessie beim Friseur, und ihr emotionaler Puls war endlich mal wieder im grünen Bereich. Mindestens drei Gabriel-freie Tage lagen vor ihr, und heute Abend ging es in den Club, das war doch was. Und da sie ständig dieses schlechte Gewissen wegen Robert mit sich herumschleppte, wollte sie heute Abend besonders gut für ihn aussehen. Die Friseurin verbrachte wahre Wunder mit ihren Haaren, sie waren zwar immer noch nicht richtig glatt, aber dafür nur noch leicht wellig und fielen ihr weich über die Schultern. Sogar geschminkt wurde man hier, und das ziemlich professionell. Seit Langem war Jessie nicht mehr so zufrieden mit ihrem Aussehen gewesen. Mit neuem Selbstvertrauen stand sie vor ihrem Kleiderschrank und wagte sich in ein dunkelgrünes Kleid mit Wasserfallausschnitt.

Robert kam um halb acht, um sie abzuholen. »Liebes, du siehst, äh, erstaunlich aus. Liegt dieses Kleid nicht ein wenig eng an?«

Unsicher sah Jessie noch mal in den Spiegel. Eben noch hatte sie sich richtig gut gefühlt, aber betonte das Kleid nicht doch viel zu sehr ihre Kurven?

»Eigentlich gehört das so. Gefällt es dir nicht?«

»Nun, es ist vielleicht ein bisschen offensiv. Aber deine Haare gefallen mir sehr gut. Wir müssen nun wirklich los, ich mag es gar nicht, mich zu verspäten.«

Es schien eine Ewigkeit zu dauern, bis Robert einen Parkplatz gefunden hatte. Genervt sah er auf die Uhr, als das Auto endlich abgestellt war.

»Schon fünf nach. Da werden deine Freunde ja einen schönen Eindruck von mir bekommen.«

»Ach, wegen der paar Minuten regt sich keiner auf. Ich bin sicher, es wird ein toller Abend.«

Charlie, Matthis, Lennart und Maggie saßen schon an einem Sechsertisch. Als Jessie und Robert zu ihnen kamen, stieß Matthis einen Pfiff aus.

»Wow, Jessie, siehst du heiß aus. Du darfst heute Nacht mit Charlie und mir zu uns nach Hause kommen.«

Alle außer Robert lachten. Jessie stellte ihn vor, und sie setzten sich. Der Tisch war schon voller Gläser, wovon die ersten bereits bedenklich geleert waren.

»Die haben hier einen super Weißwein, den müsst ihr auch bestellen«, schlug Maggie vor.

»Vielen Dank, aber ich halte nicht viel von Alkohol«, erwiderte Robert höflich und bestellte ein Glas Apfelsaft.

Unter seinem etwas missbilligenden Blick bestellte Jessie sich den Wein und eine Pizza. Während die vier sich ausgelassen und ziemlich laut unterhielten, saß Jessie etwas unglücklich neben Robert.

»Gefällt es dir hier nicht?«, fragte sie unsicher.

»Nun, es ist sehr laut. Und die Preise scheinen mir doch ziemlich überzogen. Hast du gesehen, was sie für eine einfache Pizza verlangen?«

Jessie sah in die Karte. Acht Euro für eine Pizza war doch nicht zu viel, oder?

»Ich habe sowieso nicht viel Hunger. Mir langt eine Vorspeise«, sagte Robert.

Der arme Mann. Irgendwie wirkte er hier ein wenig wie ein Fremdkörper. Ihm fiel es einfach schwer, schnell mit Leuten warm zu werden. Obwohl sich die anderen viel Mühe gaben, blieb er leicht einsilbig.

Jessie trank gerade einen Schluck, als hinter ihr eine Stimme zu hören war.

»Hallo, alle. Habt ihr noch einen Platz für mich? Ich habe bis eben gearbeitet und bin am Verhungern.«

Jessie schloss resigniert die Augen. Wie, bitte schön, sollte sie diesen Mann aus dem Kopf bekommen, wenn er ständig in ihrer Nähe auftauchte?

Unter großem Hallo begrüßten alle Gabriel. Alle außer Jessie und Robert. Dem streckte Gabriel gerade seine Hand entgegen.

»Hallo, ich bin Gabriel, ein Kollege von Lennart.«

»Äh, guten Abend. Ich bin Robert, der Partner von Jessica.«

»Der Partner? Arbeiten Sie auch in der Kantine?«, fragte Gabriel gespielt ratlos.

»In der Kantine? Wie meinen Sie das?«

»Na, wenn Sie doch ihr Partner sind? Ach«, sagte er und schlug sich leicht an den Kopf. »Manchmal bin ich ein bisschen langsam. Sie sind ihr Freund, das meinten Sie, ja?«

»Ja, richtig«, antwortete Robert höflich.

Gabriel hatte sich inzwischen vom Nebentisch einen Stuhl geholt und setzte sich an die Stirnseite. Sein Bein kam dabei dem von Jessie gefährlich nahe.

»Na, Engelchen? Alles gut?«

»Sicher«, gab sie zurück. Musste er sie hier so nennen? Was sollte Robert denn bloß denken?

Der betrachtete Gabriel mit einem kleinen Stirnrunzeln und wandte sich an Jessie. »Liebes, nach dem Essen sollten wir auch bald aufbrechen. Du weißt, dass ich morgen eine lange Fahrt vor mir habe.«

»Wo geht's denn hin?«, fragte Gabriel gut gelaunt.

»Meine Tante Hedwig feiert ihren achtzigsten Geburtstag. Leider lebt sie etwas außerhalb«, antwortete er und wandte sich wieder an Jessie. »Und du bist wirklich nicht verstimmt, dass Tante Hedwig dich nicht eingeladen hat? Sie ist etwas konservativ in ihren Ansichten, wie ich dir erzählt habe.«

Gabriel versuchte, sich das Lachen zu verkneifen, und drängte sich schon wieder in das Gespräch. »Och, da machen Sie sich man keine Sorgen. Jessie hat sehr viel Verständnis.«

Wütend funkelte sie ihn an und wandte sich schnell wieder an Robert. »Das ist wirklich kein Problem für mich. Aber wir wollten doch nach dem Essen noch in den Club. Da habe ich mich so darauf gefreut. Wir brauchen ja auch nicht lange zu bleiben.«

»Es tut mir leid, Liebes, aber das kommt für mich heute Abend nicht in Frage ...«

Charlie unterbrach ihn sofort. »Oh, Jessie, aber du musst mitkommen. Du hast es mir versprochen. Robert, das macht dir doch nichts aus, oder?«

»Nun, das ist Jessicas Entscheidung. Ich muss mich jetzt aber leider verabschieden, wie gesagt, ich muss morgen früh aufstehen.«

Bevor es dazu kam, trat eine Frau an ihren Tisch. Die nicht ganz nüchtern wirkte.

»Sie sollten sich schämen«, fuhr sie Jessie an. »Warum lassen Sie ihn nicht endlich in Ruhe? Für Sie ist das doch nur ein Spiel.«

»Stefanie, Schätzchen, du hast ein bisschen viel getrunken. Warum gehst du nicht zurück zu deinen Freunden und amüsierst dich ein bisschen?«, schaltete Gabriel sich schnell ein.

Bevor sie eine Antwort fand, sprach Robert sie an. »Frau Gruber? Das ist ja eine Überraschung. Wie geht es Ihnen?«

Jessie sah die beiden verwirrt an. Was wollte die Frau vom Festkomitee von ihr? Und woher kannte Robert sie?

»Oh. Guten Abend, Herr Martins. Ich habe Sie gar nicht gesehen«, beteuerte sie mit rotem Kopf. »Ja, ich, äh, dann geh ich mal wieder.«

»Gabriel, ich frage lieber nicht«, lachte Maggie. »Du kannst es einfach nicht lassen, oder?«

Gabriel verzog nur das Gesicht, während Jessie Robert betroffen ansah. »Ich habe keine Ahnung, was die Frau von mir wollte. Ich kenne die kaum. Und ich weiß auch nicht, warum sie meint, ich solle dich in Ruhe lassen. Aber woher kennst du sie?«

»Sie ist eine Mandantin von mir. Und nun würde ich gerne gehen. Liebes, würdest du bitte noch kurz mit mir rauskommen?«

Robert legte einen Zehn-Euro-Schein auf den Tisch, bedankte sich bei den anderen für den netten Abend und ging mit Jessie vor die Tür. Die sah ihn unglücklich an.

»Ach, Robert, jetzt bist du sauer auf mich. Es ist nur, ich habe mich wirklich so auf den Club gefreut.«

»Jessica, ich bin überhaupt nicht sauer. Natürlich verstehe ich dich. Du bist nun mal einige Jahre jünger und hast noch andere Vorstellungen von einem Freitagabend.«

»Nein, das stimmt nicht. Du weißt, wie gerne ich mit dir zusammen bin. Nur, manchmal möchte ich eben auch mal feiern.«

»Das ist doch dein gutes Recht«, stellte Robert fest. »Und

wir beide hätten von diesem Abend doch sowieso nichts mehr gehabt, da ich, wie ich sagte, gleich zu Bett gehen werde. Am Sonntag werde ich allerdings erst spät zurückkehren, möchtest du dann Montagabend zu mir kommen?«

»Ja, gerne. Ich freue mich«, lächelte Jessie ihn an.

»Wer ist denn eigentlich dieser Gabriel?«, fragte Robert. »Scheint mir ein ziemlich ungehobelter Klotz zu sein.«

»Der kommt manchmal in die Kantine«, sagte Jessie wahrheitsgemäß. »Er quatscht alle Frauen mit diesen albernen Namen an, ich glaube, das geht bei dem schon ganz automatisch.«

»Ja, so wirkte er auch auf mich. Sehr unangenehm. Gut, Liebes, ich wünsche dir viel Spaß heute Abend, und wir sehen uns dann am Montagabend.«

Er gab ihr einen Kuss auf die Wange und machte sich auf den Weg. Jessie sah ihm dankbar nach und ging dann wieder rein.

»Dein Freund ist wirklich nett, Jessie«, machte Maggie den Anfang. »Es ist immer ein bisschen schwierig, in eine Runde zu kommen, in der man niemanden kennt.«

Dankbar lächelte Jessie ihr zu.

Die anderen murmelten etwas unterdrückt ihre Zustimmung. Nur Gabriel war schlau genug, keinen Kommentar zu dem Steuerberater abzugeben. Stattdessen flüsterte er ihr zu: »Schätzchen, du siehst verdammt heiß aus. Ich bin sehr froh, dass ich heute Abend hergekommen bin.«

Jessie sagte lieber nichts und konzentrierte sich auf ihre Pizza, die der Kellner gerade brachte. Trotz der netten Leute am Tisch fühlte sie sich nicht richtig wohl. Ob sie sich nicht doch besser von Robert hätte nach Hause bringen lassen sollen? Sie könnte verstehen, wenn er es ihr insgeheim doch übel nehmen würde.

Charlie beobachtete sie während des Essens und bat Jessie danach, mit zur Toilette zu kommen.

»Warum machst du so ein Gesicht? Der Abend ist doch richtig nett.«

»Ja, ich weiß. Aber ich habe ein schlechtes Gewissen wegen Robert. Ich hätte doch mit ihm zusammen gehen sollen.«

»Jessie, jetzt werd mal locker. Er hat doch gesagt, dass er das versteht. Und nur, weil man mit jemandem zusammen ist, muss man doch nicht auch alles zusammen machen. Oder gehst du mit ihm zu seinen Puzzlebörsen?«

»Nein, das nicht«, räumte Jessie ein.

»Siehst du. Matthis geht doch auch mal mit seinen Kumpels weg und ich mit dir. Das ist doch völlig normal. Also lass dir jetzt nicht den Abend verderben. Wir waren so lange nicht mehr los.«

»Du hast recht. Und er ist mir ja wirklich nicht böse. Also, trinken wir noch mehr von diesem Weißwein?«

Charlie lächelte sie an. »So gefällst du mir. Los, komm.«

Jessie betrachtete sich noch schnell im Spiegel. Wenn sie sich selbst schminkte, hielt das immer höchstens zwei Stunden. Aber die Kosmetikerin beim Friseur konnte wohl besser mit Make-up umgehen, es sah immer noch aus wie frisch aufgetragen. Sie erneuerte nur ihren Lipgloss und ging mit Charlie zurück.

Die Runde wurde immer lauter, umso schneller die Weinflaschen leer wurden. Matthis erzählte Geschichten aus seinem Job, und alle bogen sich vor Lachen. Er arbeitete bei einem Reiseunternehmen und kam gerade zum Finale seiner Story.

»Also, diese Frau wollte die Hälfte des Reisepreises zurückhaben, ja? Aber in ihrem Schreiben drückte sie sich nur völlig verworren über das fehlende Engagement der Animateure aus. Also hab ich sie angerufen und gefragt, was denn an ihrem Urlaub nicht stimmte. Und was meint ihr, was sie gesagt hat?« Alle beugten sich gespannt vor, und Matthis kriegte erst einen Lachanfall, bevor er weiterreden konnte. »Sie hat gesagt, der Animateur war das Schlechteste, was sie je im Bett gehabt hatte, und für so schlechten Sex zahle sie nicht den vollen Reisepreis.«

Es wurde so laut gejohlt, dass der Kellner an den Tisch kam und sie bat, doch etwas ruhiger zu sein.

Eine Stunde später waren sie im *Chicago*, wo sie mit lauter Musik empfangen wurden.

»Tanzen?«, fragte Jessie die beiden Frauen, und im nächsten Moment waren sie auf der Tanzfläche. Gabriel stand mit Lennart und Matthis an der Bar, als Charlie und Maggie bester Laune wiederkamen.

»Jessie hat eine Eroberung gemacht«, kicherte Charlie leicht betrunken. »Und was für eine.«

Gabriel runzelte die Stirn und schaute sich um. Am Rand der Tanzfläche stand Jessie in diesem Kleid, das ihn schon den ganzen Abend scharfmachte. Und wohl nicht nur ihn. Irgendein Schwachmat redete auf sie ein und strahlte sie auch noch an. So weiße Zähne hatte doch wohl niemand von Natur aus, da war er sich ganz sicher. Dazu diese affige blonde Haartolle, die ihm ins Gesicht fiel. Meinte der etwa, das würde cool aussehen? Tat es nicht. Er sah aus wie ein Schnulzensänger aus den Siebzigerjahren.

Darüber gingen die Meinungen allerdings auseinander.

»Der sieht ja süß aus«, schwärmte Maggie hinter ihm.

Diese Frau hatte doch ganz klar ein Problem mit ihren Augen. War wahrscheinlich zu eitel, um eine Brille zu tragen.

Als der Typ Jessie eine Hand auf den Arm legte, war für

Gabriel Schluss mit lustig. Er ging auf die beiden zu und nickte diesem Fatzke freundlich zu.

»Jessie, du musst deine Tablette jetzt nehmen. Nicht, dass du hier wieder einen Anfall bekommst.«

Befriedigt nahm er zur Kenntnis, wie der Typ ganz schnell das Weite suchte. Vorsichtig sah er Jessie an, doch die war erstaunlicherweise nicht mal sauer auf ihn.

»Gabriel, das ist so herrlich hier. Ich fühle mich, als wäre ich wieder richtig jung.«

»Du bist jung, Sonnenschein. Du lebst nur nicht das dazu passende Leben. Möchtest du einen Cocktail?«

»Oh nein, danke, nie wieder. Als ich das letzte Mal so etwas getrunken habe, hatte ich einen Blackout.«

Stattdessen bekam sie nun einen roten Kopf, als ihr wieder einfiel, dass er das ganz genau wusste. Natürlich hatte er auch nicht im Entferntesten den Anstand, das zu ignorieren.

»Ich weiß. Und ich weiß auch noch, dass du mich gebeten hast, dich auszuziehen. Und wolltest du das danach nicht auch mit mir machen?«

»Kann man mal sehen, was der Teufel Alkohol so anrichtet. Er bringt einen dazu, die abwegigsten Dinge zu sagen.«

»So abwegig finde ich das gar nicht«, grinste Gabriel. »Ganz im Gegenteil. Und weißt du was? Wenn du mir so ein Angebot noch einmal machst, wirst du nackt sein, bevor du bis drei zählen kannst.«

Dabei strich er ihr so sanft über den Rücken, dass sie eine Gänsehaut bekam.

»Lass den Blödsinn«, sagte sie schroff. »Ich dachte, das hätten wir geklärt.«

»Haben wir nicht, Jessie. Aber du hast recht, das sollten wir wirklich mal tun. Komm mit.«

Er zog sie in eine ruhige Ecke am anderen Ende des

Ladens, schob sie an die Wand und stützte sich rechts und links von ihrem Kopf ab.

»Du machst mich verrückt, Süße. Und du weißt, was ich von dir will. Aber dieses Hin und Her macht mich fertig. Also liegt es jetzt bei dir. Entscheide dich, ja oder nein, das will ich noch heute Abend von dir hören.«

Unsicher sah Jessie ihn an. »Und wenn ich Nein sage?«

»Dann muss ich damit leben und werde dich in Ruhe lassen.«

»Ich kann dir das jetzt nicht sagen.«

»Musst du auch nicht. Wir sind ja noch ein bisschen länger hier. Soll ich dir ein bisschen helfen bei deiner Entscheidung?«, fragte er und brachte seinen Mund ganz dicht an ihren.

»Ja«, flüsterte Jessie gegen ihren Willen.

Kaum berührte sein Mund ihre Lippen, schloss sie selig die Augen. Er küsste sie so intensiv, dass ihr mal wieder ganz anders wurde. Jessie küsste mit voller Hingabe zurück und drängte sich enger an ihn.

Gabriel schob sie ein kleines Stück weg und atmete tief. »Hör lieber auf, sonst werden wir noch wegen Erregung öffentlichen Ärgernisses verhaftet. Du hast eine Stunde.«

Er ließ sie allein, und sie ging mit wackeligen Knien zu den Toiletten. Konnte es sein, dass seine Küsse jedes Mal noch besser wurden? Er war eine Sucht, beschloss sie. Und Süchtige sind krank, nicht für ihr Verhalten verantwortlich zu machen. Ihr fiel wieder ein, was Charlie gesagt hatte. Ihre Freundin hatte tatsächlich recht. Erst der Kuss auf dem Dom, dann im Kino und jetzt hier, in einem Club, zu dem sie früher Disco gesagt hatten. Genau die Orte, an denen Teenies knutschten. Dann hatte Charlie vielleicht auch recht damit, dass eine Nacht mit Gabriel sie heilen würde von diesem pubertären Verhalten. Und wenn es nicht so wäre, erkannte sie mit plötzlicher Klarheit, so war ihr das im Moment auch komplett egal. Sie wollte diesen Mann, und sie wollte ihn heute Nacht. Und darum würde sie jetzt sofort aufhören, immer nur auf ihren Kopf zu hören. Stattdessen waren heute endlich mal ihre Gefühle an der Reihe. Und ab morgen würde sie wieder vernünftig sein.

11

Sie sah Charlie, Matthis, Maggie und Lennart auf der Tanzfläche, nur Gabriel war nicht zu sehen. Tiefe Enttäuschung machte sich in ihr breit. Er war doch wohl nicht einfach gegangen? Die Stunde war doch noch lange nicht rum. Aber dann entdeckte sie ihn am Ende der Bar und ging etwas zitterig auf ihn zu.

Er lächelte ihr entgegen und schob ihr ein Glas Bier zu. Sie nippte nur ein paar Mal daran und sah in diese unglaublichen Augen.

Einen Moment zögerte sie noch, doch dann gab sie sich einen Ruck. »Die Antwort ist Ja. Aber wir müssen vorher die Regeln klären.«

Gabriel verschluckte sich vor Lachen fast an seinem Bier. »Schätzchen, was für Regeln denn? Müssen wir eine Liste erstellen?«

»So meinte ich das nicht«, verteidigte sich Jessie. »Ich meine, wir machen es nur ein Mal.«

Gabriel zog Jessie in seine Arme und begann, sie zu küssen. »Und ich meine«, murmelte er, »das sehen wir dann.«

Sie verzichtete darauf, ihm zu erklären, wie sie es gemeint hatte, sondern atmete lieber tief seinen herrlichen Duft ein.

»Warte mal kurz. Ich bin gleich wieder da«, sagte er und ging Richtung Tanzfläche. Kurz darauf kam er zurück, nahm Jessie an die Hand und zog sie aus dem Club.

»Ich muss wenigstens Charlie Bescheid geben«, fiel Jessie ein.

»Ich habe Lennart eben gesagt, dass du Kopfschmerzen hast und ich dich nach Hause bringe«, antwortete er und hielt ein Taxi an. Jessie kroch in die hinterste Ecke, um nicht Gefahr zu laufen, sich schon im Taxi auf Gabriel zu stürzen. Doch sie hatte mal wieder die Rechnung ohne ihn gemacht, denn er rutschte sofort hinterher und legte die Arme um sie.

»Nicht verstecken, Jessie«, flüsterte er ihr ins Ohr und zog mit seinem Mittelfinger die Konturen ihres Mundes nach. »Dafür bist du viel zu heiß.«

Obwohl die Taxifahrt höchstens zehn Minuten dauerte, kam es Jessie wie Stunden vor. Doch als Gabriel sie in seine Wohnung schob und die Tür schloss, wurde sie plötzlich verlegen.

»Wollen wir vielleicht etwas trinken?«, piepste sie mit einer unnatürlich hohen Stimme.

»Nein, Schätzchen. Wollen wir nicht. Ich will dir endlich dieses Kleid ausziehen.«

Da er schon wieder anfing, sie zu küssen, fiel ihr keine andere Verzögerung mehr ein. Und plötzlich wollte sie die auch gar nicht mehr, ihr wurde so schwummerig, dass sie sich fast an ihm festklammerte.

»Komm mit«, sagte er mit drängender Stimme und zog sie ins Schlafzimmer. Viel sah sie davon nicht, denn fast sofort lag sie irgendwie auf seinem Bett, während Gabriel sie immer weiter küsste. Ungeduldig zerrte sie an seinem Hemd und schloss entzückt die Augen, als sie endlich nackte Haut spürte. Sie spürte, wie Gabriel den Reißverschluss ihres Kleides aufmachte, und half ihm, es auszuziehen.

Nur in roter Spitzenunterwäsche lag sie vor ihm. Er setzte

sich auf und betrachtete sie. Allein durch diesen Blick wurden ihre Brustwarzen hart. Er zog mit dem Finger kleine Kreise darum und beugte sich dann über sie. Sein Mund schloss sich um ihre Nippel und saugte sanft durch den Spitzenstoff daran. Jessie wurde sofort feucht und stöhnte leise auf.

Gabriel löste sich von ihr und öffnete mit einem Handgriff ihren BH. Schwer und verlockend lagen ihre Brüste frei, während er noch immer komplett angezogen war.

»Zieh dich aus«, bat sie mit heiserer Stimme.

»Nicht so schnell, Süße«, antwortete er und begann, wieder an ihren harten Brustwarzen zu saugen. Jessie glaubte, allein dadurch schon jeden Moment explodieren zu müssen und öffnete unbewusst die Beine.

Gabriel lachte leise. »Hast du es so eilig? Bist du so heiß?«

»Bitte«, stöhnte sie.

Gabriel schmiss sein Hemd auf den Fußboden, zog gleichzeitig seine Jeans und seine Shorts aus und legte sich wieder zu ihr. Obwohl Jessie ihn oft genug nackt gesehen hatte, als er siebzehn war, hatte nichts sie auf diesen Anblick vorbereitet. Breite Schultern, ein ebenso breiter Brustkorb, ein flacher Bauch und dazu eine gewaltige Erektion.

»Wow. Ich will ihn anfassen«, flüsterte sie und setzte ihre Ansage sofort in die Tat um.

»Langsam, Engel. Wir haben viel Zeit.«

»Keine Zeit«, keuchte Jessie. »Ich, ich will das jetzt.«

Gabriel schob einfach ihre Hand beiseite und küsste wieder ihre Brustwarzen. Quälend langsam zog er mit seiner Zunge kleine Kreise darum. Dann schob er sich höher und leckte die Vertiefung ihres Schlüsselbeins. Dabei drückte sich seine Erektion hart an ihren Bauch.

Anscheinend wurde jede Stelle ihres Körpers, die er berührte, sofort zur erogenen Zone. Sie schlang die Arme um ihn und versuchte, ihn in sich aufzunehmen.

»Schätzchen, du bist viel zu ungeduldig. Hier hat nur einer das Kommando, und das bin ich. Und darum kommt jetzt hier die erste Regel.«

»Welche erste Regel?«, keuchte Jessie.

»Ts, ts, ts. Keine Fragen. Nur Antworten. Also?« Er zog sie dicht an sich und küsste so sanft ihr Gesicht, dass sie dahinschmolz. Darum brachte sie nur ein »Ja« heraus.

»Sehr gut. Die erste Regel ist, du fasst mich nicht an. Egal, was passiert, deine Hände bleiben schön bei dir, ist das klar?«

Statt einer Antwort nickte sie nur, obwohl sie selbst nicht wusste, warum sie das tat. Vielleicht, weil seine Nähe so guttat.

Er begann, ihren Hals zu küssen, glitt mit seinen Lippen tiefer und zog weiter leichte Kreise um ihre Brust. Wieder wurden ihre Nippel hart, und sie streckte sie ihm entgegen.

»Hier hab ich das Sagen, schon vergessen?«, murmelte Gabriel. »Also einfach schön liegen bleiben.«

Er machte langsam weiter und sie damit ganz verrückt. Als er endlich leicht mit seiner Zunge über ihre Brustwarze strich, begann es, zwischen ihren Beinen zu pochen. Als er anfing zu saugen, wurde sie fast sofort nass.

»Nicht aufhören. Bitte, nicht aufhören.«

Gabriel lachte leise. »Keine Angst. Das habe ich nicht vor.«

Er nahm ihre Brüste in die Hände, knetete sie leicht und setzte wieder seine Zunge ein. Wenn sie allein davon schon so nass wurde, was würde erst passieren, wenn er an anderen Stellen weitermachte?, fragte Jessie sich ängstlich.

»Nicht denken, Süße«, murmelte er, als hätte er ihre Gedanken gelesen. »Das ist die zweite Regel.«

Sein Mund wanderte wieder zu ihrem Hals und bedeckte ihn mit Küssen. Seine große Hand lag nun unterhalb ihrer Brust, und er strich langsam über ihre Seite. Als er ihren Busen wieder berührte, hielt sie die Luft an. Unwillkürlich streckte sie den Arm aus und legte ihre Hand auf seinen kräftigen Oberarm. Sofort zog er sich zurück.

»Nicht doch. Nicht anfassen. Nun hast du dir eine Strafminute eingehandelt. Und bleibst schön hier liegen.«

Er stand auf und verließ das Schlafzimmer. Frustriert blickte sie ihm hinterher. Wo wollte er denn hin? Er konnte sie doch so nicht allein lassen. Und wie lange war eigentlich so eine dämliche Strafminute? Und was sollte das überhaupt? Endlich kam er wieder ins Schlafzimmer, aber statt sich endlich auf sie zu legen, setzte er sich auf die Bettkante und betrachtete sie in aller Ruhe.

»Gabriel. Bitte«, stöhnte sie.

Der Mistkerl lächelte sie nur an und legte seine Hände auf ihre Oberschenkel. Sehr langsam fuhr er ihre Schenkel hoch bis zur Taille und zurück. Seine Daumen kamen dabei der Stelle zwischen den Beinen, wo sie inzwischen glühte, gefährlich nahe. Er legte seinen Mund auf ihren Bauch und kam dieser Stelle immer näher. Gerade als sie glaubte, es keinen Moment länger aushalten zu können, fand sein Mund endlich das Ziel. Sanft schob er ihre Lippen auseinander und begann, zart zu saugen. Jessie hatte das Gefühl, in Flammen zu stehen. Er saugte fester und schob einen Finger in sie.

Die zweite Regel hätte er nicht aufstellen müssen. Ihr Gehirn war komplett ausgeschaltet, es gab nur noch dieses heiße Gefühl zwischen ihren Beinen. Das stärker und stärker wurde, bis sich alles in ihr zusammenzog. Wie eine Welle, die immer höher stieg und sie mitriss. Jessie keuchte, begann zu zittern, bis die Welle über ihr zusammenschlug und sie das Gefühl hatte, sie würde ewig kommen.

»Genau so, mein Liebling. Genau so soll es sein«, flüsterte Gabriel. Er setzte sich auf, holte aus seiner Jeans ein Kondom und streifte es über. Jessie kam es wie eine Ewigkeit vor, bis er endlich wieder bei ihr war. Er legte sich auf sie, küsste ihren Mund und drang endlich tief in sie ein. Während ihre Muskeln immer noch zuckten, stieß er erst langsam, dann immer schneller zu. Jessie umklammerte seinen Rücken, hob ihm ihre Hüften entgegen und passte sich seinem Rhythmus an. Mit jedem Stoß verlor sie mehr den Verstand. Ihr Körper reagierte so stark auf ihn, dass sie alle Hemmungen vergaß. Es gab nur noch Gabriel und sie. Und diese unglaubliche Hitze zwischen ihnen. Nicht den kleinsten Teil von sich konnte sie zurückhalten, er war gleichzeitig so fordernd und doch voller Zärtlichkeit, dass sie einfach dahinfloss.

Und plötzlich war es wieder da. Dieses Kribbeln, das sich langsam über ihren ganzen Körper ausbreitete. Diese Wärme. Und zum zweiten Mal explodierte sie. Jessie spürte, wie Gabriel kurz erstarrte und dann auch mit einem tiefen Stöhnen in ihr kam. Dabei umarmte er sie fester und murmelte ihren Namen.

Danach lag sie atemlos in seinen Armen.

»Jessie«, murmelte er an ihrem Hals. »Das war unglaublich. Ich wusste, dass es sich lohnen würde zu warten.«

Es gab eine ganze Menge, was sie ihm darauf antworten wollte. Dass sie soeben den besten Sex ihres Lebens gehabt hatte. Dass sie noch nie mit einem Mann im Bett gewesen war, dem ihre Lust wichtiger war als seine. Dass sie sich wünschte, für immer hier bei ihm liegen zu bleiben. Aber sie durfte nicht vergessen, dass es für Gabriel einfach nur Sex war. Und er spätestens nächste Woche die nächste Frau um den Verstand vögeln würde. Darum blieb sie still und fragte sich, was sie jetzt tun sollte. Wie verhielt man sich denn überhaupt nach so einem One-Night-Stand? Sollte sie jetzt aufstehen und gehen? Oder einfach liegen bleiben? Vorsichtig richtete sie sich auf, um sofort von Gabriel wieder zurückgezogen zu werden.

»Bleib hier, Mäuschen. Du hast noch lange nicht genug. Gib mir eine halbe Stunde. Einmal ist nicht genug.«

Er verließ nicht wie Robert fluchtartig das Bett, sondern zog sie enger an sich. Kurz darauf verrieten seine tiefen Atemzüge, dass er eingeschlafen war. Jessie verbot sich jeden Gedanken an Robert oder an den nächsten Tag, auch sie schloss die Augen und wusste noch im Einschlafen, dass sie sich nicht erinnern konnte, jemals so glücklich gewesen zu sein.

Als sie wieder wach wurde, war es draußen noch dunkel. Gabriel küsste ihren Nacken, während seine Hände sich an all ihre erogenen Zonen erinnerten. Dieses Mal liebten sie sich ruhiger, aber Jessie empfand es so intensiv, dass sie sich danach unglaublich beherrschen musste, nicht loszuheulen. Auch diesmal zog Gabriel sie wieder fest an sich und schlief kurz darauf ein. Aber Jessie war jetzt hellwach. Sie blieb noch eine halbe Stunde liegen, bis sie ganz leise aufstand, ihre Sachen aufsammelte und ins Badezimmer ging. Ihr Make-up hatte sich aufgelöst, die Haare standen wirr zu allen Seiten ab. Sie bereinigte die schlimmsten Schäden, zog sich an und verließ leise die Wohnung. Draußen wurde es hell, und sie erwischte zum Glück schnell eine der Taxen, die die Nachtschwärmer nach Hause brachten.

In ihrer Wohnung duschte sie, machte sich einen Kaffee und setzte sich an den Küchentisch. Charlie hatte keinesfalls recht gehabt. Sie fühlte sich nicht mehr wie eine Sechzehnjährige, die im Kino knutschte. Dafür wie eine dreißigjährige Frau, die das erste Mal in ihrem Leben nach dem Sex komplett befriedigt war. Der Mann musste lange geübt haben, um so eine Vorstellung zu geben. Obwohl, Vorstellung war das falsche Wort. Er hatte sich ihr genauso hingegeben wie sie sich ihm. Sie wartete auf die unvermeidliche Reue, aber die ließ sich nicht blicken.

Ja, sie hatte Robert tatsächlich betrogen, aber es war irgendwie so unausweichlich gewesen. Und sie würde ihn nie wieder betrügen. Ihr war klar, dass sie von Gabriel nie mehr als Sex bekommen würde. Wenn er eines nicht wollte, dann feste Bindungen. Von Robert bekam sie zwar etwas wenig Sex, aber immerhin wusste er, was er wollte. Nämlich eine richtige Beziehung, voller Verlässlichkeit und mit Zukunft. Sicher würde sie mit ihm nie so eine Nacht erleben. Aber sie war mit ihm auf der sicheren Seite. Und die Erinnerung an letzte Nacht konnte ihr niemand mehr nehmen. Also würde sie einfach ihr Leben weiterleben und nur ganz manchmal, wenn alles andere zu trist war, daran denken. Und mit viel Glück würde die Erinnerung irgendwann verblassen. Die Erinnerung, dass Gabriel nach wie vor die Liebe ihres Lebens war.

Gabriel wachte erst am späten Vormittag auf. Genüsslich reckte er sich und streckte seinen Arm nach Jessie aus. Er hatte schon nach dem ersten Kuss auf dem Dom gewusst, dass eine Menge Leidenschaft in ihr steckte. Aber dass diese Frau dermaßen heiß war, war eine sehr willkommene Überraschung. Er konnte sich nicht erinnern, wann Sex das letzte Mal *so* gut gewesen war. Als sein Arm ins Leere griff, machte er die Augen auf und sah, dass die andere Seite des Bettes tatsächlich leer war. Wo steckte sie denn? Träge begab er sich in die Küche, aber dort warteten weder Jessie noch frische Brötchen auf ihn. Zurück im Schlafzimmer entdeckte er, dass ihre Sachen nicht mehr auf dem Fußboden lagen. Warum war sie denn einfach so gegangen? Und, ein viel erschreckenderer Gedanke, warum fragte er sich das? Natürlich war sie gegangen, genau so, wie er jedes Mal danach ging. Was auch der Grund war, warum er so gut wie nie eine Frau mit in seine Wohnung nahm. Allein die Vorstellung, die könnten nach dem Sex seine Wohnung nicht verlassen, sondern würden irgendwie dableiben, trieb ihm den Angstschweiß auf die Stirn. Aber er musste zugeben, dass er etwas enttäuscht war, dass Jessie weg war. Er stellte die Kaffeemaschine an, duschte und nahm dann seinen Kaffee mit ins Bett. Woher um Himmels willen kam auf einmal dieses merkwürdige Gefühl? Es fühlte sich fast wie Leere an.

Gabriel dachte scharf nach, bis ein erleichtertes Lächeln auf seinem Gesicht erschien. Natürlich. Das kam daher, weil er so lange darauf hatte warten müssen, mit Jessie ins Bett zu gehen. War ja klar, dass sich während dieser ganzen Zeit eine Menge Fantasien angestaut hatten. Und darum war er noch nicht fertig mit ihr. Ob dieser Logik fühlte er sich sofort besser. Ein Gefühl der Leere, also ehrlich. Auf was für einen Blödsinn er manchmal kam, das war ja schon direkt peinlich. Erleichtert zog er sich an und ging einkaufen. Auf einmal hatte er einen Riesenhunger.

Am frühen Nachmittag rief Charlie bei Jessie an. »Na, wie geht es denn deinen … *Kopfschmerzen*?«, fragte sie amüsiert.

Jessie kicherte. »Ist ja schon gut. Aber war doch nett von ihm, dass er nicht gesagt hat, Jessie und ich machen uns jetzt eine heiße Nacht.«

»Und? War sie heiß?«

»Und ob. Und du hast recht gehabt. Es war nur Chemie. Hormone.«

Einen Moment blieb es auf der anderen Seite der Leitung still.

»Ach. Bist du sicher?«, fragte Charlie dann.

»Ja«, behauptete Jessie. »Natürlich kann er im Bett eine Frau sehr glücklich machen. Aber außerhalb? Mit Sicherheit nicht. Aber Robert kann das, bei ihm weiß ich immer, woran ich bin.«

»Oh. Na dann. Dann ist ja gut«, stotterte Charlie. »Was machst du heute noch? Hast du Lust, ein bisschen shoppen zu gehen?«

»Hört sich gut an.«

Sie vereinbarten einen Treffpunkt und verbrachten vier angenehme Stunden in der Stadt. Anschließend fuhr Jessie nach Hause und merkte allmählich, dass die Nacht ziemlich kurz gewesen war. Sie würde jetzt in die Badewanne gehen und danach ins Bett. Und natürlich nicht einen Gedanken an Gabriel verschwenden.

Sie lag gerade mal zehn Minuten im warmen Wasser, das herrlich nach dem neuen Badeschaum duftete, als es an der Tür klingelte. Jessie sah auf die Badezimmeruhr. Viertel nach neun, die typische Uhrzeit ihrer Mutter am Samstagabend. Tanja liebte Ü-30-Partys und versuchte jedes zweite Wochenende, Jessie mitzuschleppen. Aber da hätte sie heute Pech. Sie zog sich ihren Bademantel an und drückte auf den Türsummer. Vorsichtshalber guckte sie, bevor sie die Wohnungstür öffnete, noch durch den Spion. Und erstarrte. Vor der Tür stand Gabriel. Während sie noch panisch überlegte, was sie machen sollte, klopfte er schon ungeduldig.

Ob sie so tun könnte, als wäre sie nicht zu Hause? Wenn sie einfach ganz leise blieb? Ach nein, dann hätte sie wohl nicht auf den Summer gedrückt, um ihn durch die Haustür zu lassen. Vorsichtig öffnete sie also die Tür.

»Na, Schätzchen? Alles gut?«, fragte er, als wäre es das Normalste von der Welt, dass er zu ihr kam, und trat in die Wohnung.

»Ja, zumindest bis eben. Was machst du hier?«

»Dich besuchen. Ist das nicht offensichtlich?«

»Gabriel, das geht nicht. Ich bin mit Robert zusammen.«

»Richtig. Aber Robert ist bei Tante Hedwig, und ich bin hier. Meinst du nicht, dass uns das etwas sagen sollte?« Er ließ sie gar nicht erst antworten, sondern schob seine Hände unter ihren Bademantel und begann, sie zu küssen. »Mein Gott, Jessie, riechst du gut«, murmelte er und vergrub sein Gesicht an ihrem Hals.

»Gabriel, ich, wir, ich meine …«, stotterte sie.

»Was meinst du, Sonnenschein? Dass es ganz schön dumm von uns ist, hier im kalten Flur zu stehen? Wo du doch so ein schönes Bett hast?«

Hatte Jessie bis dahin in kitschigen Romanen Dinge gelesen wie »auf einmal war sie Wachs in seinen Händen«, hatte sie dafür nur ein höhnisches Lachen übrig gehabt. Und sich überlegt, warum sie überhaupt so einen Blödsinn las. Als ob ein Mann eine Frau nur einmal anfassen müsste und ganz plötzlich hätte sie keinen eigenen Willen mehr. Doch genau das passierte ihr jetzt hier, im realen Leben. Kein einziger rationaler Gedanke befand sich mehr in ihrem Kopf. Nur der brennende Wunsch, Gabriel ganz nah zu spüren, von ihm gehalten zu werden, ihn zu küssen.

Die nächste Stunde war für nichts anderes mehr Raum. Jessie gab sich ihm so rückhaltlos hin, dass sie selbst über sich erstaunt gewesen wäre. Wenn sie denn noch fähig gewesen wäre zu denken, anstatt nur noch aus Gefühlen zu bestehen. Er begann, sie wieder mit dieser quälenden Langsamkeit zu lieben, doch diesmal drehte sie den Spieß um.

»Das hier ist mein Bett, Gabriel. Und das heißt, heute stelle ich die Regeln auf.«

Er blickte sie amüsiert an. »Aha. Und wie lauten die Regeln?«

»Och, nur so die allgemein üblichen. Die gleichen wie in deinem Bett. Du weißt schon. Immer schön die Hände bei dir behalten.«

Er lachte leise und verschränkte die Hände hinter seinem Kopf. »Das scheint mir nur fair. Und, was machst du?«

Jessie lächelte ihn an und küsste ihn. »Das hier zum Beispiel«, murmelte sie und glitt mit ihren Lippen seinen Hals hinab. Sie bedeckte seine Brust mit Küssen und rutschte langsam tiefer. Kurz vor ihrem Ziel stoppte sie und arbeitete sich langsam wieder nach oben.

»Gott, Jessie, willst du mich umbringen? Mach weiter«, bettelte Gabriel.

»Immer mit der Ruhe. Wie haben doch viel Zeit«, wiederholte sie seine Worte von letzter Nacht, bis sie ihre Küsse wieder südwärts verteilte. Beim dritten Mal nahm sie die Spitze ganz kurz in den Mund, um gleich danach sanft mit ihrer Zunge den Schaft zu lecken. Gabriel begann leise zu stöhnen, und Jessie konnte sich nicht länger zurückhalten.

Sie schloss ihre Hand um ihn und bewegte sie mit leichtem Druck. Gleichzeitig nahm sie ihn in den Mund und begann zu saugen. Sie ließ ihre Hand zu seinen Hoden gleiten und begann, sie zu streicheln. Gabriel richtete sich auf und zog Jessie an seine Seite.

»Du verstößt gegen die Regel«, sagte sie mit schwerem Atem. »Du weißt doch, dass es dafür eine Strafminute gibt.«

»Wenn du so weitermachst, kann ich für nichts mehr

garantieren. Also handele ich nur in deinem eigenen Interesse«, lächelte er sie an und griff zu einem Kondom. Sanft schob er ihre Beine auseinander und drang in sie ein. »Du fühlst dich so gut an«, flüsterte er. »Aber natürlich ist das hier dein Bett. Also, soll ich aufhören?«

»Nein! Hör nicht auf«, flehte Jessie. »Bitte, hör nicht auf.«

Er stieß kraftvoll zu, und sie umklammerte mit ihren Beinen seine Hüften. Tief und tiefer bewegte er sich in ihr, bis sie wusste, dass sie es keinen Moment länger aushalten würde.

»Ich, ich, oh Gott«, stammelte sie.

»Ja. Komm Jessie. Komm mit mir zusammen.«

Nichts ließ den gewaltigen Orgasmus, der sich in ihr zusammenbraute, mehr aufhalten. Sie gab sich komplett hin und rief laut seinen Namen. Auch er konnte sich nicht länger zurückhalten, und gemeinsam erreichten sie einen erdrutschartigen Höhepunkt.

Als es vorbei war, lagen beide schwer atmend eng nebeneinander. Gabriel regte sich als Erster.

»Hast du etwas zu trinken für mich? Du hast mich ja richtig geschafft.«

Jessie ging in die Küche, um eine Flasche Wasser zu holen, und merkte erstaunt, dass ihr Tränen über das Gesicht liefen. Wütend wischte sie sie weg. Was hatte sie denn gedacht, was er sagen würde? Dass sie die große Liebe seines Lebens sei und er den Rest der Tage nur mit ihr verbringen wollte? So etwas Albernes. Das hier war Sex, und langsam sollte sie alt genug sein, um souverän damit umgehen zu können. Mehr würde sie nicht von ihm bekommen.

Sie zog ihren Bademantel an, der mitten im Flur lag, und ging mit der Flasche zurück ins Schlafzimmer. Gabriel lag entspannt im Bett und lächelte ihr entgegen.

Verlegen lächelte sie ein wenig zurück und gab ihm die Flasche. Und was sollte sie jetzt machen? Irgendwas sagen vielleicht? Ihr fiel nichts ein, und so stand sie einigermaßen blöd herum.

»Komm wieder her, Süße«, forderte Gabriel sie auf. »Ich wärm dir die Füße.«

Die waren zwar gar nicht kalt, aber trotzdem machte sie Anstalten, wieder ins Bett zu steigen.

»Nein. Nicht so. Bademäntel dürfen nicht ins Bett. Genauso wenig wie Hunde. Ist eine bekannte Regel«, behauptete er.

Also war sie schon wieder nackt. Das wurde langsam zur Gewohnheit.

Gabriel zog sie an sich und küsste sie auf die Schläfe. »Wir haben seit damals ganz schön dazugelernt, was?«

Das war das erste Mal, dass er ihre gemeinsame Vergangenheit erwähnte.

»Also, so unerfahren warst du auch als Siebzehnjähriger nicht«, erinnerte ihn Jessie.

»Und das war auch gut so. Sonst hätte ich dir ja gar nichts beibringen können, stimmt's?«

Jessie nahm allen Mut zusammen und stellte endlich die Frage, auf deren Antwort sie bereits seit vierzehn Jahren wartete. »Gabriel? Was ist damals passiert? Warum hast du mich von einem Tag auf den anderen abserviert?«

Er blieb eine ziemlich lange Zeit still. »Ganz ehrlich, Jessie, ich weiß es nicht. Ich schätze, Jungs in dem Alter sind einfach so«, sagte er schließlich.

Das war nun nicht ganz die Antwort, auf die sie gewartet hatte. Und wenn ein Mann einen Satz mit »ganz ehrlich« begann, klingelten bei ihr sowieso die Alarmglocken.

»Aber es muss doch einen Grund gegeben haben. Was habe ich denn falsch gemacht?«

»Jessie«, begann er mit einer Stimme, die irgendwie gepresst klang. Er versuchte es noch einmal. »Du hast überhaupt nichts falsch gemacht. Im Gegenteil, du warst unglaublich süß. Wenn du mir auch sonst nichts glaubst, das ist die Wahrheit. Es lag nicht an dir.«

Plötzlich hatte er es sehr eilig, das Bett zu verlassen. Er zog seine Retropants an und sah sie an. »Hast du auch solchen Hunger wie ich? Ich brauche unbedingt was zu essen.«

Jessie presste kurz die Lippen zusammen. Damit war das Thema wohl erledigt, mehr würde sie von ihm nicht hören. Also stand sie auch auf und zog den Bademantel wieder an.

»Komm mit in die Küche, wir gucken mal.« Im Tiefkühlfach fand sie zwei Tiefkühlpizzen. »Ich fürchte, mehr habe ich nicht. Ich bin nicht so begabt im Kochen.«

»Pizza ist perfekt«, meinte er und schob beide in den Backofen.

»Du musst den Backofen höher einstellen«, sagte Jessie zu ihm. »So dauert das zu lange.«

»Och, wir haben noch Zeit. So können wir eh nicht essen. Vor dem Essen muss man sich waschen. Das ist auch eine altbekannte Regel. Wo ist dein Badezimmer?«

Jessie ging vor ihm ins Bad, das immer noch nach dem Badeschaum roch. Gabriel stellte sie unter die Dusche und sich selbst dazu.

»Wenn du mich wäschst, wasche ich dich auch«, versprach er ihr mit einem breiten Grinsen.

Gut. Jetzt kam es auch nicht mehr darauf an. Ob sie Robert nun drei- oder viermal betrog, sie war so oder so ein schlechter Mensch. Durch und durch verdorben. Richtig mies. Bevor sie sich noch mehr niedermachen konnte, sorgte Gabriel dafür, dass sie für solche Gedanken keine Zeit mehr hatte.

Später saßen sie im Wohnzimmer und aßen Pizza. Dazu lief im Fernsehen irgendein Film, von dem Jessie nicht das Geringste mitbekam. Hätte sie doch bloß mehr Erfahrung in diesen Sexsachen. War das normal, dass man hinterher zusammen auf dem Sofa saß und Fernsehen guckte? Und dass sich das so richtig anfühlte?

Gabriel zog sie an sich. »Schätzchen, jetzt riechst du noch besser. Eine Mischung aus Seife und Pizza, ein echter Männertraum. Guck mich mal an.«

Jessie hob den Kopf und sah in seine Augen. Die blickten irgendwie liebevoll.

»Ich möchte heute nicht mehr nach Hause. Darf ich hierbleiben?«

Da war schon wieder diese Sache mit dem Wachs in den Händen. So nickte sie nur.

»Ich habe dich nicht verstanden, Mäuschen. Möchtest du, dass ich bleibe?«

Sie schloss kurz die Augen. Wem wollte sie denn hier was vormachen? »Ja. Ich möchte, dass du die ganze Nacht neben mir liegst.«

»Also, das kann ich dir nicht versprechen«, sagte er ernst.

Verwirrt schaute sie ihn an.

»Es könnte auch sein, dass ich so ab und zu mal auf dir liege«, lachte er. »Und jetzt komm. Irgendwann brauche ich auch mal Schlaf.«

Wie fit und ausgeruht er nach acht Stunden Schlaf sein konnte, stellte er am nächsten Morgen unter Beweis. Danach hielt er sie im Arm und bedeckte ihr Gesicht mit kleinen Küssen.

»Jessie«, hatte er gerade angesetzt, als er vom Klingeln des Telefons unterbrochen wurde.

Nachdem Jessie sich gemeldet hatte, klang die vorwurfsvolle Stimme ihrer Mutter aus dem Hörer: »Mädchen, wo bleibst du denn? Wir wollten vor einer halben Stunde anfangen.«

»Äh, womit denn?«, fragte Jessie.

»Was ist denn mit dir los? Du wolltest mir helfen, das Wohnzimmer zu streichen. Wie soll ich denn allein die Schränke von der Wand bekommen?«

»Ach, Mist. Tut mir leid, Mama, das hab ich echt vergessen. Ich zieh mich schnell an und bin in einer halben Stunde da.«

Gabriel hatte mitgehört und setzte sich nun im Bett auf.

»Ich habe meiner Mutter versprochen, ihr beim Renovieren zu helfen. Du wirst wohl in deinem eigenen Bett weiterschlafen müssen.«

Er zog sich an, nahm Jessie in die Arme und küsste sie. »Ich melde mich, Mäuschen. Bis dann.«

Jessie wartete, bis die Wohnungstür hinter ihm zugefallen war, und gestattete sich erst dann einen frustrierten Seufzer. Klar würde er das. Wahrscheinlich gleich morgen und mit roten Rosen in der Hand. Sie sah zu, dass sie in ihre Klamotten und zu ihrer Mutter kam. Höchste Zeit, sich körperlich anzustrengen. Sich so zu verausgaben, dass jeder Gedanke an diesen Mann aus ihrem Kopf vertrieben wurde.

12

Gabriel betrat am Mittwochmorgen pfeifend das Büro. Die letzten beiden Tage war er bei einer Fortbildung in Wiesbaden gewesen und hatte dort ganz erstaunliche Erkenntnisse gewonnen. Die nicht das Geringste mit seinem Job zu tun hatten.

»Guten Morgen, mein allerliebster Lennart«, feixte er und tätschelte seinem verwirrten Freund auch noch den Kopf.

»Was ist denn mit dir los? Habt ihr in Wiesbaden Selbstversuche mit beschlagnahmten Drogen gemacht?«

»Aber nicht doch. Kann ein Mann denn nicht einfach gute Laune haben?«

»Jetzt sag schon. Was ist los?«

Gabriel grinste. »Du wirst es sowieso nicht glauben. Es erstaunt mich selbst.«

»Was denn? Jetzt mach es nicht so spannend.«

»Ich habe sie gefunden. Ich habe tatsächlich die eine Frau gefunden. Und weißt du was? Es macht mir nicht einmal mehr Angst. Ganz im Gegenteil.«

»Wer ist sie?«

»Weißt du doch. Jessie natürlich.«

Lennart wurde blass. »Und was sagt sie dazu?«

»Noch gar nichts. Aber wenn ich es ihr gleich erzähle, wird sie sicherlich nicht traurig sein. Ihr geht es nämlich ganz genauso, das weiß ich.«

»Gabriel«, setzte Lennart an und verstummte wieder.

»Ja, ich weiß. Lach ruhig. Das ist mir egal. Ich bin verrückt nach dieser Frau.«

»Gabriel, halt die Klappe«, brachte Lennart heraus.

»Was ist denn los mit dir?«, fragte der erstaunt. »Du hast mir doch immer gepredigt, ich soll endlich aufhören mit den ständigen Weibergeschichten und sesshaft werden. Was passt dir denn jetzt nicht?«

»Scheiße«, sagte Lennart und sah Gabriel frustriert an. »Jessie hat sich am Montag verlobt. Sie heiratet den Steuerberater.«

»Sie macht was? Schwachsinn. Wo hast du denn den Blödsinn her?«, fragte Gabriel und ließ sich in seinen Stuhl fallen.

»Das hat Charlie mir gestern Mittag erzählt. Und die muss es ja wissen.«

Fassungslos starrte Gabriel seinen Freund an. »Sie heiratet? Den Steuerberater?«

Lennart nickte unglücklich.

»Ich brauche frische Luft. Ich bin in einer halben Stunde wieder da. Und Lennart, das, was ich dir gesagt habe, das bleibt unter uns.«

»Natürlich tut es das«, versicherte Lennart.

Gabriel ging aus dem Präsidium, über die Straße in den kleinen Park und setzte sich auf eine Bank. Blicklos starrte er vor sich hin. Wie konnte sie sich nach diesem Wochenende einfach so verloben? Sie musste doch auch gespürt haben, was mit ihnen passiert war. Und wenn sie nur so getan hatte? Vielleicht als späte Rache? Langsam wurde Gabriel wütend. Genau, das war es. Sie hatte ihn benutzt und dann fallengelassen. Genau so, wie er sie vor vierzehn Jahren hatte fallenlassen. Wahrscheinlich lachte sie sich jetzt, in diesem Moment, kaputt über ihn. Was war er nur für ein Idiot. Schon als sie Samstagfrüh einfach verschwunden war, hatte es sich komisch angefühlt. Bis abends hatte er immer noch nicht gewusst, warum, aber er musste sie unbedingt wiedersehen. Das war sehr merkwürdig gewesen und passte überhaupt nicht zu ihm. Doch als sie ihm die Tür aufgemacht hatte, nur im Bademantel, da war alles gut. Das merkwürdige Gefühl war dann am Sonntag wiedergekommen. Abends wäre er am liebsten sofort wieder zu Jessie gefahren. Da schüttelte er noch über sich selbst den Kopf. Das war ja lächerlich, wahrscheinlich bekam er einfach nur eine Grippe. Da fühlte man sich immer komisch. Außerdem war ja auch der Steuerberater wieder in der Stadt. Und erst in Wiesbaden, als er abends allein in seinem Hotelzimmer saß, war ihm klar geworden, was das alles zu bedeuten hatte. Es ging überhaupt nicht wie sonst nur um Sex. Und es war auch nicht nur Sex, es war viel mehr zwischen ihnen passiert. Es ging um Jessie. Er war bis über beide Ohren verliebt in diese Frau. Zuerst wollte er sie anrufen, aber so etwas konnte man nicht einfach übers Telefon sagen. Also freute er sich wie blöd auf den Mittwoch, wenn er sie endlich wiedersehen würde. Wie bekloppt er gewesen war. Das hatte sie alles so geplant. Frauen konnten so etwas.

Jessie saß in ihrem Büro und gab den Essensplan für die nächste Woche in den Computer ein. Dabei fiel ihr Blick auf den Ring an ihrem Finger. Dass Robert ihr einen Heiratsantrag machen würde, damit hatte sie nie gerechnet. Und dabei hatte die Woche gar nicht gut angefangen.

Als sie am Sonntag bei ihrer Mutter angekommen war, hatte die nur einen Blick auf ihr Gesicht geworfen.

»Oh, oh. Wer hat denn da ein solches Strahlen in den Augen? Erzähl.«

»Sei mir nicht böse, aber ich möchte nicht darüber reden.«

»Wieso das denn nicht?«, fragte Tanja beleidigt. »Wir reden doch immer über alles.«

»Ja. Ich weiß. Und irgendwann erzähle ich es dir. Aber nicht jetzt. Bitte.«

»Na gut. Dann streichen wir eben das Wohnzimmer.«

Nachmittags waren sie fertig und Jessie ziemlich erschöpft. Sie schlug die Einladung ihrer Mutter, irgendwo essen zu gehen, aus und fuhr nach Hause. Und wartete, zunächst noch voller Hoffnung. Auf ein Klingeln des Telefons, eine SMS, ein Läuten an der Tür. Aber Gabriel meldete sich nicht. Gut, ihr Kopf hatte von Anfang an gesagt, dass er nichts außer Sex von ihr wollte. Aber sie konnte einfach nicht glauben, dass es nach diesem Wochenende tatsächlich immer noch so war. Da war nicht nur Sex, da war viel mehr passiert. Doch der Sonntag verging, und von Gabriel kam kein Lebenszeichen.

Am Montag stand Jessie früh auf und verbrachte eine halbe Stunde vor dem Spiegel. Es gab bestimmt eine Erklärung, warum er sich nicht gemeldet hatte. Den ganzen Vormittag tigerte sie durch die Kantine und wartete. Lennart kam wie üblich zum Essen, aber nicht mit Gabriel, sondern mit zwei anderen Männern. Erst als die Uhr schon drei zeigte und Gabriel immer noch nicht aufgetaucht war, wurde es ihr klar. Alle Gefühle, die sie empfand, hatte sie exklusiv. Für Gabriel war es eine gute Bettgeschichte gewesen, und das war's. Er hatte bekommen, was er wollte. Jessie schwankte zwischen blinder Wut und absoluter Traurigkeit. Er hatte es schon wieder getan. Sie benutzt, mit ihr gespielt und sie dann, als er keine Lust mehr zum Spielen hatte, fallengelassen.

Deprimiert machte sie sich später auf den Weg zu Robert. Wie sie ihm gegenübertreten sollte, war ihr auch nicht klar. Wenn da schon wieder so starke Gefühle für Gabriel waren, was empfand sie dann noch für Robert? Sie hatte Angst, dass er ihren Verrat sofort riechen könnte. Doch er war so nervös, dass er kaum auf sie achtete. Ihre Frage nach dem Geburtstag seiner Tante beantwortete er fahrig. Wusste er es schon? Hatte er ihren Betrug irgendwie rausbekommen?

»Robert, was ist mit dir?«, fragte Jessie ängstlich. »Du bist so unruhig.«

»Ja, das stimmt. Ich habe dieses Wochenende viel nachgedacht. Und ich möchte dich etwas fragen.«

»Was denn?«, fragte sie angespannt.

Robert stand wieder auf, setzte sich neben sie, schaute sie an und nahm ihre Hand. »Jessica, willst du mich heiraten? Willst du meine Frau werden?«

Mit offenem Mund starrte sie ihn an. Sie versuchte, eine Antwort zu geben, aber kein Wort kam heraus.

»Ich weiß, Liebes. Das kommt sehr überraschend. Aber kannst du mir eine Antwort geben?« Bittend sah er sie an.

»Robert, ich, ich weiß einfach nicht, was ich sagen soll. Wir haben nie darüber gesprochen.«

»Du hast recht. Ich lasse dich mal ein paar Minuten allein. Denk bitte darüber nach, ja?« Er verließ das Wohnzimmer, und Jessie blieb allein zurück. Mit allem hatte sie gerechnet, nur damit nicht. Aber sie dachte nach. Eigentlich blieben ihr nur zwei Möglichkeiten. Entweder verbrachte sie auch die nächsten vierzehn Jahre damit, Gabriel hinterherzuheulen. Sie würde sicher immer mal wieder einen Mann kennenlernen. Der sich dann bestimmt, wie fast alle Männer in ihrer Vergangenheit, immer als Niete herausstellte. Oder sie nahm Roberts Antrag an. Blieb auf der sicheren Seite, hatte einen Partner neben sich, auf den sie sich verlassen konnte. Der sie nicht in einem Moment in den Himmel hob, nur, um sie im nächsten tief fallen zu lassen. Und vor allem würde sie damit endgültig alle

Träume von einem geläuterten Gabriel, der plötzlich zu einer echten Beziehung fähig wäre, hinter sich lassen.

Als Robert unsicher wieder zu ihr kam, stand ihr Entschluss fest.

»Ja, Robert. Ja, ich möchte dich heiraten.«

»Ach Jessica«, strahlte er und umarmte sie. »Das macht mich so glücklich. Gib mir bitte deine Hand.« Jessie streckte ihre Hand aus, und Robert steckte ihr einen Ring mit einem kleinen Diamanten an den linken Ringfinger. »Als Zeichen meiner Liebe. Ich verspreche dir, ich werde dich niemals enttäuschen und niemals aufhören, dich zu lieben.«

»Das weiß ich. Und ich liebe dich dafür.«

»Was meinst du, ist es zu spät, zu deiner Mutter zu fahren und es ihr zu sagen?«

Jessie zögerte. »Du weißt ja, dass meine Mutter sich noch nicht so richtig mit unserer Beziehung anfreunden kann. Lass es mich ihr erst mal allein sagen. Sie braucht vielleicht ein bisschen Zeit.«

»Wie du es willst.« Robert hüstelte verlegen. »Liebes, möchtest du heute Nacht vielleicht hierbleiben?«

»Das geht diese Woche nicht. Du weißt schon, Frauensachen«, log Jessie.

Schnell wechselte Robert das Thema. »Natürlich. Wann meinst du, sollten wir die Hochzeit feiern? Vielleicht im Herbst oder ist das zu früh?«

»Bis dahin sind es ja noch sechs Monate, das sollten wir wohl schaffen.«

Sie besprachen noch eine Menge Details, bis Jessie sich verabschiedete. Auf gar keinen Fall hätte sie heute mit Robert schlafen können. Es war noch keine achtundvierzig Stunden her, dass sie mit Gabriel im Bett gewesen war. Aber dieses Thema war ab sofort tabu.

Kurze Zeit später stellte sie das Auto vor dem Haus ihrer Mutter ab und ging die Treppen hoch.

»Jessie, wie schön. Das ist eine ungewöhnliche Zeit für dich, sonst liegst du doch immer schon im Bett.«

»Heute nicht. Ich muss was mit dir besprechen.«

»Komm mit in die Küche. Was ist los?«

»Ich habe mich eben mit Robert verlobt. Wir heiraten im Herbst.«

»Du hast was? Jessie, warum?«

»Was heißt denn hier warum? Ich habe eigentlich damit gerechnet, dass du mir gratulierst.«

»Hast du nicht. Wie du weißt, bin ich keine Heuchlerin, und ich werde jetzt nicht so tun, als ob ich mich freue. Du kannst nicht im Ernst diesen Steuerberater heiraten wollen.«

»Sein Name ist Robert. Und ja, ich will. Er ist der richtige Mann für mich.«

»Warum hast du mir das nicht gestern schon erzählt?«

»Da wusste ich es doch noch gar nicht. Er hat mich vorhin erst gefragt.«

»Dafür hast du aber gestern ziemlich gestrahlt. Was war dann da los?«

»Wird das jetzt ein Verhör, oder was?«, regte Jessie sich auf. »Ich bin nicht mehr fünf Jahre alt und muss dir alles erzählen.«

»Ach Jessie«, seufzte Tanja traurig. »Natürlich musst du das nicht. Das musstest du auch als Kind schon nicht. Aber ich bin nicht nur deine Mutter, irgendwie sind wir doch auch Freundinnen. Ich möchte dich einfach verstehen.«

»Was gibt es da zu verstehen? Robert ist zuverlässig, korrekt und für mich da. Was ist so außergewöhnlich daran, einen solchen Mann heiraten zu wollen?«

»Du liebst ihn nicht«, stellte Tanja fest.

»Tu ich doch«, erwiderte Jessie trotzig.

»Ich weiß, wie du aussiehst, wenn du glücklich verliebt bist. Und so hast du in der ganzen Zeit mit dem Steuerberater nicht ein Mal ausgesehen. Jessie, du schmeißt dein Leben weg. Der Mann mag vielleicht achtundvierzig sein, aber er verhält sich wie ein Sechzigjähriger. Stell dir doch mal bitte dein Leben an seiner Seite vor. Alles wird geplant, jedes Risiko ausgeschlossen und jeder Spaß sowieso. Das bist doch nicht du.«

»Tut mir leid, Mama. Genau das bin ich. Und wenn du dich dazu durchringen kannst, mir doch noch mal zu gratulieren, dann ruf mich an.«

Wütend stürmte sie aus der Wohnung. Stellte Tanja sich so mütterliches Verhalten vor? Jede andere Mutter wäre hellauf begeistert gewesen über so einen Schwiegersohn. Aber sie würde es ihr schon zeigen. Sie würde mit Robert so glücklich werden, dass ihr das verdammte Glück nur so aus den Ohren quoll. Und wenn es das Letzte war, was sie tat.

Am nächsten Morgen bat sie Charlie, mit in ihr Büro zu kommen.

»Fällt dir irgendwas auf?«, fragte sie lächelnd.

Charlie musterte sie. »Hast du abgenommen?«

»Nein, und das weißt du auch genau. Guck mal hier«, sagte sie und zeigte Charlie ihren Ringfinger. »Robert hat mich gestern gefragt, ob ich ihn heiraten will. Ich bin verlobt.«

Charlie wurde blass. »Aber Jessie. Wie kommt denn das so plötzlich?«

»Wieso plötzlich? Und warum fällt mir eigentlich niemand um den Hals und freut sich für mich? Nicht mal meine eigene Mutter«, setzte sie verbittert hinterher.

Charlie seufzte. »Herzlichen Glückwunsch, Jessie. Wenn es das ist, was dich glücklich macht, freue ich mich natürlich. Es kommt nur so unerwartet.«

»Ja, das stimmt. Für mich auch«, gab Jessie zu. »Aber mit ihm bin ich auf der sicheren Seite.«

»Im Gegensatz zu Gabriel, oder?«

»Gabriel hat damit nichts zu tun«, behauptete sie. »Oder doch, denn du hattest absolut recht. Eine Nacht mit ihm hat mir gezeigt, dass er genau derselbe verlogene Mistkerl ist wie früher. Und du kannst gegen Robert sagen, was du willst, ein Mistkerl ist er nicht.«

»Nein, wahrscheinlich nicht. Wir reden nachher weiter, ich muss kochen«, antwortete Charlie und sah zu, dass sie aus dem Büro kam. Das hatte sie nun davon, dass sie Schicksal spielen wollte. Sie war so sicher gewesen, dass sich Jessie nach einer Nacht mit Gabriel endlich eingestehen würde, dass sie diesen Mann noch immer liebte. Dass er genau der Richtige für sie war. Vor allem hatte sie die Blicke von Gabriel gesehen. Dem ging es schon lange nicht mehr darum, Jessie nur ins Bett zu kriegen. Charlie hätte schwören können, dass es auch von seiner Seite viel mehr war. Aber statt dass die beiden wieder zusammenkamen, heiratete Jessie nun den Steuerberater. Sie würde von nun an bestimmt nach der Arbeit sofort nach Hause hasten, weil der Typ sicher ganz feste Essenszeiten hatte. Anstatt am Wochenende durch die Clubs zu ziehen, würde sie ihm Puzzleteile reichen. Und karierte Faltenröcke tragen. Aber Jessie war so verdammt verbohrt und sah überhaupt nicht, was in Wirklichkeit hinter dieser Beziehung steckte. Charlie überlegte. Jessie durfte diesen Mann nicht heiraten. Sie hatte zwar noch keine Ahnung, wie sie das verhindern könnte, aber ihren ersten Schritt kannte sie immerhin schon.

Als Gabriel zurück ins Büro kam, sah Lennart ihm mitfühlend entgegen.

»Ich will darüber nie wieder sprechen«, kam ihm dieser zuvor.

»Okay. Kein Problem. Wollen wir heute Mittag zum Chinesen?«

Gabriel lachte höhnisch. »Auf gar keinen Fall. Die vertreibt mich nicht aus der Kantine. Soll sie doch glauben, sie hätte mich richtig verarscht. Ich werde ihr zeigen, dass genau das Gegenteil der Fall ist.«

Jessie stand mittags am Salatbuffet und sah erschrocken, wie Lennart und Gabriel hereinkamen. Sie hatte keine Ahnung, was sie zu ihm sagen sollte. Doch es stellte sich heraus, dass diese Sorge unbegründet war. Gabriel ging so dicht an ihr vorbei, dass sie sein Rasierwasser riechen konnte, aber er ignorierte sie komplett. Als wäre sie unsichtbar. Stattdessen lächelte er eine Frau an, die gerade mit einem Tablett an ihm vorbeikam. Und dieses dumme Stück lächelte auch noch zurück.

»Hallo, Gabriel«, brachte Jessie heraus. Das war doch albern, sie konnten doch nicht ein ganzes Wochenende Sex haben und anschließend nicht mehr miteinander reden.

»Jessie«, sagte er nur kühl, griff sich einen Teller mit Gulasch und ging zur Kasse.

Daraufhin flüchtete sie aufgewühlt in ihr Büro. Wie konnte ein Mann nur so sein? Auch wenn er nichts mehr von ihr wollte, musste er sie doch noch lange nicht so behandeln. Und schließlich war sie das Opfer. Wenigstens ein ganz kleines Schuldgefühl hatte sie ihm zugetraut. Aber selbst das war wohl zu viel verlangt.

»Lass uns noch was trinken gehen«, schlug Charlie vor. »Du

musst mir mal in Ruhe von deiner Verlobung erzählen. Hier um die Ecke ist doch eine ganz nette Bar.«

»Gehen da eigentlich auch die Leute aus dem Präsidium hin?«

»Du willst wissen, ob Gabriel da hingeht.«

»Ja. Also, tut er das?«

»Jessie, woher soll ich denn das wissen? Lass uns jetzt in die Bar, und falls er da ist und du ihn nicht sehen willst, können wir ja wieder gehen.«

Vorsichtig blickte Jessie sich beim Eintreten um, aber von diesem miesen Kerl war zum Glück nichts zu sehen.

Charlie lotste sie in die hinterste Ecke, sie wollte in Ruhe mit ihrer Freundin reden.

»Und? Wie fühlt man sich so als Verlobte?«, wollte sie wissen.

»Super. Einfach traumhaft, ein tolles Gefühl«, versicherte Jessie und brach in Tränen aus.

»Oh nein, Jessie. Jetzt erzähl endlich, was mit Gabriel passiert ist. Denn um ihn geht es hier doch, oder?«

»Nichts ist passiert«, gab Jessie bockig zurück.

»Hör auf. Du kannst nicht immer alles mit dir allein ausmachen. Siehst doch selbst, dass das nicht klappt. Reden hilft.«

»Was willst du hören? Dass ich die größte Idiotin der Stadt bin? Denn genau das trifft die Sache. Er ist Samstagabend überraschend noch mal zu mir gekommen, wir hatten erst unglaublichen Sex, und danach haben wir, wie ein richtiges Paar, zusammen gegessen und Fernsehen geguckt. Er war die ganze Nacht bei mir, und seitdem ist Funkstille. Kein Anruf, keine SMS, gar nichts. Und weder Montag noch Dienstag ist er in die Kantine gekommen. Aber als Krönung war er heute bei uns, und da hat er mich erst total ignoriert und als ich Hallo zu ihm gesagt habe, mich angeguckt, als hätte ich das Familiensilber gestohlen.«

»Merkwürdig«, wunderte sich Charlie. »So ein Verhalten hätte ich ihm überhaupt nicht zugetraut. Ich bin doch nicht blind, ich hätte schwören können, dass er eine ganze Menge für dich empfindet.«

»Kannst mal sehen, was er für ein Schauspieler ist. Aber weißt du was? Das interessiert mich überhaupt nicht mehr. Ich heirate Robert und das war's.«

»Warum, Jessie? Du liebst Robert nicht. Ob du es hören willst oder nicht, du liebst Gabriel.«

»Ich liebe Robert sehr wohl«, entgegnete Jessie, ohne auf den letzten Satz einzugehen. »Es ist eben eine sehr erwachsene Liebe, die eher ruhig und verlässlich ist. Und das ist für mich genau das Richtige. Robert gibt mir Sicherheit.«

»Das tut eine Versicherung auch. Du warst so witzig und gut drauf am Freitag. Aber erst, als Robert weg war. Mit ihm bist du total anders.«

»Charlie, lass es gut sein. Ich habe meine Entscheidung getroffen, und ich bin zufrieden damit. Und jetzt möchte ich nach Hause, ich bin nämlich müde.«

Charlie unterdrückte einen Seufzer. So kam sie nicht weiter, sie würde Jessie höchstens gegen sich aufbringen. Also gingen sie zusammen in die Tiefgarage des Präsidiums und verabschiedeten sich.

Charlie fuhr allerdings nicht nach Hause. Sie klingelte an der Tür und hoffte, dass jemand zu Hause war. Erleichtert atmete sie aus, als die Tür geöffnet wurde.

»Hallo, Charlie, wie schön, dich zu sehen. Komm rein«, freute sich Jessies Mutter.

»Hallo, Tanja. Tut mir leid, dass ich hier einfach so reinplatze, aber ich muss dringend mit dir reden.«

»Überhaupt kein Problem. Möchtest du etwas trinken? Ich habe gerade eine Flasche Wein aufgemacht.«

Die Frauen setzen sich in die Küche und prosteten sich zu.

»Es geht um Jessie«, platzte Charlie heraus. »Sie will den Steuerberater heiraten, und ich finde, sie macht den größten Fehler ihres Lebens. Aber auf dem Ohr ist sie total taub.«

Tanja seufzte. »Ich weiß. Sie hat es mir Montagabend erzählt. Ich habe keine Ahnung, was mit ihr los ist. Aber seit sie mit diesem Mann zusammen ist, hat sie sich verändert. Und nun will sie ihn auch noch heiraten, ich verstehe es nicht.«

»Ich glaube, ich schon. Hat sie dir erzählt, dass sie Gabriel wiedergetroffen hat?«

»Ja. Gott, waren die beiden früher süß zusammen. Na ja, du kanntest sie ja damals auch schon. Sie hat ihn nie aus dem Kopf bekommen, auch wenn sie ewig das Gegenteil behauptet hat.«

»Genau. Und nun ist es meine Schuld, dass Jessie den Steuerberater heiratet«, sagte Charlie und begann zu weinen.

»Aber Charlie, natürlich ist es nicht deine Schuld. Was redest du denn da?«

»Ist es doch. Ich habe Jessie und Gabriel in der letzten Zeit einige Male zusammen gesehen. Und weißt du, da sprühten nicht nur ein paar Funken, es brannte richtig zwischen ihnen. Und da wollte ich nachhelfen. Damit sie mit Gabriel zusammenkommt und Robert endlich in den Wind schießt«, heulte Charlie.

»Und was ist passiert?«, fragte Tanja mitfühlend.

»Ich habe Jessie gegenüber behauptet, sie müsse nur einmal mit Gabriel ins Bett gehen. Dann würde sie sehen, dass es nur um eine offene, alte Rechnung geht und sie ihn damit aus dem Kopf hätte. Und natürlich ist genau das Gegenteil passiert.«

»Erzähl«, forderte Tanja sie gespannt auf.

»Aber du erzählst es nicht weiter, ja? Ich sage es dir wirklich nur unter uns.«

»Natürlich nicht. Ich habe eure Geheimnisse auch früher schon gehütet.«

»Entschuldigung. Ich weiß. Also, sie war Freitagnacht bei ihm. Und schon am Samstagabend stand er dann wieder vor ihrer Tür und ist bis Sonntagfrüh geblieben. Jessie war sich nach diesem Wochenende ganz sicher, dass er für sie etwas empfindet. Und das heißt doch auch was, oder? Aber Gabriel hat sich einfach nicht mehr gemeldet. Am Sonntag nicht mehr und ist auch nicht mehr in der Kantine aufgetaucht, erst heute wieder. Und da hat er sie mehr oder weniger ignoriert.«

»Was für ein Mist. Du meinst, sie hätte dem Steuerberater den Laufpass gegeben, wenn von Gabriel nur ein Zeichen gekommen wäre, dass er es diesmal ernst meint?«

»Ja, auf alle Fälle. Das sieht ein Blinder, dass sie verrückt nach ihm ist. Aber nun hat er sie das zweite Mal enttäuscht. Sogar das dritte Mal, wenn man es recht bedenkt. Du weißt, diese Sandkastengeschichte. Und was hat sie daraus gelernt? Dass Männer wie Gabriel ihr nur das Herz brechen, sie an Roberts Seite aber sicher vor solchem Gefühlschaos ist. Also hat sie seinen Antrag angenommen.«

»Ach, Charlie«, seufzte Tanja. »Sie tut mir so leid. Aber es ist nicht deine Schuld. Jessie hätte Gabriel so oder so nicht lange widerstehen können. Wenn hier einer Schuld hat, dann ich. Denn in Robert sieht sie einfach eine Vaterfigur. Den Vater, den sie nie hatte.«

»Meinst du? Das glaube ich eigentlich nicht. Sie hat nie einen Vater vermisst.«

»Wer weiß das schon. Aber die Gründe tun eigentlich gar nichts zur Sache. Fakt ist, dass sie diesen Mann heiraten wird.«

»Genau. Und darum bin ich auch hier. Wir müssen das verhindern.«

Tanja lachte ein wenig traurig. »Das werden wir nicht können. Jessie ist erwachsen und tut das, was sie für richtig hält. Irgendwann wird sie ihren Fehler einsehen, und dann sind wir für sie da. Mehr können wir nicht tun.«

»Bist du sicher? Ich kann mir einfach nicht vorstellen, dass Gabriel sich ihr gegenüber ohne Grund so verhält. Ja, er ist ein Aufreißer, das stimmt. Aber komischerweise ist er trotzdem wirklich ein netter Kerl. Da muss irgendwas passiert sein, dass er Jessie jetzt so ignoriert.«

»Was auch immer, Charlie, das wird er uns kaum erzählen. Ich kann dir nur den Rat geben, halte dich da raus. Du tust Jessie keinen Gefallen damit.«

Charlie seufzte. »Ja. Wahrscheinlich hast du recht. Aber es ist totaler Mist, danebenzustehen und zuzugucken, wie deine beste Freundin einen Riesenfehler macht.«

»Ich weiß. Aber Fehler gehören zum Leben, davor kann einen niemand bewahren.«

»Jetzt fühle ich mich auch wieder wie sechzehn«, grinste Charlie. »Schon damals hast du die Dinge immer auf den Punkt gebracht.«

Gedrückter Stimmung fuhr Charlie nach Hause und klagte Matthis ihr Leid.

Der gab ihr aber denselben Rat wie Tanja – sie müsse sich da raushalten. Gut, blieb ihr wohl nichts anderes übrig. Trotzdem hätte sie Jessie am liebsten geschüttelt, damit sie endlich wach wurde.

Die saß um dieselbe Zeit in ihrem Wohnzimmer und versuchte, sich auf den Film der Woche zu konzentrieren. Da ihr das nicht gelang, schaltete sie den Fernseher aus und machte das Radio an. Natürlich genau in diesem Moment mussten diese Stümper *Find me* von Boyce Avenue spielen. Jessie lauschte der hypnotischen Stimme von Alejandro Manzano, und plötzlich liefen ihr die Tränen über das Gesicht. Genau das hatte sie am Wochenende gefühlt. Dieses Gefühl, zu Hause zu sein. Je mehr sie sich an die zwei Nächte mit Gabriel erinnerte, umso heftiger weinte sie. Sie war dermaßen blöd, jemand wie sie dürfte gar nicht frei rumlaufen. Sich in so einen Mistkerl zu verlieben, dazu gehörte schon der IQ eines Brötchens. Wobei sie dem Brötchen wahrscheinlich unrecht tat, das war schlauer als sie. Jessie konnte überhaupt nicht mehr aufhören zu weinen, und irgendwann schlief sie vor Erschöpfung auf dem Sofa ein.

Gabriel hatte sich auf die Arbeit gestürzt und war erstaunt, welche Erfolge man mit so einem Engagement erzielen konnte. Einen Fall nach dem anderen konnte er vor Gericht bringen. Am Dienstag hatte er einen Zeugen so eingeschüchtert, dass der über alles, was er wusste, ausgepackt hatte. Nun hatte er sich endlich mal eine Auszeit verdient. Er suchte in seinem Handy, bis er die Nummer gefunden hatte.

»Hallo, Mäuschen. Hast du heute Abend schon etwas vor?«

»Ich dachte schon, du meldest dich nie. Ich bin zu Hause, willst du vorbeikommen?«, fragte Isabel.

»Aber sicher will ich das. Zieh dir was Hübsches an, ich bin in zwanzig Minuten da.«

Genau das war es, was er jetzt brauchte. Sex. Mit einer Frau, die ihn dabei nicht verhexte. Und ihn daran hinderte, wie ein liebeskranker Softie auf seinem Sofa zu hocken und an Jessie zu denken.

Nicht mal eine Stunde später saß er mit grimmigem Gesicht wieder in seinem Auto. Das konnte doch wohl nicht wahr sein. Beschwert hatte sich diese Frau. Und ihn gefragt, was denn mit ihm los sei, er wäre gar nicht bei der Sache. Unglaublich. Über ihn hatte sich noch nie eine Frau beschwert. Er machte sie doch glücklich, alle. Er beschloss, erst mal was trinken zu gehen, und steuerte die *Billardhalle* an. Dort traf er seine Kollegen Nick und Steven. Gemeinsam tranken sie ein paar Bier und spielten zwei Runden Billard. Anschließend setzten sie sich an den Tresen, und Steven und er bestellten mehr Alkohol.

»Ich will los«, ließ Nick Steven wissen. »Komm mit, ich bring dich nach Hause.«

»Brauchst du nicht. Ich bleibe hier. Ich hab noch gar nicht genug getrunken.«

»Von mir aus. Wenn du meinst, dass Saufen hilft. Wir sehen uns morgen.«

Gabriel sah Steven mit neuem Respekt an. »Ich hab auch noch nicht genug. Was hältst du von Whisky? Ich gebe einen aus.«

»Gute Idee«, stimmte Steven zu.

Einige Biere und Whiskys später waren sie die besten Freunde.

»Sach ma, Schteven«, nuschelte Gabriel. »Glaubst du, dass Frauen das können? Sich irgendwie in deinen Kopf reindrängen und einfach nicht mehr rausgehen?«

Steven lachte traurig. »Und ob die das können. Und dagegen kannst du nicht das Geringste machen.«

»Nicht?«, staunte Gabriel. »Das ist aber nicht gut, oder?«

Steven zuckte mit den Schultern. »Weiß nicht. Manchmal ist es schon gut, aber manchmal eben auch nicht.«

»Du bist verheiratet, oder?«, fragte Gabriel.

»Ja. Mit der besten Frau der Welt. Das hat mich aber nicht daran gehindert, sie zu betrügen«, meinte Steven bitter.

»Oha. Und nun? Weiß sie das?«

Steven nickte. »Ja. Trotzdem ist sie bereit, es noch mal zu versuchen. Aber da ist oft so ein Ausdruck in ihren Augen, als hätte sie immer Angst, dass es wieder passiert. Dafür könnte ich mir in den Hintern treten, dass ich ihr Vertrauen in mich zerstört habe.«

Gabriel fiel daraufhin erst mal nichts ein. »Das wird schon wieder«, sagte er dann lahm. »Lass uns noch eine Runde bestellen, okay? Ich glaub, wir haben noch nicht genug.«

13

Am nächsten Morgen wachte Gabriel mit dem schlimmsten Kater seines Lebens auf. Er hatte eine verschwommene Erinnerung an sehr viel Whisky, eine Taxifahrt und mehr nicht. Immerhin lag er in seinem eigenen Bett, wenn auch komplett angezogen. Da weder eine heiße Dusche noch viel Kaffee halfen, sagte er Lennart Bescheid, dass er später kommen würde, und schlief wieder ein. Erst mittags tauchte er im Präsidium auf, immer noch mit hämmernden Kopfschmerzen.

»Meine Fresse, siehst du scheiße aus«, bestaunte Lennart seine Erscheinung. »Wo bist du denn versackt?«

»Keine Ahnung. Ich war mit Steven aus der OK in der *Billardhalle*. Da führte eins zum anderen.«

»So sieht's aus. Wollen wir was essen gehen? Vielleicht geht es dir dann ja besser.«

»Einen Versuch ist es wert. Schlechter kann es mir nicht gehen.«

In der Kantine war Jessie nirgends zu sehen, aber Charlie kam gerade mit einer neuen Ladung Bratkartoffeln aus der Küche.

»Charlie, du bist meine Rettung. Ich brauche ganz viele Bratkartoffeln.«

Sie sah einen blassen Gabriel, der kleine, rote Augen hatte, an und lachte.

»Das glaube ich auch. Und Aspirin brauchst du wohl auch. Willst du eine?«

»Schätzchen, auf alle Fälle. Gib mir am besten gleich zwei.«

»Komm mit ins Büro, da haben wir den Erste-Hilfe-Kasten.«

»Nö, lass man. Ich warte hier«, sagte Gabriel schnell.

Charlie ersparte sich den Hinweis, dass das Büro leer war, und holte ihm zwei Aspirin. »Nimm die mit Multivitaminsaft, und danach isst du Bratkartoffeln mit Spiegeleiern. Das müsste helfen.«

Sie hatte recht, nach den Tabletten und dem Mittagessen fühlte Gabriel sich so langsam wieder besser. Bis er an einem hinteren Tisch Jessie sah. Sie saß mit zwei Männern zusammen und schrieb irgendwas auf einen Block. Ihre Haare waren wieder in diesem Knoten festgezurrt, und Gabriel ertappte sich bei dem Wunsch, ihr die Spange aufzumachen und ihre wunderschönen Locken zu befreien. Schnell stand er auf.

»Bist du fertig?«, fragte er Lennart. »Ich muss mal ein bisschen Arbeit nachholen.«

Lennart hatte Jessie schon lange vor Gabriel entdeckt. Es schien, als hätte es seinen Freund tatsächlich erwischt. Er verkniff sich einen mitleidigen Blick und folgte ihm.

Nachdem der Mittagsansturm vorbei war, ging Jessie in die Küche.

»Alle mal herhören. Ich habe eben mit dem Breuer und seinem Assistenten gesprochen. Sie feiern das Dienstjubiläum von Breuer hier bei uns.«

»Super«, freute sich Charlie. »Wir brauchen hier ganz dringend mal die erste Feier, damit die Leute sehen, dass wir so etwas können.«

»Machen wir ein Buffet?«, schlug Andreas vor.

»Oder ein Spanferkelessen«, überlegte Pascal, der andere Koch. »Das kommt immer an.«

»Super Idee«, lobte Jessie. »Da der Breuer irgendein hohes Tier in der Verwaltung ist und sein Dreißigjähriges feiert, erwartet er über hundert Leute. Ich setze mich mal an die Kalkulation und rede dann mit ihm.«

Aufgeregt ging sie in ihr Büro. Obwohl die Kantine recht gut lief, machte sie sich Sorgen. Die Raten für die Kreditrückzahlung, die Pacht und die Gehälter machten jeden Monat zusammen eine Riesensumme aus. Momentan kamen sie so gerade über die Runden, ohne aber Rücklagen bilden zu können. Wenn sie ihren Umsatz durch die Ausrichtung von Feiern erhöhen könnten, würde sie erheblich ruhiger schlafen. Den ganzen Nachmittag rechnete sie, bis ihr Angebot fertig war.

Das zeigte sie Herrn Breuer am nächsten Vormittag. Erleichtert hörte sie, wie gut es ihm gefiel.

»Spanferkel ist eine tolle Sache. Und Ihr Angebot ist um einiges günstiger als das vom Partyservice. Also sind wir uns einig? Nächste Woche Freitag ab achtzehn Uhr?«

»Wir freuen uns schon darauf«, versicherte ihm Jessie. Für die Getränke wollte er leider selbst sorgen, aber auch so würden sie ein gutes Geschäft machen.

Am Abend saß sie mit Robert in seinem Wohnzimmer.

»Liebes, an diesem Freitag wollen die beiden Seniorpartner mit uns die Verlobung feiern. Sie haben um acht einen Tisch im Restaurant *Caesar* reserviert.«

»Wow. Da war ich erst ein Mal. Das ist ganz schön teuer.«

»Ja, für meinen Geschmack viel zu teuer. Aber wir sind eingeladen. Hermann und Wolfgang bringen ihre Frauen mit, dann lernst du sie endlich mal alle kennen.«

»Ich freue mich«, behauptete Jessie. Sie kannte zwar weder Hermann Peters noch Wolfgang Steffen, aber wusste von Robert, dass beide etwas älter waren als er. Das war ein

Abend, auf den sie sich freuen würde, beschloss sie. Erwachsene Leute, die sie nicht an die Wand schubsten und wild küssten, sondern erwachsene Gespräche mit ihr führen würden. Genau das, was sie wollte. Keine Gefahr.

»Hast du nun schon über meinen Vorschlag wegen der Wohnung nachgedacht?«, fragte Robert.

»Ja, aber ich würde wirklich lieber eine neue Wohnung mieten. Ich finde, für zwei Personen ist deine Wohnung einfach zu klein.«

»Nun, dies ist, wie du weißt, eine Genossenschaftswohnung. Du wirst in dieser Stadt kaum etwas Adäquates finden, das nur annähernd so günstig im Mietpreis ist. Und die Wohnung hat fast fünfundsechzig Quadratmeter und zweieinhalb Zimmer, das reicht doch für zwei.«

»Vielleicht, aber eine Ehe ist doch ein ganz neuer Anfang. Und dazu gehört auch eine neue Wohnung. Eine, die wir gemeinsam einrichten.«

»Wir haben für diese Entscheidung ja noch ein wenig Zeit. Das sollten wir nicht übers Knie brechen. So etwas will gut überlegt sein.«

Jessie seufzte leise. Manchmal war Robert so, so festgefahren. Und diesen Spruch mit dem gut überlegt sein, den konnte sie bald nicht mehr hören. Bei Robert musste selbst der Kauf von fünf Kilo Kartoffeln gut überlegt sein. Sie merkte selbst, dass sie jetzt unfair wurde, und verbot sich diese Gedanken. Natürlich brauchten sie ein wenig Zeit, sich noch besser kennenzulernen, besonders, was diese Alltagsdinge anging.

Darum lächelte sie ihn an und stimmte ihm zu. »Und was wollen wir heute Abend machen? Gibt es vielleicht etwas im Fernsehen?«, fragte sie.

»Nein, nichts, was sich lohnen würde anzuschauen. Ich dachte, wir gehen mal den Ehevertrag durch.«

»Was denn für einen Ehevertrag?«, fragte Jessie perplex.

»Aber Jessica, wir können doch nicht heiraten ohne Vertrag. Manchmal bist du wirklich putzig. Bei aller Liebe dürfen wir nicht die Realität aus den Augen verlieren. Natürlich bin ich fest überzeugt, dass unsere Ehe halten wird. Aber das kann niemand sicher wissen. Und stell dir dann dieses Chaos vor, wenn nichts geregelt ist.« Robert schüttelte sich fast.

»Ach so. Darüber habe ich noch gar nicht nachgedacht. Wie sieht denn so ein Ehevertrag aus?«

»Das kommt darauf an. Ich habe bereits mit einem befreundeten Notar gesprochen, der mir einen Standardvertrag mitgegeben hat. Lass ihn uns einmal anschauen.«

Am Ende des Abends schwirrte Jessie der Kopf. Was es doch alles für merkwürdige Paragraphen gab, das hätte sie nie für möglich gehalten. Doch Robert war engagiert bei der Sache.

»Ich denke, dass ist das Einfachste. Jeder von uns behält den Besitz, den er mit in die Ehe gebracht hat, und das Einkommen, das jeder von uns innerhalb der Ehe erwirtschaftet. Damit haben wir eine saubere Gütertrennung.«

»Ja, aber wie läuft das denn in der Praxis ab? Wenn wir zum Beispiel neue Möbel kaufen, wem gehören die dann?«

»Immer dem, der sie bezahlt hat. Wenn ich neue Sofas kaufe, kannst du eine neue Schrankwand beisteuern. So lässt sich alles einfach auseinanderdividieren.«

»Mir ist das zu kompliziert, aber wenn es dir so wichtig ist, dann lass uns eben solch einen Vertrag aufsetzen. Ich werde ihn unterschreiben.«

»Liebes, das ist überhaupt nicht kompliziert. Wichtig ist nur, dass alles geregelt ist, für den Fall, der hoffentlich nie eintritt. Und Ehegattenunterhalt sollten wir auch ausschließen, wir sind ja beide berufstätig.«

»Und wenn die Kinder kommen?«

»Welche Kinder denn?«, fragte Robert verwirrt.

»Na ja, unsere natürlich«, lachte Jessie. »Wird das auch im Vertrag geregelt?«

»Wir haben bisher nie über Kinder gesprochen«, wandte Robert vorsichtig ein.

Fragend sah Jessie ihn an. »Ja, aber du willst doch auch Kinder, oder? Ich will nämlich auf alle Fälle welche.«

»Sicher«, stimmte er sofort zu. »Aber dafür haben wir doch wirklich noch Zeit. Du bist gerade erst dreißig Jahre alt.«

»Ja, ich meinte ja auch nicht sofort. Im Moment habe ich mit der Kantine noch genug zu tun. Aber spätestens in fünf Jahren sollten wir ordentlich Gas geben«, kicherte sie.

Robert hüstelte. »Nun, so kann man es wohl auch ausdrücken. Dann mache ich nächste Woche einen Termin bei Dr. van Heiden. Wieder ein Punkt, den wir streichen können«, freute er sich und nahm seine Liste aus dem Hochzeitsordner vom Tisch.

Also, Robert war wirklich gut organisiert, stellte Jessie mal wieder fest. Alles und jedes rund um die Hochzeit stand auf seiner Liste. Die er gerade stirnrunzelnd betrachtete.

»Wir haben uns immer noch nicht für den Ort der Feier entschieden. Wir müssen dringend reservieren.«

»Das hat doch Zeit«, glaubte Jessie. »Wir wollen am 28. Oktober heiraten, das sind noch fast sechs Monate.«

»Ja, und das ist nicht mehr viel Zeit. Und du bestehst wirklich auf einer Feier im Restaurant? Wir könnten den Empfang auch hier geben.«

»Nein, keine Chance. Da lass ich auf gar keinen Fall mit mir handeln. Wenn ich heirate, will ich eine richtig große Feier. Am besten in einem Landgasthof, das ist romantisch.«

»Hast du deine Liste mit den Hochzeitsgästen denn fertiggestellt?«

»Nein, noch nicht«, musste Jessie zugeben. »Du denn?«

»Sicher.« Er klappte seinen Ordner wieder auf, den er mit alphabetischen Trennblättern unterteilt hatte. Unter G hatte er seine Liste abgeheftet und holte sie nun heraus.

Der Zettel sah sehr leer aus.

»Das ist alles?«, fragte Jessie fassungslos. »Zeig mal her.«

Auf Roberts Gästeliste standen genau sechs Leute. Die Seniorpartner mit ihren Ehefrauen, Tante Hedwig und ein Jürgen Koslowski.

»Das können doch nicht alle sein, Robert. Du heiratest.«

»Doch, das sind alle. Meine Eltern können ja leider nicht dabei sein, das gibt ihre Gesundheit einfach nicht her. Geschwister habe ich nicht und außer Tante Hedwig auch keine Verwandten mehr.«

»Ja, aber du hast doch auch eine Menge Freunde. Zum Beispiel die aus dem Puzzleclub.«

»Aber das sind doch keine Freunde. Gute Bekannte, ja, aber mehr nicht. Jürgen ist mein Freund, wir kennen uns schon seit der Schule. Er hat sich für eine Laufbahn als Finanzbeamter entschieden und arbeitet in Hannover. Aber zur Hochzeit wird er auf alle Fälle anreisen.«

»Ist der nicht verheiratet?«

»Nicht mehr. Das war eine böse Geschichte damals, seine Frau hat sich sehr schlecht benommen. Besser, wir reden nicht darüber.«

»Überleg dir doch noch mal bitte, ob du nicht ein paar mehr Leute einladen willst. Ich würde mich echt darüber freuen.«

»Wir werden sehen. Nun ist es spät geworden. Machst du mir die Freude und begleitest mich ins Schlafzimmer?«

Unwillkürlich stieg vor Jessies Augen das Bild von

Gabriel auf. Unwahrscheinlich, dass er Sex so höflich umschreiben würde. Sie dachte an seinen Schlafzimmerblick, an die Art, wie er sie geliebt hatte. Wild, fordernd und trotzdem so wahnsinnig zärtlich. Schnell vertrieb sie das Bild. Das war Geschichte. Sie wollte nie wieder daran denken. Stattdessen lächelte sie Robert zu. »Sehr gerne, mein Verlobter.«

Sex mit Robert dauerte selten länger als fünfzehn Minuten. Einigermaßen frustriert lag Jessie danach allein im Bett, während Robert unter der Dusche stand. Konnte sie ihm sagen, dass sie nicht ganz so viel davon hatte, wie sie sich wünschte? Aber sie wusste weder wie und schon gar nicht, was sie ihm sagen könnte. Er war in diesen Dingen einfach verklemmt. Nein, verklemmt war das falsche Wort, rief sie sich zur Ordnung. Eher beherrscht und ein wenig verschlossen. Er nahm Sex nicht auf die leichte Schulter, nicht wie, na ja, eben wie jemand anderes. Und er fragte ja zumindest immer, ob ihr dieses und jenes recht sei, und ob es ihr gut dabei ginge. Sie würde ihm einfach Zeit lassen und ihm ab und zu zeigen, was sie sich vorstellte. Dann war es nur noch eine Frage der Zeit, bis ihr Sexleben einfach fantastisch werden würde.

Gabriel saß mit dieser Frau, deren Namen ihm im Moment einfach nicht einfallen wollte, an der Bar in der *Billardhalle*. Er hatte sie letzte Woche auf dem Revier in der Schusterstraße kennengelernt, wo sie als Schreibkraft arbeitete. Er war mit ihr im Kino gewesen, vor zwei Tagen beim Griechen, und dies war das magische dritte Date. Frauen wie sie kannte er, da ging nie etwas vor dem dritten Date. Irgend so eine Frauenregel. Gerade erzählte sie ihm irgendwas von ihrer Arbeit, und er versuchte, sich auf sie zu konzentrieren. Sollte ihm doch nicht schwerfallen, so nett und lieb wie sie war. Nicht so verlogen und mies wie eine gewisse andere Frau. Sie lächelte ihn an und fuhr sich mit der Hand durch die langen blonden Haare. Er sah etwas genauer hin. Hm. So ein bisschen sahen die aus wie Schnittlauch. Schnittlauch, der lange kein Wasser mehr gesehen hatte, so glatt und strohig irgendwie. Und war ihre Nase nicht ein ganzes Stück zu groß? Man könnte die wahrscheinlich sogar als Riesenzinken bezeichnen. Warum war ihm das denn vorher nicht aufgefallen? Und diese hohe Stimme kratzte an seinen Nerven. Mit der Frau ging gar nichts, stellte er ganz plötzlich fest. Er brauchte schnellstens einen guten Abgang.

»Mäuschen, ich muss mal eben zur Toilette. Aber ich will nicht, dass du hier allein sitzt und alle Kerle dich anstarren.«

Ratlos sah sie ihn an. »Soll ich mitkommen?«

Um Himmels willen. Auf gar keinen Fall.

»Nein, das musst du nicht. Engelchen, tust du mir einen Gefallen? Dreh dich um und guck aus dem Fenster, bis ich wieder bei dir bin. Damit du nicht angeglotzt wirst. Machst du das für mich?«

»Du bist so süß«, schmachtete sie ihn an. »Klar mache ich das. Ach, ist dein Handy eigentlich schon zurück aus der Reparatur? Ich habe immer noch nicht deine Nummer.«

»Nein, leider noch nicht. Ich rufe da gleich morgen früh an. Und nun guck schön aus dem Fenster, ich bin sofort wieder bei dir.«

Gabriel sah zu, dass er zu den Billardtischen kam, wo Steven stand. »Steven, du musst mir einen Gefallen tun. Sobald ich wieder da vorne bei dieser Frau stehe, kommst du zu mir, gibst mir dein Handy und sagst, Karsten wäre dran.«

»Was?«, lachte der. »Und das soll sie dir glauben? Warum ruft Karsten dich denn nicht selbst an?«

»Weil sie denkt, dass mein Handy seit einer Woche zur Reparatur ist.«

»Gabriel, bist du sicher? Wenn die auf diese alte Nummer reinfällt, was meinst du, was sie dir dann noch alles glaubt? Mit der Frau geht was.«

»Ich kann aber nicht mit der. Guck sie dir doch nur mal an.«

Steven zuckte nur mit den Schultern. »Ich bin gleich da.«

Gabriel sah zu, dass er zurückkam. »So, jetzt darfst du dich wieder umdrehen, Herzchen. Hast du gut gemacht.«

»Für dich gerne. Für dich würde ich sogar noch mehr tun«, versprach sie und legte ihm die Hand auf den Oberschenkel. Zum Glück störte Steven den Moment.

»Hey, Gabriel, dein Boss sucht dich«, sagte er und reichte ihm sein Handy. »Ist dein Telefon immer noch kaputt?«

»Ja, ist was Ernstes«, antwortete Gabriel und nahm das Handy. Nach ein paar kurzen »Hmhm« und »Das ist doch nicht dein Ernst« sah er die Frau enttäuscht an. »Tut mir furchtbar leid. Dieser verdammte Job, ich muss zu einem Einsatz. Jetzt sofort.«

Enttäuscht schaute sie zurück. »Oh, das ist aber blöd. Wie lange dauert das denn?«

»Kann man nie sagen. Aber in dem Fall schätze ich mal, die ganze Nacht. Ich rufe dich an.«

Steven betrachtete die Szene belustigt. Er hatte keine Ahnung, was Gabriels Problem war. Die Frau sah mit den langen, glänzenden Haaren und einer kleinen Stupsnase richtig niedlich aus und schien, zumindest auf den ersten Blick, super zu Gabriel zu passen.

»Willst du mich nicht vorstellen?«, fragte er.

Gabriel warf ihm einen bösen Blick zu. »Klar. Das ist …«

Verdammt. Natürlich kannte er ihren Namen, aber er kam einfach nicht drauf. »… meine Freundin«, beendete er notgedrungen den Satz.

Dafür bekam er von der ein strahlendes Lächeln.

»Ich bin Susan«, sagte sie zu Steven.

Natürlich. Das war der Name. Kein Wunder, dass der ihm nicht eingefallen war. Klang irgendwie affig.

»Genau. Das ist Susan. Und ich muss jetzt los. Wir sehen uns.«

Schnell gab er Steven sein Handy zurück und sah zu, dass er wegkam. So eine Geschmacksverirrung war ihm ja lange nicht mehr passiert. Bei der nächsten Frau würde er mit Sicherheit genauer hingucken.

Als er mit Lennart am nächsten Mittag vor einem großen Teller mit Hackbraten saß, kam Steven feixend auf ihn zu.

»Hey, Alter, ich war gerade bei dir im Büro. Und was meinst du, wer auf dem Flur stand und dich sucht?«

»Keine Ahnung. Wer denn?«

»Diese Susan aus der *Billardhalle*.«

»Was?« Vor Schreck fiel Gabriel der Hackbraten von der Gabel. »Wie kommt die denn hier rein?«

»Keine Ahnung. Aber Karsten hat ihr gesagt, dass du in der Kantine bist. Ich schätze mal, viel Zeit bleibt dir nicht mehr.«

Während Lennart resigniert den Kopf schüttelte, sprang Gabriel auf. Tatsächlich, da hinten kam sie gerade durch die Tür und sah sich suchend um. Er stürzte an der Essensausgabe vorbei in die Küche.

Andreas, Pascal und Charlie sahen ihn erstaunt an.

»Hey, Gabriel, was machst du denn hier?«, fragte Charlie.

»Bitte, lass mich nur ein paar Minuten hierbleiben. Die Schnittlauchfrau ist hinter mir her. Das ist ein Notfall.«

Belustigt sah Charlie ihn an. »So, so. Die Schnittlauchfrau. Dann setz dich mal da an den Tisch.«

Aufatmend nahm Gabriel Platz. Wie war die hier reingekommen? Dafür hätte sie einen Ausweis gebraucht, und da sie hier nicht arbeitete, konnte sie keinen haben. Der nächste Gedanke ließ ihn blass werden. Und wenn sie sich hatte versetzen lassen? Nein, beruhigte er sich selbst. Das hier war eine Behörde, solche Dinge dauerten. Aber wie kam die dazu, ihm so hinterhältig aufzulauern? Das war ja fast schon psychopathisch. Und bestimmt aß Steven gerade seinen Hackbraten. Das Leben war nicht fair.

»Charlie? Krieg ich was zu essen? Ich bin am Verhungern.«

Kurz darauf stand vor ihm eine riesige Portion Hackbraten mit Kartoffelpüree. Vielleicht sollte er sich mit einer Köchin zusammentun. Das hatte unbestreitbar Vorteile. Während er wieder entspannter am Tisch saß und sich seinen Braten schmecken ließ, wurde die Tür aufgestoßen.

»Charlie? Wie weit bist du mit dem Püree? Das ist fast …«

Jessie erstarrte, als sie Gabriel sah, der in aller Seelenruhe am Tisch saß. »Ist mir irgendwas entgangen? Bewirten wir unwillkommene Gäste jetzt schon hier in der Küche?«, fauchte sie Charlie an und ging sofort wieder raus.

»Oje«, seufzte Charlie. »Das ist es also, was Diplomaten meinen, wenn sie von einem angespannten Verhältnis sprechen.«

Gabriel zuckte nur mit den Schultern. Jessie hatte sich schon mal gar nicht aufzuregen. Wegen ihr hatte er sich mit der Schnittlauchfrau getroffen. Um sie endlich aus seinem Kopf zu kriegen. Und nun konnte man ja sehen, was dabei rausgekommen war. Von der einen wurde er verfolgt, von der anderen gemobbt. Verdient hatte er das alles nicht.

Kurz darauf kam Lennart in die Küche. »Luft ist rein«, seufzte er. »Alter Falter, ist die beim Geheimdienst, oder was? Die hat Steven regelrecht verhört, wo du bist, was du machst, ohne Ende.«

»Und? Was hat er gesagt?«

»Dass du in einer Besprechung bist und sie heute Nachmittag anrufst.«

»So ein Idiot«, regte Gabriel sich auf. »Was soll denn der Scheiß? Warum sagt er denn nicht, dass ich im Ausland bin, oder so? Würde ich für ihn auch tun. Und wie ist die überhaupt hier reingekommen?«

»Der Revierleiter aus der Schusterstraße hatte hier im Haus einen Termin. Und sie ist mitgekommen.«

»Ganz toll. Und jetzt?«

Charlie hatte das alles amüsiert mit angehört.

Gabriel sah sie an und fing an zu lächeln. »Schätzchen, warum kannst du sie nicht anrufen? Sag ihr einfach, dass du meine Frau bist und Kampfsport machst. Tust du das für mich?«

Charlie lachte. »Auf gar keinen Fall. Vielleicht solltest du etwas wählerischer mit deinen Damenbekanntschaften sein. Ruf sie man schön selbst an.«

»So ein Mist«, grummelte Gabriel. »Ich werde mich mit überhaupt keiner Frau mehr einlassen. Sieht man ja, was dabei rauskommt. Muss ich echt nicht haben.« Mit diesen Worten stürmte er aus der Küche.

Charlie sah Lennart fragend an. Der zuckte nur mit den Schultern. »Ich sag dazu lieber nichts. Grüß Matthis von mir.« Er folgte Gabriel zurück ins Büro. Der sah ihn mit neuer Hoffnung an.

»Wollen wir Maggie fragen, ob sie Susan anruft und ihr sagt, sie wäre meine Frau?«

»Nein, wollen wir nicht. Warum kannst du nicht einmal ehrlich zu einer dieser Perlen sein? Kurz und schmerzlos, gut ist.«

»Die fangen dann an zu weinen, da kann ich nicht mit umgehen. Ich will ihnen ja auch nicht wehtun.«

»Tja, irgendwann weinen sie sowieso. Also, ruf sie an und sag ihr, dass es mit euch nicht funktioniert. Kann doch nicht so schwer sein.«

Nachdenklich sah Gabriel ihn an, nahm den Telefonhörer in die Hand und wählte Susans Handynummer. »Hallo, hier ist Gabriel«, begann er. »Das war süß von dir, dass du mich heute besuchen wolltest.«

Lennart rollte mit den Augen.

Gabriel hörte einen Moment zu und sprach dann weiter. »Ich weiß, Schätzchen. Mir geht es ganz genauso. Die Sache ist nur die, ich bin bereits einer anderen Frau versprochen.«

Lennart beugte sich gespannt vor.

»Ja, richtig, das ist ungewöhnlich. Habe ich dir nicht erzählt, dass meine Familie ursprünglich aus Armenien stammt? Darum wird bei uns sehr viel Wert auf die alten Traditionen gelegt. Und es ist das Recht meiner Mutter, eine Frau für mich auszusuchen.« Er wartete eine Frage von Susan ab und erklärte dann weiter. »Nein, natürlich bin ich darüber nicht glücklich. Aber diese Werte sind auch ein Teil von mir. Jedenfalls, meine Mutter hat die passende Frau gefunden, und sie kommt morgen früh aus Armenien an. In vier Wochen heiraten wir. Ja, mir geht es genauso. Ich werde dich auch niemals vergessen. Aber wir sollten jetzt lieber auflegen. Der Schmerz tut uns beiden nicht gut.« Mit zufriedener Miene beendete Gabriel das Gespräch.

»Das war jetzt nicht dein Ernst, oder? Und sag mir nicht, dass die dir den Blödsinn geglaubt hat.«

»Hat sie aber. Und nicht geweint. Also habe ich alles richtig gemacht. Sie kann ja nichts dafür.«

»Weißt du was? Du hast echt ein Problem. Aber keine Angst, ich sage es nicht weiter.«

Jessie kam das zweite Mal in die Küche – diesmal bedeutend langsamer – und sah sich erst mal vorsichtig um. Gut, der Frauenverachter war weg, und Charlie füllte gerade die nächste Portion Kartoffelpüree in den Behälter. Jessie wartete, bis Melanie damit aus der Küche verschwunden war, und wandte sich dann an Charlie. »Sag mal, was sollte das denn? Du weißt genau, dass ich den nicht sehen will. Und schon gar nicht hier in der Küche.«

»Das war ein Notfall«, wiederholte Charlie Gabriels Worte. »Und außerdem bin ich immer noch der Meinung, dass ihr beide mal reden solltet. Damit ihr wenigstens zu einem normalen Umgang fähig seid.«

»Da gibt es nichts zu reden. Und warum auch, wir haben nichts mehr miteinander zu tun.«

»Wenn du meinst.« Charlie machte eine kurze Pause. »Wie sieht es bei dir am Freitag aus? Wir wollen ins Kino, willst du mit?«

»Nein. Ich lerne am Freitag die Partner von Robert kennen. Wir gehen ins *Caesar*.«

»Nicht schlecht. Und wie wäre es am Samstag mit ein paar Clubs?«

»Da kann ich auch nicht. Robert und ich wollen einen Film auf *Arte* gucken.«

Charlie sah sie an, als wäre sie ein Alien. »Wieso wisst ihr heute schon, was es Samstag im Fernsehen gibt?«

»Weil Robert immer Anfang der Woche die Fernsehzeitung durchschaut und dann ankreuzt, was er sehen möchte. Das ist ein tolles System, so verpasst man nichts und kann schon alles planen.«

»Jessie, dir ist nicht mehr zu helfen«, schüttelte Charlie den Kopf. »Hör dir doch mal selbst zu. Wo ist bloß die lustige, spontane Jessie, die noch wusste, wie man Spaß hat, hin?«

»Fang nicht schon wieder an«, warnte Jessie sie. »Lass es einfach.«

Charlie kniff die Lippen zusammen. »Von mir aus. Aber heute Abend kommst du mit. Wir treffen uns mit Maggie in der Bar, endlich mal wieder ein Mädelsabend.«

»Hab ich doch gesagt, dass ich mitkomme. Aber nicht so lange.«

Maggie wartete abends schon, als die beiden die Bar betraten. »Hey, Jessie, ich hab gehört, dass du dich verlobt hast. Herzlichen Glückwunsch.«

Jessie strahlte sie an. Endlich mal jemand, der sie nicht fragte, warum sie heiraten wollte, sondern sich so benahm, wie man es erwarten konnte. Sie erzählte ein wenig von den Hochzeitsplänen, während Charlie stumm neben ihr saß. Und schließlich zusah, dass das Gespräch eine andere Richtung nahm.

»Die nächste Runde geht auf mich. Was wollt ihr trinken?«

»Aperol«, sagten Jessie und Maggie wie aus einem Mund und lachten. Das taten sie eigentlich den ganzen Abend lang, obwohl es Charlie einige Male schwerfiel. Jessie war so lustig, wenn der Steuerberater nicht an ihrer Seite war. Ohne den war sie eine total andere Frau.

Einige Drinks später erzählte Jessie gerade einen Witz, als sie mitten im Satz aufhörte und an die Bar starrte. »Na sieh mal einer an. Herr Arschloch persönlich. Und gleich mit der nächsten Frau am Start.«

Charlie und Maggie guckten sich kurz an und dann nach vorne. Dort stand Gabriel mit einer umwerfend aussehenden Blondine.

»Das ist die Freundin von Nick«, klärte Maggie sie auf. »Den müsstet ihr kennen. So ein großer Dunkelhaariger.«

»Und ob wir den kennen«, kicherte Charlie und stieß

Jessie an. »Du weißt schon, dieser scharfe Typ, der manchmal mit Lennart und Gabriel in der Kantine ist.«

»Oh ja. Der ist richtig sexy. Guck mal, da kommt er.«

Der Mann, von dem die Rede war, ging gerade an ihnen vorbei, küsste die Blonde und unterhielt sich mit Gabriel.

»Die kann froh sein, dass ich so verrückt nach Matthis bin. Bei dem könnte man sich glatt vergessen.«

Auch Maggie kicherte jetzt, ohne zu wissen, warum. »Ich weiß, was du meinst. Aber er ist definitiv vom Markt. Obwohl, bevor er seine Freundin kennengelernt hat, hatte der schon einen üblen Ruf.«

»Erzähl mal«, bat Jessie neugierig.

»So genau weiß ich das nicht, ich kenne ihn nur flüchtig. Hat Lennart nur mal erzählt, dass der bald jede Nacht eine andere hatte. Aber dann hat er seine Freundin kennengelernt und seitdem nur noch Augen für sie. Wir haben die beiden mal beim Italiener getroffen.«

Jessie seufzte. So etwas gab es also auch. Männer, die sich ändern konnten. Nicht jeder, natürlich. Gabriel würde wahrscheinlich auch noch mit Rollator hinter Frauen herjagen. Plötzlich war ihr der Abend verdorben.

»Seid mir nicht böse, ich will jetzt nach Hause. Ich muss weg«, sagte sie bestimmt und verließ so hektisch den Tisch, dass die beiden sich gar nicht richtig von ihr verabschieden konnten.

Toll, natürlich stand Gabriel so blöd vor der Tür, dass sie sich an ihm vorbeischieben musste. Er sah sie nur flüchtig an und vertiefte sich dann weiter in seine Unterhaltung. Am liebsten hätte sie ihm ihren Ellenbogen in die Rippen gehauen. Zweimal. Stattdessen sah sie zu, dass sie aus dem Laden kam.

Die beiden Frauen schauten ihr hinterher.

»Gabriel?«, fragte Maggie.

»Gabriel«, bestätigte Charlie.

»Also, es war ja süß von ihm, das zu sagen, aber dass Jessie am Abend im Club Kopfschmerzen hatte und er sie nach Hause bringen wollte, hat wohl niemand geglaubt. Armes Mädchen. Ich mag Gabriel wirklich unheimlich gerne, aber er ist der berühmte Mann für eine Nacht.«

»Ich weiß nicht«, überlegte Charlie. »Ich war mir ziemlich sicher, dass er es mit Jessie ernster meinte. Aber gut, müssen die beiden selbst wissen.«

Am Freitagabend holte Robert Jessie ab. Die war extra beim Friseur gewesen und hatte sich ein neues Kleid gekauft. Das war irgendwie ein bisschen sackartig, aber Robert war begeistert.

»Liebes, du siehst sehr geschmackvoll aus. Ich freue mich, dich den Seniorpartnern vorstellen zu können.«

Die warteten schon im Restaurant, und Jessie rutschte das Herz ein wenig tiefer, als sie die vier sah. Hermann Peters musste mindestens schon siebzig sein. Er hatte kaum Haare auf dem Kopf, ein faltiges Gesicht und überall Altersflecken. Die Frau daneben war kaum jünger – und war das wirklich eine Dauerwelle da auf ihrem Kopf?

Robert schob Jessie an den Tisch. »Gisela, Hermann, darf ich euch meine Verlobte Frau Dittmer vorstellen? Jessica, das sind Herr und Frau Peters.«

Jessie unterdrückte krampfhaft ein Kichern, als sie den Namen Gisela hörte. Sofort hatte sie den Song von Horst Schlämmer im Kopf, der »Gisela, Gisela, Gisela« sang. Fast wartete sie darauf, dass diese Frau Peters ihr nicht die Hand gab, sondern »Nein, isch möschte nischt« sagte.

Robert bekam davon nichts mit und machte weiter. »Und dies sind Herr und Frau Steffen.«

Auch hier wurden sich die Hände gereicht, und Jessie setzte sich. Wolfgang Steffen war um die sechzig und starrte Jessie irgendwie ungläubig an. Seine Frau war in seinem Alter und begrüßte Jessie sehr freundlich.

»Frau Dittmer, schön, Sie kennenzulernen. Wann ist denn der große Tag?«

»Am 28. Oktober. Also noch eine Weile hin.«

»Sie müssen sehr aufgeregt sein. Es war eine Freude für uns, als wir von der Verlobung erfuhren. Wir hatten schon die Befürchtung, dass unser Robert ein eingefleischter Junggeselle werden würde.« Dabei tätschelte sie ihm mütterlich den Arm.

Der Kellner kam, um die Bestellungen aufzunehmen, doch das dauerte ewig. Keiner von den fünf konnte sich entscheiden, es wurde lang und breit über Cholesterinwerte und ungesättigte Fettsäuren diskutiert.

Je länger der Abend dauerte, umso frustrierter wurde Jessie. Die Themen am Tisch interessierten sie überhaupt nicht. Weder spielte sie Golf, noch hatte sie ein Abo für die Oper. Als die beiden Frauen mitbekamen, dass Jessie noch nie Bridge gespielt hatte, gingen sie in die Offensive.

»Also, das müssen Sie lernen. Wir spielen jeden Mittwoch, und als Frau von Robert nehmen wir Sie natürlich gerne in unseren Kreis auf«, teilte ihr Frau Peters mit.

»Ja, wir freuen uns schon«, bestätigte Frau Steffen. »Ehrlich gesagt, mal so ganz unter uns, wir waren erst schon erschrocken, als wir hörten, dass Sie doch um einiges jünger sind als Robert. Wir hatten Angst, dass sich irgend so ein Partyhuhn an ihn rangeschmissen hätte. Aber nun sind wir beruhigt. Sie sind eine so angenehme Person, man mag kaum glauben, dass Sie erst dreißig sind.«

»Ja, das stimmt«, fiel Frau Peters ein. »Aber Robert hat auch nur Nettes über Sie berichtet und gesagt, dass Sie es gar nicht abwarten können, an unseren Bridgerunden teilzunehmen.«

Jessie musste sich kurz entschuldigen und zu den Waschräumen gehen. Diese Frau Steffen meinte das sicher als Kompliment, aber das war es für Jessie ganz und gar nicht. Wie wirkte sie denn, wenn nicht wie dreißig? Vielleicht wie sechzig? Und wenn sie ehrlich war, sie wäre viel lieber mit Charlie und den anderen im Kino gewesen. Danach wären sie bestimmt noch etwas trinken gegangen und hätten viel Spaß gehabt. Stattdessen sollte Jessie Bridge lernen. Zum ersten Mal erlaubte sie sich einen leisen Zweifel. Robert würde doch nicht erwarten, dass sie in Zukunft ihre Freizeit mit zwei Frauen verbrachte, die älter als ihre Mutter waren? So hatte sie sich ihr Leben eigentlich nicht vorgestellt.

Robert dagegen war voll und ganz mit dem Abend zufrieden. »Jessica, du hast wirklich Eindruck gemacht«, lobte er sie später im Auto. »Ich bin sehr stolz auf dich. Mir ist es wirklich wichtig, dass du mit Gisela und Anni auskommst. Schließlich wirst du ja spätestens nach unserer Hochzeit doch öfter Zeit mit ihnen verbringen.«

»Ja, also, das weiß ich nicht. Ich glaube, wir haben nicht so ganz die gleichen Interessen«, sagte Jessie diplomatisch.

»Ach, das kommt schon noch. Gisela hat mir erzählt, dass du Bridge lernen möchtest. Das kann ich nur begrüßen.«

»Eigentlich habe ich das nicht gesagt. Und ich glaube auch nicht, dass ich das will. Robert, diese Frauen sind mehr als doppelt so alt wie ich. Ich sehe da keine große Basis für eine Freundschaft.«

»Jessica, du wirst jetzt ein wenig bockig. Niemand hat gesagt, dass du gleich Freundschaft schließen musst. Aber einmal in der Woche Bridge mit den Frauen der Partner zu spielen, das kann doch nun kein Weltuntergang sein.«

»Ich will aber nicht Bridge spielen«, schrie Jessie plötzlich. »Hör mir doch mal zu. Ich heirate dich und nicht diese Partner und erst recht nicht ihre Frauen. Ich ändere doch nicht mein ganzes Leben, nur weil ich heirate.«

Robert presste seine Lippen fest zusammen. »Wenn du eine solche Launenhaftigkeit an den Tag legst, fahre ich dich lieber nach Hause. Da kannst du dann mal über dein Verhalten nachdenken.«

»Rede nicht mit mir, als wäre ich sechs Jahre alt. Und gerne, ich will sowieso nach Hause.«

Kaum hielt das Auto vor ihrer Tür, sprang Jessie schon raus.

»Warte«, rief Robert ihr hinterher. »Wir sollten uns wegen einer kleinen Meinungsverschiedenheit nicht gleich so aufregen. Ich schlage vor, du beruhigst dich erst einmal, und morgen kommst du dann zu mir.«

»Ich rufe dich an«, brachte Jessie raus und sah zu, dass sie in ihre Wohnung kam.

Oh Gott. Tat sie wirklich das Richtige? Sollte so zukünftig ihr Leben aussehen? Mittwochs Bridge spielen und am Wochenende in die Oper gehen? Das konnte Robert nicht im Ernst annehmen. Sie beschloss, am nächsten Tag zu ihm zu fahren und mit ihm in Ruhe zu reden. Vielleicht war das Ganze ja einfach nur ein großes Missverständnis.

Doch danach sah es am nächsten Abend nicht aus. Zunächst war Robert beleidigt, als sie um zehn nach sieben zu ihm kam.

»Wir wollten um sieben Uhr essen. Das habe ich extra so eingerichtet, damit wir bis Viertel nach acht mit allem durch sind. Bitte, versuch doch in Zukunft, pünktlich zu sein.«

»Ja, tut mir leid. Robert, ich möchte mit dir über gestern Abend sprechen. Ich habe es ernst gemeint. Ich will weder

Bridge spielen noch in die Oper gehen oder sonst was. Natürlich freue ich mich darauf, dass wir beide unsere Zeit miteinander verbringen werden. Aber ich habe auch eigene Interessen, und die möchte ich nicht aufgeben.«

»Was meinst du damit?«

»Na ja, ich gehe zum Beispiel gerne am Wochenende mal in den Club, zum Tanzen. Oder mit Charlie ins Kino. So, wie du gerne zur Puzzlebörse gehst oder zum Golfspielen.«

»Jessica, das wird sich alles finden. Natürlich sollst du deine Interessen nicht komplett vernachlässigen. Dennoch, als verheiratete Frau hast du in einem dieser Clubs, oder wie die heißen, ja eigentlich nichts mehr verloren. Aber wir werden da einen Kompromiss finden. Zum Beispiel könnten wir in eine Tanzschule gehen.«

In eine Tanzschule gehen? Und da zur Musik von James Last Walzer oder was auch immer tanzen? Während Charlie und Maggie sich mit Lady Gaga vergnügten? Jessie seufzte. Aber er hatte wohl recht. Es würde sich alles finden. Und Kompromisse musste man ja in jeder Beziehung machen.

»Gut, wir werden es auf uns zukommen lassen. Aber Bridge spiele ich trotzdem nicht.«

Das Wochenende lief irgendwie nicht rund. Bei ihrem obligatorischen Spaziergang am Sonntag durch den Park hätte Jessie am liebsten Roberts Hand weggeschlagen, als er sich bei ihr unterhakte. Und warum ging er so furchtbar langsam? Sogar ein Paar, das bestimmt schon achtzig war, hatte sie bereits überholt. Sie war froh, als sie sich nachmittags von ihm verabschieden konnte, um sich mit ihrer Mutter zu treffen.

Die beiden saßen später beim Chinesen, und Jessie merkte, dass sich das erste Mal seit Freitag ihre Schultern entkrampften. Sie wusste selbst nicht, warum sie das Wochenende über so gereizt gewesen war.

»Und?«, fragte Tanja. »Hast du seine Partner kennengelernt?«

»Ja. Aber ich will mit dir nicht schon wieder über Robert streiten. Erzähl mir lieber, was du dieses Wochenende gemacht hast.«

»Das war super«, schwärmte Tanja. »Im *Bonsai* war Ü-30-Party, und ich war erst um fünf Uhr heute früh zu Hause. Und ich habe einen ganz süßen Mann getroffen.«

»Aus mit Klaus?«

»Na ja, das war mehr so ein Urlaubsflirt. Ohne die Cocktails und die Drinks war der nicht mehr so toll«, kicherte Tanja. »Aber mit Rainer könnte es was werden. Der ist cool. Mittwoch nimmt er mich auf seinem Motorrad mit.«

Es kam Jessie so vor, als hätten sie die Rollen getauscht. Sollte sie nicht diejenige sein, die von einem coolen Typen auf dem Motorrad mitgenommen wurde? Und ihre Mutter ginge in der Zeit zu einer Bridgerunde?

»Du hast es gut«, seufzte sie. »Also, ich natürlich auch«, setzte sie schnell hinterher. »Richtig gut sogar. Und am Freitag haben wir bei uns in der Kantine diese große Feier. Drück uns die Daumen. Wenn das alles klappt, kriegen wir bestimmt mehr von solchen Aufträgen.«

Am Montagabend rief Robert sie an. »Liebes, der Notar konnte uns kurzfristig einschieben. Wir haben morgen um dreizehn Uhr einen Termin bei ihm.«

»Da kann ich nicht, Robert. Während der Mittagszeit ist die Kantine voll, da kann ich nicht einfach abhauen.«

»Jessica, einmal wird es doch wohl gehen. Dr. van Heiden verzichtet nur wegen uns auf seine Mittagspause.«

»Tut mir leid«, blieb Jessie standhaft. »Das geht wirklich

nicht. Und wozu denn die Eile? Wir heiraten erst in sechs Monaten, warum wollen wir da jetzt schon diesen Vertrag unterschreiben?«

»Damit es geregelt ist«, gab Robert bestimmt zurück. »Nun, du bringst mich jetzt in eine äußerst missliche Lage. Wie unangenehm, diesen Termin wieder abzusagen.«

»Tut mir leid«, entschuldigte Jessie sich ein zweites Mal. »Wollen wir morgen Abend vielleicht zusammen essen gehen?«

»Ich fürchte, das wird die ganze Woche nichts werden. Ich habe einen neuen Mandanten, der ein unglaubliches Chaos in seinen Büchern angerichtet hat. Wie kann man nur so schlampig sein, ich verstehe es nicht. Natürlich ist das Finanzamt auch schon auf ihn aufmerksam geworden. Da liegt viel Arbeit vor mir.«

»Oh, das tut mir leid. Dann melde dich doch einfach, wenn du Zeit hast.«

»Das weiß ich jetzt bereits. Komm doch bitte am Samstag zu mir, vielleicht so gegen sechzehn Uhr?«

»Gerne. Dann wünsch ich dir eine nicht ganz so anstrengende Woche.«

Die hatte dafür Jessie, sie stürzte sich in die Vorbereitungen für die Feier von Herrn Breuer am Freitagabend.

An dem großen Tag sah Jessie sich zufrieden in ihrer Kantine um. Die Tische waren eingedeckt, auf jedem standen Blumen und Kerzen. Aus der Küche kam der Duft der Spanferkel, und Melanie baute auf großen Buffettischen gerade die Salate auf. Das sah alles richtig gut aus. Trotzdem war sie absolut aufgeregt und kam erst gegen zwanzig Uhr so langsam zur Ruhe, als sie sah, dass alles lief. Ihre Haare hatten sich allerdings in eine Katastrophe verwandelt, mindestens ein Drittel davon hatte sich im Laufe des Abends aus der Spange gelöst. Sie war auf dem Weg in den

Waschraum, als sie im Flur mit einem Mann zusammenstieß. Der fasste sie instinktiv an den Armen, damit sie nicht hinfiel. Jessie schaute hoch und direkt in Gabriels blaue Augen. Stumm standen sie sich gegenüber und sahen sich an. Unwillkürlich drängte sie sich enger an ihn. Das löste seine Erstarrung, bestimmt schob er sie weg.

»Hat dein Verlobter es so wenig drauf, dass du dich schon auf dunklen Fluren an andere Männer ranschmeißen musst?«, fragte er abweisend.

Jessie traten Tränen in die Augen. »Ich weiß nicht, warum du so gemein zu mir bist. Du hast doch alles gekriegt, was du wolltest«, schluchzte sie und rannte in den Waschraum.

Dort stand sie erst mal vor dem Spiegel und wischte sich die Tränen weg. Wie verächtlich er sie angeguckt hatte. Sie atmete tief durch. Tja, so war er eben. Der größte Charmeur unter der Sonne, bis er hatte, was er wollte. Danach waren ihm die Frauen nur noch lästig. Sie wusste schon, warum sie ihm in letzter Zeit konsequent aus dem Weg gegangen war.

Gabriel gratulierte Breuer, nahm sich ein Bier und starrte aus dem Fenster. Es hatte all seine Selbstbeherrschung gebraucht, Jessie nicht in die Arme zu nehmen und sie endlich wieder zu küssen. Das Thema war immer noch nicht durch, merkte er verärgert. Wie lange dauerte so etwas denn? Mal musste es doch auch wieder gut sein. Aber die machte es ja extra. Wie sie vor ihm gestanden hatte und mit voller Absicht so geatmet hatte. Dass ihr Superbusen sich hob und senkte, damit sein Blick auch auf alle Fälle darauffiel. Das hatte die doch vor dem Spiegel geübt, da war er ganz sicher.

Nicht mehr daran denken, befahl er sich, nahm sein Bier und ging zu ein paar Kollegen. Zusammen tranken sie mehr, als ihnen guttat, und beschlossen, den Abend in der Bar neben dem Präsidium zu beenden.

Zwei Stunden später kam er gerade von den Toiletten, als er sah, wie Jessie mit Charlie und Melanie an der Bar stand. Gabriel blieb stehen und beobachtete die drei, wie sie ihren Sekt tranken. Jessie legte einen Geldschein auf die Bar und verabschiedete sich, während die anderen die nächste Runde bestellten. Er ging zurück zu seinen Kollegen an den Tisch, auf dem schon das nächste Bier wartete. Und Nicola aus der Verwaltung, die auf seinem Stuhl saß. Er hatte sie ein paar Mal in der Kantine gesehen, wo sie ihm jedes Mal auffällig zugezwinkert hatte.

»Ich habe dich schon vermisst«, teilte sie ihm etwas lallend mit. »Gibst du mir was von deinem Bier ab?«

»Sicher, Schätzchen«, sagte er geistesabwesend und schob ihr sein Bier zu.

Sie sagte etwas zu ihm, aber er hörte es nicht. Die nächste halbe Stunde beteiligte er sich nur halbherzig an der Unterhaltung, dann reichte es ihm. Wie ferngesteuert ging er auf Charlie zu.

»Hey, feiert ihr euer Spanferkel? Das ist richtig gut angekommen.«

»Hey, Gabriel. Ja, und wie. Wir hatten heute Abend schon drei Anfragen für weitere Feiern. Trinkst du einen Sekt mit uns?«

»Lieber ein Bier«, antwortete er.

Charlie bestellte ihm das Bier und schob es ihm kurz darauf zu. »Hier. Auf unseren Erfolg.«

»Ihr habt es verdient«, gab er zurück. »Und Jessie feiert nicht mit euch?«, fragte er betont beiläufig.

»Nein. Sie wollte nach Hause. Sie hat im Moment viel um die Ohren.«

»Kann ich mir vorstellen«, sagte Gabriel bitter und hielt sich leicht am Barhocker fest. Viel mehr sollte er heute wohl besser nicht mehr trinken. »So eine Hochzeit macht sicher viel Arbeit.«

»Ja, kann sein«, antwortete Charlie unbehaglich. »Wir waren gestern mit Lennart und Maggie im Kino«, lenkte sie schnell ab. »Der Film war richtig gut.«

»Schön. Wann ist denn ihr großer Tag?«

»Ähm, im Oktober, glaube ich. Da hinten winkt dir übrigens ständig eine Frau zu.«

»Kann sein. Charlie? Warum heiratet sie den Steuerberater?«

»Darüber kann ich nicht mit dir reden. Das wäre Jessie gegenüber nicht fair.«

»Du sollst gar nicht reden. Du sollst es mir nur sagen.«

»Das kann ich nicht. Aber warum fragst du sie nicht selbst?«

»Pfff«, machte Gabriel. »Mit der Frau rede ich nicht mehr. Kein einziges Wort. Die hat mich genug verarscht.«

Charlie sah ihn an. Sie hatte es doch gewusst. Irgendwas war zwischen den beiden verdammt schiefgelaufen. Und genau das hatte Gabriel dazu gebracht, sich Jessie gegenüber so zu verhalten. Hatte sie sich also doch nicht getäuscht. Einen Moment überlegte sie, was sie ihm sagen könnte, ohne Jessie in den Rücken zu fallen. Am liebsten hätte sie ihm die Wahrheit gesagt, aber das durfte sie nicht.

»Ihr solltet wirklich mal miteinander reden. Vielleicht ist das alles nur ein Missverständnis. Sie ist jetzt übrigens bei sich zu Hause. Allein.«

»Ein Missverständnis, klar«, platzte es aus Gabriel heraus. Etwas ruhiger setzte er fort: »Mal sehen. Ich überleg es mir. Und nun feiert noch schön, ich hau ab.«

Als Gabriel an die frische Luft kam, merkte er schnell,

dass er wohl wirklich zu viel getrunken hatte. Irgendwie war er ganz schön besoffen. Er hielt ein Taxi an und nannte dem Fahrer seine Adresse. Bis er es sich anders überlegte. Eine halbe Stunde später stand er vor Jessies Haus.

Sie war gerade eingeschlafen, als durchdringendes Klingeln sie weckte. Verärgert stand sie wieder auf und drückte auf die Sprechanlage.

»Wer ist da?«, schnauzte sie.

»Mach auf. Ich muss dich sehen.«

»Geh nach Hause, Gabriel. Es ist mitten in der Nacht.«

»Ich geh nirgendwo hin. Mach die verdammte Tür auf, oder ich trete sie ein.«

»Hau ab, oder ich rufe die Polizei.«

»Schätzchen, ich bin die Polizei. Mach endlich auf.«

Jessie schloss die Augen. Warum ließ er sie nicht in Ruhe? Reichte sein Auftritt vorhin im Flur der Kantine noch nicht? Aber sie traute ihm durchaus zu, die Tür einzutreten, darum drückte sie den Türsummer. Keine Minute später stand er in ihrer Wohnung.

»So, und jetzt hörst du mir mal zu«, sagte er mit ziemlich alkoholgeschwängerter Stimme. »Du wirst diesen Mann nicht heiraten. Ist das klar?«

»Was geht dich das denn an?«, fragte Jessie wütend. »Und warum soll ich ihn nicht heiraten?«

»Weil, weil das eben nicht geht. Der ist nichts für dich.«

»Ach, und du weißt natürlich Bescheid. Weil du ja auch so genau weißt, was für mich das Richtige ist.«

»Genau, Engelchen. Genau das weiß ich. Erinnerst du dich?«

Er nahm sie in die Arme und küsste sie. »Das ist das Richtige für dich«, flüsterte er. Langsam wanderten seine Hände über ihren Körper. »Und das auch.«

Mit aller Kraft schob Jessie ihn weg. »Du bist so ein mieser Kerl. Was denkst du dir eigentlich? Dass du mal so eben auf eine schnelle Nummer hier vorbeikommen kannst? Du bist ein echtes Arschloch.«

Verwirrt schaute Gabriel sie an. »Bin ich nicht. Darum bin ich nicht hier. Ich will keine schnelle Nummer mit dir, versprochen.«

Er nahm sie an die Hand und zog sie ins Schlafzimmer. Fassungslos sah sie zu, wie er sich auszog, achtlos seine Jeans und sein Hemd auf den Boden warf und sich ins Bett legte.

»Komm her, schöne Jessie. Lass mich nicht allein.«

Jessie überkam ein merkwürdiger Fatalismus. Was immer hier passierte, es passierte zwischen ihr und Gabriel. Und sie hatte nicht die geringste Kraft mehr, sich dagegen zu wehren. Es hatte einfach keinen Sinn. Allein sein Anblick, nur noch in dieser engen Unterhose, verdrängte jeden vernünftigen Gedanken aus ihrem Kopf. Also schmiss sie ihren Bademantel zu den Jeans und dem Hemd und legte sich zu ihm.

Er zog sie sofort ganz dicht an sich. »Jessie. Süße Jessie. Du hast mir so gefehlt«, murmelte er an ihrem Hals. Um sofort darauf tief und fest einzuschlafen.

Jessie lag reglos und hellwach in seinem Arm. Sie würde sich nicht einen einzigen Gedanken an den nächsten Morgen erlauben. Denn dann würde sie aufwachen und sich fragen, wie dumm sie eigentlich noch sein könnte. Aber dafür hatte sie später viel Zeit. Jetzt und hier lag sie in Gabriels Arm, und nichts auf der Welt konnte sich besser anfühlen. Na gut, vielleicht hätte sie auf seine Alkoholfahne verzichten können. Aber selbst die störte sie nicht. Sie erinnerte sich an die letzten Wochen mit Robert. Nicht umsonst waren ihr Zweifel gekommen. Aber jetzt, in dieser Nacht, hatte Gabriel ihr die Entscheidung abgenommen.

Sie konnte ihr Leben nicht mit Robert verbringen. Solche Gefühle, wie sie sie jetzt, in Gabriels Armen, erlebte, hatte sie bei Robert nie. Und genau auf diese Gefühle wollte sie nicht mehr verzichten. Sie hatte versucht, pragmatisch und sachlich zu sein. Sich eingeredet, Sicherheit wäre viel mehr wert. Aber das stimmte nicht. Außerdem konnte sie auch vor sich selbst nicht länger leugnen, dass sie Gabriel liebte. Ganz und gar. Egal, was er tat und wie er sie behandelte. Und das war nicht fair gegenüber Robert. Er verhielt sich immer anständig, also war auch sie ihm Ehrlichkeit schuldig. Mit diesen Gedanken schlief sie in Gabriels Armen ein. Und es fühlte sich verdammt richtig an.

Irgendwann später wurde sie durch ein Poltern wach. Durch die Straßenlaterne vor dem Fenster kam ein wenig Licht ins Schlafzimmer, und sie sah schattenhaft Gabriel, der eben gegen ihre Kommode gelaufen sein musste. Jedenfalls fluchte er unterdrückt und verschwand im Badezimmer. Kurz darauf hörte sie ihn in der Küche, bis er wieder ins Schlafzimmer und ins Bett kam.

Er legte sich neben sie und begann, ihren Hals zu küssen.

»Du hast gesagt, du willst keine schnelle Nummer«, erinnerte Jessie ihn.

»Will ich auch nicht. Ich will eine langsame«, antwortete er und trat sofort den Beweis an.

Jessie hatte in dieser Nacht nicht das geringste Interesse an irgendeinem Vorspiel. Sie wollte ihn nur in sich spüren, und ihm ging es genauso. Während er sich in ihr bewegte, hörte er nicht auf, sie zu küssen und mit den Fingern durch ihre Haare zu fahren. Er steigerte langsam das Tempo, und Jessie klammerte sich an seinen Schultern fest. Als er in ihr kam, hielt sie ihn so fest, als ob sie ihn niemals wieder loslassen wollte.

Danach legte Jessie ihren Kopf auf seine Schulter. »Was mache ich hier eigentlich?«, fragte sie mehr sich selbst.

»Das Richtige, Mäuschen. Du machst genau das Richtige. Warum hast du dich mit dem Steuerberater verlobt?«, fragte er übergangslos.

Jessie wollte ihm eine patzige Antwort geben, entschied sich dann aber doch für Ehrlichkeit. »Er hat für seine Frage genau den richtigen Zeitpunkt getroffen. Das Wochenende mit dir war so unglaublich. Und ich dachte, du hast es auch so empfunden. Darum war ich mir sicher, dass du dich meldest. Aber von dir kam gar nichts. Du bist mir aus dem Weg gegangen, warst nicht mal in der Kantine. Na ja, aber Robert war da. Und bot mir Sicherheit.«

»Ich bin dir doch nicht aus dem Weg gegangen«, sagte Gabriel empört. »Ich war doch gar nicht da.«

»Wieso, wo warst du denn?«

»In Wiesbaden, bei einer Fortbildung. Und als ich zurückkam, konnte ich es überhaupt nicht erwarten, dich zu sehen. Bis Lennart mir gesagt hatte, dass du dich verlobt hast.«

»Was?« Fassungslos sah Jessie ihn an. »Aber das wusste ich nicht. Du wolltest mich wirklich wiedersehen?«

»Natürlich wollte ich das.« Gabriel machte eine Pause und seufzte leicht. »Weißt du, ich konnte es ja selbst erst nicht glauben, aber spätestens an diesem Wochenende habe ich mich komplett in dich verliebt. Das ist mir erst so richtig klargeworden, als ich auf der Fortbildung war. Ich wollte dich unbedingt wiedersehen. Und nicht ein zweites Mal weglaufen.«

»Wieso ein zweites Mal?«

Erst sagte Gabriel gar nichts, dann holte er tief Luft. »Das erste Mal, als ich siebzehn war. Ich hatte eine Höllenangst.«

»Vor mir?«, fragte Jessie verdattert. »Was hatte ich denn gemacht?«

»Du warst so süß, Jessie. Und das ging alles so schnell. Ich hatte nur noch dich im Kopf. Hab das Fußballtraining geschwänzt, meine Kumpels stehengelassen, ich wollte nur noch mit dir zusammen sein. Genau das hat mir Angst gemacht. Und ich war erst siebzehn. Ich konnte doch unmöglich schon die Frau meines Lebens getroffen haben! Darum habe ich, als du mich abholen wolltest, dieses Mädchen geküsst. Um mir selbst zu beweisen, dass ich dich nicht brauche. Dass du mir nicht so dermaßen unter die Haut gegangen warst.«

»Aber warum hast du mir das damals denn nicht gesagt?«

»Jessie, wie viele Siebzehnjährige kennst du, die ihre Gefühle vor einem Mädchen ausbreiten?«

Das musste Jessie erst mal verdauen. Gut, mies verhalten hatte er sich natürlich trotzdem. Aber immerhin konnte sie den Grund dafür jetzt nachvollziehen.

»Danke, dass du es mir wenigstens jetzt gesagt hast. Und nun? Wie stellst du dir das mit uns vor? Meinst du es jetzt wirklich ernst und willst wirklich mit mir zusammen sein? Und das nicht nur bis Montag?«

»Ganz wirklich. Und ganz bestimmt nicht nur bis Montag. Ich kriege nicht genug von dir.«

»Gabriel?«

»Ja?«

»Dann könntest du mich doch jetzt eigentlich mal küssen, oder?«

Gabriel lachte, warf sich über sie und küsste sie minutenlang. »Ich glaube es nicht«, sagte er dann. »Alles nur ein blödes Missverständnis?«

»Sieht so aus«, lächelte Jessie.

»Und der Steuerberater? Du heiratest den doch jetzt nicht mehr, oder?«

»Nein. Tue ich nicht. Eigentlich ist mir das schon länger klar, dass er für mich eher ein Freund als ein Ehemann ist. Aber ich wollte mir das selbst nicht eingestehen.«

»Siehste? Hab ich dir doch gesagt, dass er nichts für dich ist. Aber auf mich hört ja keiner. Und du kannst dich jetzt auf ein langes Wochenende im Bett einstellen. Ich lass dich hier nicht wieder raus.«

»Ich will auch gar nicht weg«, erwiderte sie und strahlte ihn an. »Ich habe echt geglaubt, du kannst mich nicht leiden. Du warst schon ziemlich gemein zu mir.«

»Ich werde es nie wieder sein. Wirst schon sehen. Können wir jetzt noch ein bisschen schlafen? Das wird ein langes Wochenende, ich muss fit werden.«

Jessie lachte. »Hört sich nach einem guten Plan an.«

14

Samstagfrüh fuhr Gabriel pfeifend zu sich nach Hause, holte ein paar Klamotten und brachte Frühstück mit. Als Jessies Telefon nachmittags klingelte, zuckte sie zusammen.

»Das ist Robert. Wir sind heute verabredet. Tut mir leid, aber ich muss da jetzt hin. Ich muss es ihm sagen.«

»Soll ich mitkommen?«, bot Gabriel an.

»Nein. Das würde es für ihn nur noch schwerer machen. Ich bin bald zurück.«

Auf dem Weg zu Robert bekam Jessie ihr Strahlen nicht mehr aus dem Gesicht. Das war ja wie in diesen Bollywood-Filmen. Sie konnte es kaum fassen. Gabriel war tatsächlich verliebt in sie. Sie und Gabriel waren wieder zusammen. Schon jetzt konnte sie es kaum erwarten, wieder zu ihm zurückzukommen. Aber Robert hatte eine Erklärung verdient.

»Liebes«, begrüßte er sie. »Du bist spät dran. Zum Glück habe ich Gulasch gekocht, das hält sich, aber die Kartoffeln sind matschig geworden. Du musst wirklich an deiner Pünktlichkeit arbeiten.«

»Robert, ich möchte jetzt nichts essen. Ich muss mit dir reden.«

»Wieso möchtest du nichts essen? Du wusstest doch, dass ich kochen würde.«

»Bitte, können wir uns vielleicht ins Wohnzimmer setzen?«

Leicht beleidigt ging Robert voraus und setzte sich auf

den Sessel. Jessie nahm auf dem Sofa Platz, beugte sich vor und nahm Roberts Hand.

»Ich weiß nicht, wie ich es dir sagen soll. Es tut mir so leid, aber ich kann dich nicht heiraten.«

»Jessica, was redest du denn da?«, fragte er und entzog ihr seine Hand. »Wir haben vor einer Woche unsere Verlobung mit den Seniorpartnern gefeiert. Du kannst doch jetzt keinen Rückzieher machen.«

»Ich weiß«, sagte sie unglücklich. »Da war ich mir ja auch noch ganz sicher. Aber nun ist alles anders. Robert, es gibt einen anderen Mann. Ich habe wirklich versucht, mich dagegen zu wehren, aber ich schaffe es nicht. Darum muss ich unsere Verlobung lösen.«

Robert wurde blass. »Jessica, es wäre mir recht, wenn du jetzt gehst. Ich muss allein sein. Aber ich möchte es gerne verstehen. Können wir uns in der Woche noch einmal sehen?«

»Natürlich. Ruf mich an, wir machen was aus. Und, Robert, es tut mir wirklich leid. Ich wollte dir niemals wehtun. Ich weiß, dass du das nicht verdient hast.«

Sie verließ die Wohnung und fuhr wieder nach Hause. Robert tat ihr furchtbar leid. Sie meinte es ernst, das hatte er wirklich nicht verdient. Aber eine Ehe mit einer Frau, die sich insgeheim nach einem anderen verzehrte, hatte er noch viel weniger verdient, tröstete sie sich. Und dank seiner sachlichen Art würde er das bestimmt bald genauso sehen.

Sie schloss ihre Tür auf, und Gabriel kam ihr im Flur entgegen.

»Ich habe dich vermisst. Alles erledigt?«

Stumm nickte sie.

»Du musst nicht darüber reden. Aber auch nicht so traurig gucken. Was hältst du davon, wenn ich dich zum Essen einlade? Damit du auf andere Gedanken kommst?«

»Viel«, strahlte sie. »Ich ziehe mich schnell um, dann können wir los.«

»Du siehst auch so süß aus. Aber wenn du dich umziehen willst, dann zieh das grüne Kleid an. Daran habe ich sehr gute Erinnerungen.«

Lächelnd ging sie ins Schlafzimmer. In dem Mann steckte ja ein Romantiker. Doch als sie in ihrem Kleid wieder ins Wohnzimmer kam, schaute er sie nur komisch an.

»Um Himmels willen. Zieh das sofort wieder aus.«

»Was ist denn los?«, fragte sie verletzt. »Gefällt es dir nicht mehr?«

»Genauso gut wie beim letzten Mal. Aber diesmal macht es mich noch schärfer. Und ich habe dich gerne nackt beim Sex.«

Mit blitzenden blauen Augen trat er zu ihr, zog den Reißverschluss auf, und sie stand nur in Unterwäsche vor ihm.

»Gott, Jessie, du bist so wunderschön. Gehen wir ins Schlafzimmer?«

Statt einer Antwort ging sie langsam und verführerisch auf ihn zu, griff sein Hemd und zog ihn mit sich.

Später lag Jessie müde in seinen Armen, und Gabriel stellte erstaunt fest, wie glücklich er war. Warum hatte ihm denn nie vorher jemand gesagt, wie … wie angenehm so etwas war? Er entdeckte jedes Mal neue Seiten an Jessie. Und er musste sich nach dem Sex nicht anziehen und nach Hause fahren. Wo er im Moment auch überhaupt nicht sein wollte. Zufrieden reckte er sich. Was wollte ein Mann mehr? Ein großes Steak, beschloss er. Und dazu ein kaltes Bier. Und vor allem diese wunderschöne Frau an seiner Seite, in die er sich schon als Siebzehnjähriger Hals über Kopf verliebt hatte.

Am Montag fuhren sie gemeinsam mit Jessies Auto zur Arbeit.

»Geh schon mal rauf, mein Auto steht noch hier, da ist eine Akte drin, die ich brauche.«

Jessie tänzelte fast durch die Kantine.

»Was ist denn mit dir los? Und wo hast du überhaupt gesteckt?«, fragte Charlie. »Ich habe am Wochenende versucht, dich zu erreichen.«

»Wann denn?«

»Immer mal wieder. Samstagnachmittag zum Beispiel.«

»Oh, da war ich bei Robert«, teilte sie ihrer Freundin mit.

Die jedoch nur noch mit einem Ohr zuhörte. »Äh, Jessie, Gabriel kommt gerade rein. Willst du in dein Büro?«

»Nein, das wäre nun doch etwas unhöflich. Ich sage ihm besser guten Tag.«

Erstaunt sah Charlie, wie Jessie Gabriel entgegenging. Was hatte sie denn da verpasst? Letzte Woche hatte Jessie noch alles getan, um Gabriel nicht zu sehen, und nun? Charlie traute ihren Augen kaum. Die beiden standen neben dem Eingang und küssten sich. Langsam breitete sich ein Lächeln auf ihrem Gesicht aus. Na endlich. Es sah so aus, als wäre Jessie endlich zur Vernunft gekommen.

Sie wartete, bis die beiden fertig waren und Jessie allein zurück in die Kantine kam. Charlie zog sie am Arm mit ins Büro und machte die Tür zu. »Erzähl. Sofort. Was ist passiert?«

»Ach, Charlie«, strahlte Jessie über das ganze Gesicht. »Ich bin so dermaßen verknallt.« Sie erzählte ihrer Freundin die Geschichte.

»Und wer hat dir die ganze Zeit gesagt, du sollst mit ihm reden? Ich habe dir gleich gesagt, da stimmt etwas nicht. So verhält der Mann sich nicht gegenüber Frauen. Jessie, ich freu mich so für dich. Und, äh, Robert?«

Jessie machte ein bedrücktes Gesicht. »Ich war am Samstag kurz bei ihm und habe ihm gesagt, dass ich ihn nicht heiraten kann. Weil meine Gedanken immer bei einem anderen Mann sind. Er ist ganz blass geworden und wollte allein sein. Heute treffen wir uns, und dann erkläre ich es ihm noch mal in Ruhe.«

Bevor sie weiterreden konnten, störte Melanie die beiden. »Jessie, kann ich mit dir mal über meinen Urlaub sprechen?«

»Klar«, strahlte die. »Du kannst mit mir über alles sprechen. Besonders an so einem schönen Tag.«

Zweifelnd schaute Melanie aus dem Fenster, gegen das der Regen schlug. Aber umso besser, wenn Jessie so gute Laune hatte, würde sie sie gleich um drei statt wie geplant zwei Wochen Urlaub bitten.

Mittags saß Jessie in ihrem Büro über dem Zettelkram für den Steuerberater, als Gabriel hereinkam.

»Na, Süße? Hast du mich vermisst?«

»Rede nicht. Komm her und küss mich«, forderte sie ihn auf.

Der Aufforderung kam er nur zu gerne nach. Bis Jessie ihm das T-Shirt aus der Hose zog und seinen nackten Rücken streichelte.

»Hör auf. Oder dieses Büro erlebt mal etwas anderes als Arbeit«, stöhnte er. »Aber genau da kannst du heute Abend weitermachen.«

»Ich kann nicht«, bedauerte Jessie. »Ich muss heute Abend zu Robert und ihm in Ruhe erklären, warum ich ihn nicht heiraten kann.«

»Hast du doch schon. Wieso willst du schon wieder zu dem?«

»Habe ich nicht. Ich habe ihm nur gesagt, dass ich die

Verlobung lösen muss. Dann wollte er allein sein und heute Abend darüber reden. Das bin ich ihm schuldig.«

»Na gut. Aber dann denk daran, was du versäumst«, sagte er, küsste sie wieder und fuhr mit den Händen unter ihr Top. Diesmal war sie es, die stöhnte.

»Vielleicht kommst du danach ja doch noch bei mir vorbei«, grinste er. »Ich bin zu Hause.«

Sofort danach verschwand er wieder. Eines musste sie ihm lassen, sein Timing war perfekt. Es dauerte eine ganze Weile, bis sie sich wieder auf ihre Arbeit konzentrieren konnte.

Mit einem mulmigen Gefühl fuhr sie abends zu Robert. Warum nur hatte sie so überstürzt eingewilligt, ihn zu heiraten? Hätte sie vorher mal überlegt, säßen sie jetzt nicht in diesem Schlamassel.

»Jessica, schön, dass du hier bist. Komm rein«, bat ein sichtlich angeschlagener Robert.

Sie setzten sich ins Wohnzimmer, und sobald Jessie den Mund aufmachte, hob er die Hand. »Bitte, bevor du anfängst. Ich möchte keine Details über diesen anderen Mann wissen. Es ist so schon schwer genug für mich. Erklär mir einfach, wie du so plötzlich deine Meinung ändern konntest.«

»Es war gar nicht so plötzlich«, gab sie zu. »Ich hatte in den letzten Wochen schon das Gefühl, dass wir beide zu verschieden sind. Wir haben ganz andere Interessen, und das liegt sicher auch an dem Altersunterschied. Aber ich glaube, der Auslöser war der Abend mit deinen Partnern im *Caesar*. Da ist mir plötzlich klar geworden, wie unterschiedlich unsere Vorstellungen von unserem gemeinsamen Leben sind.«

»War es wegen der Bridgerunde?«, fragte er betroffen.

»Nein. Oder doch, ja, vielleicht. Robert, das bin ich einfach nicht. Ich bin dreißig, ich will Spaß haben, spontan sein. Dein Leben ist so geordnet, so geplant. Da passe ich einfach nicht rein.«

»Tut mir leid, Jessica, ich verstehe es einfach nicht. Du hattest doch ausreichend Zeit, mich kennenzulernen. Natürlich ist mein Leben geordnet, zum Glück. Das wusstest du doch bereits, bevor du meinen Antrag angenommen hast.«

Da hatte er natürlich recht. Aber sie konnte ihm kaum sagen, dass sie ihn hatte heiraten wollen, weil sie Gabriel nicht haben konnte. Also improvisierte sie: »Ich habe mir das vielleicht nicht so bewusst gemacht. Und gedacht, du änderst dich vielleicht noch ein bisschen.«

»Und es gibt nichts, mit dem ich dich umstimmen kann?«, fragte er traurig.

»Nein«, gab sie genauso traurig zurück. »Leider nicht.«

»Das muss ich akzeptieren. Aber so einfach, wie du es dir vorstellst, ist es nicht. Ich kann nicht erst unsere Verlobung feiern und bereits eine Woche später sagen, dass die Hochzeit geplatzt ist. Gib mir etwas Zeit dafür, Jessica. Komm bitte in drei Wochen noch mit zum Ball der Steuerkammer. So nach und nach werde ich es allen Leuten beibringen. Sonst verliere ich mein Gesicht.«

Jessie überlegte. Mit einem sehr schlechten Gewissen. Es war ihre Schuld, also musste sie wenigstens alles tun, um es ihm leichter zu machen.

»Einverstanden. Wir gehen noch gemeinsam zu dem Ball. Soll ich mich da vielleicht ein bisschen blöd benehmen? Dass sie am Ende sagen, du kannst froh sein, mich loszuwerden?«

»Nein, um Himmels willen. Bringe uns bitte nicht in eine peinliche Situation. Wir tun, als wenn alles gut wäre. Ich brauche nur ein bisschen Zeit.«

»Natürlich. Die bekommst du. Ich danke dir für dein Verständnis. Ich weiß, es klingt abgedroschen, aber ich wollte wirklich nicht, dass so etwas passiert. Wir können vor dem Ball ja noch mal telefonieren.«

Sie verabschiedete sich und setzte sich ins Auto. Es dauerte eine Weile, bis sie losfahren konnte, weil ihr die Tränen nur so aus den Augen schossen. Was hatte sie bloß getan? Einen Heiratsantrag anzunehmen war eine ganz andere Sache als eine Einladung zum Abendessen. Warum nur hatte sie nicht früher gemerkt, dass sie einfach nicht zu Robert passte? Stattdessen hatte sie ihn unglücklich und verzweifelt gemacht.

Sie wollte jetzt nicht allein sein, aber in diesem Zustand auch nicht zu Gabriel fahren. Darum nahm sie ihr Handy und rief ihre Mutter an.

»Mama, bist du zu Hause? Kann ich vorbeikommen?«, heulte sie.

»Jessie, du weinst ja. Natürlich kannst du herkommen. Beeile dich.«

Jessie setzte sich bei ihrer Mutter in die Küche und weinte schon wieder. »Ach Mama, ich hab so einen Mist gebaut. Ich hätte Robert nie versprechen dürfen, ihn zu heiraten.«

Tanja schloss kurz die Augen, damit Jessie ihre Freude nicht sehen konnte. Endlich war das Kind zur Vernunft gekommen. Sie fasste sich wieder und nahm Jessies Hand. »Wann ist es dir klar geworden?«

»Am Freitag nach der Feier in der Kantine. Das erzähle ich dir gleich. Aber Robert ist todunglücklich. Auch, wenn er nicht der Mann ist, der seine Gefühle zeigen kann, ich weiß es. Und ihm ist es so peinlich vor seinen Kollegen. Ich habe nur an mich gedacht und gar nicht gesehen, was für ihn da alles dranhängt.«

Tanja war zwar der Meinung, dass der Steuerberater keine Gefühle zeigen konnte, weil er keine hatte, aber diese Meinung behielt sie dieses Mal für sich. »Also hast du es ihm schon gesagt?«

»Ja, am Samstag. Da konnte er noch nicht mal darüber reden, sondern wollte nur allein sein. Darum bin ich eben hingefahren. Ich fühle mich so mies.«

»Jessie, das glaube ich dir. Aber das bringt dir gar nichts. Du hast einfach nur eine falsche Entscheidung revidiert. Und glaube mir, er wird es bald genauso sehen«, behauptete Tanja und kreuzte dabei die Finger. »Ich bin sicher, er sieht schnell ein, dass eure Ehe niemals gehalten hätte. Dafür wart ihr viel zu verschieden.«

»Noch besser wäre es gewesen, wenn ich seinen Antrag gar nicht erst angenommen hätte«, jammerte Jessie.

»Richtig. Aber kannst du jetzt noch etwas daran ändern?«

»Nein. Natürlich nicht.«

»Siehst du. Darum bringen dir diese ganzen Selbstanklagen jetzt auch nichts. Du hast einen Fehler gemacht und ihn berichtigt. Mehr kann man nicht verlangen. Das war sehr mutig von dir.«

»Findest du? So habe ich das noch gar nicht gesehen.«

»Doch, das finde ich. Glaub mir, der Mann sieht selbst bald ein, dass es zwischen euch einfach nicht gepasst hat.« Sie stand auf, holte eine Flasche Wein und goss zwei Gläser voll. »Trink erst mal einen Schluck. Und glaub mir, in ein paar Tagen, mit ein bisschen Abstand, wirst du wissen, dass du richtig gehandelt hast.«

Nach dem zweiten Glas fühlte Jessie sich allmählich besser. Ihre Mutter hatte recht. Es half ja nichts, sie hatte Mist gebaut. Aber das konnte sie nicht mehr rückgängig machen.

»Und wie hast du gemerkt, dass du ihn nicht heiraten kannst?«, wollte Tanja wissen.

Unwillkürlich legte sich ein Strahlen auf Jessies Gesicht. »Wegen Gabriel. Wir sind wieder zusammen. Seit Freitag.«

Tanja kreischte so laut, dass die Deckenlampe bebte. »Ist nicht dein Ernst. Wie ober-, obercool. Ich freue mich so für dich.«

»Ich mich auch. Ach, Mama, er ist so süß.«

»Und warum sitzt du dann hier bei deiner Mutter in der Küche? Warum bist du nicht schon längst bei ihm?«

Bevor Jessie darauf eine Antwort fand, meldete ihr Handy eine SMS. *Was du mittags anfängst, musst du abends beenden. Komm her, ich vermisse dich.*

Jessies Strahlen wurde noch breiter. »Ja, warum nicht? Ich bin dann mal weg. Halt, eins noch – wie läuft es mit Rainer?«

»Rainer ist wie keiner«, zwinkerte Tanja. »Darüber reden wir ein anderes Mal. Gib Gas.«

Mit klopfendem Herzen klingelte Jessie an Gabriels Tür. Kaum hatte er die Tür geöffnet, zog er sie schon in den Flur und küsste sie um den Verstand. Sie schob ihre Hand unter sein Shirt und fühlte endlich wieder nackte Haut.

»Habe ich da angefangen?«, fragte sie.

»Ganz genau da. Aber das heißt nicht, dass du da auch aufhören musst.«

Die nächsten drei Wochen flogen an Jessie nur so vorbei. Sie versuchte, es langsam angehen zu lassen, doch das schien unmöglich. Nur eine Nacht ohne ihn zu verbringen fühlte sich schon falsch an. Gabriel war nicht nur der beste Liebhaber, den sie je hatte, er war für sie auch einfach der tollste Mann der Welt. In den unmöglichsten Momenten brachte er sie zum Lachen, und sie konnte sich nicht vorstellen, dass sie sich jemals mit ihm langweilen würde.

Auch Charlie blieb das nicht verborgen. »Also, was immer der Mann mit dir anstellt, es bekommt dir mehr als gut. Du sahst noch nie besser aus.«

»Ich habe mich auch noch nie besser gefühlt. Es ist schon bald peinlich, wie verrückt ich nach ihm bin.«

»Und an deinem neuen Style ist er auch nicht ganz unschuldig, oder?«, fragte Charlie grinsend und betrachtete Jessie. Die Hosenanzüge und die flachen Schuhe waren Vergangenheit. Heute stand sie in Cargohosen und einem rosa geblümten Oberteil in der Kantine, und ihre Absätze waren mindestens acht Zentimeter hoch. Zwar musste sie während der Arbeit ihre Haare immer noch zusammenbinden, doch sobald der Küchenbetrieb durch war, flogen ihr die Locken ums Gesicht.

»Ich weiß nicht. Ich fühle mich einfach anders, wenn ich mit ihm zusammen bin. So weiblich, wenn du verstehst, was ich meine. Und darum passen meine neuen Klamotten einfach besser zu mir. Aber weißt du was? Ich mache mir trotzdem manchmal Sorgen.«

»Worüber?«, wollte Charlie wissen.

»Dass es ihm mit mir irgendwann langweilig wird«, gestand Jessie. »Er hatte doch jede Woche eine andere. Und wenn ihm das nun fehlt?«

»Dann wäre er ein Idiot. Aber da er das nicht ist, würde ich mir echt keine Sorgen machen. Oder kommt er dir gelangweilt vor?«

»Nein. Auf keinen Fall.«

»Siehst du. Hör auf, dir ständig Gedanken zu machen, und genieß es lieber.«

Das war nicht der schlechteste Rat. Und mit Gabriel gab es eine ganze Menge zu genießen. Jessie konnte sich nicht erinnern, jemals in ihrem Leben so glücklich gewesen zu sein. Darum traf sie der erste Streit vollkommen unerwartet.

Am Donnerstagabend lagen sie zusammen auf ihrem Sofa und schauten eine DVD. Als der Film zu Ende war, setzte sich Gabriel auf.

»Lass uns am Samstag schon etwas früher losfahren. Lennarts Bruder ist Kfz-Mechaniker, er wird sich dein Auto mal angucken. Wegen dieses Klapperns.«

»Wieso? Wo fahren wir denn Samstag hin?«

»Zu Lennarts Geburtstag. Hast du das vergessen?«

»Das ist diesen Samstag?«, fragte Jessie erschrocken. »Ich dachte, das wäre erst nächste Woche.«

»Nein, jetzt Samstag. Vielleicht ist es ja nur eine Kleinigkeit, dann musst du nicht in die Werkstatt.«

»Mist«, sagte Jessie. »Gabriel, es tut mir leid, aber ich kann diesen Samstag nicht.«

Mit zusammengezogenen Augenbrauen sah er sie an. »Wieso das denn nicht?«

Jessie druckste etwas herum. »Na ja, weil ich Robert schon vor Wochen versprochen hatte, mit ihm zum Ball der Steuerkammer zu kommen.«

»Hab ich da irgendwas verpasst? Mir war so, als hättest du die Verlobung gelöst. Also, warum zum Teufel willst du mit diesem Mann zu einem Ball?«

»Weil ich es ihm versprochen habe. Er hat seinen Kollegen noch nicht gesagt, dass wir nicht mehr zusammen sind. Er möchte nur etwas Zeit, um nicht so doof dazustehen.«

»Sag mal, Jessie, hörst du dir eigentlich mal selbst zu? Du bist nicht mehr mit ihm zusammen, also kann es dir auch völlig egal sein, wie er wo dasteht. Und du wirst dich auf gar keinen Fall weiter als seine Verlobte ausgeben.«

»Das ist meine Entscheidung, und dazu stehe ich. Ich habe mich Robert gegenüber mies verhalten. Mehr als mies. Und wenn er mich nur um einen Gefallen bittet, ist das doch wohl nicht zu viel verlangt.«

»Nee, klar, warum auch nicht? Geh doch danach auch noch mit ihm ins Bett. Machen verlobte Leute doch so. Ist doch nichts dabei.« Das Wortgefecht wurde immer hitziger, bis Gabriel wütend vom Sofa sprang. »Weißt du was? Das ist mir einfach zu blöd. Vielleicht solltest du dir mal überlegen, wo deine Prioritäten liegen. Bei mir oder bei deinem Scheißverlobten. Oh, Entschuldigung. *Exverlobten.*« Er stürmte in den Flur, und kurz darauf knallte die Wohnungstür zu.

Zwanzig Minuten später stand Gabriel stinksauer in der *Billardhalle.* Jessie konnte doch nicht im Ernst mit diesem Steuerstümper zu einem Ball gehen wollen. Und da auch noch so tun, als wäre sie mit dem noch verlobt. Sie war *seine* Freundin, verdammt noch mal. Und merkte nicht mal, was in diesem kranken Hirn vor sich ging. *Dass er nicht so blöd dastand,* das war ja lächerlich. Zurück wollte er sie, nur darum ging es. Und Jessie war zu naiv, um das zu durchschauen. Wütend bestellte er sich ein Bier, nur um gleich darauf festzustellen, dass ihm nicht mal das heute schmeckte.

»Bekomme ich auch eins?«, hörte er eine Stimme neben sich.

Er drehte sich um und sah Isabel. »Ich fürchte, ich bin heute keine gute Gesellschaft«, wiegelte er ab.

»Ach? Ärger mit deiner Freundin? Ich habe schon gehört, dass du neuerdings den Pantoffelhelden gibst.«

»Wer erzählt denn so einen Mist?«

»So der ein oder andere. Ist wohl was Wahres dran. Ich habe dich hier fast einen Monat nicht mehr gesehen. Lässt sie dich nicht vor die Tür?«

»So ein Schwachsinn. Über meine Zeit bestimme ich immer noch selbst.«

»Ja? Sieht für mich nicht so aus. Ich gehe eine Runde Billard spielen. Wir sehen uns.«

Gabriel starrte in sein Bier. Er ein Pantoffelheld? Das war ja wohl der totale Blödsinn! Obwohl, letzte Woche wollte er eigentlich wirklich mal wieder hergekommen sein. Doch dann wollte Jessie gerne ins Kino, und er hatte einfach nicht mehr ans Billardspielen gedacht. Und heute stellte sie ihn plötzlich vor vollendete Tatsachen und grüßte als Verlobte. Und war sie bereit, auf diesen dämlichen Ball zu verzichten, für ihn? Nein, das war sie nicht. Und erwartete von ihm dafür auch noch Verständnis. Wer war er denn, ihr Hanswurst? Da lief irgendwas gewaltig schief. Er war ein freier Mann, jawohl. Auf diese Erkenntnis trank er endlich sein Bier und ging zu den Billardtischen.

Isabel warf ihm über die Schulter einen Blick zu. »Wir sind hier gleich fertig. Sind meine Chancen auf ein Bier gestiegen?«

»Aber sicher, Schätzchen. Komm mit zur Bar.«

Isabel folgte ihm, schob ihren Barhocker dicht an seinen und küsste ihn auf den Mund. »Großer, du bist mir noch was schuldig. Deine letzte Vorstellung war nicht deine beste.«

Irgendwas summte beharrlich in seinem Kopf, er wusste nur nicht, was. Außerdem musste er dringend das Bier loswerden, also ging er erst mal zu den Toiletten. Als er wieder rauskam, stand Isabel vor den Toiletten im schummerigen Flur, drückte ihn an die Wand und küsste ihn wieder. Automatisch erwiderte er den Kuss, und sofort legte sie ihre Hände auf seinen Hintern und zog ihn eng an sich.

Im selben Moment löste er sich von ihr. Hier stimmte etwas nicht. Der Kuss fühlte sich weder gut noch richtig an. Scheiße, was war denn mit ihm los? Da hing eine Frau an seinem Hals, heiß und willig, und er fühlte – nichts. Frustriert schob er sie weg.

»Das wird nichts mit uns, Süße. Geh nach Hause, okay?«

Sie warf ihm einen wütenden Blick zu und verschwand. Gabriel setzte sich zurück an die Bar und stierte in sein Glas. Ob er doch ein Hanswurst war?

»So sieht also ein glücklicher Mann aus«, hörte er eine Stimme hinter sich.

»Hallo, Nick. Alles klar?«

»Bei mir schon. Bei dir sieht es nicht so aus.«

»Schwachsinn. Mir geht es bestens«, versicherte er und trank sein Bier.

»Ja, den Eindruck machst du. Ich hab gehört, du bist mit der Jessie aus der Kantine zusammen. Glückwunsch. Die ist niedlich.«

»Ja. Danke. Ist doch keine große Sache. Ich bin immer noch ein freier Mann.«

Nick lachte. »Sicher. Darum sitzt du hier auch allein rum und säufst.«

»Was willst du eigentlich von mir? Denkst du etwa, nur, weil ich eine Freundin hab, mutiere ich zum Hampelmann? Und sitze in der Kneipe und führe *Beziehungsgespräche*? Glaub mir, ich komm ganz gut ohne deinen Rat klar.«

Nick blieb einen Moment ruhig. »Okay. Was willst du wissen?«

»Verdammt«, seufzte Gabriel. »Keine Ahnung. Du hast doch, bevor du mit deiner Freundin zusammengekommen bist, auch nicht gerade wie ein Mönch gelebt. Hast du danach manchmal gedacht, du liegst an der Leine?«

Zu seinem Erstaunen bejahte Nick seine Frage. »Klar. Und das war ein verdammt merkwürdiges Gefühl. Wir waren nicht mal zwei Monate zusammen, da war ich mal allein unterwegs, und mich macht eine Frau an. Ziemlich offensiv, und heiß war die auch. Also dachte ich mir, warum nicht? Nur weil ich eine Freundin habe, muss ich ja nicht gleich zum Weichei werden, stimmt's?«

»Stimmt. Und dann?«, fragte Gabriel gespannt.

»Dann haben wir in der Kneipe ein bisschen rumgemacht, und auf einmal ist mir was klar geworden. Nämlich, dass ein Weichei jemand ist, der seine Freundin betrügt. Weil er nicht weiß, was er will, oder zu feige ist, sich festzulegen. Und ein Mann klug genug sein sollte zu wissen, dass er verdammtes Glück hat, eine so tolle Frau zu Hause zu haben.«

»Da ist was dran«, gab Gabriel zu. »Und was hast du gemacht?«

»Ich hab die Trulla stehenlassen, bin zu Alice gefahren, und damit war das Thema durch. Weil ich gemerkt hatte, dass ich weder Schiss hatte, etwas zu verpassen, noch an der Leine lag. Sondern nur verdammte Angst hatte vor diesen Gefühlen, die ich vorher nicht kannte.«

Darüber musste Gabriel erst mal nachdenken. Doch, das ergab durchaus Sinn. Er hatte es schon einmal vermasselt. Ein zweites Mal würde ihm das nicht passieren. Er gestand sich ein, dass er überhaupt kein Interesse mehr daran hatte, durch die Gegend zu vögeln. Er wollte nur Jessie.

Gabriel bezahlte sein Bier, haute Nick auf die Schulter und stand auf. »Du hast recht, Alter. Ich hau ab.«

»Viel Glück«, wünschte ihm Nick.

Mit einem schlechten Gewissen fuhr er zurück zu Jessie. Sie machte ihm auf, und er fühlte sich sofort noch mieser. Geweint hatte sie. Wegen ihm.

»Engelchen, nicht weinen. Wir klären das in Ruhe. Tut mir leid, dass ich abgehauen bin. Aber nicht mehr weinen. Willst du Pudding?«

»Was? Nein, wie kommst du denn darauf?«

»Keine Ahnung. Ich möchte nur, dass du wieder lächelst.«

»Tu ich doch schon«, grinste Jessie. »Dafür brauche ich keinen Pudding, sondern dich.«

»Ich bin da«, versicherte er und küsste sie. Daraus entwickelte sich eine vergnügliche Runde Versöhnungssex, und Gabriel hatte schon fast wieder vergessen, worum es bei diesem blöden Streit ging. Bis Jessie ihn daran erinnerte.

»Ich habe selbst keine Lust, zu diesem Ball zu gehen. Aber ich habe es versprochen, also muss ich auch hin. Was hältst du davon, wenn ich da nur eine Stunde bleibe und dann zu Lennarts Geburtstag nachkomme?«

Gabriel wäre im Moment mit allem einverstanden gewesen. Hauptsache, er war wieder bei Jessie. Das hier fühlte sich nämlich absolut richtig an.

Freitag rief Robert sie an und vergewisserte sich, dass sie ihr Versprechen hielt.

»Natürlich tue ich das. Aber, Robert, ich werde nicht den ganzen Abend bleiben. Sei mir nicht böse, aber ich muss abends noch zu einem Geburtstag.«

»Das ist vollkommen in Ordnung. Mir geht es nur darum, dass wir zusammen gesehen werden. Jessica, ich weiß, dass das viel verlangt ist. Umso dankbarer bin ich dir für dein Entgegenkommen.«

Nach dem Telefonat stellte Jessie mal wieder fest, wie nett Robert war. Obwohl sie so mies zu ihm gewesen war. Der Mann hatte Größe.

Am Samstagabend stand sie in ihrem schwarzen Abendkleid vor dem Spiegel und steckte gerade die letzten Haarsträhnen fest, als es klingelte.

»Jessica«, sagte Robert. »Du siehst bezaubernd aus. Bist du fertig?«

»Hallo, Robert. Ja, wir können los. Du siehst auch sehr gut aus.«

Robert trug einen Smoking, der ihm wirklich gut stand. Aber zum ersten Mal bemerkte Jessie, dass er, nun ja, nicht richtig alt, aber eben auch nicht mehr jung aussah. Auf der Straße hätte sie ihm keinen zweiten Blick zugeworfen. Sie war wirklich ganz schön verbohrt gewesen, dass sie meinte, mit diesem Mann ihr Leben verbringen zu können.

Diese Meinung vertiefte sich, als sie im Ballsaal ankamen und Robert sie zu seinem Tisch führte. Seine Partner und ihre Frauen begrüßten sie freundlich und bezogen sie sofort mit in ihr Gespräch ein. Wobei es leider wieder um Golf ging, wovon Jessie immer noch keine Ahnung hatte. Sie blickte sich im Ballsaal um. Allein ihre Anwesenheit drückte das Durchschnittsalter ziemlich drastisch. Die meisten Leute hier waren zwischen fünfzig und siebzig. Am Ende der Tanzfläche war eine kleine Bühne aufgebaut, auf der eine Band spielte – alle Musiker waren in weiße Anzügen, gekleidet. Tanzmusik nannte man das wohl, und die ersten Paare drehten gemächlich ihre Runden.

»Tanzt du mit mir, Jessica?«, fragte Robert.

»Gern«, log sie, und sie mischten sich unter die anderen Paare.

»Die Kapelle ist wirklich gut, wie ich finde. Im letzten Jahr hatten die Veranstalter eine andere Gruppe gebucht, und wir sind schon nach einer Stunde wieder gegangen. Es war furchtbar, so unglaublich laut, dass man sein eigenes Wort nicht verstehen konnte. Nun, daraus wurden offenbar die Konsequenzen gezogen«, meinte Robert zufrieden.

Wenn die Band noch ein wenig leiser spielte, wäre nur

noch ein Summen zu hören, fand Jessie hingegen, aber sie behielt ihre Meinung für sich.

Als sie wieder zurück zum Tisch kamen, warteten Gisela und Anni bereits auf sie.

»Jessica, kommen Sie, wir gehen jetzt zum Buffet. Das sieht wirklich appetitlich aus«, meinte Anni.

»Ach, danke, aber ich habe gar nicht so großen Hunger. Eigentlich …«

Bevor sie den beiden mitteilen konnte, dass sie eigentlich wieder losmüsste, zogen sie sie jedoch schon mit sich.

»Der Hunger kommt beim Essen. Und das ist ja auch im Eintrittspreis enthalten, also, verschenken wollen wir ja nichts. Außerdem, wenn Sie erst später essen, liegt es Ihnen bestimmt heute Nacht schwer im Magen, ich kenne das«, belehrte sie Gisela.

Da Jessie keinen Aufstand machen wollte, ging sie mit den beiden Frauen zum Buffet und nahm sich Salat und ein paar Scampi. Anni und Gisela waren nicht so zurückhaltend; wie sie Riesenmengen an Essen auf den Tellern auftürmten, hatte schon was von einer architektonischen Meisterleistung.

Kaum waren sie zurück an ihren Tischen, standen die Männer auf, um auch das Buffet zu stürmen. Robert schaute stirnrunzelnd auf Jessies Teller.

»Die Karten waren recht teuer«, ließ er sie wissen. »Ich hoffe, das ist nicht alles, was du essen wirst. Das rentiert sich ja nicht.«

Jessie zählte innerlich bis drei und lächelte ihn dann an. »Iss doch einfach für mich mit. Ich müsste dann auch bald mal los.«

»Ja, wo wollen Sie denn hin?«, empörte sich Anni. »Sie sind doch gerade mal zwei Stunden hier, und um Mitternacht gibt es noch Suppe.«

Verstohlen sah Jessie auf die Uhr. Verdammt, es war wirklich schon zehn. Sie hatte Gabriel versprochen, genau jetzt bei Lennart zu sein. Sie stand auf und legte Robert die Hand auf den Arm. »Ja, das ist wirklich ärgerlich. Aber meine Mutter hat heute Geburtstag, und ich muss ihr unbedingt noch gratulieren. Robert und ich haben daher vereinbart, dass ich erst zum Ball gehe und anschließend zu meiner Mutter. Der Mann hat wirklich viel Verständnis.«

Robert lächelte sie an, anscheinend hatte sie das Richtige gesagt.

Gisela und Anni lächelten nicht. »Aber, liebes Kind, feiert Ihre Mutter denn um diese Uhrzeit noch? Es ist ja bald mitten in der Nacht.«

»Ja, meine Mutter geht nie früh ins Bett.« Wenigstens das war keine Lüge. »Also, ich danke Ihnen für diesen schönen Abend. Ich muss jetzt wirklich los.«

»Das ist sehr schade, aber wohl nicht zu ändern«, sagte Gisela. »Robert, was ist denn jetzt mit Donnerstag? Habt ihr das geklärt?«

Fragend sah Jessie Robert an, der den Blick verlegen erwiderte.

»Wir kommen sehr gerne«, behauptete er und wandte sich an Jessie.

»Liebes, ich bringe dich noch zur Tür. Es ist wirklich schade, dass du schon gehen musst.«

Draußen kam Jessie gleich zur Sache. »Robert, was soll das? Wo soll ich Donnerstag hingehen?«

»Jessica, mir ist das selbst sehr peinlich. Aber sie haben mich schon die ganze Woche so bedrängt, mir fiel einfach keine Ausrede mehr ein.«

»Um was geht es denn nun?«

»Am Donnerstag findet im Golfclub ein großer Charity-

Abend statt. Das ist *das* gesellschaftliche Ereignis des Jahres im Club. Wäre es möglich, dass du mitkommst? Ich verspreche dir, es ist das letzte Mal. Danach werde ich ihnen sagen, dass wir die Verlobung gelöst haben.«

»Robert, ich weiß nicht. Ich fühle mich nicht so gut dabei.«

»Ich doch auch nicht. Aber was soll ich denn machen? Deine Entscheidung kam ja so plötzlich.«

Da hatte er natürlich recht. Sie allein hatte ihn in diese Lage gebracht, also gab sie sich einen Ruck. »Na gut. Aber das ist wirklich das letzte Mal. Um wie viel Uhr soll ich da sein?«

»Ich hole dich um neunzehn Uhr ab. Und, Jessica? Ganz vielen Dank. Es bedeutet mir sehr viel.«

»Okay«, seufzte sie. »Dann sehen wir uns Donnerstag. Und viel Spaß noch bei dem Ball.«

Während sie auf ein Taxi wartete, überlegte sie sich, wie sie das nun wieder Gabriel beibringen sollte. Am besten gar nicht, beschloss sie. Schließlich war es ja das letzte Mal, dass sie sich mit Robert traf. Also musste sie es Gabriel auch nicht erzählen.

Mit dem Taxi fuhr sie nach Hause und zog sich um. Plötzlich konnte sie es gar nicht mehr erwarten, Gabriel endlich zu sehen. Sie suchte die Adresse von Maggie und Lennart raus, fuhr durch die halbe Stadt und klingelte um Viertel nach elf endlich an der Tür.

Maggie machte ihr auf und umarmte sie sofort. »Toll, dass du gekommen bist. Ich freue mich riesig. Und da drinnen wartet jemand, der freut sich, glaube ich, noch mehr«, zwinkerte sie.

Jessie fand Gabriel in der großen Küche, wo er am Kühlschrank lehnte und sich mit einem Mann, den sie nicht kannte, unterhielt. Jessie blieb kurz stehen, um ihn einfach anzuschauen. Unfassbar, dass dieser sexy Typ wirklich ihr Freund war. Die kurzen Haare betonten seine unglaublichen Augen und das attraktive Gesicht, auf dem ein dunkler Bartschatten lag.

Gabriel begegnete ihrem Blick ohne ein Lächeln und unterhielt sich weiter.

Jessie seufzte. Er war sauer. Gut, wäre sie wohl auch gewesen. Entschlossen ging sie zu ihm. »Sorry, ich muss Gabriel mal entführen«, sagte sie zu dem anderen Mann und zog Gabriel aus der Küche. »Sei bitte nicht sauer. Ich bin so schnell hergekommen, wie es ging. Ich habe mich so auf dich gefreut.«

»Warum hat das denn so lange gedauert?«

»Die wollten mich einfach nicht gehen lassen. Aber jetzt bin ich doch hier. Wenn du dich freust, küsse ich dich.«

Endlich lächelte er. »Ja. Das tue ich. Und das war das letzte Mal, dass du mit diesem Typen losgezogen bist?«

»Das allerletzte Mal«, antwortete Jessie und seufzte dabei leise.

»Okay«, sagte er, und streichelte ihr mit einem Finger über die Wange. »Und nun komm mal mit.« Er zog sie über den Flur in das Badezimmer und machte die Tür hinter sich zu.

»Gabriel, nein«, sagte sie entsetzt. »Das mache ich nicht. Nicht hier in einem fremden Badezimmer.«

Er lachte so laut, dass die Zahnputzbecher klirrten. »Jessie, du bist ja besessen. Hast du nichts anderes als Sex im Kopf?«

Sie wurde rot. »Äh, nein, ich meine, doch. Aber was wollen wir hier?«

»Setz dich mal auf die Badewanne«, forderte er sie auf.

Perplex folgte sie seiner Bitte, und kaum saß sie, löste er schon die Klammern aus ihren Haaren.

»Engelchen, ich liebe deine Haare. Die musst du zeigen und nicht immer verstecken.«

Bevor sie ihre Sprache wiederfand, hatte er schon eine Bürste in der Hand und fuhr damit durch ihre Locken.

»So gehört das«, sagte er zufrieden. »Okay?«

»Du bist verrückt«, kicherte sie und schaute vorsichtig in den Spiegel. Gut, so schlecht sah es nicht aus, musste sie zugeben.

»Und nun komm. Sonst denken Lennarts Gäste noch, wir machen hier unanständige Sachen«, grinste Gabriel.

Jessie genoss den Abend wie schon lange keine Feier mehr. Lennarts Gäste waren ausgelassen, laut und wussten, wie man Spaß hatte. Der Gegensatz zu dem Ball hätte nicht größer sein können. Hier musste sie keine Rolle spielen, sondern konnte einfach so sein, wie sie war.

Nach vielem Tanzen und ein bisschen zu viel Wein ging sie in die Küche, wo sie Charlie und Maggie traf.

»Wir holen gerade Nachschub«, sagte Maggie und schwenkte zwei Flaschen Wein.

»Lasst uns hier ein Glas trinken«, bat Charlie. »Ich brauche mal eine Pause.«

Kaum saßen sie, schaute Maggie Jessie neugierig an. »Wie hast du das bloß gemacht? Ich kenne Gabriel jetzt seit fünf Jahren, aber so habe ich ihn noch nie erlebt. Der ist ja total verknallt.«

Jessie strahlte. »Ich weiß nicht. Es passt einfach zwischen uns. Wusstest du, dass wir schon als Teenies zusammen waren?« Da Charlie ein schuldbewusstes Gesicht machte, beantwortete Jessie die Frage selbst. »Natürlich wusstest du es, nicht, Charlie?«

»Ich habe ihr nur ein bisschen Hintergrundinformation gegeben«, grinste sie.

»Waschweib. Ich geh jetzt wieder zu meinem Teenieschwarm«, grinste Jessie zurück und stand auf.

Gabriel lehnte allein am Fenster und sah ihr entgegen. Ob es irgendwann passieren würde, dass ihr allein bei seinem Anblick nicht die Knie schwach werden würden? Sie konnte es sich nicht vorstellen.

Er schlenderte auf sie zu und nahm sie in die Arme. »Jessie, komm mit zu mir nach Hause. Hier sind zu viele Leute für das, was ich jetzt mit dir machen will.«

»Und wer von uns beiden ist nun besessen?«

»Du«, behauptete er. »Ich reagiere nur auf deine Signale.«

15

»Ich muss bald los«, sagte Jessie am nächsten Vormittag zu Gabriel. »Ich bin heute Mittag mit meiner Mutter verabredet. Sie will mir ihren neuen Freund vorstellen.«

»Und mich lässt du hier ganz allein? Das bringst du so einfach übers Herz?«

Jessie lachte. »Du kannst gerne mitkommen, wenn du willst. Wir gehen zum Brunch ins *Caspari*.«

»Auf alle Fälle will ich mit. Deine Mutter mochte ich schon früher.«

Als die beiden ins *Caspari* kamen, sahen sie Tanja schon vom Eingang aus. Neben ihr saß ein Mann, der um einiges jünger war als sie und der aufstand, als sie an den Tisch kamen. Bevor er sich vorstellen konnte, sprang Tanja auf und umarmte Jessie und Gabriel gleichzeitig.

»Ist das cool, euch beide wieder zusammen zu sehen. Und Jessie, du siehst ja endlich wieder aus wie eine dreißigjährige Frau und nicht wie eine fünfzigjährige Sparkassenangestellte. Kein Hosenanzug, dass ich das noch erleben darf.«

»Ist gut, Mama. Reg dich ab. Ich bin Jessie«, stellte sie sich dem Mann an Tanjas Seite vor.

»Wär ich jetzt nicht drauf gekommen«, grinste der und schüttelte ihr die Hand. »Ich bin Rainer.«

Während er auch Gabriel begrüßte, musterte Jessie ihn unauffällig. Er hatte blonde Haare, die ihm fast bis zu den

Schultern reichten, und einige Tattoos auf den Armen. Zu ausgeblichenen Jeans trug er Bikerstiefel und ein Shirt mit dem Aufdruck eines Motorradherstellers. Etwas wilder Typ, aber das passte ja zu ihrer Mutter.

Kaum hörte Gabriel, dass Rainer eine Motorradwerkstatt betrieb, fingen die beiden an zu fachsimpeln. Jessie zog ihre Mutter mit zum Buffet.

»Der sieht cool aus. Wie alt ist er?«

»Achtunddreißig. Genau das richtige Alter für mich. Und wir haben eine Menge Spaß zusammen.«

»Keine Details, bitte«, wiegelte Jessie ab. »Aber ich freu mich für dich. Und nun lass uns endlich was essen.«

»Wann kann ich sie mir angucken?«, fragte Gabriel gespannt. Rainer hatte ihm eben von einer 750er Suzuki erzählt, die er schon lange haben wollte.

»Da muss noch einiges dran gemacht werden, aber ich bin dabei. Hast du Donnerstagabend Zeit? Dann sollte sie fertig sein, und du kannst eine Runde drehen.«

Gabriel war aufgeregt wie ein kleines Kind. Endlich wieder ein Motorrad für ihn. Was war ein Mann ohne Maschine? Eben. Gar nichts. Und mit Jessie hinten drauf wäre sein Glück perfekt.

Einer festen Bindung zu entgehen, darin hatte er in den letzten Jahren bestimmt den Weltrekord gehalten. Aber nun konnte er sich sein Leben ohne Jessie überhaupt nicht mehr vorstellen. Die war so niedlich und gleichzeitig dermaßen heiß, dass er die Finger nicht von ihr lassen konnte. Was wollte er mehr, er hatte den besten Sex seines Lebens und dazu bald noch ein Motorrad.

Tanja unterbrach seine Gedanken. »Erzähl mir mal, wie es gerade dich zur Polizei verschlagen hat. Ich hätte mir für dich eine Menge vorstellen können, aber das nicht.«

»Mit siebzehn hätte ich es mir auch nicht vorstellen können«, lachte Gabriel. »Aber kurz vor dem Abi war ich auf einer Ausbildungsmesse, wo die Polizei einen Stand hatte. Die Infos haben mir gefallen, ich habe mich beworben, und nun bin ich seit zwölf Jahren dabei.«

»Bist du gleich nach der Polizeischule zur Drogenabteilung gekommen?«, wollte Tanja wissen.

»Nein, ich war zuerst drei Jahre auf einer Wache und dann beim Betrugsdezernat. Danach habe ich zwei Jahre als verdeckter Ermittler im Drogenbereich gearbeitet, und meinen jetzigen Job mache ich erst seit einem guten halben Jahr.«

»Und? Gefällt es dir noch?«

»Im Großen und Ganzen ja. Ich muss mich noch ein bisschen daran gewöhnen, ständig nur am Schreibtisch zu sitzen, aber das kommt bestimmt noch. Und du?«

»Ich habe mein eigenes Nagelstudio«, antwortete Tanja stolz. »Vor fünf Jahren habe ich in meiner Wohnung damit angefangen, und jetzt habe ich einen eigenen Laden und eine Angestellte. Ich mache aber nicht nur Kunstnägel, sondern auch Maniküre. Du kannst gerne mal vorbeikommen.«

»Nee, lieber nicht«, grinste Gabriel. »Das überlasse ich den Frauen.«

»Was überlässt du uns?«, fragte Jessie, die mit schlechtem Gewissen das zweite Mal vom Buffet kam.

»Diesen ganzen Wellnesskram. Das ist nichts für mich.«

Jessie lächelte und verkniff sich einen Kommentar. Von wegen. Gabriel brauchte im Bad fast länger als sie. Aber natürlich behauptete er, auf gar keinen Fall eitel zu sein. Er doch nicht.

»Willst du Donnerstagabend mit zu Rainers Werkstatt kommen?«, wollte er wissen. »Ich will mir eine Suzuki angucken.«

»Nein«, sagte sie schnell. »Ich bin allergisch gegen Werkstätten. Ich treffe mich lieber mit Charlie und Maggie.«

Ganz wohl war ihr bei dieser Lüge nicht, aber es wäre ja das letzte Mal, beruhigte sie sich selbst. Noch einmal mit Robert zu diesem Charity-Abend, und dann wäre das Thema durch, und sie müsste Gabriel nie wieder anlügen.

Am Donnerstagabend fuhr sie nach der Arbeit in ihre Wohnung und stand ratlos vor dem Kleiderschrank. Wo vor einigen Wochen noch Grau und Schwarz dominiert hatten, leuchteten jetzt bunte Farben. Nichts davon war passend für einen Abend mit Robert im Golfclub. Ganz hinten entdeckte sie endlich dieses sackartige Kleid, das sie sich für das Essen mit Roberts Partnern im *Caesar* gekauft hatte. Sie zog es an und ging ins Badezimmer, um die Haare in einen Knoten zu drehen. Vor dem großen Spiegel im Flur bekam sie einen Riesenschreck. Diese Frau hatte nichts mehr mit ihr zu tun. War sie bis vor wenigen Wochen wirklich noch so rumgelaufen? Sie sah aus wie ein vierzigjähriges Mauerblümchen. Spätestens jetzt verstand sie die ewigen Einwände von Charlie und ihrer Mutter. Mit der Anpassung hatte sie es tatsächlich mehr als übertrieben. Aber diese Zeit lag hinter ihr. Diese Frau gab es nicht mehr, also würde sie auch nicht mehr so rumlaufen.

Das furchtbare Kleid landete im Müll. Stattdessen zog sie ein fröhlich gemustertes Kleid an, das über den Knien endete. Mit schwarzen Leggins und hochhackigen Ankle Boots gefiel sie sich viel besser. Und dieser Oberlehrerinnen-Knoten musste auch sofort verschwinden. Stattdessen steckte sie die Haare locker auf und zog einige Strähnen um das Gesicht. So. Jetzt sah sie wieder aus wie sie selbst.

Robert klingelte pünktlich um halb acht und kam die Treppe hoch. Als er Jessie sah, verrutschte ihm das Lächeln, das auf seinem Gesicht gelegen hatte. »Hallo, Jessica. Du siehst ein wenig… abenteuerlich aus. Bist du sicher, dass du so gehen willst?«

Noch vor einem Monat hätte sie sich sofort umgezogen. Aber nun lächelte sie Robert nur an. »Typisch Mann, keine Ahnung von Mode. Ich bin fertig, wenn du willst, können wir los.«

Er erhob keine Einwände mehr. Im Gegenteil, im Auto bedankte er sich noch einmal für ihr Verständnis. »Dies ist ein sehr wichtiger Abend für mich. Es bedeutet mir sehr viel, dass du mitkommst. In diesen Kreisen geht es etwas konservativ zu, wäre ich ohne dich erschienen, hätte es eine Menge Gerede gegeben.«

Jessie verzichtete darauf, ihm zu sagen, dass es das in den nächsten Wochen sowieso geben würde. Ein Rest von schlechtem Gewissen steckte immer noch in ihr.

Der Golfclub lag in einem der besten Viertel der Stadt. Das Clubhaus sah wie eine mediterrane Villa aus, schon der Eingangsbereich wirkte eher wie die Lobby eines Fünf-Sterne-Hotels als wie ein Vereinshaus. Zwei Männer in den Vierzigern kamen auf sie zu.

»Guten Abend, Herr Martins. Das muss Ihre entzückende Verlobte sein, Hermann Peters hat uns schon von ihr vorgeschwärmt.«

Jessie lächelte die beiden geschmeichelt an, während Robert sie vorstellte. »Richtig, das ist meine Verlobte, Jessica Dittmer. Liebes, dies sind Guido Brackmann und Gunnar Svensson aus der Anwaltskanzlei Brackmann und Partner.«

»Guten Abend. Ich freue mich sehr, Sie kennenzulernen«, antwortete Jessie höflich.

Sie wechselten einige Worte, und danach führte Robert sie in den Speisesaal. Der hatte wirklich die Größe eines Saales, bestimmt war hier Platz für hundert Leute. Die Beleuchtung war gedämpft, auf den Tischen mit den blütenweißen Tischtüchern flackerten Kerzen, die das edle Porzellan und das Silberbesteck zum Funkeln brachten. Dazu waren die Tische noch mit wunderschönen Blumenarrangements geschmückt. Jessie hielt unwillkürlich den Atem an.

»Meine Güte, Robert, sieht das edel aus. Das ist ja toll.«

»Das freut mich, dass es dir hier gefällt. Komm, gehen wir zu unserem Tisch.« Er führte sie zu einem Sechsertisch, an dem die Peters und die Steffens schon Platz genommen hatten.

Die vier begrüßten Jessie wieder sehr freundlich, auch wenn sie in den Augen von Gisela und Anni ein wenig Befremden entdeckte. Sie hatten sich beide für schwarze, matronenhafte Kleider entschieden. Ähnlich dem, das Jessie zu Hause gerade in die Mülltonne gestopft hatte.

»Ihr Kleid ist sehr farbenfroh«, befand Gisela. »Aber natürlich, wir dürfen nicht vergessen, dass Sie noch sehr jung sind. Hat Robert Sie bereits über das Programm informiert?«

»Nein. Ehrlich gesagt weiß ich nur ziemlich wenig über diesen Abend.«

»Wie pflichtvergessen von ihm«, rügte Anni. »Nun, jedes Jahr am letzten Donnerstag im April unterstützen wir mit diesem Abend verschiedene Hilfsprojekte. Ein Großteil der Eintrittsgelder ist für den Hilfsfonds bestimmt. Außerdem werden gleich Lose verkauft, auch damit wird Geld gesammelt. Alles in allem also eine sehr gute Sache.

Jessie stimmte ihr zu und fühlte sich trotzdem absolut unwohl. Diese Leute waren zwar mehr als konservativ und auch ziemlich langweilig, aber trotzdem nett. Sie zu belügen gefiel ihr gar nicht. Vielleicht wegen ihres schlechten Gewissens kaufte sie gleich fünf Lose.

Das Essen zog sich in die Länge. Nach einer Suppe und

einer Vorspeise kam ein Zwischengang, dann ein Rinderbraten mit verschiedenem Gemüse, und Jessie hoffte, dass das Dessert nicht auch so lange auf sich warten lassen würde. Wenn das hier so weiterging, wäre sie nicht vor Mitternacht zu Hause. Und eigentlich wollte sie unbedingt noch zu Gabriel. Doch bevor das Dessert kam, klopfte Hermann Peters mit dem Messer an sein Weinglas.

»So, dann wollen wir die Katze mal aus dem Sack lassen, was, Wolfgang?«

Der stimmte lächelnd zu.

»Robert, wir haben bis heute Abend gewartet, um dir etwas mitzuteilen. Weil wir fanden, hier wäre der passende Rahmen dafür. Wir sind mehr als einverstanden mit der Wahl deiner zukünftigen Ehefrau. Deine Arbeit war schon vorher einwandfrei, aber nun, mit der richtigen Frau an deiner Seite, ist die Sache rund. Also, ich will nicht lange darum herumreden – ab dem nächsten Ersten bist du nicht mehr Junior-, sondern gleichberechtigter Seniorpartner bei uns. Herzlichen Glückwunsch.«

Während Robert in die Runde strahlte und sich überschwänglich bedankte, hätte Jessie fast den Rinderbraten über den Tisch gespuckt. Sie schaffte es, Robert anzulächeln und ihm einen Kuss auf die Wange zu geben.

»Ganz herzlichen Glückwunsch, Robert. Du hast es verdient. Bitte entschuldige mich einen Moment.«

Sie sprang fast vom Stuhl und lief zu den Toiletten. Entsetzt ließ sie sich auf den Klositz fallen und starrte in die Luft. Das konnte doch nicht wahr sein. In welchem Jahrhundert lebten diese Leute? Machten ihn nur deshalb zum vollwertigen Partner, weil er heiraten wollte, das war doch nicht normal.

Und kam diese Partnerschaft für Robert wirklich so überraschend, wie es eben den Anschein hatte? Oder hatte er bereits etwas geahnt und wollte darum nicht, dass das Ende der Verlobung öffentlich wurde? Jessie wusste vor allem nicht, was sie jetzt machen sollte. Würde Robert die Partnerschaft nicht mehr bekommen, wenn bekannt wurde, dass ihre Verlobung aufgelöst war? Nein, so verrückt konnten diese Leute einfach nicht sein. Das würde sich alles klären lassen.

Sie beruhigte sich wieder und ging zurück an den Tisch. Robert strahlte immer noch. Jetzt gratulierten Gisela und Anni sogar ihr.

»Jessica, das können wir gut verstehen, dass Sie diese Nachricht erst einmal umgeworfen hat. Nun, es sieht aus, als würden Sie eine sehr gute Partie heiraten. Darauf trinken wir.«

Notgedrungen hob Jessie ihr Glas und prostete den beiden zu. Sie konnte es nicht erwarten, dass dieser Abend endlich endete. Aber danach sah es noch lange nicht aus. Erst wurde das Dessert serviert, und eine Ewigkeit danach begann der Vorsitzende des Golfclubs, die Gewinner der Lose bekannt zu geben. So viele Losnummern, wie der nannte, musste ja fast jedes zweite Los gewonnen haben.

Plötzlich wurde es im Saal dunkel, und vom Band kam eine Art Tusch.

»Liebe Vereinsmitglieder, nun ist es endlich so weit. Ich gebe jetzt den Gewinner des diesjährigen Hauptpreises bekannt. Unsere großzügigen Partner, die unsere gute Sache seit Jahren unterstützen, haben sich diesmal selbst übertroffen. Denn der Hauptpreis ist …«, der Mann machte eine kurze Pause, »… eine vierzehntägige Kreuzfahrt für zwei Personen mit der MS Europa quer durch das Mittelmeer. Einen großen Applaus für die Spender.«

Da alle klatschten, machte auch Jessie mit. Himmel, wenn dieser Mann doch jetzt endlich diese Losnummer verkünden würde, damit der Abend zu Ende ging und sie endlich mit Robert sprechen konnte. Und Gabriel wunderte sich bestimmt auch schon, warum sie sich nicht längst bei ihm gemeldet hatte und ihr Handy aus war. Hoffentlich rief er nicht Maggie an, um zu fragen, wo sie steckte.

Während sie noch darüber grübelte, was sie Gabriel sagen könnte, fing Gisela schon an zu kreischen. »Jessica, ja, gutes Kind, wo sind Sie denn mit Ihren Gedanken? Sie haben gewonnen. Hier, das ist Ihr Los mit der Nummer 432. Sie haben die Kreuzfahrt gewonnen.«

Benommen starrte Jessie sie an, als Robert sie schon am Arm nahm und sie hochzog. »Liebes, dies ist nun aber wirklich unser Abend. Ich freue mich ja so. Komm, lass den Vorsitzenden nicht warten.«

Unter lautem Applaus führte Robert Jessie in die Mitte des Raumes. Spotlichter waren auf sie und Robert gerichtet, in die Jessie verwirrt blinzelte. Der Vorsitzende hatte schon ihre Hand genommen und schüttelte sie kräftig.

»Nun, junge Dame, verraten Sie mir doch bitte Ihren Namen.«

»Jessie«, stotterte sie. »Jessica Dittmer.«

»Dann sind Sie die Verlobte von unserem Herrn Martins? Na, Leute, ist das nicht ein Grund für mehr Beifall? Den Hauptgewinn gezogen und frisch verlobt, das werden ja vorgezogene Flitterwochen. Wenn das kein Grund zum Feiern ist.«

Er drückte ihr einen großen Gutschein in die Hand und machte Platz für Robert. Der legte den Arm um sie und strahlte in die Runde. Urplötzlich tauchte ein Fotograf vor den beiden auf und schoss einige Bilder. Aufgeregt eilte Gisela auf ihn zu und redete auf ihn ein. Er nickte einige Male und ging dann. Von allem bekam Jessie kaum etwas mit. Sie lächelte verkrampft, während es in ihr immer düsterer wurde. Ganz großartig. Sie konnte unmöglich gemeinsam mit Robert eine Kreuzfahrt machen. Vor allem musste sie unbedingt raus hier.

»Vielen, vielen Dank. Ich bin so benommen, ich weiß im Moment gar nicht, was ich sagen soll. Aber natürlich freue ich mich sehr«, behauptete sie gegenüber dem Vorsitzenden. Dann zog sie Robert am Arm, doch der bekam davon gar nichts mit. Aufgeregt nannte er einer Frau in Schiffsuniform ihre Namen und Adressen.

Jessie zog stärker. »Robert«, zischte sie. »Ich möchte jetzt bitte gehen. Sofort.«

»Natürlich, die Aufregung ist aber wirklich auch groß. Komm, verabschieden wir uns, dann bringe ich dich nach Hause.«

Jessie ließ auch noch die Glückwünsche von den vieren über sich ergehen und atmete erst wieder durch, als sie bei Robert im Auto saßen.

»Himmel noch mal, Robert, was sollen wir denn jetzt machen? Ich will auf keine Kreuzfahrt. Und wieso machen die dich erst dann zum Partner, wenn du heiratest? Wir leben doch nicht mehr in den Fünfzigerjahren.«

»Ach Jessica, das ist nun mal so üblich. Gerade in meinem Beruf kommt es auf Zuverlässigkeit und Korrektheit an. Und das vermutet man nun mal eher bei einem verheirateten Mann. Ich weiß es im Moment auch nicht. Lass mich bitte eine Nacht darüber schlafen, und morgen telefonieren wir, ja? Können wir das so machen?«

»Von mir aus. Ich kann im Moment auch nicht klar denken.«

»Morgen sieht alles ganz anders aus. Aber der Abend war doch trotzdem schön, oder nicht? Und es hat mich wirklich gefreut, dass du mitgekommen bist. Doch nun lass uns von etwas anderem reden. Wie geht es euch mit der Kantine?«

»Gut«, gab Jessie kurz angebunden zurück. Die Kantine war im Moment ihre geringste Sorge.

»Ach, ich glaube, ich habe heute Nachmittag in der Stadt diesen Mann gesehen. Ich weiß nicht mehr, wie er heißt. Dieser ungehobelte Klotz, der damals beim Italiener aufgetaucht ist.«

»Gabriel?«, fragte Jessie.

»Ja, genau den. Dieser Mann hat wirklich keinerlei Anstand. Er stand mitten in der Fußgängerzone und hat, vor allen Leuten, eine Frau abgeküsst. Du kannst dir nicht vorstellen, welch peinlicher Anblick das war.«

»Gabriel? Gabriel hat in der Stadt eine andere Frau geküsst?«, fragte Jessie mit zitternder Stimme, und gleich darauf liefen ihr die Tränen übers Gesicht.

»Ja, ich meine, ihn erkannt zu haben. Aber was ist denn mit dir, Jessica?« Er nahm kurz seine Augen von der Straße und schaute sie an. »Oh nein. Jessica. Dieser Mann ist es? Du hast dich wirklich mit *dem* eingelassen?«

»Tja. Sieht so aus«, sagte sie bitter.

»Jessica, ich weiß, das geht mich nichts mehr an. Aber mir liegt immer noch sehr viel an dir, und ich kann nicht einfach zugucken, wie du in dein Unglück rennst. Ich kenne diese Sorte Männer. Sie versprechen jeder Frau das Blaue vom Himmel, bis sie genug von ihr haben. Und dann kommt die Nächste. Du bist für so einen Frauenheld viel zu schade. Das musst du dir nicht antun.«

»Danke, aber ich möchte nicht darüber reden«, antwortete Jessie mit tränenerstickter Stimme.

Schweigend fuhr Robert den Rest der Strecke und hielt vor ihrem Haus. »Liebes, wir telefonieren morgen. Kann ich sonst noch etwas für dich tun?«

»Nein, aber vielen Dank. Ich rufe dich morgen an.«

Geschockt ging Jessie ins Haus und in ihre Wohnung.

Konnte das wirklich wahr sein? Gabriel mit einer anderen Frau? Frustriert lachte sie auf. Natürlich konnte das sein. Also waren ihre Ängste doch nicht unbegründet. Ihm wurde es jetzt schon zu langweilig mit ihr, also hatte er sich bereits eine Neue gesucht. Andererseits, Robert hatte Gabriel nur einmal kurz gesehen. Und wenn der wirklich mit einer Frau rumgemacht hatte, wie konnte Robert so sicher sein, dass es wirklich Gabriel gewesen war? Er hätte ja höchstens sein Profil erkennen können.

Am liebsten wäre sie sofort zu Gabriel gefahren und hätte ihn zur Rede gestellt. Aber sie war viel zu aufgebracht, außerdem war es schon nach Mitternacht. Vielleicht sollte sie ihm doch vertrauen? Da war so viel zwischen ihnen, dass sie fast sicher war, dass Robert ihn verwechselt haben musste. Morgen. Morgen Mittag würde sie mit ihm reden.

Gabriel lehnte entspannt auf seinem Bürostuhl und las die Zeitung. Jessie musste gestern mit Charlie und Maggie ja ganz schön versackt sein, dass sie sich überhaupt nicht mehr gemeldet hatte. Schon ein Tag ohne sie fühlte sich komisch an. Er schüttelte über sich selbst den Kopf. Mann, ihn hatte es aber wirklich total erwischt.

Lennart kam rein und brachte Brötchen mit.

Gabriel reichte ihm gleich ein paar Fotos. »Siehst du das? Eine 750er Suzuki. Und wer, meinst du, hat die gestern Abend gekauft?«

»Sieht ja cool aus. Glückwunsch. Bist du damit heute hier?«

»Nein, ich muss sie morgen erst anmelden. Mann, ich habe seit zwei Jahren kein Motorrad mehr gehabt. Ich glaube, ich nehme Montag Urlaub und werde den ganzen Tag nur fahren.«

»Mach das. Hier, für dich«, sagte er und schob Gabriel

ein Brötchen rüber. »Hast du schon gehört? Alexander aus der OK will bei uns anfangen. Seine Frau bekommt ein Kind, und er will geregelte Arbeitszeiten.«

»Er will oder seine Frau will?«, grinste Gabriel.

»Seine Frau bestimmt. Aber ich glaube, er auch.«

»Weiß er denn, dass bei uns keine Stelle frei ist? Hier wird doch an allen Ecken und Kanten gespart.«

»Keine Ahnung. Aber er hat heute einen Termin bei Karsten.«

»Ich drück ihm die Daumen«, beendete Gabriel das Gespräch und vertiefte sich wieder in die Zeitung. Um einen Moment später fassungslos auf einen Artikel zu starren. »Das glaube ich jetzt nicht. Was ist denn das für eine kranke Nummer? Nicht mit mir«, brüllte er lauthals.

Lennart sah ihn erschrocken an. »Ey, was ist denn los?«

»Scheiße ist los«, schrie Gabriel, packte sich die Zeitung und verließ Türen knallend das Büro. Lennart ging in das nächste Büro, lieh sich die Zeitung aus und blätterte sie durch. Als er sah, was Gabriel so aufgeregt hatte, fiel ihm auch nichts anderes ein als ein »Ach du Scheiße«.

Gabriel riss die Tür zu Jessies Büro auf und knallte die Zeitung auf den Tisch. Sie war so erschrocken, dass sie erst mal mit ihrem Stuhl einen halben Meter wegrollte.

»Wolltest du mir das irgendwann mal erzählen? Mir vielleicht eine Einladung zu deiner Hochzeit schicken?«, schrie er sie an.

»Gabriel, was ist denn los? Hör auf, mich anzuschreien. Ich habe keine Ahnung, wovon du redest.«

»Ach, nein? Na, dann guck doch mal hier. Ist das nicht niedlich? Die Verlobten fahren in die Flitterwochen«, sagte er mit wutentbrannter Stimme.

Jessie schaute in die Zeitung und wurde blass. Im Lokalteil war ein Bild von ihr und Robert, mit einem großen Gutschein in der Hand. Die Überschrift lautete *Charity-abend großer Erfolg – Verlobte gewinnen Kreuzfahrt.*

»Gabriel, bitte, hör mir einfach mal zu. Das stimmt alles nicht. Die lügen.«

»Ach, ja? Und das Foto ist ein Fake?«

»Nein, das nicht. Aber ich bin nicht mehr mit Robert verlobt, das weißt du. Und ich mache auch keine Kreuzfahrt mit ihm. Das ist, das ist alles nur eine ganz unglückliche Geschichte.«

»Erzähl mir doch keinen Scheiß. Von wegen Mädelsabend. Wie lange wolltest du zweigleisig fahren? Bis zu deiner Hochzeit?«, brüllte er.

Jetzt wurde Jessie auch sauer. »Wenn dir nichts anderes einfällt, als hier rumzubrüllen, dann hau doch ab. Du willst mir ja gar nicht zuhören. Und du bist genau der Richtige, um mir Vorwürfe zu machen. Stimmt es, dass du eine andere Frau geküsst hast?«

»Was?«, fragte Gabriel völlig aus dem Konzept gebracht. »Wer hat dir das denn erzählt?«

»Ist doch vollkommen egal. Also? Hast du?«

»Nein. Habe ich nicht. Sie hat mich geküsst.«

»Du Mistkerl. Ich wusste es. Und dann auch noch mitten in der Fußgängerzone, wo euch jeder sieht.«

»Welche Fußgängerzone? Wann soll das denn gewesen sein?«

»Gestern Nachmittag zum Beispiel.«

»Da war ich nicht. Da hat dir jemand verdammte Scheiße erzählt.«

»Interessant. Wenn du mit dieser Frau nicht in der Stadt rumgemacht hast, wo denn dann? Oder waren es so viele Frauen, dass du dich nicht mehr erinnerst?«

»Hör auf mit dem Scheiß. Ich hab nichts gemacht. Gut,

in der *Billardhalle* hat mich vor Wochen eine Frau angegraben und geküsst. Da konnte ich nichts für.«

»Ist klar, Gabriel. Passiert mir auch andauernd, dass mich völlig Fremde in Billardkneipen küssen. Lüg hier doch nicht rum.«

»Du willst doch gar nicht wissen, was passiert ist. Deine Meinung steht doch schon fest. Und überhaupt ist das ja wohl nichts als ein beschissenes Ablenkungsmanöver. Vielleicht hat mich eine Frau geküsst, ja. Aber jedenfalls stehe ich nicht mit der in der Zeitung und grüße als Verlobter«, sagte Gabriel verbittert.

»Okay«, sagte Jessie und atmete tief durch. »Jetzt lass uns bitte mal ruhig werden«, bat sie. »Wir sollten da ganz in Ruhe drüber reden. Aber nicht hier. Komm heute Abend zu mir. Bitte.«

»Ich bin um acht da. Und ich hoffe, deine Geschichte ist es wert.« Mit den Worten verließ er Jessies Büro, nicht ohne die Tür laut zuzuknallen.

Charlie kam aufgeregt in Jessies Büro. »Was war denn hier los? Ich habe Gabriel ja bis in die Küche brüllen gehört.«

Wortlos schob Jessie ihr die Zeitung rüber.

»Ach du Scheiße. Was hast du denn da angestellt?«

Jessie fing an zu weinen. »Jetzt fang du nicht auch noch an. Das ist doch alles ganz anders.«

»Komm Jessie, das kriegen wir schon wieder hin. Ich muss jetzt wieder in die Küche, lass uns nachher darüber reden, okay?«

»Okay«, schniefte Jessie. Dieser dämliche Fotograf. Durften die das überhaupt, einfach ein Bild von ihr in die Zeitung setzen? Und außerdem, Gabriel hatte mit einer anderen rumgemacht. Er konnte es wohl einfach nicht lassen. Wenn Robert ihr nicht von dem Vorfall in der Fußgängerzone erzählt hätte, wüsste sie das nicht einmal. Aber sie anbrüllen wegen eines Fotos, für das sie gar nichts konnte. Der war so was von unfair.

Nachmittags hatte sie endlich Zeit, mit Charlie zu reden und ihr die ganze Geschichte mit dem Abend zu erzählen.

»Was hätte ich denn machen sollen? Es ist nun mal meine Schuld, dass Robert wegen der geplatzten Verlobung blöd dasteht. Also muss ich ihm doch helfen, das Ganze auf seine Art zu klären.«

»Weiß ich nicht, Jessie. Er ist doch nicht der erste Mensch auf der Welt, bei dem eine Beziehung auseinandergeht. So etwas passiert nun mal. Und er ist nicht mehr dein Problem.«

»Tut mir leid, aber das sehe ich anders. Ich habe Ja gesagt zu seinem Antrag. Wenn auch aus völlig bescheuerten Gründen. Also trage ich doch auch die Verantwortung für die Konsequenzen.«

»Und wenn die Konsequenzen so aussehen, dass du deshalb Gabriel verlierst? Willst du sie dann immer noch tragen?«

»Der hat gerade Grund, sich aufzuregen. Robert war der Meinung, dass er ihn in der Stadt gesehen hat, wie er mit einer anderen Frau wild rumgeknutscht hat. Und was meinst du, was Gabriel dazu gesagt hat? Sorry, das in der Stadt war ich nicht, ich habe bloß in der *Billardhalle* rumgeknutscht.«

»Was? Er hat dich betrogen?«

»Sieht so aus, oder? Er behauptet natürlich, er konnte da gar nichts für, die Frau hätte ihn geküsst. Dass ich nicht lache.«

»Ach, Jessie«, seufzte Charlie. »Was für ein Chaos. Aber könnt ihr nicht miteinander reden? Es gab doch schon mal ein Missverständnis zwischen euch.«

»Ja, ich weiß. Er hat mir versprochen, heute Abend zu mir zu kommen. Vielleicht hat er sich bis dahin wieder ein bisschen beruhigt und hört mir mal zu.«

»Ich drücke dir die Daumen. Und denk noch mal über Robert nach. Ich finde nicht, dass du ihm irgendetwas schuldig bist. Die Sache ist vorbei, also hör auf, dich mit ihm zu treffen. Da kommt nichts Gutes bei raus.«

Jessie grinste schief. »Kann sein, dass du recht hast. Ich fahre jetzt nach Hause und warte auf Gabriel.«

»Ihr kriegt das hin, Jessie. Ich bin ganz sicher.«

So sicher war sich Jessie nicht, aber trotzdem freute sie sich, als Gabriel abends auf ihrem Sofa saß. Allerdings, die Freude war wohl nicht so ganz beidseitig, denn er sah sie ziemlich sauer an.

»Okay, hier bin ich. Also, was sollte der Scheiß mit Robert?«

Jessie legte ihm die Arme um den Hals. »Gabriel, jetzt guck mich doch nicht so böse an. Ich erkläre dir ja alles, aber kannst du mich nicht wenigstens mal küssen?«

Entschieden löste er ihre Arme und rutschte ein Stück weg. »Du brauchst gar nicht zu versuchen, mich einzuwickeln. Ich will jetzt einfach hören, was Sache ist.«

Verletzt setzte Jessie sich aufrecht hin. »Okay, wie du willst. Da ist alles einfach zusammengekommen. Also, ich war mit Robert bei diesem Clubabend, weil er seinen Chefs noch nicht sagen konnte, dass wir nicht mehr verlobt sind. Aber es war ihm klar, dass es das letzte Mal war, dass ich so tun wollte, als wären wir noch zusammen. Na ja, und dann hat mein Los eben gewonnen, und bevor ich michs versah, stand ich neben Robert mit diesem Gutschein in der Hand, und dieser Zeitungsmensch hat Fotos gemacht. Da konnte ich doch gar nichts für.«

»Da konntest du nichts für?«, fragte Gabriel ungläubig. »Hat er dich gezwungen, ihn zu begleiten?«

»Na ja, nein, das nicht. Aber es war doch das letzte Mal«, appellierte Jessie an sein Verständnis.

»Tja, komisch, aber irgendwie kann ich dir das nicht glauben. Weil, hast du mir das nicht auch schon nach diesem komischen Ball versprochen? Und nun guck mal einer an, wie du deine Versprechen hältst.«

»Jetzt mach es mir doch nicht so schwer. Ja, ich weiß, ich habe einen Fehler gemacht. Aber sieh doch auch mal meine Seite. Ich meine, ich war wirklich unfair Robert gegenüber. Kannst du nicht verstehen, dass ich jetzt versuche, es wenigstens ein bisschen wiedergutzumachen?«

»Nein, Jessie, das kann ich nicht. Mach da nicht so eine große Sache draus, du bist nicht die erste Frau auf der Welt, die sich von einem Mann trennt. Aber weißt du was? Ich glaube nicht, dass du ihm helfen willst. Ich glaube, du kannst einfach nicht loslassen. Vielleicht weißt du selbst nicht, was du willst, und brauchst ihn daher noch in der Hinterhand. Weil du die Verlobung gar nicht gelöst hast.«

»Das ist Schwachsinn«, regte Jessie sich auf. »Du weißt ganz genau, dass ich nur dich will.«

»Weiß ich das? Keine Ahnung. Aber wenn das so ist, dann hast du ja sicher auch kein Problem damit, einen Leserbrief in die Zeitung setzen zu lassen. Und klarzustellen, dass du nicht seine Verlobte bist.«

»Gabriel, das ist nicht dein Ernst. Dann könnte ich Robert ja gleich ein Messer in den Rücken stoßen. Das kann ich ihm nicht antun, das hat er nicht verdient.«

Gabriel blieb erstaunlich ruhig. »So, er hat das nicht verdient. Aber ich, ja? Ich soll es ganz locker nehmen, dass du in der Zeitung als Verlobte grüßt. Weißt du was? So läuft das nicht. Du kannst dich bei mir melden, sobald der

Leserbrief gedruckt ist. Und lass dir nicht allzu viel Zeit damit.«

Jetzt wurde Jessie laut. »Sag mal, geht's noch? Das ist Erpressung. Ich dachte, wir wollten in Ruhe über alles reden.«

»Du wolltest das. Und deine Geschichte hat mich nicht im Mindesten überzeugt. Wenn du mich überzeugen willst, weißt du ja, was du zu tun hast.«

Mit diesen Worten stand er auf und ging aus der Tür, ohne Jessie noch einen Blick zu schenken. Die blieb wie bedeppert auf dem Sofa sitzen. Und irgendwie verstand sie gar nichts mehr. Ein Leserbrief, dass konnte doch nicht sein Ernst sein. Sie wusste überhaupt nicht, ob die Zeitung den überhaupt abdrucken würde. Aber das war letztendlich auch egal, denn sie würde so einen Brief nicht schreiben. Wahrscheinlich war es wirklich blöd von ihr gewesen, sich noch mal mit Robert zu treffen. Aber dafür sollte er nicht büßen. Außerdem wurde sie langsam so richtig sauer auf Gabriel. Was war denn das überhaupt für eine Art, mitten im Gespräch abzuhauen? Sie war ja noch nicht mal dazu gekommen, ihn nach der Frau zu fragen, die ihn angeblich geküsst hatte.

Oder wollte er mit seinem abrupten Abgang genau dieser Frage aus dem Weg gehen? Sie als die Böse dastehen lassen, damit er nicht zugeben musste, mit einer anderen rumgemacht zu haben? Jessie lachte höhnisch auf. Das war ja so typisch Mann, aber darauf würde sie nicht reinfallen. Sie beschloss, jetzt erst einmal abzuwarten. Bestimmt, mit ein paar Tagen Abstand, würde Gabriel selbst merken, wie blöd er sich verhalten hatte. Und dann würde alles wieder gut werden.

Leider klang Jessies Wut später am Abend ab. Dafür kamen die Tränen. Sie war so sicher gewesen, dass es diesmal mit ihnen klappen würde. Die vergangenen Wochen mit Gabriel waren einfach ein Traum gewesen. Das konnte er doch nicht einfach wegschmeißen, nur weil sie sich einmal nicht so ganz an die Wahrheit gehalten hatte. Und er konnte doch nicht im Ernst glauben, dass sie immer noch mit Robert verlobt war.

Mitten in ihre Überlegungen hinein klingelte das Telefon, und sofort war wieder die Hoffnung da. Ob er sich beruhigt hatte und nun bereit war, auf diese blöde Forderung zu verzichten? Doch es war nicht Gabriel, sondern Robert.

»Guten Abend, Jessica. Geht es dir wieder besser?«

Fast hätte sie wieder angefangen zu weinen. Warum konnte sie Robert nicht lieben? Er war so nett zu ihr, obwohl sie es zu ihm überhaupt nicht gewesen war.

»Geht schon, danke. Hast du dir etwas überlegt, wie wir aus diesem Schlamassel wieder rauskommen?«

»Ja, ich glaube, ich habe eine Idee. Möchtest du morgen Abend zu mir kommen? Dann können wir es besprechen.«

»Können wir das nicht jetzt am Telefon machen? Ich bin nicht sicher, ob ich morgen Zeit habe.«

»Das würde ich dir lieber persönlich sagen. Es dauert auch nicht lange.«

»Na gut«, stimmte Jessie zu. »Dann bin ich so gegen acht Uhr bei dir.«

Sie beendeten das Gespräch, und Jessie ging es ein kleines bisschen besser. Immerhin, eine Sache hätte sie vielleicht bald vom Herzen.

16

Am nächsten Abend klingelte sie pünktlich bei Robert.

»Komm rein, ich freue mich, dass du hier bist. Ich habe für dich eine Flasche Wein gekauft.«

»Oh«, sagte Jessie erstaunt. »Das ist aber nett von dir. Ich weiß, dass du kein Freund von Alkohol bist.«

»Nein, bin ich nicht. Aber das war vielleicht einer meiner Fehler, die ich gemacht habe. Nur, weil ich nicht gerne trinke, hätte ich es bei dir nicht missbilligen dürfen. Aber manche Dinge lernt man wohl immer erst dann, wenn es zu spät ist.«

Sie setzten sich ins Wohnzimmer, und Jessie trank den ersten Schluck Wein.

»Konntest du die Angelegenheit mit diesem Gabriel klären?«, fragte Robert. »Ich habe ein sehr schlechtes Gewissen deswegen. Hätte ich gewusst, dass er derjenige ist, hätte ich nie etwas gesagt.«

»Du brauchst kein schlechtes Gewissen zu haben. Und vielleicht hattest du recht. Vielleicht sind manche Männer einfach nicht beziehungsfähig.«

»Du wirst das Richtige machen, Jessica, das weiß ich. Soll ich dir jetzt erzählen, was ich mir überlegt habe?«

»Ja, gerne«, sagte Jessie gespannt.

»In gut drei Wochen sind die Verträge unterschrieben, und ich bin endlich Seniorpartner. Wenn du einverstanden bist, werde ich erst mal Stillschweigen bewahren. Und in ein, zwei Monaten kann ich bekannt geben, dass wir uns gegen eine Hochzeit entschieden haben. Dann kann mir niemand mehr meine Partnerschaft nehmen. Was hältst du davon?«

»Also, natürlich möchte ich nicht daran schuld sein, dass du diese Partnerschaft nicht bekommst. Aber ganz ehrlich, ich möchte vor deinen Freunden nicht mehr deine Verlobte spielen. Ich mag diese Leute einfach nicht anlügen.«

»Das ehrt dich. Und das musst du auch gar nicht. Es gibt eine Feier nach dem Vertragsabschluss, aber da entschuldige ich dich einfach mit Krankheit. Du brauchst nicht mehr zu lügen, diese Scharade ist mir auch sehr schwergefallen.«

»Ja, okay, dann bin ich einverstanden. Und was machen wir mit der Kreuzfahrt? Die geht doch schon in einer Woche los und, abgesehen von allem anderen, kann ich im Moment sowieso keinen Urlaub nehmen.«

»Wenn es dir recht ist, trete ich die Reise einfach allein an. Das müssen wir ja niemandem auf die Nase binden, oder?«

»Nein«, sagte Jessie erleichtert. »Müssen wir nicht. Das ist eine gute Idee, Robert. Ich finde das super, dass du mit dem ganzen Mist so gelassen umgehst.«

»Nun, es bleibt mir ja nichts anderes übrig, oder? Und ich habe dir zu danken. Möchtest du noch ein Glas Wein?«

Jessie blieb noch fast zwei Stunden bei Robert. Er war viel lockerer, als er es in ihrer Beziehung je gewesen war, und sie fühlte sich richtig wohl bei ihm. So, als würde man mit einem guten Freund reden. Einigermaßen entspannt fuhr sie nach Hause. Nicht, ohne vor ihrem Haus Ausschau nach Gabriel zu halten. Natürlich stand er nicht vor ihrer Tür. Jessie, du bist eine blöde Kuh, sagte sie zu sich selbst. Mühsam drängte sie die Tränen zurück und sah zu, dass sie ins Bett kam. Wenigstens im Schlaf dachte sie nicht an ihn.

Das Wochenende verging ohne ein Lebenszeichen von Gabriel. Immer wieder nahm Jessie ihr Telefon in die Hand, um es dann doch wieder beiseitezulegen. Was sollte sie ihm schon sagen, was sie ihm nicht bereits gesagt hatte? Lieber wartete sie, dass er seinen Irrtum einsah und sich bei ihr meldete. Aber das geschah nicht. Auch in der Kantine ließ er sich weder Montag noch Dienstag blicken.

Dafür rief am Mittwochabend ihre Mutter an. »Jessie, hast du Zeit, mal zu mir zu kommen? Ich möchte gerne etwas mit dir besprechen.«

»Ja, klar, ich habe nichts vor. Ich fahre gleich los.«

Ihre Mutter empfing sie mit ziemlich vorwurfsvollem Blick und kam sofort zur Sache. »Kannst du mir mal sagen, warum ich von Gabriel erfahren muss, dass ihr nicht mehr zusammen seid? Ich bin mir ziemlich blöd vorgekommen.«

»Was? Wann hast du ihn gesehen?«

»Gestern Abend. Er hat doch von Rainer ein Motorrad gekauft, und die beiden haben gestern eine Tour gemacht. Danach haben sie in der Kneipe bei der Werkstatt noch ein Bier zusammen getrunken, und ich bin dazugekommen.«

»Was hat Gabriel dir erzählt?«

»Nicht viel. Ich habe ihn gefragt, wo du bist. Er hat nur gesagt, ihr wärt nicht mehr zusammen, und er möchte nicht darüber reden. Was ist los, Jessie?«

Sie fing sofort wieder zu heulen an. »Also hatte ich recht. So schnell geht das bei ihm. Tja, da weißt du wohl mehr als ich. Denn mir hat er es nicht gesagt.«

»Was ist denn passiert?«

Jessie erzählte ihr die Geschichte.

»Natürlich. Der Steuerberater mal wieder«, murmelte Tanja erbost. »Jessie, ich liebe dich, das weißt du. Aber du hast wirklich Mist gebaut. Das muss für Gabriel ein ziemlicher Schlag gewesen sein, euch beide in der Zeitung zu sehen. Und wenn er es gelesen hat, werden seine Kollegen es wohl auch getan haben. Natürlich ist er stinkesauer.«

»Jetzt fall du mir doch nicht auch noch in den Rücken«, weinte Jessie. »Ja, es ist blöd gelaufen, das weiß ich selbst. Dafür hat er mit einer anderen Frau rumgemacht. Und behauptet auch noch, er wäre unschuldig, die hätte ihn einfach geküsst.«

»Warst du dabei?«

»Natürlich nicht. Das ist nur durch einen blöden Zufall rausgekommen.«

»Süße, du machst genau den gleichen Fehler wie Gabriel. Nimmst irgendwas für bare Münze, obwohl du die Hintergründe gar nicht kennst.«

»Ja, vielleicht. Aber er hat sich seit Freitag nicht mehr bei mir gemeldet. Nicht mal eine SMS, kannst du dir das vorstellen?«

»Es bringt jetzt nichts zu grübeln, wer sich bei wem hätte melden müssen. Mach den ersten Schritt, Jessie. Es liegt dir viel zu viel an Gabriel, und wenn du ehrlich bist, willst du ihn auf gar keinen Fall verlieren. Rede mit ihm.«

»Ich traue mich nicht«, gab Jessie zu. »Er ist so dermaßen sauer auf mich.«

»Versuche es wenigstens. Schlimmer kann es doch nicht mehr werden, oder?«

»Nein«, schniefte Jessie. »Mama, er fehlt mir so.«

Tanja nahm sie in den Arm. »Ich weiß, Kleine. Sei mutig. Fahr zu ihm und entschuldige dich. Klärt das. Ihr gehört doch einfach zusammen.«

Jessie setzte sich auf. »Du hast recht. Einen Versuch bin ich uns noch schuldig.« Sie ging ins Badezimmer, schminkte sich etwas mit dem Make-up ihrer Mutter und kehrte zurück in die Küche. »Ich fahre jetzt sofort hin, sonst traue ich mich doch nicht mehr. Wünsch mir Glück.«

»Mach ich. Meldest du dich bei mir?«

»Ja. Ich rufe dich an.«

Jessie fuhr mit klopfendem Herzen zu Gabriel. Sein Auto stand vor dem Haus und daneben ein schwarz glänzendes Motorrad. Mit allem Mut, den sie aufbringen konnte, klingelte sie an der Tür, und kurz darauf hörte sie den Summer.

Gabriel stand in einer verwaschenen Jeans und einem schwarzen Pullover in der Tür. Bei seiner Begrüßung wäre sie fast sofort wieder umgekehrt.

»Jessie. Was willst du hier?«

»Mit dir reden. Kann ich bitte reinkommen?«

Er zuckte nur mit den Schultern und gab die Tür frei. Schon im Flur blieb er wieder stehen. »Du willst also mit mir reden. Worüber denn? Einen Leserbrief habe ich in der Zeitung nicht gefunden Also, was willst du? Brauchst du Hilfe bei der Wahl deines Brautkleides? Oder möchtest du mich fragen, ob ich deine Brautjungfer werden will?«

»Gabriel, ich habe damals die Verlobung mit Robert gelöst, das weißt du.«

Sofort unterbrach er sie. »Ich weiß gar nichts. Doch, halt, eines weiß ich ja doch. Die Frau, die ich für meine Freundin gehalten habe, ist mies, verlogen und eine Heuchlerin.«

Ernüchtert sah Jessie ihn an. »Du willst mir gar nicht zuhören, stimmt's?«

»Stimmt. Will ich nicht. Ich habe genug gehört. Geh jetzt und komm nicht wieder her.«

Tränenblind stolperte Jessie aus der Wohnung. Irgendwie schaffte sie es, nach Hause zu kommen, ohne einen Unfall zu bauen. Auf dem Sofa fiel sie in sich zusammen und weinte so lange, bis sie das Gefühl hatte, völlig vertrocknet zu sein. So tief, wie er behauptet hatte, konnten seine Gefühle für sie wohl nicht sein. Sonst hätte er sie nie so einfach abserviert, wegen eines einzigen Fehlers, den sie gemacht hatte. Wahrscheinlich hatte er genau den zum Vorwand genommen, um sich aus dieser Beziehung rauszuwinden. Weil es ihm eben doch mit ihr zu langweilig geworden war und er einfach nicht auf seine ganzen Frauengeschichten verzichten wollte.

Gabriel saß auf seinem Sofa, den Kopf tief in den Händen vergraben. Kurz überlegte er, ob er ihr nicht einfach hinterherfahren sollte. Ihr alles glauben und sie wieder in die Arme nehmen sollte. Aber er verwarf diesen Gedanken schnell wieder. Besser ein Ende mit Schrecken als ein Schrecken ohne Ende. Vielleicht hatte sie tatsächlich die Verlobung gelöst, aber nun war ihr klargeworden, dass Robert ihr zu viel zu bieten hatte, als dass sie ihn gehen lassen konnte. Und er, Gabriel, war für sie nur der Deckhengst gewesen, von dem sie sich zwischendurch mal ordentlich flachlegen lassen konnte. Er war so ein Idiot. Als wüsste gerade er nicht am besten, dass man Frauen nicht trauen konnte. Trotzdem hatte er sich eingeredet, Jessie wäre anders. Und nun stellte sich heraus, dass alle anderen Frauen von ihr noch etwas lernen konnten. Er stand auf, schnappte sich seine Lederjacke und seinen Helm und ging zu seinem Motorrad. Eine Maschine ließ einen Mann nicht im Stich. Sie belog und betrog einen nicht. Nie wieder, schwor er sich wütend, während er sich auf sein Motorrad schwang, nie wieder würde er einer Frau erlauben, seinem Herzen so nahe zu kommen.

17

In den nächsten Wochen vergrub Jessie sich in die Arbeit. Sie stellte einen Brötchen-Lieferservice auf die Beine und sauste morgens mit Tabletts voller belegter Brötchen durch das Präsidium. Der Speiseplan wurde geändert und jeder Tag unter ein besonderes Motto gestellt. Heute, am Mittwoch, war griechischer Tag, und aus der Küche roch es nach Gyros, Souvlaki und Knoblauch. Ihre Ideen kamen an, und als sie einen Monat später über den Abrechnungen saß, zog sich ein breites Lächeln über ihr Gesicht.

»Charlie, komm mal bitte«, rief sie.

Die kam ins Büro und atmete unbewusst erleichtert aus. Das erste Mal seit Langem sah Jessie nicht verhärmt und unglücklich aus, sondern zufrieden und vielleicht sogar einen Hauch optimistisch.

»Ich habe gerade die Abrechnung für den letzten Monat gemacht. Und weißt du was? Wir sind richtig dick im Plus. Wenn das so weitergeht, können wir uns in zwei Monaten eine ordentliche Gehaltserhöhung gönnen.«

»Mensch, das ist ja super. Deine Ideen sind aber auch echt klasse angekommen. Die Kantine ist jetzt jeden Mittag rappelvoll.«

»Ja. Und ich kann endlich wieder ruhig schlafen. Wenn wir jetzt nicht irgendwelche dummen Fehler machen, haben wir es geschafft.«

Charlie umarmte Jessie. »Das müssen wir feiern. Gehen wir heute Abend in der Bar nebenan einen trinken?«

Sofort verschloss sich Jessies Gesicht. »Du weißt, dass ich da nicht mehr hingehe.«

»Ja«, seufzte Charlie. »Ich weiß. Ich weiß auch, dass du auch sonst nirgendwo mehr hingehst. Du hast noch nicht mal Maggie Bescheid gesagt, ob du zu ihrem Geburtstag kommst.«

»Ihr verbringt ja anscheinend eine Menge Zeit damit, über mich zu reden. Wenn ihr so dicke seid, dann kannst du ihr ja ausrichten, dass ich ganz bestimmt nicht dabei sein werde.«

»Himmel, Jessie, jetzt werd doch nicht unfair. Du weißt, dass Matthis und ich uns mit den beiden angefreundet haben. Und wenn ich mich richtig erinnere, fandest du sie auch sehr nett.«

»Ja. Fand ich mal.«

»Hör mal, die beiden können nichts dafür, dass es mit dir und Gabriel auseinandergegangen ist. Und außerdem reden wir nicht über dich. Sie hat mich nur gefragt, ob ich wüsste, warum du auf ihre Einladung nicht reagiert hättest. Warum du dich überhaupt nicht mehr meldest. Sie denkt, sie hätte dir irgendwas getan.«

Jessie seufzte. »Entschuldigung. Du hast ja recht. Aber es ist schwer genug für mich, nicht mehr mit Gabriel zusammen zu sein. Und wenn ich Lennart und Maggie treffe, dann ist es so, als ob ein riesengroßer Elefant mitten im Raum steht, über den keiner reden darf. Die beiden sind fast schon panisch bemüht, seinen Namen nicht auszusprechen.«

»Kann ich mir vorstellen. Ist ja auch für alle eine blöde Situation. Also kommst du nicht zum Geburtstag?«

»Nein. Du weißt, dass Gabriel auch da sein wird. Und ich bin noch lange nicht so weit, ihn wiederzusehen. Im Moment bin ich über jeden Tag froh, an dem er nicht in die

Kantine kommt. Und wenn ich mir dann vorstelle, er kommt Arm in Arm mit meiner Nachfolgerin, sorry, das kriege ich nicht hin.«

»Wie kommst du darauf, dass es eine Nachfolgerin gibt?«

»Ich bitte dich. Du siehst ihn doch oft genug. Willst du mir wirklich erzählen, dass er, wenn ihr beim Italiener oder in den Clubs seid, immer solo auftaucht?«

Charlie druckste etwas herum. »Also, okay, nein, das tut er nicht. Aber es gibt keine Nachfolgerin, denn er hat jedes Mal eine andere dabei. Eine Freundin hat er nicht.«

»Wie tröstlich. Gut, ich will überhaupt nicht über ihn reden. Ich komme schon klar. Was hältst du davon, wenn wir heute Abend bei mir etwas trinken?«

»Okay«, seufzte Charlie. »Ich muss noch kurz nach Hause, danach komme ich und bringe Sekt mit.«

Jessie machte ihr abends in Leggins und einem langen Pullover die Tür auf.

»Du hast ganz schön abgenommen«, entfuhr es Charlie.

»Ja, nennt sich Liebesaus-Diät. Ich habe das erste Mal seit fast Jahrzehnten Größe achtunddreißig. Sogar locker. Wenigstens etwas.«

»Versuch, nicht noch mehr abzunehmen. Du sahst mit deinen Kurven richtig toll aus.«

Jessie verzog nur das Gesicht. »Lass uns lieber etwas trinken. Ist dein Sekt kalt? Ich habe sonst noch eine Flasche im Kühlschrank.«

Am Montagmorgen kam Gabriel gegen halb neun ins Büro.

»Wo bist du denn gestern Abend abgeblieben?«, wollte Lennart wissen. »Wir waren mitten in einer Billardpartie, und du warst weg. Und diese scharfe Blonde hat ewig rumgenervt, wo du bist.«

»Tut mir leid«, antwortete Gabriel. »Ich wollte einfach nur nach Hause, diese Tusse ging mir auf den Geist.«

»Das sind ja ganz neue Töne«, wunderte sich Lennart.

»Ja, kann sein. Weißt du was? Ich probiere es die nächste Zeit mal ohne Frauen. Irgendwie gehen die mir alle auf den Sack.«

»Tja«, erwiderte Lennart vielsagend und wechselte dann das Thema. »Steven hat angerufen. Du sollst dich mal bei ihm melden.«

Gabriel wählte die Nummer. »Du wolltest was von mir?«

»Ja. Hast du mal zehn Minuten Zeit? Können wir uns kurz in der Kantine treffen?«

Das war nun nicht gerade Gabriels Lieblingsort, aber das würde er niemandem verraten.

»Klar. Bis gleich.«

In der Kantine wartete nicht nur Steven, sondern auch Nick. Von Jessie war zum Glück nichts zu sehen, so sah Gabriel die beiden ganz entspannt an. »Was ist los? Warum wollt ihr mich sprechen?«

»Es geht um unseren Kollegen, Alexander Meinert. Kennst du den?«

»Ja, ein bisschen. Ich habe ihn ein, zwei Mal in der *Billardhalle* getroffen, und da hat er mir erzählt, dass er in unsere Abteilung wechseln will.«

»Ja. Und zwar lieber heute als morgen. Allerdings ist bei euch keine Stelle frei.«

»Ich weiß. Das leidige Thema Einsparungen.«

»Genau. Also haben wir uns was überlegt. Könntest du dir vorstellen, mit Alex zu tauschen? Dass du zu uns kommst und er deinen Job übernimmt?«

»Als verdeckter Ermittler? In der OK?«

»Ja. Du hast schon verdeckt gearbeitet. Du kennst den Job, und wir kommen miteinander klar. Was meinst du?«

»Muss ich drüber nachdenken. Kann ich jetzt so noch nichts zu sagen. Aber warum sprecht ihr mit mir darüber? Wollt ihr euren Kollegen loswerden?«

»Siehst du?«, sagte Steven zu Nick. »Hab ich dir doch gesagt. Blöd ist der nicht.« Er grinste Gabriel an. »Also, das ist jetzt vertraulich, okay? Wir würden ihm tatsächlich keine Träne nachweinen. Ich meine, so als Typ ist er wohl ganz in Ordnung. Aber seinen Job macht er beschissen. Alex ist eher einer von der ängstlichen Sorte. Und das passt nicht so ganz zu dem Job.«

Gabriel nickte. »Okay. Ich denke darüber nach und sage euch Bescheid. Alles klar?«

»Alles klar. Wir würden uns freuen.«

Gabriel verabschiedete sich schnell und ging zurück in sein Büro. Die Abteilung Organisierte Kriminalität war so was wie die Champions League. Allerdings war der Job verdammt hart. Da würde er etwas länger drüber nachdenken müssen.

Jessie vergrub sich auch die nächsten Wochen in die Arbeit und verbrachte die meisten Abende allein. Charlie hatte sie einige Male gefragt, ob sie mit ihr und Matthis etwas unternehmen wolle, aber sie hatte zu viel Angst, dabei Gabriel zu treffen. Wie einsam ihr Leben geworden war, merkte sie erst, als Robert sich bei ihr meldete. Er war sehr freundlich am Telefon und fragte, ob sie sich nicht mal wiedersehen könnten. Da alles besser war, als nur allein zu Hause rumzugammeln, sagte sie zu. Der erste Abend mit ihm gestaltete sich ausgesprochen nett, und daher nahm sie sein Angebot an, ihr das Kochen beizubringen. Seitdem trafen sie sich zweimal die Woche, und er erklärte und zeigte ihr alles so genau, dass sie schon bald ihren ersten Braten hinkriegte. Sie verstanden sich richtig gut, aber Jessie fragte sich immer wieder, wie sie bloß auf die Idee gekommen war, ihn heiraten zu wollen. Es lag auf der Hand, dass sie ein sehr schlechtes Liebespaar gewesen waren. Dafür aber umso bessere Freunde. Vor allem, weil Robert sich sehr geändert hatte. Er war viel lockerer als früher, manchmal sogar richtig witzig. Bestimmt hatte auch er unter Druck gestanden, überlegte sie sich. Damit, sich ihr als perfekter Partner zu präsentieren. Jetzt, wo dieser Druck weg war, verstanden sie sich viel besser als früher.

Stolz servierte sie in seiner Wohnung ihren Braten.

»Jessica, der schmeckt ja richtig gut. Du lernst wirklich schnell. Und es macht dir jetzt auch Spaß zu kochen, oder?«

»Auf alle Fälle. Ich habe es mir viel schwieriger vorgestellt. Vielen Dank, dass du es mir beibringst.«

»Mache ich gerne. Und vielleicht kannst du damit nicht nur mich, sondern auch einen neuen Freund glücklich machen?«

Jessie winkte ab. »Nein. Mit dem Thema bin ich erst mal durch. Männer und ich, das passt zurzeit nicht. Aber erzähl lieber mal von deiner Arbeit«, lenkte sie schnell ab. Auch, wenn sie sich gut verstanden, über dieses Thema konnte sie nicht mit ihm reden. Was hätte sie ihm auch sagen sollen? Dass sie sich immer noch viel zu oft in den Schlaf weinte, weil Gabriel ihr so sehr fehlte? Dass sie traurig war, dass er sie so einfach abserviert hatte? Darüber hatte sie nicht einmal mit Charlie gesprochen. Nur ein Mal mit ihrer Mutter. Und musste dabei so sehr heulen, dass sie dieses Thema nicht noch einmal auf den Tisch bringen wollte. Irgendwann, da war sie sich sicher, würde dieser Schmerz aufhören. Im Moment tat sie ihr Bestes, um nicht daran denken zu müssen. Viel arbeiten, ab und zu mit Robert kochen und nirgendwo hingehen, wo sie Gabriel über den Weg laufen konnte. Alles, was sie noch nicht geschafft hatte, war, seine Fotos von ihrem Handy zu löschen. Im Gegenteil, in ganz schwachen Momenten sah sie sie sich immer noch an. Aber auch damit würde sie irgendwann aufhören.

Drei Tage später schaffte sie es endlich, ihre Mutter zu besuchen. Sie hatten einige Male telefoniert, und jedes Mal kam Tanja ihr seltsamer vor. Jetzt wollte Jessie endlich wissen, was mit ihr los war.

»Mama, ist alles gut? Du hast dich die letzte Woche am Telefon schon etwas merkwürdig angehört.«

»Ich? Ach Blödsinn. Was soll denn los sein? Komm, wir trinken ein Glas Wein. Ich habe da einen ganz neuen entdeckt, der ist …«

»Mama. Hör auf zu plappern. Was ist los?«

Tanja setzte sich hin. »Ach, eigentlich gar nichts. Nur Rainer, der ist etwas neben der Spur.«

»Wieso? Was hat er gemacht?«

»Der Mann will mich heiraten. Hast du schon mal so etwas Albernes gehört?«

Jessie lächelte. »Ich finde das gar nicht albern. Wenn je ein Mann zu dir gepasst hat, dann er. Und weißt du, wie du aussiehst, wenn man euch zusammen sieht? Verknallt. Total verknallt.«

»Jessie, nun hör endlich auf damit. Das ist doch lächerlich.«

Ihre Tochter lächelte weiter. »Ist es nicht. Es hat zwar lange gedauert, aber nun ist es endlich passiert. Endlich hat es ein Mann geschafft, dass du dich komplett in ihn verliebt hast. Was ist so Schlimmes daran?«

»Ach Jessie«, seufzte Tanja. »Das ist nicht lustig. Du

kennst meine Einstellung. Auf Männer war noch nie Verlass. Man kann Spaß mit ihnen haben, aber sie doch nicht heiraten! Ich stürze mich doch ins Unglück.«

»Glaube ich nicht«, gab Jessie ungerührt zurück. »Ich glaube, es ist endlich mal an der Zeit, dass du wieder einem Mann vertraust. Und Rainer ist cool.«

»Ja, okay. Das ist er.«

»Du hast Angst. So kenne ich dich ja gar nicht. Du hast doch nie vor irgendetwas Angst. Trau dich, Mama. Im doppelten Sinne.«

»Ich, na ja, vielleicht denke ich mal darüber nach. Aber jetzt genug von mir. Wie geht es dir?«

»Tagesformabhängig. Tagsüber ist es okay, abends nicht. Aber ich will nicht mehr darüber reden. Ich muss jetzt wieder los, aber eines sollst du noch wissen: Meinen Segen habt ihr. Ich würde mich total freuen, wenn du Rainer heiratest.«

»Mal sehen. Melde dich, okay?«

»Mache ich. Tschüss, Mama, bis dann.«

Noch auf der Heimfahrt musste Jessie grinsen. Ihre Mutter mal so verliebt zu sehen, das hätte sie nie erwartet. Nun hoffte sie nur, dass sie mutig genug war, diese Liebe auch anzunehmen.

Als Gabriel morgens ins Büro kam, wandte Lennart sich sofort vom Computer ab. »Karsten sucht dich, du sollst sofort, wenn du hier bist, zu ihm kommen.«

»Okay, bis gleich«, antwortete er und ging zu seinem Chef. »Moin, was gibt's?«, fragte er.

»Setz dich mal hin, bitte«, sagte Karsten. »Hier ist die Kacke am Dampfen.«

»Was ist denn los?«

»Das ist los«, antwortete er und reichte Gabriel ein Schreiben über den Tisch.

Gabriel las den anonymen Brief. Einen Brief, in dem er beschuldigt wurde, Drogen bei einer Razzia unterschlagen zu haben.

»Und? Was willst du von mir hören? Irgendein Idiot, dem ich auf die Füße getreten bin, meint, er könnte mir ans Bein pinkeln. Schwachsinn.«

»Das war auch noch dabei«, redete Karsten weiter und schob ein Foto über den Tisch. Es war unscharf, weil es per Computer ausgedruckt war, aber man sah Gabriel vor dem Haus von Carstensen mit der Hand in der Hosentasche.

»Toll. Was für ein Beweis«, höhnte Gabriel. »Hast du nie mal die Hände in den Hosentaschen?«

»Er schreibt, du hättest dreißig Gramm Speed behalten, die in deinem Schrank hinter den Aktenordnern lagern würden.«

»Ist klar. Da liegt bestimmt noch mehr. Vielleicht hunderttausend Euro in bar? Oder ein blutiges Messer?«

»Gabriel, hör auf mit dem Mist. Das ist ernst. Das Schreiben ging an die Revision. Vor zwei Tagen schon, das habe ich erst heute erfahren. Und die waren in deinem Büro und rate mal, was sie in deinem Schrank gefunden haben.«

»Du meinst, da war Speed drin?«, fragte Gabriel ungläubig.

»Ja. Genau dreißig Gramm. Dann sind die ins Untersuchungsgefängnis gefahren und haben Carstensen befragt, den, bei dem ihr die ganzen Drogen gefunden habt. Und der Typ schwört, er hätte genau hundertfünfzig Gramm Speed gehabt. Von dir sind aber nur hundertzwanzig Gramm ins Protokoll eingetragen und abgegeben worden.«

Gabriel starrte seinen Vorgesetzten wortlos an.

Karsten beugte sich vor. »Hör zu. Ich brauche dich nicht fragen, ich weiß, dass du so einen Scheiß nicht machst.

Selbst wenn, wärst du schlau genug, den Stoff bestimmt nicht hier in deinem Aktenschrank zu lagern. Das heißt, hier läuft eine Riesensauerei. Gut, für das Strafmaß von Carstensen ist es egal, ob er hundertzwanzig oder hundertfünfzig Gramm gebunkert hat. Trotzdem ist es mehr als ungewöhnlich, dass ein Dealer behauptet, mehr Speed, als gefunden wurde, gehabt zu haben. Irgendjemand hat eine verdammte Wut auf dich.«

»Und jetzt? Was soll ich jetzt machen?«

Karsten seufzte. »Du kennst die Regeln. Mir bleibt nichts anderes übrig, als dich zu suspendieren.«

Gabriel sprang auf. »Das ist nicht dein Ernst«, brüllte er Karsten an. »Nur weil irgendein Wichser hier eine beschissene Nummer abzieht, soll ich meinen Job verlieren?«

»Beruhige dich. Du verlierst nicht deinen Job, du bist suspendiert, bis sich das aufklärt. Und glaube mir, wir alle hier werden verdammt hart daran arbeiten, die Wahrheit ans Licht zu bringen. Und du kannst uns dabei helfen. Überleg dir, wer noch irgendeine Rechnung mit dir offen haben könnte.«

Ernüchtert sah Gabriel seinen Chef an. »Mir fällt im Moment gar nichts ein. Ich schätze mal, ich soll sofort verschwinden?«

»Ja. Es tut mir leid, das weißt du. Aber ich habe da null Spielraum. Ich kann dir nur sagen, dass wir alle hier hinter dir stehen.«

»Was für ein Trost«, sagte Gabriel bitter. Er ging wortlos in sein Büro, holte seine Waffe und seine Dienstmarke und gab beides bei Karsten ab.

»Wir halten über Lennart Kontakt, alles klar?«

»Alles klar«, antwortete Gabriel, ging zurück in sein Büro und setzte Lennart ins Bild. Der fiel fast vom Stuhl.

»Was für eine Scheiße. Okay, ich komme heute Nachmittag zu dir, dann sehen wir weiter. Hast du irgendeine Ahnung, wer dahinterstecken könnte?«

Gabriel zuckte mit den Schultern. »Nein. Carstensen vielleicht, der hat mich mit seiner Aussage ja reingerissen.«

»Okay, nimm seine Akte mit. Guck sie dir noch mal von vorne bis hinten durch. Ich komme, sobald ich kann.«

Gabriel steckte die Akte ein, nickte Lennart zu und fuhr fassungslos nach Hause. Dort setzte er sich an seinen Schreibtisch, stützte seinen Kopf in die Hände und dachte nach. Leider fiel ihm nicht das Geringste ein. Darum nahm er die Akte von Carstensen und vertiefte sich darin.

Gegen vier kam Lennart. »Und? Ist dir schon was eingefallen?«, fragte er gleich.

»Eigentlich nicht, egal, wie lange ich nachdenke. Höchstens, dass mir das Speed jemand aus dem Haus in den Schrank gelegt hat. Fremde kommen nicht rein.«

»Na ja, eigentlich schon. Sie müssen sich zwar anmelden und werden in der Regel auch unten abgeholt. Aber wenn es kein Zeuge oder Tatverdächtiger ist, sondern ein Freund oder Bekannter? Ich würde nicht dafür bürgen, dass sich jeder hier immer an die Vorschriften hält und denjenigen wieder nach unten begleitet.«

»Okay, da ist was dran. Also sind wir auch nicht schlauer als vorher?«, fragte Gabriel.

»Wir müssen als Erstes überlegen, wer so einen Hass auf dich hat, dass er dich fertigmachen will.«

»Lennart, weißt du, wie viele Fälle ich im letzten halben Jahr bearbeitet habe? Kein einziger von den Beschuldigten ist ein Freund von mir geworden.«

»Das ist richtig. Aber nur die wenigsten würden so eine Aktion durchziehen. Also müssen wir sieben. Bist du die Akte von Carstensen schon durchgegangen?«

»Ja. Hat aber nichts gebracht.«

»Vielleicht doch. Er muss ja auf alle Fälle mit drinstecken. Also werde ich morgen als Erstes überprüfen, ob er einen Verwandten hat, der bei uns arbeitet. Oder einen Freund. Am besten wäre, ich würde selbst mit ihm sprechen, aber da gibt es keine Chance. Die Revision bearbeitet das Ding, ich komme nicht an ihn ran.«

»Oder er steckt nicht mit drin«, überlegte Gabriel. »Sondern ihm wurde nur gesagt, was er auszusagen hätte. Überleg mal, der Typ sitzt im Knast, und das ist kein Ponyhof. Also wird er vor die Wahl gestellt, Aussage oder Prügelknabe.«

»Da ist was dran. Ich werde trotzdem seinen Background abklopfen. Fällt dir sonst noch jemand ein?«

»Wenn es einer von unseren Kunden ist, dann kann es nur einer der größeren sein. Und davon hatte ich in den letzten Monaten nur drei. Außer Carstensen die Benghali-Brüder und den Hamid-Clan. Aber die sind alle ausgewiesen worden.«

»Okay. Wie sieht es privat aus? Hast du jemandem die Frau ausgespannt? Oder ist eine Frau sauer auf dich?«

»Nein. Erstens spanne ich niemandem die Frau aus. Und ja, ich war in den letzten Wochen mit ein paar Frauen zusammen. Aber ich habe immer, von Anfang an, klargestellt, dass ich keine feste Beziehung will. Jede von denen wusste, auf was sie sich einlässt. Warum sollten sie wütend auf mich sein?«

»Denk einfach in den nächsten Tagen weiter nach. In alle Richtungen. Ich kümmere mich um Carstensen und gehe auch deine anderen Fälle durch. Irgendwas werden wir finden.«

Die ganze Woche nahm Gabriel seine Vergangenheit auseinander, schrieb Dutzende von Namen auf und verwarf sie wieder. Lennart kümmerte sich um alte Akten und um mögliche Verbindungen von Carstensen, aber auch er fand nicht den kleinsten Hinweis. Bis Gabriel ihn am Freitagmittag anrief.

»Kannst du herkommen? Mir ist etwas eingefallen. Ich glaube, ich weiß, wer dahintersteckt.«

Eine Stunde später saß Lennart ihm gespannt gegenüber. »Erzähl. Wer ist es?«

»Der Steuerberater. Der Verlobte von Jessie.«

»Robert? Gabriel, jetzt mach mal einen Punkt. Wie kommst du denn auf den?«

»Erzähl ich dir gleich. Weißt du, wann die beiden heiraten werden?«

»Ich darf also wieder über Jessie reden?«, erkundigte Lennart sich vorsichtig.

»Darfst du. Also, weißt du es?«

»Ja. Gar nicht. Jessie hat dir die Wahrheit gesagt, sie ist nicht mehr mit ihm zusammen. Warum sie mit ihm bei dem Charity-Abend im Golfclub war, weiß ich nicht, aber da waren sie auf alle Fälle nicht mehr verlobt.«

»Okay. Haben sie noch Kontakt?«

»Keine Ahnung. Müssten wir sie selbst fragen. Jetzt sag mir erst mal, wie du auf ihn kommst.«

»Ganz einfach. Erstens, er will mich aus dem Weg haben. Ich wette mir dir, dass er noch Kontakt zu Jessie hat. Wenn sie wirklich nicht mehr zusammen sind, wird er alles daransetzen, dass sich das ändert. Wahrscheinlich gibt er sich als guter Freund aus. Aber egal, wie die beiden zueinander stehen, er muss sicher sein, dass ich ihm nicht noch mal einen Strich durch die Rechnung mache. Und wenn ich im Knast sitze, kann ich das nicht.«

»Ist zwar weit hergeholt, aber okay. Gehen wir erst mal davon aus. Aber wie kann ein seriöser Steuerberater dreißig

Gramm Speed in deinen Schrank schmuggeln? Und Carstensen zu einer Falschaussage bringen?«

»Was er mit Carstensen zu tun hat, weiß ich noch nicht. Aber er kennt jemanden aus unserem Haus. Denk mal nach.«

»Keine Ahnung«, gab Lennart zu. »Jessie? Aber was würde er ihr erzählen, warum er hier ist?«

»Nee, das ginge zwar, aber wäre zu auffällig. Ich meine Stefanie. Erinnerst du dich, wie die ziemlich besoffen zu uns an den Tisch kam, als wir damals beim Italiener waren? Mit Jessie und ihrem Robert?«

»Stimmt. Du hast recht. Er macht ihre Steuersachen.«

»Ganz genau. Und sie ist alles andere als gut auf mich zu sprechen. Da ist vor ein paar Wochen was Blödes passiert.«

»Nein. Das glaube ich jetzt nicht. Du bist noch mal mit ihr ins Bett gegangen?«

»Ganz sicher nicht Aber sie hatte mitbekommen, dass ich nicht mehr in die Kantine gehe. Daraufhin hat sie wohl ein bisschen rumgefragt und erfahren, dass Jessie und ich nicht mehr zusammen sind. Also ist sie mittags, als du beim Essen warst, im Büro aufgetaucht. Da stand die also vor mir und labert mich mit einem totalen Scheiß voll. Dass sie mich heilen wird und wir füreinander bestimmt seien und so weiter. All so ein Schwachsinn. Ich hatte einen echt beschissenen Tag. Und darum, statt ihr nett zu sagen, dass es mit uns nichts wird, habe ich ihr gesagt, sie soll sich verpissen und mich endlich in Ruhe lassen. Kannst dir vorstellen, wie sauer sie war.«

Lennart sah seinen Freund mit großen Augen an. »Mensch, Gabriel, da könnte was dran sein. Aber meinst du, dass sie das Zeug bei dir versteckt hat? Aus Rache? Eigentlich kann ich mir das bei ihr nicht vorstellen.«

»Wie genau das abgelaufen ist, weiß ich auch noch nicht.

Ich schätze, wir müssen jetzt erst mal herausfinden, ob Jessie sich noch mit dem Typen trifft.«

»Okay. Soll ich sie fragen?«

»Das wäre mir zwar das Liebste, aber ich muss das wohl selbst machen. Allerdings, ich glaube kaum, dass sie sich mit mir treffen wird. Kannst du sie anrufen und sie irgendwo hinbestellen? Wo ich in Ruhe mit ihr reden kann?«

»Klar. Lass mal überlegen. Am besten bei ihr. Soll ich sie jetzt anrufen?«

»Ja. Je eher ich Bescheid weiß, desto eher ist dieser Albtraum vorbei.«

»Hast du ihre Handynummer?«

Gabriel gab sie ihm, und Lennart wählte. »Hallo, Jessie, hier ist Lennart. Störe ich dich gerade?« Die Antwort war wohl Nein, denn Lennart sprach weiter. »Ich muss dich unbedingt mal sprechen. Es geht um Maggie. Kann ich gleich mal bei dir vorbeikommen?« Er redete noch kurz und beendete dann das Gespräch. »Alles klar. Sie ist zu Hause und erwartet mich. Fahr los und ruf mich hinterher an, okay?«

»Danke, Alter. Du hast was gut bei mir. Los, auf geht's.«

Jessie lag gerade müde auf dem Sofa, als Lennart anrief. Eigentlich wollte sie nach der harten Woche nur noch in die Badewanne und dann ins Bett. Hoffentlich blieb Lennart nicht so lange. Schon merkwürdig, dieser Anruf. So gut kannte sie ihn ja auch wieder nicht. Wenn er Probleme mit seiner Freundin hatte, was sollte sie dabei tun? Na ja, sie würde es sich anhören und hoffen, dass sein Besuch nicht so lange dauerte.

Als es zwanzig Minuten später klingelte, stand sie gerade vor dem Spiegel und bürstete ihre Haare. Schnell lief sie zum Summer und zurück ins Bad, um etwas Lippenstift aufzulegen. Kurz darauf klingelte es an der Wohnungstür.

Sie machte auf und versuchte sofort, die Tür wieder zuzuschlagen. Aber Gabriel war schneller, er stemmte sich dagegen und hatte eindeutig mehr Kraft als sie.

Wutentbrannt blieb ihr nichts anderes übrig, als zuzugucken, wie er in ihre Wohnung kam und die Tür hinter sich schloss.

»Erstens kannst du deinem sauberen Freund ausrichten, dass ich nie wieder ein Wort mit ihm reden werde. Und zweitens will ich, dass du verschwindest. Und zwar sofort«, fuhr sie ihn wütend an.

»Jessie, tut mir leid, dass wir dich angelogen haben. Aber ich muss mit dir reden. Es ist wichtig.«

»Zwischen uns gibt es nichts mehr zu reden. Wie waren noch deine berühmten letzten Worte? ›Geh weg und komm nicht wieder.‹ Also, das Gleiche gilt für dich.«

»Jessie, bitte, hör mir einfach mal zu. Es geht hier nicht um uns. Weißt du, dass ich suspendiert worden bin?«

»Nein. Weiß ich nicht und interessiert mich auch nicht. Gabriel, ich meine es ernst. Verschwinde.«

»Keine Chance. Ich könnte mir auch eine Menge Orte vorstellen, wo ich im Moment lieber wäre. Aber ich brauche deine Hilfe. Bitte«, sagte er eindringlich.

Jessie bebte am ganzen Körper. Wie oft hatte sie sich gewünscht, dass Gabriel wieder vor ihrer Tür stand und sich dafür entschuldigte, dass er ihr nicht geglaubt hatte. Ihr versichern würde, dass er sie nie betrogen hätte und nur sie lieben würde. Doch nichts. Weder hatte er vor ihrer Tür gestanden noch sie mal angerufen. Aber jetzt, als sie gerade anfing, wieder einigermaßen normal zu funktionieren, kam er her und hatte tatsächlich den Nerv, ihr zu sagen, er wäre gern überall anders, nur nicht hier bei ihr. Was für ein Arschloch.

»Ich kann dir nicht helfen. Und jetzt geh.«

»Das werde ich nicht tun«, brüllte er plötzlich los. »Mein Leben ist ein einziger Albtraum geworden. Irgendjemand will mich mit aller Macht im Knast sehen. Ich bin vom Dienst suspendiert worden, das heißt, im Moment bin ich nicht mal mehr Polizist. Ist es da wirklich zu viel verlangt, dass du mir mal fünf Minuten deiner Zeit schenkst?«

Jessie wich erschrocken zurück. Und fällte eine Entscheidung. »Fünf Minuten. Und dann will ich dich nie wieder sehen.«

Sie ging voraus ins Wohnzimmer und setzte sich aufs Sofa. Gabriel nahm ihr gegenüber auf dem Sessel Platz.

»Okay. Also, hör zu. Mit einem anonymen Brief bin ich beschuldigt worden, Drogen unterschlagen zu haben. Diese Drogen sind tatsächlich in meinem Schrank gefunden worden. Darum bin ich suspendiert worden und jetzt auf der Suche nach dem, der mir das angetan hat.«

Jessie sah ihn verwirrt an. »Aber das ist Blödsinn. So etwas würdest du nie tun.«

»Danke. Und genau, so etwas würde ich nie tun, und ich habe es auch nicht getan. Irgendjemand hat eine Mordswut auf mich und mir deshalb diese Drogen untergeschoben. Und darum brauche ich deine Hilfe.«

»Was kann ich denn dabei tun?«

»Eine Menge. Ich bin nämlich ziemlich sicher, dass dein Robert dahintersteckt.«

Jessie lachte unwillkürlich auf. »Robert? Wie kommst du denn auf den Blödsinn? So etwas würde Robert niemals tun.«

»Dazu kommen wir später. Jetzt sag mir erst mal, seid ihr nun noch verlobt oder nicht?«

»Nein. Sind wir nicht. Auch, wenn du es nie glauben wolltest«, antwortete sie bitter.

»Okay. Du hast also wirklich die Verlobung gelöst. Trotzdem bist du mit ihm erst auf diesen Ball und dann in den Golfclub gegangen, richtig?«

»Richtig. Aber das geht dich nichts mehr an.«

»Jessie, bitte. Du wirst gleich verstehen, warum ich dir diese Fragen stelle.«

»Ich habe keine Ahnung, was das hier werden soll. Aber okay, wenn es hilft, dass du hier ganz schnell wieder verschwindest, bitte. Also, ich war mit ihm auf dem Ball und im Golfclub, weil er Seniorpartner in seiner Kanzlei werden wollte. Und die sind da verdammt konservativ. Er hätte sich jede Hoffnung auf eine Partnerschaft abschminken können, wenn er erst mit mir und denen die Verlobung feiert und dann eine Woche später erzählen muss, dass die Verlobung geplatzt ist. Darum hat er mich gebeten, nur für eine Weile noch so zu tun, als wären wir nach wie vor verlobt. Und weil ich so ein schlechtes Gewissen ihm gegenüber hatte, habe ich eingewilligt.«

»So war das also. Gut, und seitdem? Habt ihr noch Kontakt?«

Jessie schloss kurz die Augen. Warum erzählte sie ihm das alles? Warum machte sie nicht die Wohnungstür auf und wartete, bis Gabriel ging? Sie wusste es selbst nicht, darum antwortete sie einfach wahrheitsgemäß. »Ja. Haben wir. Aber nicht so, wie du denkst. Wir sind nur Freunde.«

»Ich wusste es«, triumphierte Gabriel. »Es passt alles zusammen.«

»Was immer du dir da zusammenreimst, vergiss es. Robert würde nie etwas Illegales tun.«

»Ach Jessie. Du glaubst immer an das Gute in den Menschen, oder? Er hat es schon getan. Das ist die einzige Erklärung.«

»Die einzige Erklärung wofür?«

Gabriel erklärte es ihr. »Und er hat Stefanie dazu gebracht, den Stoff in meinen Akten zu verstecken«, endete er. »Siehst du es nicht? Motiv und Gelegenheit, eine klassische Geschichte.«

Jessie konnte sich die nächste Frage nicht verkneifen.

»Und warum hat diese Stefanie da mitgemacht? Wer ist sie, eine weitere Kerbe in deinem Bettpfosten?«

»Ja, ich war einmal mit ihr im Bett«, musste er zugeben. »Nach der Weihnachtsfeier. Aber ich konnte nicht wissen, dass sie in eine einmalige Sache gleich so viel reininterpretiert.«

»Natürlich nicht«, antwortete Jessie verächtlich. »Woher denn auch? Da ist eine einsame Frau, die plötzlich von deinem Gesülze komplett überfahren wird. Die glaubt, dass du ihre Gefühle erwiderst. Die nur mit dir ins Bett geht, weil sie denkt, das wäre der Anfang einer liebevollen Beziehung«, regte sie sich auf. »Weißt du was? Ich könnte kotzen. Dir sind die Gefühle von Frauen so was von scheißegal. Hauptsache, du kommst zum Schuss und kannst dir mal wieder beweisen, was du doch für ein unwiderstehlicher Typ bist. Und was hinterher mit den Frauen wird, wie völlig zerstört sie sind, geht dir am Arsch vorbei.«

»Das ist nicht fair«, regte sich jetzt auch Gabriel auf. »So ist das nicht. Ich habe ihr nie gesagt, dass ich mich in sie verliebt hätte oder so etwas. Himmel noch mal, wir waren beide ziemlich betrunken, und da hat eben das eine zum anderen geführt. Von Gefühlen war nie die Rede.«

»Nein. Das ist es bei dir ja nie. Immer schön unverbindlich. Aber dass Frauen vielleicht anders ticken als du, darüber denkst du nie nach. Du benutzt Frauen, Gabriel. Und hinterher wunderst du dich, dass sie verletzt und sauer auf dich sind.«

»Das stimmt nicht«, erwiderte er leise. »Das stimmt absolut nicht. Aber darum geht es jetzt ja auch nicht. Sondern darum, dass dein Robert mir diese Scheiße eingebrockt hat.«

»Ich sage dir noch einmal, so etwas würde Robert niemals tun. Es ist der korrekteste Mensch, den ich je getroffen habe. Gut, es kann sein, dass er sich Hoffnungen macht, dass wir wieder zusammenkommen. Aber ich habe ihm nie, niemals, einen Anlass zur Hoffnung gegeben.«

»Wenn du dir da so sicher bist, dann ist es ja auch kein Problem für dich, mir zu helfen. Alles, um was ich dich bitte, ist, ob du bei ihm auf dem PC ein Foto findest, das mich bei der Razzia zeigt. Er hat mit dem anonymen Brief eine Kopie des Fotos mitgeschickt. Alles, was ich brauche, ist das Originalfoto.«

»Ach. Das ist alles, ja? Nur ein bisschen rumschnüffeln bei einem Mann, der mir vertraut. Du tickst doch nicht mehr richtig.«

Gabriel stand auf. »Okay. Ich gehe jetzt. Aber bitte denk darüber nach. Wenn du dir so sicher bist, dass er mit dem Ganzen nichts zu tun hat, dann kannst du mir das ja ganz leicht beweisen. Sag mir, dass es in seiner Wohnung nichts gibt, das ihn belastet. Dann lasse ich dich und ihn wieder in Ruhe.«

»Geh einfach. Deine Anschuldigungen sind lächerlich.«

Gabriel ging zur Tür und kehrte dann wieder um. »Weißt du was? Du bist total auf dem Holzweg. Ich benutze keine Frauen. Ich passe nur auf, dass da eine Distanz bleibt. Nur bei dir habe ich nicht aufgepasst. Und was habe ich davon gehabt? Du hast mir verdammt wehgetan.« Mit diesen Worten ging er und ließ Jessie allein.

Mit allem konnte sie mittlerweile umgehen. Nur damit nicht. Nicht damit, dass Gabriel ihr gegenüber Gefühle zeigte. Lass es, ermahnte sie sich selbst. Denk nicht darüber nach. Er will dich nur einwickeln, damit du bei Robert nach Beweisen suchst. Das ist nur eine seiner Taktiken, um sein Ego zu füttern. Doch sein Blick ging ihr nicht aus dem Kopf. Sie erlaubte es sich das erste Mal seit Langem, an ihre viel zu kurze gemeinsame Zeit zu denken. Wie er sie immer angesehen hatte. Wie er ständig Körperkontakt gesucht hatte, auch ohne sexuelle Hintergedanken. Als würde er sich immer vergewissern wollen, dass sie noch da war. Sein strahlendes Lächeln, wenn sie sich getroffen hatten. Und vor allem, wie er sie geliebt hatte. Wild, fordernd und dabei immer mit einer Zärtlichkeit, die ihr das Herz brach. Ihr Schwur, niemals wieder wegen ihm zu weinen, löste sich in nichts auf. Sie konnte gar nicht mehr aufhören zu heulen.

18

Am nächsten Abend war sie bei Robert zum Essen eingeladen.

»Jessica, wie schön, dich zu sehen. Komm rein, ich habe für uns einen Schmorbraten gemacht.«

»Das hört sich gut an. Tut mir leid, dass ich ein bisschen spät bin.«

Robert lachte. »Kein Problem. Mittlerweile rechne ich schon damit. Du siehst, ich kann mich ändern.«

Geändert hatte er sich wirklich. Er war viel entspannter als in ihrer gemeinsamen Zeit und bemühte sich, mehr auf sie einzugehen.

»Nächste Woche wird endlich der Vertrag unterschrieben. Du kannst dir nicht vorstellen, wie ich mich freue. Endlich Seniorpartner, da habe ich so lange drauf gewartet. Dadurch ändern sich auch meine Einkommensverhältnisse erheblich. Ich habe mir überlegt, als Wertanlage eine Wohnung zu kaufen. Was hältst du davon?«

»Finde ich klasse. Das würde ich auch sofort machen, wenn ich es mir leisten könnte.«

»Könntest du dir vorstellen, mit mir gemeinsam einige Wohnungen anzuschauen? Vier Augen sehen mehr als zwei.«

Jessie zögerte ein wenig, sagte dann aber: »Klar, gerne. An was für eine Wohnung hast du denn gedacht?«

Sie unterhielten sich während des Essens über Roberts Vorstellungen und hatten einen entspannten Abend. Bis es an der Tür klingelte und Robert unwillig aufstand.

»Wer kommt denn jetzt noch? Ich bin sofort wieder da.«

Jessie hörte, wie er sich an der Tür mit jemandem unterhielt, und wartete, bis er wiederkam.

»Jessica, es tut mir so leid. Meine Nachbarn haben einen Rohrbruch, das ganze Bad und die Küche stehen schon unter Wasser. Ich muss eben helfen. Magst du so lange hier warten?«

»Ja, ich kann aber auch mithelfen.«

»Das ist lieb von dir, aber das brauchst du nicht. Die anderen Nachbarn sind alle schon da, es sollte nicht allzu lange dauern. Der Klempner kommt jeden Moment, wir müssen nur sehen, dass wir das Wasser abschöpfen.«

Jessie öffnete den Mund, um noch mal ihre Hilfe anzubieten, schloss ihn jedoch schnell wieder. Das war ein deutliches Zeichen, eine bessere Gelegenheit würde es nie wieder geben. Aber sie würde auf gar keinen Fall rumschnüffeln. Nur einen Blick in Roberts PC werfen. Für den mehr als unwahrscheinlichen Fall, dass er doch für Gabriels Schwierigkeiten verantwortlich war. Robert war so ordentlich, hätte er tatsächlich ein Foto gemacht, wäre das unter »Eigene Bilder« auf seinem Computer gespeichert. Sie würde nur einmal nachschauen. Dann könnte sie Gabriel sagen, dass sie recht gehabt hatte, und wäre raus aus der Nummer. Und müsste ihn nie wieder sehen.

Angespannt ging sie ins Arbeitszimmer. Der Computer war wie immer an. Nach einem vorsichtigen Blick zur Wohnungstür klickte sie mit sehr schlechtem Gewissen den Ordner mit den eigenen Dateien an. Und stutzte. Warum hatte Robert eine Datei mit ihrem Namen? Sie öffnete sie und erstarrte. Dort waren mindestens fünfzig Fotos von ihr und Gabriel abgespeichert. Robert musste sie die ganze Zeit, als sie mit Gabriel zusammen gewesen war, verfolgt haben. Sie sah Gabriel und sich beim Italiener, vor seinem

Haus, vor ihrem Haus. Teilweise waren die Fotos sehr verschwommen, als ob sie durch eine Fensterscheibe aufgenommen worden waren, andere waren gestochen scharf. Was hatte das zu bedeuten, was hatte er sich davon versprochen?

Fassungslos schloss sie den Ordner wieder und ging zurück ins Wohnzimmer. Das konnte nicht sein. Nicht Robert. Er hatte seine Fehler, ja. Aber er war ein guter Mensch, und so etwas passte einfach nicht zu ihm. Vollkommen verwirrt hockte sie auf dem Sofa, um gleich darauf wieder aufzuspringen. Sie musste in Ruhe nachdenken, und das ging hier nicht. Schnell schrieb sie eine kurze Notiz für ihn, dass sie nicht länger warten könne und fuhr nach Hause.

Dort grübelte sie weiter, doch eine harmlose Erklärung fiel ihr nicht ein. Und was sollte sie jetzt machen? Gabriel davon erzählen? Das würde ihn nur in seinem Verdacht gegen Robert bestärken. Und trotz der Fotos war sie sich nach wie vor sicher, dass er niemals in der Lage wäre, einem anderen Menschen bewusst zu schaden. Andererseits, für Gabriel ging es um seine gesamte Existenz. Konnte sie ihn da einfach anlügen und behaupten, sie hätte nichts gefunden? Nein, beschloss sie. Das konnte sie nicht. Egal, was zwischen ihnen beiden gelaufen war, er war trotz allem ein Mensch, der Hilfe brauchte. Und sie würde nicht mehr in den Spiegel gucken können, wenn sie ihm diese Hilfe versagte.

Mit einem tiefen Seufzer nahm sie ihr Handy und rief Gabriel an. »Ich bin's, Jessie. Ich habe etwas bei Robert gefunden. Aber ich glaube trotzdem nicht, dass er etwas mit den Drogen in deinem Schrank zu tun hat.«

»Jessie, du bist ein Engel. Ich bin in einer halben Stunde bei dir.«

Sie wartete angespannt, bis er endlich da war.

»Er, also er hat Fotos von uns beiden auf seinem PC. Mindestens fünfzig, von ganz verschiedenen Orten.«

»Ich habe es gewusst. Dieser Drecksack.«

»Nein, Gabriel. Es muss eine Erklärung dafür geben. Glaube mir, ich kenne Robert. Ich würde fast meine Hand dafür ins Feuer legen, dass er niemals etwas Kriminelles tun würde. Das passt einfach nicht zu ihm.«

»Jessie, wie viele Beweise willst du denn noch? Er hat uns verfolgt, das bestätigt doch meine Theorie.«

»Das sind keine Beweise für deine Sache. Ich muss mit ihm reden. Ich weiß nur nicht, wie.«

»Frag ihn einfach. Frag ihn, warum er uns fotografiert hat. Oder nein, das mache ich selbst.«

»Das machst du auf gar keinen Fall. Wenn, dann spreche ich mit ihm. Aber wie? Dann muss ich ihm sagen, dass ich in seinem PC rumgeschnüffelt habe.«

Gabriel schaute sie an. »Okay. Entschuldigung. Ich stehe ziemlich unter Druck. Könnt ihr nicht zusammen vor seinem PC sitzen? Und du entdeckst dann ganz zufällig diesen Ordner?«

Jessie seufzte. »Vielleicht. Ich denke drüber nach und melde mich bei dir.«

Gabriel stand auf und küsste sie auf die Wange. »Danke, Jessie. Danke, dass du mir trotz allem helfen willst. Ich bin nun mal mit Leib und Seele Bulle. Einen anderen Beruf kann ich mir im Leben nicht vorstellen. Ich muss meinen Job einfach wiederbekommen.«

Jessie starrte angestrengt auf einen Punkt an der Wand. Er war ihr viel zu nahe gekommen. So nah, dass sie ihn riechen konnte. Auf einmal erfasste sie eine so starke Begierde, dass sie glaubte, jeden Moment würden ihre Knie nachgeben. Ungewollt stieß sie ein leises Stöhnen aus. Sofort trat sie einen Schritt zurück, doch Gabriel hatte natürlich gemerkt, was mit ihr los war.

Sie wartete auf eine anzügliche Bemerkung, ein selbstverliebtes Lachen. Doch Gabriel lehnte nur seine Stirn an ihre.

»Ich weiß, Mäuschen. Ich weiß«, murmelte er traurig. »Besser, ich gehe jetzt. Melde dich bitte, wenn du etwas weißt.«

Jessie war froh, als die Tür hinter ihm zufiel. Und noch froher war sie darüber, dass er die Situation nicht ausgenutzt hatte. So sehr traute sie sich noch nicht über den Weg, hätte er sie geküsst, wäre sie wahrscheinlich schwach geworden. Und hätte sich hinterher dafür gehasst.

Am nächsten Vormittag war sie mit ihrer Mutter zum Brunch verabredet.

»Nur wir zwei?«, fragte sie nach einem Blick auf den Tisch. »Ich dachte, Rainer wäre auch dabei.«

»Wir sind nicht an der Hüfte zusammengewachsen«, betonte Tanja streng.

»Okay, also noch keine Entscheidung gefällt. Ich sag ja schon nichts mehr.«

»Besser ist es. Erzähl mal, wie geht es dir?«

Jessie erzählte von ihren neuen Ideen für die Kantine und wie gut die ankamen.

»Hört sich ja klasse an. Und sonst? Alles gut?«

Jessie überlegte einen Moment. »Mama, wenn ich dir jetzt was erzähle, das behältst du doch für dich, ja?«

»Natürlich. Das weißt du.«

»Ich muss einfach mal mit jemandem reden«, sagte Jessie und berichtete von Gabriels Suspendierung. Und von seinem Verdacht, dass Robert dahinterstecken könnte.

»Oh Mann, der arme Junge. Das tut mir so leid für ihn.

Aber Robert? Ich muss zugeben, ich bin nicht sein größter Fan, aber selbst ich kann mir nicht vorstellen, dass er zu so etwas fähig wäre. Mir kommt er für so eine Aktion viel zu gesetzestreu vor.«

»Ja, das habe ich Gabriel auch gesagt. Aber ich habe, äh, ganz zufällig, auf Roberts PC Fotos gesehen. Von mir und Gabriel, als wir noch zusammen waren.«

»Merkwürdig. Darüber solltest du mit Robert reden.« Sie dachte kurz nach. »Trotzdem glaube ich nicht, dass er hinter der Sache steckt. Sag mal, glaubt Gabriel dir denn jetzt eigentlich, dass du nicht mehr verlobt bist?«

»Ja. Tut er.«

»Jessie«, setzte Tanja an. »Du weißt, ich versuche mich nicht in dein Leben einzumischen. Aber wenn das zwischen euch geklärt ist, lässt sich der Rest dann nicht auch noch klären?«

»Nein. Gabriel ist nicht in der Lage, eine Beziehung zu führen. Glaub mir.«

»Bist du sicher, dass er nichts mehr für dich empfindet?«

»Das hat damit nichts zu tun. Im Gegenteil, ich glaube sogar, dass auch bei ihm noch eine Menge da ist. Aber in dem Fall reichen Gefühle nicht. Er kann nicht vertrauen. Vielleicht könnten wir uns versöhnen, aber spätestens in drei Wochen wären wir wieder genau an demselben Punkt. Weil er fest davon ausgeht, dass Frauen ihn verarschen. Darum lässt er erst gar keine an sich ran.«

»Aber warum sollte er das denn glauben?«

»Das ist einfach so. Gabriel hat seine eigene Geschichte, und mehr kann ich dazu nicht sagen.«

»Okay«, seufzte Tanja. »Aber sprich bitte mit Robert, ja? Ich finde das ziemlich gruselig, dass er Fotos von dir und Gabriel gemacht hat. Ich sag es nicht gern, aber womöglich solltest du einen ganz klaren Schlussstrich unter die Sache mit Robert ziehen. Er scheint noch nicht richtig kapiert zu haben, dass es mit euch nichts mehr wird.«

Jessie seufzte. »Ja, es ist vielleicht wirklich etwas seltsam. Ich muss darüber nachdenken. Nachher rufe ich ihn mal an und verabrede mich in der nächsten Woche mit ihm. Vielleicht ergibt sich da ja eine Gelegenheit, mit ihm zu reden.«

Gabriel saß am Sonntag allein zu Hause und hätte vor Wut am liebsten auf irgendetwas eingeschlagen. Die einzige Spur, die er hatte, führte zu Robert. Aber er konnte nichts machen, er musste einfach warten, ob Jessie ihn wegen der Fotos zur Rede stellte. Diese Untätigkeit machte ihn ganz verrückt. Er saß nun schon die zweite Woche zu Hause. Letzte Woche war er für eine Anhörung im Präsidium gewesen. Diese Betonköpfe hatten sich seine Aussage angehört und nicht mit einem Augenzucken gezeigt, ob sie ihm glaubten oder nicht. Wenigstens würde Lennart sich morgen Stefanie vorknöpfen. Und da Lennart fast genauso wütend war wie er selbst, versprach das interessant zu werden. Die Frau würde einknicken, da war er ganz sicher. Wenn Robert dahintersteckte, konnte seine Kontaktperson im Präsidium nur Stefanie sein. Frauen konnten so rachsüchtig sein. Er würde nie verstehen, warum.

Und dann war da immer noch Jessie. Jessie, die auf einmal eine richtig schlechte Meinung von ihm hatte. Und trotzdem scharf auf ihn war. Was hätte sie getan, wenn er sie gestern Abend einfach in die Arme genommen und geküsst hätte? Er war ganz kurz davor gewesen und konnte sich in dem Moment nichts vorstellen, was er sich mehr gewünscht hätte. Sie endlich wieder zu spüren. Diese kleinen, niedlichen Seufzer hören, wenn er sie befriedigte. Die Art, wie sie sich heiß und feucht unter ihm wand.

Scheiße, schon bei dem Gedanken daran wurde er hart. Trotzdem war es richtig gewesen, dem Verlangen nicht nachzugeben. Es wäre vielleicht ein paar Wochen gut gegangen, doch bei der nächsten Gelegenheit würde sie ihm wieder ins Knie schießen. Sie war die einzige Frau, die es schaffen konnte, ihn zu verletzen. Und diese Gelegenheit würde sie sich nicht entgehen lassen. Ohne sie war er auf der sicheren Seite. Und irgendwann würde er über sie hinweg sein. Auf diesen Tag freute er sich schon heute.

Jessie rief Robert am nächsten Tag an. »Es tut mir leid, dass ich gestern einfach so verschwunden bin. Aber ich war plötzlich so müde, ich wollte einfach nur ins Bett.«

»Du musst dich nicht entschuldigen. Es war sehr unhöflich von mir, dich allein zu lassen. Vielleicht können wir den Abend mal wiederholen?«

»Ja, bestimmt. Ich würde auch gern noch etwas mit dir besprechen. Wann hast du Zeit?«

»Wie wäre es am Dienstag? Da gibt es eine sehr interessante Reportage auf *3Sat* über die norwegischen Fjorde. Wollen wir uns das zusammen anschauen? Danach können wir uns dann ja noch unterhalten.«

»Das hört sich gut an«, log Jessie. »Ich bin gegen acht bei dir, aber bitte nichts kochen. Ich esse in der Kantine.«

Die Reportage interessierte Jessie kein bisschen, aber Robert war sehr angetan.

»Das war aber sehr informativ. Ich würde zu gerne mal dort meinen Urlaub verbringen. Stell dir nur diese Ruhe vor.«

Da zu Jessies Vorstellung von einem gelungenen Urlaub Strand, Sonne und eine Menge Cocktails gehörten, lächelte sie nur und wechselte das Thema. »Sag mal, bei dem Charity-Abend hast du doch Fotos gemacht. Die würde ich mir sehr gerne mal anschauen. Hast du die schon überspielt?«

»Ja, die sind auf meinem Computer. Da sind einige sehr schöne bei. Komm mal mit, ich zeige sie dir.«

Mit schlechtem Gewissen folgte Jessie ihm ins Arbeitszimmer. Kaum hatte er »Eigene Dateien« angeklickt, holte sie tief Luft. »Robert? Was ist das denn? Da ist ja ein Ordner mit meinem Namen drauf.«

»Oh«, sagte er und mied ihren Blick. »Das ist, äh, gar nichts. Komm, ich zeige dir die Fotos.«

»Wie meinst du das, gar nichts? Was hast du denn über mich gespeichert?« Jessie kam sich vor wie eine drittklassige Schauspielerin einer Laiengruppe, aber Robert schien ihre gespielte Überraschung nicht aufzufallen.

»Jessica, können wir da bitte nicht drüber reden? Das wäre mir sehr lieb.«

»Warum denn nicht? Ich möchte darüber reden. Und vor allem wissen, was du über mich gespeichert hast.«

Robert seufzte und schaute sie endlich an. »Gut. Ich kann dich nicht anlügen. Das sind Fotos von dir und diesem Gabriel. Es fing eine Woche, nachdem du die Verlobung gelöst hattest, an. Da bekam ich das erste Mal eine Mail mit Fotos von euch. Das Ganze wiederholte sich noch viermal. Anonym und jedes Mal mit einer anderen Mailadresse. Ich habe versucht, darauf zu antworten, um zu erfahren, wer mir solche Fotos schickt. Aber die Adressen waren immer schon wieder ungültig.«

»Und du hast keine Ahnung, wer dahintersteckt?«

»Ganz ehrlich, nein. Weder weiß ich, wer mir die Fotos gemailt hat, noch warum. Aber ich habe die Mails ausgedruckt.« Er zog einen Ordner aus einem Regal und reichte ihn ihr. »Hier, das war die erste.«

Jessie las sie durch. Der Absender war *einguterfreund@*

hotmail.com. Es gab nur eine Zeile Text: *Ihre Verlobte wandelt auf Abwegen.*

Plötzlich fiel Jessie etwas ein. »Also wusstest du doch, dass ich mit Gabriel zusammen war. Als du mir erzählt hast, du hättest ihn mit einer anderen Frau in der Stadt gesehen. Er war gar nicht in der Stadt.«

»Oh Gott, Jessica, es tut mir so leid. Ja, du hast recht, ich wusste es, und ich habe mir die Geschichte nur ausgedacht. Und es gibt für mein Verhalten keine Entschuldigung. Lass es dir bitte trotzdem erklären. Der Abend mit dir im Golfclub war so wunderschön. Es war, als hätte ich endlich alles im Leben bekommen, was ich mir gewünscht hatte. Dich und die Partnerschaft. Nur hatte ich dich gar nicht mehr. Dich hatte dieser Frauenheld, dem man auf den ersten Blick ansehen konnte, dass er dich nur verletzen würde. Und da ist es mit mir durchgegangen. Ich weiß, es war falsch, was ich getan habe. Aber ich hatte so gehofft, dass du dadurch zur Vernunft kommst. Dass du siehst, dass dieser Mann nichts für dich ist.« Er seufzte. »Und zu mir zurückfindest.«

»Das hätte ich dir niemals zugetraut. Dass du so gemein sein kannst.«

»Ich weiß«, gab Robert kleinlaut zu. »Ein solches Verhalten ist mir selbst fremd. Ich habe keine Ahnung, welcher Teufel mich da geritten hat.«

»Und warum hast du die Fotos abgespeichert? Warum hast du sie nicht einfach gelöscht?«

»Weil ich sie mir tausend Mal angeschaut habe«, brach es aus ihm heraus. »Weil ich immer wieder versucht habe zu verstehen, was dich zu diesem Mann hinzieht. Und wie ich es schaffen kann, so zu werden wie er. Damit du zu mir zurückkommst.«

»Ach Robert«, seufzte Jessie. »Du hast echt Mist gebaut. Weißt du, du bist wirklich ein netter Kerl, aber das mit uns wird nichts, das musst du akzeptieren. Wir passen einfach nicht zueinander, haben so grundverschiedene Interessen. Zum Beispiel diese Reportage eben, die dir so gefallen hat, die hat mich nicht die Bohne interessiert. Und mein perfekter Urlaub sieht nicht so aus, dass ich ihn in Ruhe und Abgeschiedenheit verbringe. Ich will Strand und Cocktails.« Sie schluckte und setzte versöhnlicher fort: »Ich muss erst mal mit dem klarkommen, was du getan hast. Außerdem würde ich gern diese Fotos und Mails abspeichern. Vielleicht kann ich herausfinden, wer dahintersteckt.« Sie holte einen USB-Stick aus der Tasche und sah Robert fragend an. Der nickte nur stumm.

Nachdem sie die Dateien kopiert hatte, nahm Jessie ihre Tasche und sagte: »Ich gehe jetzt. Bitte ruf mich erst mal nicht wieder an.«

Jessie fuhr erschüttert nach Hause. Trotzdem konnte sie nichts dagegen tun, dass sie Mitleid mit Robert hatte. Und sich selbst am liebsten ohrfeigen würde. Sie hatte sich eine Freundschaft mit Robert vorgestellt, aber wo gab es so was schon nach einer gescheiterten Beziehung? Alles, was sie damit erreicht hatte, war, ihm neue Hoffnungen zu machen. Aber im Moment gab es etwas viel Wichtigeres zu klären. Wer war auf die Idee gekommen, sie und Gabriel zu verfolgen? Sie zusammen zu fotografieren? Wer konnte daran ein Interesse haben? Wer immer es gewesen war, er oder sie wusste nicht, dass sie zu dem Zeitpunkt schon die Verlobung gelöst hatte. Sonst hätte es keinen Sinn gemacht, Robert die Fotos zu schicken. Also wollte jemand nicht nur Gabriel schaden, sondern auch ihr. Das war alles andere als ein gutes Gefühl. Sie nahm das Telefon und rief Gabriel an. Nach dem fünften Klingeln schaltete sich nur der Anrufbeantworter ein. Gut, dass es Handys gab. Da nahm er nach dem zweiten Klingeln ab.

»Gabriel, ich bin's, Jessie. Ich war eben bei Robert und muss unbedingt mir dir reden. Wo bist du?«

»In der Hütte am See. Kannst du herkommen? Ich habe schon zwei Bier getrunken, da fahr ich nicht mehr so gerne.«

»Ich weiß nicht, ob ich die wiederfinde. Gib mir bitte mal die Wegbeschreibung.« Jessie hörte zu. »Okay. Jetzt weiß ich wieder. Ich bin in einer halben Stunde da.«

»Ich hole dich auf dem Parkplatz ab«, versicherte Gabriel.

»Gut, bis gleich«, sagte sie und machte sich dann auf den Weg.

Um bereits nach zwei Minuten rechts ranzufahren. Die Angelhütte, die Gabriels Onkel gehörte. Wo sie beide vor ein paar Wochen eine unvergessliche Nacht verbracht hatten. Sie hatte Angst, dort mit Gabriel allein zu sein. Außerdem hatte ihr Gespräch ja auch Zeit bis morgen. Nein, fiel ihr ein. Morgen Mittag begann in Berlin das zweitägige Seminar über Gewinnmaximierung, für das sie sich schon vor Wochen angemeldet hatte. Und das auch bereits bezahlt war. Gut. Sie würde sich jetzt nicht so anstellen, sondern einfach da rausfahren. Ihre persönliche Sache war im Moment nicht so wichtig. Hier ging es darum, dass sie von jemandem über Wochen verfolgt worden war. Und das war gruselig genug, da würde sie ja wohl für ein kurzes Gespräch ihre Hormone im Griff haben können.

Eine halbe Stunde später bog sie auf den Parkplatz am See ein. Wie versprochen wartete Gabriel auf sie, in der Hand hielt er eine Taschenlampe.

»Pass auf. Der Weg ist ziemlich glatt, es hat den ganzen Nachmittag geregnet«, warnte er sie. »Wir reden in der Hütte.«

Sie hatten kaum den Parkplatz verlassen, als sie auf dem schmalen Weg, der zur Hütte führte, prompt ausrutschte. Wild ruderte sie mit den Händen in der Luft, doch trotzdem landete sie innerhalb weniger Sekunden in einer riesigen Pfütze.

Gabriel war sofort an ihrer Seite. »Alles okay? Hast du dir wehgetan?«

»Nur ein bisschen. Nichts Schlimmes. So ein Mist. Ich bin komplett nass.«

Sie rappelte sich hoch und machte vorsichtig zwei Schritte. Außer einem blauen Fleck, der sich bestimmt morgen auf ihrem Hintern zeigen würde, schien alles okay zu sein. Fast okay, denn das Wasser lief überall hinunter, ihr Pullover tropfte, die Jeans klebte an den Beinen.

Gabriel drehte sich von ihr weg, und sie sah seine Schultern zucken.

»Du lachst doch nicht etwa über mich, oder?«, fragte sie misstrauisch.

»Nein, natürlich nicht«, log er und konnte sich nicht länger beherrschen. Er lachte fast Tränen. »Tut mir leid, Aber du siehst aus wie ein Schlammmonster.«

Jessies Anspannung legte sich etwas und wider Willen musste auch sie lachen. »Glaub mir, ich sehe nicht nur so aus. Ich fühle mich auch so. Gibt es in der Hütte etwas Trockenes, was ich anziehen kann?«

»Bestimmt. Komm, nimm meine Hand, damit du nicht noch mal fällst.«

Sie ergriff sie, und sofort war alles wieder da. Seine Wärme. Seine Berührungen. Dieses wunderbare Gefühl, seine Haut zu spüren. Nicht daran denken, befahl sie sich. Einfach nicht daran denken.

Sie hielt seine Hand fest und zockelte ihm ungefähr achthundert Meter hinterher, bis sie zu der Hütte kamen.

Sein Onkel hatte sie vor über zwanzig Jahren gebaut und verbrachte hier, als passionierter Angler, viele Wochenenden. Die Hütte bestand nur aus einem Raum und einem kleinen Badezimmer. Auf der einen Seite gab es einen kleinen Ofen, davor standen ein breites, schon ziemlich verschlissenes Sofa und ein Tisch. An der anderen Seite war eine kleine Küchenzeile mit einem Tresen, vor dem zwei Hocker standen. Zwei wackelige Regale an der Wand vervollständigten die Einrichtung.

»Geh erst mal unter die Dusche«, forderte Gabriel Jessie auf. »Es gibt hier keine Waschmaschine, aber wenn du deine Sachen unter der Dusche auswäschst, können sie vorm Ofen trocknen.«

Jessie ging ins kleine Bad und zerrte an ihrer Jeans. Die klebte dermaßen an ihrer Hüfte, dass sie Minuten brauchte, bis sie sie endlich runterbekam. Die restlichen Klamotten folgten, und endlich stand sie unter der heißen Dusche. Es gab kein Shampoo, nur ein neutral riechendes Duschgel. Das musste wohl reichen. Sie seifte sich ein und wusch sich anschließend damit die Haare. Das Handtuch, das neben dem Waschbecken hing, hatte schon bessere Tage gesehen, und es trocknete nicht mehr richtig. Sie gab es auf, band es sich um die Haare und seufzte jetzt schon mal. Ihre Haare würden später eine reine Katastrophe sein.

Sie warf ihre dreckigen Klamotten in die Dusche und spülte den gröbsten Dreck weg. Anschließend wusch sie sie mit dem Duschgel und wrang sie aus.

Dann rief sie durch die geschlossene Tür nach Gabriel. »Kannst du mir trockene Sachen vor die Tür legen?«, fragte sie.

»Äh, ja. Es gibt hier allerdings nicht viel. Ich habe nur das hier gefunden. Liegt vor der Tür.«

Jessie machte die Tür einen kleinen Spalt auf und zog

eine blaue Latzhose rein. Okay. Das ging gar nicht. Sie sah aus wie ein Pin-up-Girl auf einem Handwerkerkalender. Die Hose war nicht nur viel zu weit, der Latz bedeckte nicht mal ansatzweise ihre Brüste.

»Gabriel, ich brauche noch ein T-Shirt. Guck doch bitte noch mal, ob du nicht was findest.«

Die Tür öffnete sich ein kleines Stück, und Gabriels Arm erschien. An dem ein Shirt hing.

»Hier, nimm meins. Etwas anderes ist nicht da.«

Er machte die Tür wieder zu, und Jessie zog sich sein Shirt über. Das verdammt gut nach ihm roch.

Es geht nicht um deine Hormone, ermahnte sie sich wieder. Völlig egal, wie gut das Shirt riecht, krieg dich in den Griff und konzentriere dich darauf, warum du hier bist.

Sie nahm das Handtuch ab und versuchte mit den Fingern, einigermaßen Ordnung in ihre Locken zu bekommen. Dann nahm sie ihre nasse Wäsche und verließ das Badezimmer. Gabriel saß auf dem Sofa. Mit nacktem Oberkörper. Das war nicht gut. Die Schatten der Flammen verstärkten noch seine starken Oberarme und die breiten Brustmuskeln. Jessie schluckte und versuchte, nicht hinzusehen.

»Wo soll ich die nassen Sachen hinlegen?«, fragte sie unsicher.

»Am besten über den Sessel. Wenn du den noch etwas weiter vor den Ofen schiebst, sind die bald trocken.«

Jessie breitete erst die Jeans und den Pullover auf dem Sessel aus. Dann, mit einem verlegenen Blick, das rosa Spitzenhöschen und den dazu passenden BH.

»Dein guter Geschmack in Sachen Wäsche hat sich nicht geändert«, stellte Gabriel heiser fest.

»Äh, nein«, stotterte sie.

»Setz dich hin und erzähl mir, was Robert gesagt hat«, bat er sie.

Der einzige Platz in der Hütte war auf dem Sofa. Neben Gabriel. Jessie drückte sich so weit wie möglich in die Ecke und setzte ihn ins Bild. Sie endete mit den Worten: »Ich hatte also recht. Robert hat nichts mit deiner Sache zu tun. Aber wir sind mindestens vier Wochen lang von irgendjemandem beobachtet und fotografiert worden.«

»Und ich habe davon nicht das Geringste mitbekommen«, wunderte sich Gabriel. Gut, eigentlich wunderte er sich nicht. Sobald Jessie in seiner Nähe gewesen war, hatte in seinem Gehirn Leere geherrscht. Normalerweise ging er mit dem typischen Polizistenblick durch die Welt. Immer wachsam, immer alles beobachtend. Aber welcher Mann konnte sich schon konzentrieren, wenn er mit einer Frau wie Jessie zusammen war? Und jetzt saß sie neben ihm, ohne Unterwäsche. Sein Shirt klebte an ihren Brüsten. Er spürte, wie seine Beherrschung immer mehr in sich zusammensackte. Gott, er wollte diese Frau so sehr. Mit geschlossenen Augen versuchte er, an etwas anderes zu denken. An seine Suspendierung. An seine ungewisse Zukunft. Aber es funktionierte einfach nicht. Stattdessen sah er eine nackte Jessie vor sich. In Farbe.

»Scheiße«, entfuhr es ihm.

»Genau«, bestätigte ihm Jessie. »Was machen wir denn jetzt?«

Sein innerer Film lief weiter. Was war denn das jetzt für eine Frage? In so einer Situation? Was glaubte sie denn, was er mit ihr machen wollte? Ein oder zwei seiner Gehirnzellen wurden noch mit Blut versorgt. Und die sagten ihm ganz genau, was er jetzt machen sollte. Nämlich gar nichts. Das führte zu nichts. Wenn er diese Frau nur ein Mal berühren sollte, wäre er wieder verloren. Er stand auf, um neues Holz aufzulegen. Irgendwie war seine Jeans an einer ganz bestimmten Stelle plötzlich mindestens zwei Nummern zu eng geworden. Und sein letzter Rest Verstand verabschiedete sich.

»Jessie, das funktioniert nicht«, sagte er mit gepresster Stimme und setzte sich wieder hin.

»Was funktioniert nicht?«, fragte sie verwirrt.

»Du und ich. In einem Raum. Bitte, sei wenigstens du vernünftig. Sag mir, dass ich aufhören soll«, flüsterte er, beugte sich über sie und begann, ihr süßes Gesicht zu küssen.

Sie legte ihm ihre Hand auf die Schulter. »Das ist keine gute Idee. Das macht es nur noch schlimmer.«

»Oder, mein Liebling«, murmelte er an ihrem Hals, »oder es macht alles wieder gut.«

»Gabriel, ich kann nicht denken, wenn du mich küsst.«

»Soll ich aufhören?«

Jessie blieb einen Moment still und versuchte, wenigstens *einen* klaren Gedanken zu fassen. Aber mit einem halbnackten Gabriel neben ihr war das ein Ding der Unmöglichkeit. Allein seine Nähe sorgte dafür, dass sie nicht mehr denken konnte.

»Nein. Hör nicht auf. Hör bloß nicht auf.«

»Ach Jessie. Ich krieg dich nicht aus meinem Kopf. Ich brauche dich so sehr«, murmelte er an ihrem Hals. Er streifte ihr die Träger über die Schultern, zog ihr die unförmige Hose aus und das Shirt gleich hinterher.

»Du bist so wunderschön. Du bist das Schönste, was ich je gesehen habe. Ich will dich. Jetzt.«

Jessie öffnete hektisch seine Jeans. Er hob seine Hüfte, und sie zerrte sie ihm herunter. Nackt, Haut an Haut, lagen sie nebeneinander auf dem alten Sofa.

»Bitte«, flüsterte Jessie. »Ich will dich auch. Jetzt. Sofort.«

Gabriel beugte sich über sie und streichelte sie leicht zwischen den Beinen. Diese wunderbare Stelle, die er so sehr vermisst hatte, war angeschwollen, nass und mehr als bereit.

Vorsichtig stieß er in sie. Eine wunderbare Wärme empfing ihn, und er hatte das Gefühl, das erste Mal seit Wochen wieder atmen zu können. All seine Probleme existierten nicht mehr. Hier gab es nur noch ihn und Jessie. Ihre Hüfte erwiderte jeden seiner Stöße, ihre Hände fuhren über seinen Rücken, zu seinem Hintern und zogen ihn noch enger in sie hinein.

»Schneller«, bettelte sie. »Ich will mehr.«

Er gab es ihr nur zu gerne. Die Hitze zwischen ihnen schwoll immer mehr an, bis er glaubte zu verbrennen. Diese wunderbare Feuchte hieß ihn mit jedem Stoß willkommen und trieb ihn über den Abgrund. Er fühlte, wie ihre Muskeln anfingen zu zucken, und hörte ihr leises Wimmern.

»Jessie, ich komme. Oh Gott, halt mich fest.«

Jessie umklammerte ihn mit aller Kraft und gab sich ihrem und auch seinem Orgasmus hin. Sie murmelte seinen Namen und ließ sich einfach treiben. Gabriel spürte, wie sie sich langsam entspannte, ließ seinen Kopf auf ihre Schulter fallen und atmete schwer.

Ihre Hände ließen ihn nicht los, und er fühlte Tränen auf sein Gesicht fallen.

»Nicht weinen, Jessie. Bitte, nicht weinen.«

»Ich kann das nicht mehr«, schluchzte sie. »Ich kann nicht aufhören, dich zu lieben, aber ich ertrage es kein einziges Mal mehr, dich wieder zu verlieren.«

»Du kannst mich nicht verlieren. Du weißt, dass ich dich liebe.«

Als Antwort drehte sie nur ihren Kopf weg. »Ich möchte jetzt nicht mehr reden. Halt mich einfach nur fest, damit ich schlafen kann.«

»Sofort. Wir müssen einmal aufstehen, das Sofa umklappen.«

Mit zwei Handgriffen wandelte er das Sofa zum Bett um und holte Decken aus dem Kasten.

»Jetzt kannst du schlafen«, sagte er und breitete die Decken über ihnen aus. Er zog sie eng in seine Arme und strich ihr sanft die Locken aus dem Gesicht. Kurz darauf verrieten ihre tiefen Atemzüge, dass sie eingeschlafen war.

Jessie wurde durch das Zwitschern der Vögel wach. Die Sonne ging gerade auf, und erste Strahlen malten ein Muster auf das Bett. Sie wickelte sich in eine der Decken, ging hinaus und setzte sich an den Steg. Sie wollte nachdenken, aber ihr Kopf war einfach nur leer. Also starrte sie bloß auf den See und sah zu, wie die Sonne aufging.

Sie hörte, wie die Tür der Hütte aufging. Kurz darauf saß Gabriel neben ihr.

»Gib mir was von der Decke ab, Süße. Es ist noch ziemlich kalt.« Als sie zusammen unter der Decke saßen und er den Arm um sie gelegt hatte, fragte er: »Warum guckst du so? Ich meinte es ernst, was ich dir gestern Nacht gesagt habe.«

»Ich weiß. Und ich weiß, dass es auch diesmal nicht gut gehen wird mit uns.«

»Jessie, was soll das? Natürlich wird es gut gehen. Okay, wir hatten einen blöden Streit. Aber daraus können wir lernen. Das wird nicht noch einmal passieren.«

Jessie sah ihm in die Augen. »Doch, Gabriel. Das wird es. Man kann nicht mit jemandem zusammen sein, ohne sich auch mal zu streiten. Und bei unserem nächsten Streit wirst du wieder ganz genauso reagieren. Du wirst versuchen, mich aus deinem Leben zu verbannen. Mir keine Gelegenheit geben, mit dir zu reden.«

»Das werde ich nicht. Warum sollte ich das tun?«

Jessie blieb lange still. Nein, sie würde ihm keine Antwort darauf geben. Jetzt war nicht die richtige Zeit dafür.

»Du hast recht«, machte sie stattdessen einen Rückzieher. »Ich kann um diese Uhrzeit noch gar nicht richtig denken. Und mir ist kalt.«

»Komm, gehen wir wieder rein. Ich wärme dich. Ich möchte dir auch etwas sagen.«

Gemeinsam legten sie sich wieder auf das Sofa, und Gabriel zog sie sofort wieder an sich. »Erinnerst du dich an unseren Streit, weil du mit Robert auf den Ball gehen wolltest?«, fragte er.

Jessie verzog das Gesicht. »Ja. Tue ich.«

»Ich bin danach in die *Billardhalle* gefahren. Dort habe ich eine Frau getroffen, mit der ich vorher ein-, zweimal zusammen gewesen war. Sie wollte, dass wir das wiederholen, und hat mich geküsst. Und in dem Moment habe ich es verstanden. Dass du die einzige Frau bist, die ich küssen möchte. Also habe ich ihr gesagt, sie soll verschwinden, und bin zu dir gefahren. Ich habe dich nicht betrogen, Jessie.«

»Gut zu wissen«, antwortete sie und küsste ihn. »Das hat mir ganz schön Magenschmerzen gemacht.«

»Du wirst lernen, mir zu vertrauen. Denn ich werde dir keinen Grund geben, es nicht zu tun, okay?«

»Okay«, lächelte sie ihn an. »Und was ist mit dir?«, fragte sie dann wieder ernster. »Wirst du mir auch vertrauen? Werden wir miteinander reden, wenn das nächste Mal etwas zwischen uns stehen sollte?«

Gabriel sah ihr tief in die Augen. »Ich verspeche, mein Bestes zu geben. Ich werde versuchen, nicht gleich wieder aus der Haut zu fahren, sondern vernünftig über die Sache zu reden. Und ja, ich vertraue dir. Du bist der wichtigste Mensch in meinem Leben.«

Vor Rührung kamen Jessie fast die Tränen. Zärtlich zog sie Gabriels Kopf zu sich heran und gab ihm einen langen, intensiven Kuss. Dann wurde sie wieder nachdenklich. »Und was machen wir nun wegen der Fotos von uns?«

»Ich denke, Stefanie steckt dahinter. Das ist die Frau, die beim Italiener aufgekreuzt ist und dich angepflaumt hat.«

»Weil sie so sauer auf dich ist?«

»Ja, unter anderem. Als Lennart am Montag mit ihr sprechen wollte, haben wir erfahren, dass sie urplötzlich gekündigt hat. Nicht nur das, sie hat mit ihrer Kündigung sofort eine Krankschreibung eingereicht und ist nicht mehr da. Außerdem, diese Fotos von dir und mir, auch das passt. Sie wusste, dass du mit Robert zusammen bist. Also hat sie erst versucht, dir zu schaden. Sie konnte ja nicht wissen, dass ihr euch inzwischen getrennt hattet. Dann hat sie erfahren, dass zwischen uns beiden Funkstille herrschte. Danach ist sie in mein Büro gekommen und hat mir gesagt, was sie von mir will. Und als ich ihr mehr als deutlich gesagt habe, dass ich mit ihr nicht das Geringste zu schaffen haben will, da muss sie beschlossen haben, sich zu rächen.«

»Aber Robert hatte nichts damit zu tun. Ich habe mir all diese Fotos auf seinem PC angeguckt. Da waren immer nur wir beide, kein Foto von dir bei einem Einsatz. Und er hat mir die Mails gezeigt, die ihm anonym geschickt worden sind. Irgendwie ist er auch ein Opfer.«

Gabriel verzog das Gesicht. »Das sehe ich anders. Und ich bin immer noch nicht überzeugt, dass er da nicht doch etwas mit zu tun hat. Klar ist, dass Stefanie Hilfe gehabt hat. Wenn nicht von Robert, dann von jemand anderem.«

»Okay, das ergibt Sinn. Aber wo ist die Verbindung zu diesem Dealer? Der ausgesagt hat, dass dreißig Gramm von seinem Stoff verschwunden sind?«

»Das wissen wir noch nicht. Lennart arbeitet daran.«

»Hat er mal versucht, Stefanie zu befragen?«

»Ja. Aber sie war nirgendwo aufzufinden, auch zu Hause nicht.«

Jessie blieb einen Moment still. »Und wenn du dich mal in ihrer Wohnung umguckst?«

Gabriel seufzte. »Da habe ich auch schon dran gedacht. Aber Einbruch ist eine Straftat. Und selbst wenn ich bei ihr etwas finden sollte, wäre das dann unzulässiges Beweismaterial. Weil es eben illegal beschafft worden wäre.«

»Das ist blöd. Aber immerhin bist du doch schon einen Schritt weiter. Wenigstens ein Puzzleteil hast du.«

»Ja. Es fehlen nur noch viele. Aber wir kriegen das hin. Irgendwie. Und wir beide? Bleibst du noch ein wenig hier bei mir?«

Jessie sah auf die Uhr. »Mist, das geht nicht. Ich muss nachher nach Berlin zu einem Seminar.«

»Bist du heute Abend wieder da?«

»Nein. Erst am Freitag.«

Gabriel blieb eine Weile stumm. »Jessie. Ich weiß, das wird nicht leicht mit uns. Aber lass es uns versuchen. Ich, ich brauche dich einfach in meinem Leben.«

»Ich habe es letzte Nacht auch ernst gemeint. Ich weiß nicht, wie ich es ertragen soll, wenn ich dich wieder verliere.«

Gabriel nahm ihre Hand und legte sie auf sein Herz. »Du bist hier drin, Jessie. Und du wirst immer genau da bleiben.«

Sie schluckte. Wie konnte ein Mann nur einerseits dermaßen süß sein und auf der anderen Seite so verbohrt? Trotzdem, sie würde vernünftig bleiben.

»Lass es uns diesmal langsam angehen. Ich kann mich da nicht sofort wieder so reinstürzen.«

»Langsam, hm? So richtig mit Dates und nicht anfassen?

Wie du willst. Darf ich dich am Freitagabend zum Essen einladen?«

Jessie lächelte ihn an. »Darfst du. Ich freue mich. Und jetzt muss ich los, sonst komme ich zu spät.«

»Moment noch. Diese neue Langsamkeit, ab wann gilt die?«

»Wie meinst du das?«

»Na ja, wenn wir erst am Freitag unser erstes Date haben, dann gilt es doch auch erst ab Freitag, oder? Also jetzt noch nicht.«

Mit diesen Worten begann er, sie zu küssen. Und anzufassen.

»Du hast recht«, stöhnte Jessie. »Heute gilt es noch nicht.«

19

Die Tage in Berlin boten interessante Vorträge. Den einen oder anderen Tipp könnten sie gut in der Kantine umsetzen. Doch Jessie war froh, als sie Freitagmittag endlich in der Bahn zurück nach Hause saß. Gleich nach dem Einsteigen rief Charlie an.

»Und? Bist du schon fertig?«

»Ja. Sitze gerade in der Bahn.«

»Wie war's? Sehr langweilig?«

»Nö, eigentlich nicht. Erzähle ich dir am Montag in Ruhe. Und in der Kantine? Läuft alles?«

»Hier läuft es mehr als gut. Gestern hatten wir bayerische Küche und den totalen Rekord. Es sind fast dreihundert Essen rausgegangen.«

»Wahnsinn«, staunte Jessie. »Habe ich es dir nicht gesagt? Wir haben es geschafft.«

»Ja, und wir werden das noch richtig feiern. Ob du willst oder nicht. Übrigens, ich muss dir noch etwas sagen.«

»Was ist los?«, fragte Jessie besorgt.

»Also, ich weiß, ich soll nicht über Gabriel sprechen. Aber ich habe gestern von Maggie erfahren, dass er schon seit zwei Wochen vom Dienst suspendiert ist. Irgendjemand spielt ihm sehr übel mit.«

»Ach ja?«

»Ja. Ne echt blöde Sache. Erzähl ich dir am Montag.«

»Gut, mach das. Wir sehen uns dann.«

»Halt, eines noch. Hast du es dir noch mal überlegt, ob

du morgen nicht doch zu Maggies Geburtstag kommen willst? Sie würde sich echt freuen. Und sie feiert im Garten ihrer Eltern, da soll es richtig toll sein. Vor allem bei dem Wetter.«

»Mal sehen. Ich glaube eher nicht. Bis dann, Charlie.«

Jessie schüttelte über sich selbst den Kopf. Warum hatte sie Charlie nicht einfach gesagt, dass sie das längst wusste? Und, vor allem, dass sie es von Gabriel selbst hatte? Vielleicht hatte sie Angst vor Charlies Reaktion. Denn irgendwie benahmen sie und Gabriel sich schon ziemlich albern. Zusammen, auseinander, zusammen … Im Moment wollte sie da erstmal selbst mit klarkommen; wenn es so weit war, würde sie es Charlie erzählen.

Abends war sie aufgeregter, als sie es sich zugetraut hätte. Mindestens fünfmal zog sie sich um, und die Kur für ihre Haare ließ sie über eine Stunde einwirken. Kurz nach acht öffnete sie die Tür zum Italiener und schaute sich um. An einem der hinteren Tische entdeckte sie Gabriel, und ihr Herz klopfte wie verrückt. Als sie auf ihn zukam, stand er auf und ging ihr ein Stück entgegen. Er trug ein weißes Hemd zur schwarzen Jeans und schenkte ihr dieses ganz spezielle Gabriel-Lächeln.

»Na, Mäuschen? Ich würde dich ganz schrecklich gerne küssen, aber du willst es ja lieber langsam haben.« Mit einem Grinsen gab er ihr die Hand.

Schnell setzte sie sich hin. Nicht, dass sie hier, vor allen Leuten, noch umkippte. Nur weil seine Hand ihre berührt hatte.

»Äh, ja. Ich glaube, das ist vernünftiger. Erzähl mal, gibt es bei dir was Neues?«

»Vielleicht. Lennart hat etwas herausgefunden. Stefanie hat zwei Brüder. Der eine davon ist vorbestraft wegen Drogendelikten. Jedenfalls haben wir jetzt eine Spur, wie sie an den Stoff gekommen sein könnte. Und der Typ hatte Kontakte, es kann da also auch eine Verbindung zu Carstensen geben.«

»Das ist doch super. Damit bist du doch aus der Sache raus, oder nicht?«

»Leider noch nicht. Das muss alles noch bewiesen werden, und dafür müssen wir Stefanie finden. Aber ich habe ein gutes Gefühl. Am Montag muss ich zu Karsten, mal sehen, was er dazu sagt.«

»Ich freue mich trotzdem schon mal für dich. Ich bin ganz sicher, dass das gut ausgeht.«

Gabriel lächelte sie an. »Engelchen, da dies unser erstes Date ist, sollten wir vielleicht von netteren Dingen sprechen. Erzähl mir mal von Berlin.«

Der Kellner unterbrach ihre Schilderung, um ihre Bestellung aufzunehmen.

»Wollen wir eine Flasche Wein zusammen bestellen?«, fragte Jessie.

»Ehrlich gesagt bin ich kein großer Weintrinker. Ich bleibe lieber beim Bier.«

Jessie bestellte sich eine Karaffe Weißwein und stutzte anschließend. »Ach, du bist kein großer Weintrinker?«, grinste sie. »Da wird dein Weinhändler aber sehr enttäuscht sein, oder?«

Gabriel grinste zurück. »Der Plan war gut. Er hatte nur einige Schwächen.«

»Allerdings«, lachte Jessie. »Obwohl, du hast mich an dem Abend ganz schön durcheinandergebracht. Fast hätte ich dich geküsst.«

»Verdammt. So nah dran war ich? Dann war ich nicht schlecht.«

»Warst du nicht. Und es war total süß von dir, dass du

meiner Mutter und ihrer Nachbarin geholfen hast. Wegen des Sohns mit den Drogen.«

Gabriel machte ein neutrales Gesicht. Alles musste sie ja nun auch nicht wissen. Irgendwie hatte er das Gefühl, bei der Geschichte nicht unbedingt sehr gut dazustehen, wenn alles rauskäme. Stattdessen schaute er sie einfach nur an. Er hatte es wirklich versucht, sich von ihr fernzuhalten. Und sie bloß nicht an sich ranzulassen. Aber dafür war es schon lange zu spät. Nun blieb ihm nichts anderes übrig, als zu hoffen, dass sie es wirklich ehrlich meinte. Denn er wusste, er würde es noch viel weniger ertragen, sie wieder zu verlieren.

Doch Jessie sah heute Abend für so morbide Gedanken viel zu heiß aus. Selbst der Kellner hatte ja fast angefangen zu sabbern. Nur, was das nun wieder sollte mit dieser, wie hatte sie das noch genannt? Ach ja, Langsamkeit. Warum mussten Frauen aus einfachsten Dingen immer etwas Kompliziertes machen? Schluss mit diesem Unsinn, beschloss er. Er würde jetzt eine seiner besten Vorstellungen geben, und am Ende des Abends würde Jessie es gar nicht abwarten können, mit in sein Bett zu kommen.

Er nahm ihre Hand, küsste ihre Fingerspitzen und saugte ganz kurz an ihrem kleinen Finger.

»Hast du Hunger, Jessie?«, fragte er mit seiner besten Verführerstimme.

Zufrieden sah er, wie sich ihre Augen weiteten und ihre Wangen rosig wurden.

»Äh, ja, glaube schon«, hauchte sie.

»Sehr gut. Unser Essen kommt nämlich gerade«, lächelte er sie an.

»Mein Steak ist fantastisch. Möchtest du mal probieren?«, fragte er wenig später und hielt ihr eine Gabel vor den Mund.

»Mach den Mund auf, Mäuschen«, murmelte er und sah ihr dabei tief in die Augen. »Gefällt dir der Geschmack?«

»Das, das ist gut«, antwortete sie leicht benommen. »Ziemlich scharf.«

Gabriel strich ihr leicht über ihre Hand. »Ich kenne noch etwas, das scharf ist.«

Diesmal antwortete sie nicht, sondern sah ihn nur begehrlich an.

»Mein Risotto. Das darfst du jetzt auch probieren.«

Jessie machte wortlos den Mund auf.

»Ist dir auch so heiß?«, fragte er. »Ich weiß nicht, wie hoch die hier die Heizung eingestellt haben. Ich würde mir am liebsten sofort das Hemd ausziehen.«

Jessie schaute ihm in die Augen und fing plötzlich an zu lachen. »Respekt, Gabriel. Du bist wirklich gut. Gab es schon mal eine Frau, die du mit dieser Nummer nicht rumgekriegt hast?«

»Ich habe keine Ahnung, wovon du sprichst«, wunderte er sich.

»Nein? Ach, dann tut es mir leid. Entschuldigung, dass ich einen falschen Eindruck von dir gewonnen habe. Weißt du was? Ich bin mir nie sicher, wie man diese Spaghetti richtig isst. Dreht man die nun auf einen Löffel, oder saugt man sie einfach ein? So ungefähr?«

Dabei saugte sie mit feuchten Lippen an der Nudel und glitt hinterher auch noch mit der Zunge über den Mund.

»Okay, du hast gewonnen«, lachte Gabriel. »Du bist echt clever, weißt du das?«

Sie lachte ihn an. »Bin ich. Und weißt du, was ich noch bin? Ein ziemlich verdorbenes Mädchen. Das manchmal schon nach dem ersten Date Sachen tut, die ein anständiges Mädchen nicht tun sollte. Deine Vorstellung hättest du dir also sparen können.«

Gabriel atmete etwas schneller. »Ist das so? Und was sind das so für Sachen?«

Jessie beugte sich vor und flüsterte ihm die Antwort in sein Ohr.

Nun stieg sein Puls in gefährliche Höhen. »Willst du das noch essen?«, fragte er und deutete auf ihre Nudeln.

Sie schüttelte nur den Kopf. Gabriel schmiss ein paar Geldscheine auf den Tisch und zog sie aus dem Restaurant.

Draußen nahm er sie in die Arme und küsste sie. »Du kommst jetzt mit zu mir? Keine Langsamkeit mehr?«

»Was denn für eine Langsamkeit?«, fragte Jessie zurück und erwiderte seinen Kuss.

Am Samstag frühstückte Jessie noch mit Gabriel und machte sich dann daran, nach Hause zu fahren.

»Und, kommst du nun heute Abend mit zu Maggies Geburtstag?«, fragte er.

»Ich weiß nicht. Mir ist das irgendwie peinlich.«

»Was gibt es denn an Maggies Geburtstag Peinliches?«

»Na ja, wenn wir da wieder zusammen auftauchen. Mal so, mal so. Die denken doch, wir sind bekloppt.«

Gabriel lachte. »Lass sie doch denken, was sie wollen. Das ist doch egal.«

»Mir nicht. Ich würde mir da irgendwie blöd vorkommen.«

»Möchtest du ein Spiel spielen, Jessie?«

Misstrauisch sah sie ihn an. »Deine Spiele enden immer irgendwie im Bett.«

Er grinste. »Ja, gut, das stimmt. Die meisten. Aber dieses nicht. Kommst du mit, wenn ich den ganzen Abend so tue, als ob ich dich gar nicht sehen würde?«

Jetzt grinste Jessie auch. »Du meinst so, als wären wir gar nicht wieder zusammen? Das könnte witzig werden.«

»Kann ich mir auch vorstellen. Allerdings mache ich mir etwas Sorgen.«

»Worüber? Dass wir deine Freunde belügen?«

»Nein. Darüber, dass du deine Hände nicht von mir lassen kannst und wir ganz schnell auffliegen.«

»Kann es sein, dass wir ein ganz klein bisschen arrogant sind?«

»Nö. Ich spreche nur die Wahrheit aus.«

Jessie lachte. »Ich versuche, mich zu beherrschen. Wo muss ich denn hin? Charlie hat gesagt, sie feiert bei ihren Eltern.«

»Ja, die haben ein Superhaus mit großem Garten. Ich schreibe dir die Adresse auf.«

Kaum war Jessie zu Hause, rief sie als Erstes Charlie an. »Hallo, ich bin's. Ich wollte dir nur sagen, dass ich heute Abend doch zu Maggies Geburtstag komme.«

»Ey, super! Ich freue mich, und Maggie wird sich auch total freuen.«

»Äh, Charlie, ich muss dir noch was sagen. Also, Gabriel und ich, wir wollen es noch mal miteinander versuchen.«

Charlie lachte. »Warum überrascht mich das nur nicht? Aber ich freue mich auch darüber. Kommt ihr nachher zusammen?«

»Nein. Und darum rufe ich dich auch an. Weißt du, ich käme mir so blöd vor, wenn alle mitkriegen, dass wir wieder zusammen sind. Wegen dieses ganzen Hin und Her. Jedenfalls, wir tun so, als ob wir nicht zusammen sind.«

»Jessie? Hört sich das nur für mich vollkommen bekloppt an, oder ist das wirklich so?«

»Nein, wieso? Wir wollen es ja diesmal auch ganz anders angehen, viel langsamer.«

»Hast du Angst, dass es wieder nicht klappt? Willst du deshalb nicht, dass es jeder mitkriegt?«

»Nein. Ja. Kann sein, ich weiß es nicht. Jedenfalls, ich wollte, dass du Bescheid weißt.«

»Okay, danke. Ich muss das ja auch nicht verstehen. Also, du kommst zum Geburtstag, tust aber so, als ob du Gabriel gar nicht sehen würdest, habe ich das richtig verstanden?«, kicherte Charlie. »Und er sieht dich auch nicht. Jessie, ganz ehrlich, ihr habt einen an der Waffel.«

Sie musste nun auch lachen. »Ja, vielleicht. Aber irgendwie ist so eine Situation doch auch ziemlich sexy, oder nicht? Stell dir vor, Matthis und du seid irgendwo und tut so, als wärt ihr gar nicht zusammen. Nur ab und zu mal heimliche Blicke. Und vielleicht ein Kuss in einer dunklen Ecke.«

»So gesehen … Kann ich mir tatsächlich vorstellen. Sollten wir vielleicht auch mal ausprobieren. Dann bis heute Abend, ja?«

»Bis später«, verabschiedete sich auch Jessie und fing an, sich mal wieder so richtig aufzustylen. Dabei musste sie schon wieder grinsen. Gabriel war aber auch ein eingebildeter Kerl. Sie suchte im Kleiderschrank, bis sie genau das Richtige gefunden hatte. So, und nun wollten sie mal sehen, wer hier von wem nicht die Finger lassen konnte.

20

An der Straße vor dem Haus standen dicht an dicht Autos. Bis hierhin konnte man die laute Musik hören, und es roch verführerisch nach Grillfleisch. Jessie atmete tief durch, ging zum Haus und klingelte einige Male. Es dauerte, bis Maggie die Klingel hörte, aber als sie aufmachte, strahlte sie über das ganze Gesicht.

»Mensch, Jessie, du bist ja doch gekommen. Super, wir haben uns schon viel zu lange nicht mehr gesehen. Ich freu mich! Komm mit, wir sind alle draußen.«

»Ich komme gleich nach. Erst mal ganz herzlichen Glückwunsch zum Geburtstag. Ich habe dir etwas mitgebracht.«

Sie gab ihr ein eingewickeltes Päckchen, in dem ein Parfum war, das sie mittags noch besorgt hatte.

»Die Verpackung lässt hoffen«, grinste Maggie.

»Ich hoffe, es gefällt dir. Zeigst du mir mal, wo die Toilette ist?«

Kaum stand sie darin, musterte sie sich im Spiegel. Das sollte hoffentlich Wirkung zeigen. Sie trug ein weit ausgeschnittenes Oberteil, aus dem dank eines Push-ups nette Rundungen herausragten. Dazu einen Wickelrock, der bei schnelleren Bewegungen ihr halbes Bein sehen ließ. Die Haare fielen ihr lockig über den Rücken, und selbst der Lippenstift war mal nicht verschmiert.

So traute sie sich endlich in den Garten. Als Erstes lief sie Matthis über den Weg.

»Jessie? Wow, du siehst fantastisch aus.«

»Ehrlich? Ist das nicht ein bisschen billig?«, fragte sie ängstlich.

»Absolut nicht. Sexy und heiß, aber absolut nicht billig.«

»Danke«, strahlte sie ihn an. »Jetzt geht es mir besser.«

Maggie kam auf sie zu und nahm ihren Arm. »Komm mit. Die meisten Leute kennst du ja schon. Möchtest du etwas essen?«

»Ja, gerne.«

Maggie sah Richtung Grill, wo Gabriel neben Lennart stand. »Äh, warte doch einfach hier. Ich kann dir ja etwas zum Essen holen«, stammelte Maggie. »Du musst mit deinen schönen Schuhen ja nicht über den Rasen stapfen. Setz dich einfach hier auf die Terrasse.«

»Kein Problem«, lächelte Jessie. »Ich habe ihn schon gesehen, und es ist okay.«

Es war mehr als okay. Sie hatte seinen Blick bemerkt, der sie kurz von oben bis unten gemustert hatte. Bei diesem Blick wurde ihr verdammt heiß.

»Na gut«, sagte Maggie unsicher. »Dann komm.« Was war denn hier los?, wunderte sie sich. Erst durfte man seinen Namen in Jessies Gegenwart nicht mal in den Mund nehmen, und nun war es plötzlich okay? Umso besser, beschloss sie. Vielleicht schafften die beiden es ja endlich, normal miteinander umzugehen.

»Hallo, Jessie«, begrüßte Lennart sie, ohne ihr in die Augen zu sehen. »Äh, kann ich dich mal kurz sprechen?«

»Ist wohl besser«, antwortete sie betont böse.

Maggie war zurück ins Haus gegangen, und Jessie wagte einen kurzen Blick auf Gabriel. Er stand in einem schwarzen Shirt und schwarzen Cargohosen neben dem Grill. Mit einem undeutbaren Ausdruck im Gesicht und verschränkten Armen sah er sie an. Jessie zwinkerte ihm heimlich zu, aber es kam keine Reaktion von ihm.

Verunsichert folgte sie Lennart in eine Ecke des Gartens.

»Hör mal, Jessie«, sagte er unbehaglich. »Ich möchte mich bei dir entschuldigen. Verstehst du, Gabriel musste wirklich dringend wegen seiner Suspendierung mit dir reden. Ich wollte ihm dabei nur helfen. Mir fiel dafür nichts anderes ein, als dir zu sagen, dass *ich* zu dir komme.«

»Was?«, fragte Jessie abgelenkt. Gehörte dieser Gesichtsausdruck zum Spiel, oder war Gabriel jetzt aus irgendeinem Grund schon wieder sauer auf sie?

»Äh, mein Anruf bei dir«, versuchte es Lennart noch mal.

»Ach so. Ja, kein Problem.«

Erstaunt sah Lennart sie an. »Du bist wirklich nicht sauer auf mich?«

»Was?«, fragte sie zum zweiten Mal. »Nein, nein, bin ich nicht. Aber jetzt muss ich unbedingt was essen.«

Sie ging zurück zum Grill, wo Gabriel immer noch stand. Allein.

»Weißt du vielleicht, wo die Teller sind?«, fragte Jessie mit unsicherer Stimme.

»Keine Ahnung«, antwortete er nur und schaute in die andere Richtung.

Jessie legte ihm ihre Hand auf den Arm. »Gabriel. Bitte. Was habe ich dir denn getan?«

Endlich guckte er ihr in die Augen. Und fing an zu grinsen. »Schätzchen, das Spiel ist vorbei, und ich habe gewonnen. Ich habe dir doch gleich gesagt, dass du es nicht schaffst, die Finger von mir zu lassen.«

Jessie sah ihn böse an. »Mann, du Horst. Ich habe gedacht, du bist schon wieder wegen irgendwas sauer auf mich.«

»Komm mal her«, sagte er und zog sie in die Arme. »Was

irgendjemand denkt oder nicht denkt, kann uns doch völlig egal sein. Ich will nicht den ganzen Abend so tun, als würde ich dich nicht bemerken. Wer sollte mir das auch glauben? So heiß, wie du heute Abend aussiehst.«

Eigentlich wollte Jessie wenigstens einen beleidigten Schnaufer von sich geben, aber dafür fühlte es sich in seinen Armen viel zu gut an. Sie hob ihren Kopf von seiner Schulter und sah ihm in diese unglaublichen Augen.

»Na schön, du hast gewonnen«, gab sie zu. »Dann kannst du mich ja eigentlich auch küssen, oder? Kommt ja jetzt auch nicht mehr darauf an.«

Das tat er daraufhin minutenlang. Sobald sie wieder zu Atem gekommen war, fiel ihr etwas ein. »Du hast das geplant, oder? Du wolltest gar nicht mitspielen.«

»Schätzchen, natürlich wollte ich das nicht. Ich will dich an meiner Seite. Aber ohne meine Idee wärst du nicht mitgekommen, und ich hätte dich den ganzen Abend verdammt vermisst.«

»Ich glaube, dies ist der Moment, in dem ich beleidigt sein sollte.«

»Irrtum. Dies ist der Moment, in dem du zwei Schritte zur Seite gehst. Damit ich mir endlich ein Steak vom Grill holen kann.«

Am Montagmorgen grinste Charlie Jessie entgegen. »Hat nicht funktioniert, was? Aber siehst du, es war doch gar nicht so schlimm. Niemand hat euch für bekloppt gehalten, im Gegenteil. Ich glaube eher, dass keiner wirklich überrascht war.«

»Ja. War wohl doch nicht so eine gute Idee, so zu tun, als würden wir uns nicht kennen. Egal, jetzt erzähle ich dir, wie die Tagung war.«

Charlie hielt sich bald die Ohren zu. »Wenn du noch

einmal ein Wort wie ›Cashflow‹ oder ›Company‹ structure aussprichst, spring ich aus dem Fenster. Sag mir einfach, dass du viel Neues gelernt hast, was uns zugutekommen wird.«

»Ist ja schon gut«, grinste Jessie. »Ich habe viel Neues gelernt, und es wird uns helfen. Und jetzt muss ich mir die Brötchenbestellungen angucken.«

»Gehen wir heute Abend was trinken? Du wolltest mir noch etwas erzählen.«

»Klar, machen wir. Und jetzt geh an deine Töpfe.«

Nachmittags kam Gabriel in die Kantine, mit bemerkenswert guter Laune. »Jessie, komm her und lass dich küssen. Und dann muss ich dir was zeigen.« Nachdem er sie ausführlich geküsst hatte, griff er in seine Hosentasche. »Guck mal, was ich hier habe.«

»Deine Marke? Heißt das, dass …?«

»Süße, genau das heißt es. Ich bin wieder im Dienst.«

Jessie fiel ihm um den Hals. »Wahnsinn, das ist ja toll! Erzähl mal, was ist passiert?«

»Nachdem Carstensen versprochen wurde, ihn in ein anderes Gefängnis zu verlegen, hat er zugegeben, dass er zu seiner Aussage gezwungen wurde. Damit ist die Sache zwar noch nicht vom Tisch, aber immerhin ist jetzt zu meinen Gunsten entschieden worden.«

»Und war es der Bruder von Stefanie, der ihn dazu gezwungen hat?«

»Tja. Das wissen wir leider nicht. Er ist von Mithäftlingen angesprochen worden. Und woher die ihre Instruktionen hatten, das werden wir von denen nicht erfahren. Aber jetzt kann ich endlich wieder selbst ermitteln. Als Erstes versuche ich, Stefanie zu finden. Du bringst mir Glück, weißt du das?«

»Das hoffe ich. Fängst du jetzt gleich wieder an zu arbeiten?«

»Ja, ein paar Stunden. Danach wollte ich mit Lennart ein Bier trinken gehen.«

»Macht das. Ich gehe heute Abend mit Charlie hier in die Bar. Sehen wir uns morgen?«

»Nein, Sonnenschein. Ich kann nicht einschlafen ohne dich. Lennart und ich sind auch in der Bar. Du lässt dein Auto hier stehen und kommst später mit zu mir. In mein Bett. Da, wo du hingehörst.«

»Oha. Kaum fünf Minuten im Dienst und schon ist der Macho wieder da.«

»Weil du es bist, gebe ich heute Nacht auch den Softie. Wenn du darauf stehst?«

»Wir werden sehen«, grinste Jessie. »Vielleicht ist das gar keine schlechte Idee. Ich könnte dich mal so richtig rumkommandieren. Dir sagen, was du tun sollst und was nicht.«

»Übertreib es nicht, Schätzchen«, lächelte er sie an. »Sonst muss ich dich am Ende noch verhaften. Wahrscheinlich sogar mit Handschellen.«

Dabei strich er ihr so langsam den Rücken hinunter, dass sie fast vergessen hätte, dass sie mitten in der Kantine standen.

»Oh Mann, ihr beiden«, lachte Charlie, die gerade hereinkam. »Gibt es da nicht so ein Gesetz? Irgendwas mit Erregung öffentlichen Ärgernisses?«

»Das Gesetz kenne ich gar nicht«, zwinkerte Gabriel ihr zu. »Wir feiern nur etwas, ich bin ab heute wieder im Dienst.«

»Super. Glückwunsch, das freut mich echt. Dafür bekommst du morgen von mir auch eine extragroße Pizza.«

»Bin ich nicht ein glücklicher Mann?«, fragte Gabriel

Jessie. »Du in meinem Bett und deine Freundin in der Küche, mehr kann ein Mann sich nicht wünschen. Ich gehe jetzt endlich wieder an die Arbeit. Wir sehen uns heute Abend.«

Jessie sah ihm verträumt hinterher. »Wow. Ihr geht es ja wirklich richtig langsam an«, amüsierte sich Charlie.

»Ist ja gut«, grinste Jessie. »Geh du lieber in deine Küche.«

Karsten wartete schon in Gabriels Büro auf ihn. »Für morgen Vormittag haben wir Sven Gruber, den Bruder von Stefanie Gruber, zum Verhör bestellt. Mal sehen, ob wir so weiterkommen.«

»Das ist doch mal eine gute Nachricht. Ich kann es nicht erwarten, den Typen in die Finger zu kriegen.«

»Kann ich mir vorstellen. Und genau aus dem Grund bist du beim Verhör nicht dabei.«

Gabriel verzog den Mund. »Na gut. Wer also führt das Verhör durch?«

»Das mache ich selbst, zusammen mit Lennart. Du gehst morgen Vormittag in die Personalabteilung und hörst dich mal bei den Kollegen von Frau Gruber um. Mit wem konnte sie gut, wer weiß etwas über ihr Privatleben und so weiter. Ihr PC ist bereits zur Auswertung in der Computerabteilung. Du kannst dir ihren Schreibtisch und ihre Akten vornehmen.«

»Gut, mache ich.«

»Alles klar. Danach treffen wir uns dann bei mir und gucken uns an, was wir haben.«

Karsten ließ die beiden allein, und Lennart reckte den Daumen hoch. »Es geht voran. Aber heute können wir in der Sache nichts mehr machen, also, willst du wissen, was du alles verpasst hast?«

Er brachte Gabriel auf den neuesten Stand und informierte ihn über neue Fälle. Bis abends um acht saßen die beiden am Schreibtisch und arbeiteten.

»So. Nun ist es gut für heute«, beschloss Gabriel. »Lass uns ein Bier trinken gehen.«

Bester Laune betrat er die Bar. Endlich hatte er seinen Job wieder, ein gutes Gefühl. Und ein noch besseres Gefühl verschaffte ihm der Anblick von Jessie, die an einem der hinteren Tische mit Charlie saß. Sie sah heute Abend aber mal wieder süß aus.

»Bestell mir schon mal ein Bier«, bat er Lennart. »Ich komme gleich.«

»Hallo ihr beiden«, begrüßte er sie und musste Jessie erst mal küssen. Die sah nicht nur niedlich aus, die schmeckte auch gut. Und lächelte ihn auch noch an.

»Wir sehen uns später, ja?«, lächelte er zurück und ging an die Bar zu Lennart, wo schon ein kaltes Bier auf ihn wartete.

»Willkommen zurück«, prostete Lennart ihm zu. Kurz darauf betraten auch Nick und Steven die Bar.

»Hey, Glückwunsch. Wir haben schon gehört, dass du wieder da bist. Hat sich alles geklärt?«, fragte Steven.

»Nee, wir sind noch dran. Aber immerhin ist nun auch mal der Revision klargeworden, dass ich mit dem Scheiß nichts zu tun habe.«

»Wurde ja auch Zeit«, fand Nick.

Sie tranken einträchtig ein Bier zusammen, und Nick wollte von Gabriel wissen, ob er sich schon entschieden hatte.

»Nein. Noch nicht. Aber ich denke darüber nach.«

»Okay. Aber lass dir nicht mehr zu lange Zeit. Alex nervt ziemlich rum.«

»Mache ich. Aber ist das überhaupt noch aktuell? Ich meine, nach meiner Suspendierung?«

»Ach, weiß doch jeder, dass dir da jemand was anhängen wollte. Schlüter sieht das genauso.«

»Okay. Das ist schon mal gut. Und jetzt gebe ich noch ein Bier aus, und dann will ich nach Hause. Ich muss morgen früh raus.«

Sie tranken aus, und er ging zu Jessie hinüber. »Häschen, ich will nach Hause. Wollt ihr noch hierbleiben, oder kommst du mit?«

»Nachdem sie den ganzen Abend auf deinen Hintern gestarrt hat, gehe ich mal davon aus, dass sie mitwill«, grinste Charlie. »Ich muss auch nach Hause. Bis morgen.«

Jessie warf ihr einen bösen Blick hinterher. »Hab ich gar nicht. Höchstens ein-, zweimal.«

Gabriel lächelte. »Dann komm mal mit. Zu Hause darfst du nicht nur gucken, sondern auch anfassen.«

Am nächsten Morgen stand Gabriel um halb neun im Büro des Leiters der Personalabteilung.

»Guten Morgen. Mein Name ist Baumann. Ihr Vorgesetzter, Herr Schubert, hat mich schon informiert. Wie kann ich Ihnen helfen?«

»Zuerst würde ich mir gern die Unterlagen von Frau Gruber angucken. Und mit den Kollegen sprechen. Wissen Sie, mit wem sie sich gut verstanden hat?«, fragte Gabriel.

»Ja, das wären Barbara Fander und Claudia Inselmann. Die drei haben sich ein Büro geteilt und auch meist ihre Pausen miteinander verbracht.«

»Ist Ihnen an Frau Gruber vor ihrer Kündigung etwas aufgefallen? Hat sie sich anders verhalten als sonst?«

»Ja, das hat sie tatsächlich. Genauer gesagt seit ungefähr acht Wochen. Sie war bis dahin immer pünktlich, zuverlässig und sehr ausgeglichen. Ja, man könnte sogar sagen, sie war eine meiner besten Mitarbeiterinnen. Dann aber häuften sich auf einmal die Krankmeldungen, sie hat die Neueinstellungen nicht rechtzeitig bearbeitet, und es kamen Beschwerden. Ich habe daraufhin mit ihr gesprochen, und sie erklärte ihr Verhalten mit einer verschleppten Grippe. Dass sie dadurch nicht ganz auf dem Damm war, nun aber wieder gesund wäre und ihr die Fehler leidtun würden.«

»Und? Hat sich ihr Verhalten gebessert?«

»Dazu kam es nicht mehr. Zwei Tage später hatte ich sowohl ihre Kündigung als auch eine Krankschreibung auf dem Tisch. Die muss sie in aller Herrgottsfrühe hier hingelegt haben, ich war um sieben Uhr im Büro, und da war sie schon weg.«

»Kommt es hier in der Abteilung oft zu Kündigungen?«

Herr Baumann lachte. »Natürlich nicht. Sie kennen doch unsere Wirtschaftslage. Wer gibt da freiwillig einen krisensicheren Job in der Behörde auf? Das ist die erste Kündigung seit vier Jahren.«

»Okay«, bedankte sich Gabriel. »Sie haben mir schon ein ganzes Stück weitergeholfen. Wenn ich noch Fragen habe, melde ich mich.«

»Tun Sie das. Ich muss sagen, wir waren hier alle ziemlich erschüttert, als wir von den Vorwürfen gegen Frau Gruber hörten. Das hätte ihr niemand zugetraut.«

»Noch ist ja nichts bewiesen«, musste Gabriel zugeben. »Wir gehen nur einem Verdacht nach. Wo finde ich ihr Büro?«

»Den Gang runter, fünfte Tür links, Zimmer 347.«

»Danke. Bis dann.«

Gabriel klopfte kurz und betrat das Büro. Zwei Frauen saßen sich gegenüber, der dritte Schreibtisch am Fenster war leer.

Eine der beiden, eine attraktive Frau Ende vierzig, sah nur kurz hoch und vertiefte sich dann weiter in ihre Arbeit.

Die andere, eine Frau in den Dreißigern mit schlecht gefärbten Haaren, lächelte ihn sofort an.

»Guten Morgen. Können wir Ihnen helfen?«

»Das hoffe ich doch sehr«, lächelte Gabriel zurück. »Mein Name ist Brinkmann, Drogendezernat. Ich habe ein paar Fragen zu Frau Gruber.«

»Ach Gott, ach Gott.« Das Lächeln der Frau fiel in sich zusammen. »Sie sind das. Mein Name ist Barbara Fander. Herr Baumann hat uns schon von der Sache erzählt. Stefanie soll wirklich Drogen in Ihrem Schrank versteckt haben?«

Na, der Flurfunk klappte ja bestens.

»Das wissen wir noch nicht. Wir ermitteln in alle Richtungen. Sind Sie befreundet mit Frau Gruber?«

»Ja, schon, ein bisschen. Wir arbeiten halt zusammen und gehen manchmal nach Feierabend zusammen was trinken oder mal ins Kino.«

»Und Sie?«, wandte sich Gabriel an die andere Frau. »Sie sind Frau Inselmann?«

»Ja. Bin ich. Ich habe aber überhaupt keine Zeit. Diese Neueinstellungen müssen heute noch fertig werden.«

Gabriel verzichtete fürs Erste auf einen Kommentar und konzentrierte sich wieder auf Frau Fander. »Wir versuchen, mit Frau Gruber zu sprechen. Leider kennen wir ihren derzeitigen Aufenthaltsort nicht. Können Sie mir da weiterhelfen? Ich wäre Ihnen sehr, sehr dankbar«, sagte Gabriel mit sanfter Stimme.

Frau Fander wurde rot und kicherte. »Ich kann verstehen, warum Stefanie sich in Sie verknallt hat. Aber warum sie Schluss mit Ihnen gemacht hat, das verstehe ich nicht.«

Sie hatte mit ihm Schluss gemacht? Das war ja mal interessant, dachte Gabriel und sagte dann: »Sie hat also mit Ihnen über uns gesprochen. Würden Sie mir erzählen, was sie gesagt hat?«

»Ja, ich weiß nicht. Also, das hat sie uns ja schon im Vertrauen gesagt.«

»Das verstehe ich, Barbara. Ich darf doch Barbara sagen? Ich mag diesen Namen einfach.«

»Ja, klar dürfen Sie das. Und Sie sind Gabriel, oder? So wie der Engel.«

»Genau. Und ich muss Ihnen leider sagen, dass es für polizeiliche Ermittlungen nicht zählt, ob Ihnen jemand etwas im Vertrauen gesagt hat. Würden Sie also bitte …?«

»Gut, okay. Aber Sie wissen das doch alles selbst. Ich meine, Sie waren doch dabei.«

»Ich möchte es aber so gerne von Ihnen hören, Barbara.«

Die kicherte wieder. »Na schön. Also, Sie beide sind ja auf der Weihnachtsfeier zusammengekommen, richtig? Und seitdem hat sie uns von Ihnen vorgeschwärmt. Wie gut Sie zueinander passen würden. Wie viel Sie gemeinsam hätten. Und natürlich von den ganzen Ausflügen.«

»Welche Ausflüge meinte sie denn, Barbara?«

»Ach, das wissen Sie doch. Diese Bootsfahrt im Mondschein. Die Zoobesuche. Den Wochenendtrip nach Paris. Ehrlich gesagt, ein bisschen neidisch war ich schon.«

»Aber Sie doch nicht. Ich wette, Sie können sich vor solchen Angeboten gar nicht retten«, log Gabriel. Aber er hatte nicht wirklich ein schlechtes Gewissen. Wenn die Frau dadurch weiter so kooperativ blieb, sollte es ihm egal sein.

Nun wurde Barbara rot und schmachtete ihn an. »Vielleicht«, gluckste sie verschämt. »Eine Frau muss ihre Geheimnisse bewahren.«

Gabriel musste sich davor bewahren, mit den Augen zu rollen. »Da haben Sie wohl recht. Und welchen Grund hat sie Ihnen genannt, diese Beziehung zu beenden?«

»Na ja, das ist mir jetzt schon ein bisschen peinlich«, druckste Barbara herum. »Ihnen das so ins Gesicht zu sagen.«

»Glauben Sie mir, das muss es nicht. Also?«

»Stefanie wurde alles zu viel. Dass Sie so geklammert haben. Und Ihre ständige Eifersucht. Na ja, und als Sie dann in dieser Kneipe den Mann verprügelt haben, der Stefanie nur nach dem Weg zu den Toiletten gefragt hatte, da langte es ihr eben.«

»So, so. Das ist ja sehr interessant«, erwiderte Gabriel nur.

Claudia Inselmann legte nun endlich die Akte weg und schaute hoch. »Und von vorn bis hinten erlogen, stimmt's? Barbara, ich habe es dir von Anfang an gesagt.«

»Wie kommen Sie darauf, dass Stefanie gelogen hat?«, fragte Gabriel nach.

»Ich bitte Sie. Die hat sich doch lächerlich gemacht mit ihren Geschichten. Wenn Sie beide so ein glückliches Paar gewesen sein sollen, warum haben wir Sie nie gesehen? Warum haben Sie Stefanie hier nie besucht, wo Sie doch im selben Haus gearbeitet haben? Oder haben wenigstens die Mittagspause mit ihr verbracht?«

»Aber das hat sie uns doch erklärt«, rief Barbara. »Weil es eben nicht gerne gesehen wird, dass Polizisten und Verwaltungsangestellte zusammen sind.«

»Barbara, werd endlich mal erwachsen. Du warst doch dabei beim Italiener, als sie sich an seinem Tisch eine Abfuhr geholt hat. Das waren Sie doch, oder? Mit Ihren Freunden?«

»Ja. Das war ich.«

»Sie hat sich eine Traumwelt aufgebaut«, informierte Claudia Gabriel. »In der Sie der strahlende Prinz waren. Sie beide hatten nie eine Beziehung, oder?«

»Dazu kann ich jetzt nichts sagen. Aber nachdem sie Ihnen mitgeteilt hatte, dass sie diese Beziehung beendet hatte, war sie da irgendwie verändert?«

»Ja. Und zwar nicht zum Besseren. Sie hatte zwar tatsächlich jemanden kennengelernt, einen Typen namens Andi, aber von da an ging es bergab.«

»Mensch, Claudia, das stimmt doch gar nicht«, empörte sich Barbara. »Gut, sie hat wegen Andi ein paar Mal krankgefeiert. Aber er hat sie glücklich gemacht.«

»Und wie«, höhnte Claudia. »Er hat sie verprügelt. Sie ist hier einmal mit einem blauen Auge aufgetaucht. Angeblich ist sie gegen einen Schrank gelaufen.«

»Warum soll das nicht stimmen? Du denkst von jedem immer nur das Schlechteste.«

Gabriel wandte sich an Claudia. »Haben Sie einmal mit ihr darüber gesprochen?«

»Ein Mal?«, lachte Claudia bitter. »Mindestens zehn Mal. Vor allem, nachdem der Typ sie hier mal abgeholt hat. Die totale Verbrechervisage. Und Stefanie hatte Angst vor ihm, das hat man gemerkt. Aber sie hat es abgestritten, meinte, er würde sie glücklich machen.«

»Wussten Sie von ihrer Kündigung?«

»Nein. Sie hat kein Wort gesagt. Wir haben das erst durch Baumann erfahren.«

»Haben Sie noch Kontakt zu ihr? Wissen Sie, wo wir sie finden können?«

»Also, bei mir hat sie sich nicht mehr gemeldet. Bei dir auch nicht, Barbara, oder?«

»Nein. Wir haben nichts mehr von ihr gehört. Wahrscheinlich ist sie bei Andi.«

»Kennen Sie seinen Nachnamen? Oder seine Adresse?«

»Leider nicht«, erwiderte Claudia. »Ich würde den zwar überall wiedererkennen, aber wir kennen nur seinen Vornamen.«

»Was macht er beruflich?«

»Wie heißt es so schön? ›Zurzeit arbeitssuchend‹. Mehr

weiß ich wirklich nicht. Stefanie hat mit mir nicht mehr viel geredet, seit ich ihr gesagt habe, dass ich ihr diese Lovestory mit Ihnen nicht abnehme. Und Barbara war die letzten drei Wochen im Urlaub.«

»Ja«, bestätigte sie. »Auf Mallorca. Waren Sie da auch schon mal?«

»Nein, noch nicht«, lächelte Gabriel. »Sie beide haben mir sehr geholfen. Ich muss mir jetzt den Schreibtisch von Stefanie angucken. Lassen Sie sich nicht von mir stören.«

Während Claudia sich sofort wieder in ihre Arbeit vertiefte, beobachtete Barbara, wie Gabriel dünne Handschuhe aus der Hosentasche nahm und nach und nach den Schreibtisch durchsuchte.

Als er damit fertig war, wandte er sich noch einmal an Barbara. »Wo finde ich die Akten, die Frau Gruber bearbeitet hat?«

»Die haben wir übernommen.«

»Ja. Leider«, bestätigte Claudia. »Die waren so schlampig geführt, dass wir eine Woche gebraucht haben, um da Ordnung reinzukriegen. Und das bei diesen ganzen Neueinstellungen.«

Gabriel unterdrückte ein Grinsen. Die Neueinstellungen schienen ja ein Dauerthema dieser Frau zu sein. »Aber Sie haben darin nichts Ungewöhnliches gefunden? Private Notizen vielleicht?«

»Nein. Da waren nur dienstliche Unterlagen drin.«

»Gut. Ich habe noch eine letzte Frage, dann bin ich weg. Erinnern Sie sich noch, an welchem Tag dieser Andi Frau Gruber abgeholt hat?«

Claudia dachte nach. »Also, Barbara war schon im Urlaub. Und es muss vor dem Ersten gewesen sein, denn es waren noch keine Neueinstellungen zu bearbeiten. Also, ich schätze mal, die letzte Woche vor dem Ersten. Ich glaube, an einem Donnerstag.«

»Danke, das bringt mich weiter. Wenn ich noch Fragen habe, melde ich mich noch mal. Ansonsten wünsche ich Ihnen noch einen schönen Tag. Und dass Sie mit den Neueinstellungen hinterherkommen.«

Kopfschüttelnd sah Claudia ihn an. »Natürlich tue ich das. Das ist sehr wichtig.«

»Davon bin ich überzeugt«, gab Gabriel mit ernster Miene zurück. »Schönen Tag noch, die Damen.«

Mit einem Adressbuch, das er ganz zum Schluss noch zwischen einem Stapel Druckerpapier entdeckt hatte, und einem Streifen Tabletten aus Stefanies Schublade verließ er das Büro.

Sein Büro war leer, als er zurückkam. Lennart verhörte wahrscheinlich zusammen mit Karsten noch den Bruder. Als Erstes googelte Gabriel den Namen der Tabletten. Verschreibungspflichtige Schmerzmittel. Entweder war Stefanie krank oder sie war wirklich von ihrem Freund geschlagen worden. Anschließend nahm er sich das Adressbuch vor. Merkwürdig, dass jemand so etwas heute noch benutzte; zumindest Telefonnummern speicherte doch normalerweise jeder in seinem Handy. Beim Durchblättern entdeckte er schnell, dass er hier denn auch keine Adressen oder Telefonnummern finden würde. Stattdessen hatte sie ein regelrechtes Protokoll geführt. Wann sie ihn und Jessie wo zusammen gesehen hatte. Was sie beide angehabt hatten. Was sie getan hatten. Absolut gruselig, die Frau.

Eine Stunde später kam Karsten zu ihm. »Wir sind durch. Kommst du mit in mein Büro?«

Gabriel folgte ihm und setzte sich zu Lennart an den Besprechungstisch.

»Also, zuerst die Infos vom Verhör«, leitete Karsten die

Besprechung ein. »Sven Gruber hat sehr glaubwürdig mitgeteilt, dass er seine Schwester seit zwei Jahren nicht mehr gesehen hat und bis heute auch keinerlei sonstiger Kontakt besteht. Außerdem hat er ein einwandfreies Alibi. Er arbeitet als Maschinist auf einem Kreuzfahrtschiff, welches erst letzte Woche von einer Tour zurückgekommen ist.«

»Der Mann ist vorbestraft. Wieso kriegt so einer einen Job auf einem Passagierschiff?«

Karsten zuckte mit den Schultern. »Nun ja, er hat seine Strafe abgesessen. Und er hat ja auch keinen Kontakt mit den Gästen. Jedenfalls, er steckt nicht mit drin. Was hast du rausgefunden?«

Gabriel seufzte. »Dass Stefanie wohl etwas besessen von mir ist. Sie hat ihren beiden Kolleginnen erzählt, wir beide hätten eine äußerst romantische Beziehung geführt. Stellt euch vor, ich war mit ihr sogar Boot fahren. Na ja, jedenfalls hat angeblich sie die Beziehung vor Kurzem beendet, weil ich geklammert hätte.«

Lennart musste laut lachen. »Entschuldigung. Ich weiß, das hier ist ernst. Aber die Vorstellung, dass du dich an eine Frau klammerst, ist mehr als absurd.«

»Das kannst du laut sagen. Aber nun wird es spannend. Sie hat vor ein paar Wochen jemanden namens Andi kennengelernt. Ihre eine Kollegin, Claudia Inselmann, hatte den Eindruck, er würde sie misshandeln und sie hätte Angst vor ihm. In der Richtung sollten wir ermitteln.«

»Ist diese Frau Inselmann glaubwürdig?«

»Ja, ich denke schon. Sie ist realistischer als ihre Kollegin Barbara Fander, sie hat Stefanie die Geschichte mit unserer Beziehung nie so recht abgekauft. Auch wenn sie besessen von dem Thema Neueinstellungen ist. Frau Inselmann weiß von dem Typen nur den Vornamen, aber er war einmal hier im Haus, um Stefanie abzuholen. Ein Datum habe ich auch. Wir sollten an der Wache nachfragen, wer an dem Tag hier ein und aus gegangen ist.«

»Wollen wir mal hoffen, dass an dem Tag niemand geschlampt hat, sondern alle Besucher ordentlich erfasst wurden. Ist ja in letzter Zeit ein paarmal nicht so optimal gelaufen, da unten«, antwortete Karsten. »Ich rufe später an der Pforte an und lasse mir die Einträge von dem Tag schicken. Hat die Durchsuchung ihres Schreibtisches etwas ergeben?«

»Ja und nein. Der war fast komplett leer. So spontan war ihre Kündigung wohl nicht. In der ersten Schublade lag ein Streifen Schmerztabletten. Und ganz unten, zwischen Druckerpapier, habe ich das hier gefunden.« Er legte das Adressbuch auf den Tisch. »Das ist ein regelrechtes Überwachungsprotokoll. Von mir und Jessie. Sie hat alles Mögliche da eingetragen. Wann wir uns getroffen haben, was wir gemacht haben, richtig krank.«

»Und du hast davon nichts mitgekriegt?«, wunderte sich Karsten.

»Äh, nein. Ich war wohl auf andere Sachen konzentriert.«

Karsten seufzte. »Erzähl mir was Neues. Okay, lass mir das mal hier. Ich muss dir jetzt noch ein paar persönliche Fragen zu Frau Gruber stellen. Wollen wir das unter vier Augen erledigen?«

»Nein. Lennart kann ruhig hierbleiben.«

»Okay. Du warst also nur ein Mal mit dieser Frau zusammen, richtig?«

»Ja. Habe ich doch schon gesagt. Nach der Weihnachtsfeier.«

Karsten verdrehte die Augen. »Wie originell. Okay, und wie ging es dann mit euch weiter?«

»Gar nicht. Was, bitte schön, soll nach einem One-Night-Stand denn weitergehen?

»Und ihr war klar, dass es sich um eine einmalige Sache

handelte? Du hast ihr keine Hoffnungen gemacht? Vielleicht, um sie rumzukriegen?«

»Jetzt mach aber mal ganz schnell einen Punkt«, regte Gabriel sich auf. »Natürlich nicht. Hältst du mich für so einen Mistkerl?«

»Nein. Beruhige dich. Ich will nur Licht in die Sache bringen. Wart ihr bei ihr oder bei dir?«

»Bei ihr. Und wenn du es schon so genau wissen willst, es war die Fahrt nicht wert. Danach, als ich mich verabschieden wollte, fing sie an zu heulen. Wo ich denn hinwolle, ob ich nicht am nächsten Morgen mit ihr zusammen frühstücken wolle, all so was eben. Also bin ich noch kurz geblieben. Habe ihr in Ruhe erklärt, dass wir beide einfach ein bisschen viel getrunken hatten und dass uns nur das in ihr Schlafzimmer geführt hat. Sie schien das zu verstehen, ich habe mir ein Taxi nach Hause genommen, und das war's. Dachte ich.«

»Also hat sie es nicht verstanden?«

Gabriel seufzte tief. »Nein. Sie hat immer wieder Begegnungen zwischen uns hier im Haus herbeigeführt, kam in der Kantine zu mir, hier ins Büro. Irgendwann ist mir der Kragen geplatzt, und ich habe ihr gesagt, sie solle mich endlich in Ruhe lassen. Eine Woche später habt ihr das Speed in meinem Schrank gefunden.«

»Aha. Also, das Motiv hätten wir. Die Frau auf den Fotos, das ist doch die Pächterin der Kantine, oder?«

»Ja. Das ist Jessie. Sie ist meine Freundin.«

»Wurde sie von Frau Gruber auch belästigt?«

»Nein. Nicht richtig. Wir waren mal mit ein paar Leuten beim Italiener, da kam Stefanie einigermaßen betrunken zu uns an den Tisch und hat Jessie ziemlich angemacht. Und dann hat sie dem Exverlobten von Jessie Fotos von uns beiden geschickt.«

»Vielleicht solltest du in nächster Zeit ein bisschen auf sie aufpassen.«

»Oh Gott«, sagte Lennart erschrocken. »Daran haben wir ja gar nicht gedacht.«

»Glaubst du, sie hat jetzt auch Jessie im Visier?«, fragte Gabriel mit zusammengekniffenen Augen.

»Das weiß ich nicht«, antwortete Karsten. »Aber unmöglich wäre es nicht. Mach dir jetzt nicht zu große Sorgen, immerhin ist klar, dass für Frau Gruber Gewalt keine Lösung ist. Sonst hätte sie dir einfach ein paar Schlägertypen auf den Hals geschickt. Also halte ich es auch für unwahrscheinlich, dass sie deine Freundin körperlich angreift. Aber halte trotzdem die Augen offen.«

»Das werde ich tun. Verlass dich drauf.«

»Okay. Dann versuchen wir jetzt, die Identität dieses Andis rauszukriegen. Danach sehen wir weiter. Ich halte euch auf dem Laufenden.«

21

Jessie war gerade damit beschäftigt, einige Tische abzuwischen, als Gabriel und Lennart in die Kantine kamen.

»Na, du Süße«, wurde sie von Gabriel begrüßt. »Kriegen wir noch was zu essen?«

»Euer größter Fan schwingt hier den Kochlöffel, darum stehen die Chancen wohl gut.«

Sie ging mit den beiden zur Essensausgabe und strich dabei Gabriel einmal über den Hintern. Der war aber auch was knackig. Er schenkte ihr sein 1000-Watt-Lächeln, und sofort machte sich ein Ziehen in ihrer Bauchgegend bemerkbar. Von diesem Mann würde sie niemals genug bekommen.

»Nehmen wir Pizza?«, fragte Lennart.

Charlie kam gerade mit einem neuen Blech aus der Küche. »Hallo, ihr beiden. Zweimal Pizza extragroß?«

»Mindestens. Ich habe einen Riesenhunger«, erwiderte Gabriel.

»Hast du doch immer«, grinste Charlie und gab beiden die Pizza.

»Guten Appetit«, wünschte Jessie. »Ich muss in die Verwaltung, die nächste Feier, die wir ausrichten sollen, besprechen.«

Mit einer Hand zog Gabriel sie zu sich. »Gehen wir beide nach der Arbeit zu dir?«

»Das hört sich gut an. Ich bin hier gegen sechs fertig, dann können wir los.«

»Ich hol dich ab«, versprach Gabriel, und Jessie sah zu, dass sie zu ihrem Termin kam. Das wäre schon die fünfte Feier bei ihnen, und bisher waren alle mehr als zufrieden. Wäre toll, wenn ihre Ideen auch diesmal ankämen und die Feier zu einer Beförderung bei ihnen stattfinden würde.

Abends kam Gabriel wieder, und beide gingen zu seinem Auto.

»Ich muss noch einkaufen gehen, mein Kühlschrank ist total leer. Kommst du mit?«, fragte Jessie.

»Klar. Zu welchem Supermarkt willst du?«

Kurz darauf gingen sie durch die Gänge, und Jessie lud den Wagen voll. Bis Gabriel neben den Tiefkühltruhen plötzlich erstarrte und sein halber Oberkörper zwischen gefrorenen Hühnern verschwand.

»Gabriel? Was machst du da?«, fragte Jessie verwundert.

»Ich muss nur was nachgucken«, ertönte seine Stimme gedämpft aus der Truhe.

»Bei den Suppenhühnern? Komm raus, sonst siehst du gleich aus wie Frosty, der Schneemann.«

»Gleich«, antwortete er und schaute nach einem Moment vorsichtig aus der Truhe. Mit erschrockenem Blick. Jessie folgte diesem Blick und sah eine blonde Frau in ihrem Alter auf sie zukommen.

Gabriel richtete sich auf. »Jessie, ich werde dir alles erklären. Aber bitte, guck jetzt einfach blöd, und sag kein Wort.«

Bevor sie ihren Mund aufmachen konnte, sprach diese Frau. »Hallo, Gabriel, ist ja super, dich mal wieder zu treffen. Ist das deine Frau?«

»Ja. Das ist Maria. Sie spricht aber kein Deutsch.«

»Ich. Bin. Susan«, stellte die sich Jessie vor, indem sie sehr laut sprach und jedes Wort einzeln betonte. »Herzlich.

Willkommen. In. Deutschland«, setzte sie diese merkwürdige Sprechweise fort.

Jessie warf Gabriel einen mordlüsternen Blick zu und sah der Frau wortlos ins Gesicht.

»Ach, Mensch, Gabriel, das ist ja nicht einfach für dich, oder? Geht sie schon in eine Sprachschule?«

»Äh, nein, noch nicht. Wir melden sie nächste Woche an. Wir müssen jetzt auch dringend weiter.«

Aber Susan ließ sich davon nicht stören. »Wie verständigt ihr euch denn? Spricht sie Englisch?«

Jessie war kurz davor, dieser Frau zu sagen, dass »sie« ihr gleich eins über den Schädel ziehen würde.

»Nein, leider nicht. Wir sprechen Armenisch. Schön, dich getroffen zu haben, aber wir müssen jetzt wirklich los«, sagte Gabriel und zog Jessie mit sich.

»Halt, einen Moment noch. Sag doch mal was auf Armenisch. Ich habe diese Sprache noch nie gehört.«

»Heskanu tros Bablana«, improvisierte Gabriel. »Das heißt bei uns ›Auf Wiedersehen‹. Tschüss, Susan.«

Endlich gab die auf und schob mit ihrem Einkaufswagen weiter.

»Gabriel?«, schnaubte Jessie. »Willst du mir vielleicht was sagen?«

»Schätzchen, guck nicht so böse. Das ließ sich eben nicht ändern. Komm, du wolltest noch Getränke kaufen.«

»Ich gehe keinen Zentimeter weiter, bevor du mir nicht gesagt hast, wann wir beide geheiratet haben. Und warum ich meinen Namen in Maria geändert habe.«

Gabriel seufzte. »Das war die Schnittlauchfrau. Wir haben uns ein paar Mal getroffen, aber nichts miteinander gehabt. Das wollte sie ändern und ich nicht. Aber verletzen wollte ich sie auch nicht, darum habe ich ihr gesagt, ich wäre Armenier und würde eine Frau aus meiner Heimat heiraten.«

Jessies Wut verrauchte, und sie lachte laut los. »Du bist zwar ein Mistkerl, aber ein netter. Obwohl, an deinem Armenisch solltest du noch arbeiten. Ich kenne diese Sprache zwar auch nicht, aber ich bin trotzdem sicher, dass sie sich so nicht anhört. Und jetzt holen wir die Getränke.«

Später bei Jessie war Gabriel ziemlich still.

»Was ist los mit dir?«, wollte sie wissen. »Denkst du an Stefanie?«

»Nein, im Augenblick nicht. Ich könnte eventuell zu einer anderen Abteilung wechseln und muss mir das mal überlegen.«

»Dazu brauchst du doch nicht still vor dich hin zu grübeln. Falls es dir entgangen sein sollte, ich sitze hier. Also kannst du doch auch mit mir darüber reden, oder nicht?«

Erstaunt sah Gabriel sie an. »Hm. Ja, das könnte ich wohl. Also, ein Kollege aus der OK, das steht für Organisierte Kriminalität, will nicht mehr als verdeckter Ermittler arbeiten. Er möchte gerne in meine Abteilung wechseln, und ich würde dann seinen Job übernehmen.«

»Das hört sich total spannend an. Ich habe mal einen Film gesehen über einen Undercover-Cop. Der war echt cool.«

»Jeder hat mal einen Film gesehen«, seufzte Gabriel. »Nur haben diese Filme leider nicht das Geringste mit der Realität zu tun.«

»Erzähl mal. Wie ist es denn wirklich?«

»Du bekommst eine neue Identität. Mit allem drum und dran. Eine Familienhistorie, eine berufliche Laufbahn, die sich nachprüfen lässt. Einen neuen Namen und eine neue Wohnung. Und dann verbringst du deine Zeit mit Abschaum. Du siehst Dinge, die du nie sehen wolltest. Du tust Dinge, von denen du nie gedacht hättest, dazu in der Lage zu sein. Du bist ständig in Alarmbereitschaft und hast Angst, dass deine Tarnung auffliegt. Weil du dann ein echtes Problem hast. Aber weißt du, wovor die Angst am größten ist?«

Jessie schüttelte den Kopf.

»Dass dieses Leben auf dich abfärbt. Dass du irgendwann genau so ein Scheißkerl wirst wie die Leute, mit denen du zu tun hast. Glaub mir, dieser Job hat nichts mit irgendeiner Krimiromantik zu tun.«

»Aber dann kennst du deine Antwort doch schon, oder? Du willst diesen Job nicht.«

Verblüfft sah Gabriel sie an. »Das stimmt. Ich will diesen Job nicht. Das war mir vorher überhaupt nicht bewusst«, schüttelte er über sich selbst den Kopf. »Erst dadurch, dass ich dir erzählt habe, wie der Job wirklich ist, ist es mir selbst klargeworden.«

»Dafür hat man eben eine Freundin«, grinste Jessie selbstgefällig. »Damit man mal über Dinge reden kann.«

Gabriel grinste nicht zurück, sondern schaute sie ernst an. »Ja, das ist wohl so. Ich treffe meine Entscheidungen schon so lange allein, dass ich gar nicht mehr wusste, wie gut es ist, mit jemandem zu reden. Mit jemandem, der einem zuhört und für einen da ist.«

Urplötzlich schossen Jessie Tränen in die Augen. Denn plötzlich sah sie wieder den siebenjährigen Gabriel vor sich. Einen kleinen, verlorenen Jungen, der ernst ihre Hand hält.

»Aber darum musst du doch nicht weinen«, sagte Gabriel erschrocken. »Das ist doch was Gutes, oder?«

»Ja«, schniefte Jessie. »Ist es. Komm mal her.«

Sie umarmte ihn, so fest sie konnte. Nach und nach ließ er die Barrieren, die er um sich gebaut hatte, einstürzen. Und wahrscheinlich war ihm das selbst nicht mal bewusst.

Am nächsten Morgen rief Gabriel als Erstes Nick an und verabredete sich mit ihm und Steven mittags in der Kantine. Lennart kam rein und wedelte mit einem Blatt Papier.

»Alter, wir haben was. Der Wachhabende an der Pforte hat diesen Andi ins Besucherbuch eingetragen. Hier, Andreas Hartmann, Ganserstraße 32.«

»Okay, dann lass ihn uns mal überprüfen.« Gabriel gab den Namen ein und pfiff kurz darauf durch die Zähne. »Guck dir das mal an«, forderte er Lennart auf.

Der kam um den Schreibtisch, und gemeinsam sahen sie ein langes Vorstrafenregister und insgesamt drei Gefängnisaufenthalte.

»Interessant«, sagte Lennart. »Guck mal, wegen was der alles verurteilt wurde.«

Da war eine Menge zusammengekommen. Schwere Körperverletzung, Raubüberfall und immer wieder Drogendelikte.

»Das passt. Los, wir fahren da jetzt hin und stellen ihm mal ein paar Fragen.«

Kurz darauf waren sie unterwegs.

»Mal was anderes«, sagte Lennart. »Hast du über Nicks Vorschlag nachgedacht?«

»Ja. Habe ich. Aber keinen Bock auf den Job. Ich bleibe hier.«

»Weise Entscheidung. Und ich freu mich sowieso.«

Mehr Worte verloren sie nicht darüber. Zwanzig Minuten später standen sie vor dem Haus von Andreas Hartmann, der auf ihr Klingeln sofort öffnete. Sie fuhren mit dem Fahrstuhl in den sechsten Stock und zeigten ihre Marken vor.

»Brinkmann, Drogendezernat. Wir haben ein paar Fragen an Sie.«

Hartmann versuchte, die Tür zuzuschlagen, aber Lennart war schneller und schob ihn in den Flur.

»Wovor haben Sie denn Angst? Doch wohl nicht vor unseren Fragen, oder?«

»Ich bin sauber«, stieß Hartmann hervor. »Ich habe meine Strafe abgesessen und habe nichts mehr mit Drogen zu tun.«

»Welche Strafe genau meinen Sie denn jetzt?«, fragte Gabriel. »Das waren so viele, da komme ich ja total durcheinander.«

»Ich sag hier gar nichts mehr. Ich will sofort einen Anwalt.«

»Andilein, hast du vielleicht zu viele Filme gesehen? Einen Anwalt darfst du haben, wenn du verhört wirst. Wir haben aber nur ein paar Fragen an dich.«

»Der hat mich hier nicht einfach zu duzen«, beschwerte sich Hartmann bei Lennart. »Ich kenne meine Rechte.«

»Ach je. Ich glaube, er möchte nicht mein Freund sein«, bedauerte Gabriel und drückte Hartmann an die Wand. »Und jetzt Schluss hier. Wo ist Stefanie Gruber?«

»Was? Um die geht es hier?«

Gabriel ließ ihn los und trat einen Schritt zurück. »Genau um die. Wo ist sie? Wohnt sie hier?«

»Nein, Mann, tut sie nicht. Ich habe sie schon ein paar Wochen lang nicht mehr gesehen.«

»Sie haben eine Beziehung mit ihr?«

»Hatte. War nur eine kurze Sache. Keine Ahnung, wo sie ist. Hier jedenfalls nicht.«

»Das können wir leicht überprüfen. Wir können innerhalb von einer Stunde einen Durchsuchungsbeschluss bekommen. Sollen wir uns Ihre Wohnung mal genauer anschauen?«

»Scheiße, was soll das? Ich sage die Wahrheit, ich weiß nicht, wo die Frau ist. Sie hat vor vier Wochen Schluss gemacht und mir gesagt, sie hätte einen neuen Job. In Spanien. Mehr weiß ich nicht. Echt nicht.«

»Haben Sie sie mit Drogen versorgt?«, fragte Lennart.

»Hör doch mal zu, Mann. Ich bin sauber. Ich deal nicht mehr, ich habe Stefanie nie Drogen gegeben, und selber nehme ich auch keine mehr. Fragt doch meinen Bewährungshelfer, der bekommt jede Woche die Urinprobe von mir.«

Nachdenklich sah Gabriel ihn an. »Den werden wir mit Sicherheit fragen. Und wenn Sie uns angelogen haben, kommen wir wieder.«

Die beiden verließen die Wohnung und schwiegen auf der Fahrt nach unten.

»Das ist doch eine Scheiße«, fluchte Gabriel im Auto. »Eine Sackgasse nach der anderen.«

»Du glaubst ihm also auch?«

»Ja«, erwiderte Gabriel knapp. »Hast du seine Pupillen gesehen? Der nimmt nichts. Ich guck nachher trotzdem mal, wer sein Bewährungshelfer ist, und rufe den an. Aber ich weiß jetzt schon, dass der mir sagen wird, dass die Proben sauber sind.«

»Denke ich auch. Aber es ist nicht alles eine Sackgasse. Stefanie hat damit zu tun, das kann nicht anders sein. Sie hat dich und Jessie verfolgt, Fotos gemacht, ein regelrechtes Protokoll geführt, und sie hatte die Möglichkeit, den Stoff in deinem Schrank zu verstecken. Sie hängt mit drin.«

»Ja, und jetzt hängt sie angeblich in Spanien. Wenn das stimmt, wird sie ihre Wohnung gekündigt haben. Wir prüfen das im Büro nach. Und weißt du, was sie dann aller Wahrscheinlichkeit nach noch gemacht hat?«

»Was?«, fragte Lennart.

»Einen Nachsendeantrag gestellt. So schnell, wie sie verschwunden ist, kann sie vorher nicht alles geregelt haben.«

»Du bist gut«, gab Lennart neidlos zu. »Los, auf ins Büro.«

Eine Stunde später bestätigte sich ihr Verdacht. Die Wohnung war gekündigt, und sie hatten eine Adresse von Stefanie auf Mallorca. Die beiden besprachen sich kurz in ihrem Büro und gingen dann zu Karsten.

»Die gute Nachricht ist, wir wissen, wo sich Stefanie Gruber aufhält«, informierte Gabriel ihn. »Die schlechte ist, sie ist nach Mallorca gezogen.«

»Gute Arbeit«, lobte Karsten. »Und so, wie ihr ausseht, habt ihr irgendwas vor, stimmt's?«

»Och, nicht so richtig. Lennart und ich würden nur ganz gerne mal zwei, drei Tage Urlaub machen. Das war ja doch alles ziemlich stressig hier in der letzten Zeit.«

Karsten bemühte sich, ein Grinsen zu unterdrücken. »So, stressig war es also. Dann ist ein kurzer Urlaub vielleicht nicht die schlechteste Idee. Erholt euch gut, der Urlaub ist ab morgen genehmigt.«

»Danke«, sagte Gabriel nur und ging mit Lennart zurück in ihr eigenes Büro.

»Der Mann ist wirklich absolut in Ordnung«, freute sich Lennart. »Stell dir mal vor, wir hätten die Befragung von Stefanie offiziell machen müssen. Was für ein Nervkram.«

»Und ob. Amtshilfeersuchen bei der Polizei auf Mallorca, hundert Anträge zur Genehmigung einer Auslandsdienstreise, und, und, und. Kriegen wir so kurzfristig einen Flug?«

»Denke schon«, meinte Lennart. »Sind ja noch keine Ferien. Ich schau gleich mal im Internet.«

Schon zehn Minuten später hob er den Kopf. »Ich habe was«, sagte er. »Am günstigsten ist es, wenn wir pauschal buchen, mit Hotel. Hier ist ein Angebot, drei Tage in Paguera für nur zweihundertzwanzig Euro. Allerdings nur Doppelzimmer. Schnarchst du?«

»Keine Ahnung«, grinste Gabriel. »Finde es heraus. Buch

das gleich mal«, bat er ihn und schob ihm seine Kreditkarte über den Schreibtisch.

Fünf Minuten später hob Lennart seine Hand. »Schlag ein. Wir beide fliegen morgen früh um halb neun in die Ferien.«

Gut gelaunt klatschte Gabriel ihn ab. »Ich frag Jessie gleich mal, ob sie uns zum Flughafen bringt. Ich muss sowieso in die Kantine und mich mit Nick und Steven treffen. Kommst du mit?«

»Klar. Das Essen ist so gut geworden, seit Charlie und Jessie die Kantine übernommen haben. Mir fehlt das richtig am Wochenende.«

»Man sieht's«, grinste Gabriel. »Du bist auf dem besten Weg, eine Plauze zu kriegen.«

»Das liegt wohl eher daran, dass wir in kein Fitnessstudio mehr gehen können. Weil du in jedem einzigen irgendeine Perle am Start hattest.«

»Nicht in jedem. Höchstens in dreien. Und wir können uns ruhig ein neues suchen, die Frauengeschichten hab ich hinter mir.«

»Wer's glaubt«, stöhnte Lennart. »Aber gut, ein Versuch noch. Gucken wir uns demnächst mal das an der Bremer Straße an?«

»Können wir machen. Ich muss auch unbedingt wieder trainieren.«

Die vier aßen zusammen, und Gabriel erklärte ihnen, dass er den Job von Alex nicht übernehmen würde. »Aber sprecht mal mit Dennis Kämpper. Den könnte ich mir bei euch gut vorstellen, und ich weiß, dass ihm sein Schreibtischjob bei uns nicht gefällt.«

»Kämpper?«, überlegte Nick. »Ist das nicht der, der von der Sitte gekommen ist?«

»Genau der. Er ist in Ordnung. Ich könnte mir gut vorstellen, dass der sofort mit Alexander tauschen würde.«

»Okay, danke. Wir denken mal drüber nach.«

»Alles klar. Wir sehen uns. Ich muss noch mal eben was klären.«

Gabriel ging in Jessies Büro, das aber leider leer war.

»Die ist beim Steuerberater«, klärte Melanie ihn auf. »Das kann noch dauern.«

»Danke«, lächelte Gabriel sie an und verließ die Kantine.

Melanie blickte ihm versonnen hinterher. Kein Wunder, dass Jessie in letzter Zeit so gute Laune hatte. Mit dem Typ in ihrem Bett würde sie auch den ganzen Tag lächeln.

22

Jessie saß schon seit zwei Stunden beim Steuerberater, aber statt müde zu sein, wurde sie immer munterer. »Und Sie sind sich ganz sicher, was die Zahlen betrifft? Da kann ich mich wirklich drauf verlassen?«

Herr Stanislawski lachte. »Ja, sonst wäre ich hier wohl am falschen Platz. Es sieht tatsächlich sehr gut für Sie aus. Herzlichen Glückwunsch.«

»Danke«, strahlte Jessie. Nach so kurzer Zeit waren sie wirklich schon in der Gewinnzone gelandet.

»Wie ich gehört habe, wird Ihr Verlobter Seniorpartner. Auch dazu meinen Glückwunsch.«

»Ja, er hat es auch verdient. Allerdings sind wir nicht mehr verlobt, wir haben uns getrennt.«

»Entschuldigung, das wusste ich nicht. Dann ist die Trennung wohl noch sehr frisch? Ich habe Robert vor einigen Tagen bei einem Seminar getroffen, und dort haben wir kurz über die Hochzeitsvorbereitungen gesprochen.«

»Na ja, das ist alles ein bisschen kompliziert«, wich Jessie aus. »Ich möchte über dieses Thema lieber nicht sprechen.«

»Kein Problem«, gab Herr Stanislawski sachlich zurück. »Wir sind dann auch fertig. Denken Sie daran, mir noch die Unterlagen für die Abschreibungen, über die wir gesprochen haben, reinzureichen?«

»Klar, mache ich. Und vielen Dank für alles. Ich war am Anfang, als wir den Pachtvertrag unterschrieben haben, ganz schön nervös. Aber jetzt sind wir offenbar auf dem richtigen Weg.«

Sie verabschiedeten sich, und Jessie ging in die Tiefgarage zu ihrem Auto. Verärgert dachte sie an Robert. Dass er weiterhin behauptete, sie wären noch verlobt, war absolut nicht in Ordnung. Vor allem, wenn er das nicht nur gegenüber seinen Partnern, sondern auch allen möglichen anderen Leuten erzählte. Sie wollte auf gar keinen Fall wegen dieses Themas noch mal Stress mit Gabriel bekommen. Am besten ignorierte sie Robert einfach weiterhin. So, wie sie es seit ihrem letzten Gespräch tat. Sie hatte weder seine Anrufe angenommen noch sich für die Blumen bedankt, die er ihr in die Kantine hatte schicken lassen. Dadurch, dass er mit seinen Lügen über Gabriel sie beide auseinanderbringen wollte, hatte sich ihr schlechtes Gewissen ihm gegenüber sehr schnell verabschiedet. Nun wollte sie nur noch ihre Ruhe vor ihm.

Als sie ihr Handy wieder einschaltete, sah sie, dass Gabriel versucht hatte, sie zu erreichen. Sie rief ihn zurück, und kaum, dass sie seine Stimme hörte, war Robert vergessen.

»Na, Engelchen? Wo steckst du?«

»Im Auto. Ich fahre gerade zurück zur Kantine, bin so in einer Viertelstunde da.«

»Das ist gut. Ich muss unbedingt jemanden küssen, aber Lennart will nicht. Stellst du dich zur Verfügung?«

Jessie lachte. »Mich darfst du immer küssen. Bis gleich.«

Gabriel wartete schon in der Kantine auf sie, wo Melanie um ihn herumschwänzelte. Jessie sah sie mit hochgezogenen Augenbrauen an, die daraufhin lieber schnell wieder an die Arbeit ging.

»Komm mit ins Büro«, bat Jessie ihn, um mit ihm allein zu sein.

Kaum hatten sie die Tür hinter sich geschlossen, lächelte Gabriel sie an. »Ich darf dich immer küssen?«, fragte er mit weicher Stimme. »Komm her. Das muss ich überprüfen.«

Er küsste sie so leidenschaftlich, dass sie sich am liebsten auf den Schreibtisch geschmissen hätte. In Rückenlage. Sie kam erst wieder zur Besinnung, als sie vor der Tür Melanie und Andreas reden hörte.

»Hör auf«, sagte sie. »Du bringst mich auf komische Gedanken.«

»Wirklich? Und wie komisch sind diese Gedanken genau?«, fragte er und berührte dabei mit seinem Mund ihre empfindliche Stelle hinter dem Ohrläppchen.

»Das erzähle ich dir heute Abend. Wenn du Zeit hast.«

»Ich bin überzeugt, dass ich das einrichten kann. Aber nun muss ich leider etwas mit dir besprechen.« Mit Bedauern löste er sich von ihr. »Wir haben wahrscheinlich Stefanie gefunden. Jedenfalls haben wir eine Adresse von ihr. In Palma auf Mallorca.«

»Mallorca? Was macht sie da denn?«

»Das werden wir hoffentlich bald wissen. Lennart und ich fliegen morgen früh hin.«

»Ihr habt es gut. Da wäre ich auch gerne.«

»Und ich bin sicher, wir beide hätten da viel Spaß. Aber jetzt will ich erst mal Antworten haben. Und die wird sie mir geben. Kannst du uns zum Flughafen fahren?«

»Klar. Wann fliegt ihr?«

»Um halb neun. Wir müssten so gegen halb sieben los und unterwegs Lennart abholen. Dann müssten wir vor halb acht am Flughafen sein.«

»Und wann kommst du wieder?«

»Am Sonntag. Wir landen um halb vier.«

»Das werden lange drei Tage ohne dich«, bedauerte Jessie.

»Da solltest du dich heute Abend aber anstrengen. Nicht, dass ich dich vergesse.«

Gabriel lachte. »Du bist wirklich besessen. Und ich liebe es.«

Verliebt sah er sie an und wollte sie gerade wieder küssen, als es an der Tür klopfte. Kurz darauf steckte Charlie ihren Kopf durch die Tür.

»Jessie, wir haben jetzt Mitarbeiterbesprechung. Bist du so weit?«

»Ja«, seufzte die. »Ich komme gleich.«

Gabriel küsste sie noch einmal und verließ dann das Büro. Jessie ging in die Küche, wo Charlie, Melanie, Sahin, Andreas und Pascal schon auf sie warteten.

Als der Wecker am nächsten Morgen um halb sieben klingelte, hatten beide Schwierigkeiten, die Augen zu öffnen.

»Nein«, jammerte Jessie, »es kann unmöglich schon morgens sein. Ich bin noch so müde.«

Gabriel gähnte, sah dabei aber äußerst selbstzufrieden aus. »Tja, das kommt eben davon, wenn man die halbe Nacht ›mehr, mehr‹ schreit.«

Jessie kicherte. »Ich habe keine Ahnung, was du mit mir machst. So war ich noch nie. Ich werde ja richtig hemmungslos.«

»Wirst du nicht, Schätzchen. Du bist es. Und das ist genau richtig so. Wozu brauchst du Hemmungen? Du kannst endlich genießen, und dadurch habe ich den besten Sex meines Lebens.«

»Wirklich?« Erstaunt richtete Jessie sich etwas auf. »Mit mir?«

»Genau mit dir. Aber das erkläre ich dir ein anderes Mal. Wir müssen unter die Dusche und dann los.«

Gabriel drehte sich nach dem Einchecken noch einmal

um und lächelte Jessie zu. Seiner Freundin. Ein unglaubliches Gefühl, dass diese Frau ihn wirklich liebte. Er konnte sich nicht erinnern, wann er das letzte Mal so glücklich gewesen war. Leider unterbrach Lennart seine tiefschürfenden Gedanken.

»Ich habe uns gestern Abend per Internet schon ein Auto gemietet. Fahren wir erst ins Hotel oder gleich zu Stefanies Wohnung?«

»Gleich zur Wohnung. Vielleicht haben wir Glück, und sie ist da. Sonst wissen die Nachbarn vielleicht etwas über sie.«

Mit ihnen im Flieger war eine Gruppe von Frauen zwischen dreißig und vierzig, die trotz der frühen Stunde schon reichlich getankt hatten. Bereits beim Check-in hatten zwei von ihnen Gabriel immer wieder Blicke zugeworfen. Das ging im Flugzeug weiter, zwei der Frauen saßen auf der anderen Seite des Ganges und suchten ganz offensichtlich nach einem Grund, Gabriel anzusprechen. Er hatte Mühe einzuschlafen, obwohl er so richtig müde war. Das laute Schnarchen von Lennart neben ihm machte die Sache nicht gerade leichter.

»Fragen wir ihn doch einfach«, hörte er, um kurz darauf eine Hand auf seinem Arm zu spüren. Er machte die Augen auf und blickte der Wortführerin der Gruppe in die Augen.

»Hallo, ich bin Kathrin«, sagte eine hübsche Frau Mitte dreißig. »Wir haben uns gerade überlegt, ob Sie und Ihr Freund Lust haben, heute Abend mit uns auf die Piste zu gehen. Ein bisschen feiern ist doch nie verkehrt, oder?«

Gabriel lächelte sie an. »Da ist was dran. Aber mein Freund und ich haben eine schwierige Phase hinter uns. Wir wollen uns einfach nur ausruhen und Zeit miteinander verbringen. Darum habe ich ihm diesen Urlaub geschenkt.«

»Oh. Also, Sie, Sie sind …«

»Genau. Wir sind ein Paar. Schon seit sechs Monaten«, lächelte er verliebt und strich Lennart kurz über die Wange. Der wusste diese liebevolle Geste allerdings gar nicht zu schätzen, sondern drehte sich nur mit einem neuen Schnarchen zur Seite.

»Ach so, ja dann, ähm, viel Spaß noch.«

»Danke. Den werden wir haben«, antwortete Gabriel und schloss wieder die Augen. Nun konnte er endlich schlafen und wurde erst kurz vor der Landung wieder wach. Er weckte auch Lennart, der Mühe hatte, munter zu werden.

»Guten Morgen, mein Schatz«, strahlte Gabriel ihn an. »Wir landen gleich. Du siehst richtig süß aus, wenn du schläfst.«

»Hä?«, fragte Lennart benommen. »Was hast du denn für Probleme?«

Dummerweise hatte Kathrin Lennarts Reaktion mitbekommen und mischte sich gleich ein. »Oje, ist der immer so brummig?«, fragte sie. »Dann ist es ja kein Wunder, dass Sie eine schwierige Phase durchgemacht haben.« Sie wandte sich an Lennart. »Es geht mich ja nichts an, aber wenn Ihr Freund sich schon so viel Mühe gibt, dann sollten Sie das auch anerkennen. Keine Beziehung ist perfekt, man muss immer auch Arbeit investieren«, belehrte sie ihn.

Fragend sah Lennart Gabriel an, um kurz darauf nur den Kopf zu schütteln. »Ich will es gar nicht wissen. Können wir schon aussteigen?«

Gabriel verabschiedete sich von den Frauen und ging mit Lennart zum Mietwagenschalter.

»Du hast den Frauen doch nicht im Ernst erzählt, dass wir schwul wären, oder?«

»Ich dachte, es wäre der richtige Moment für unser Coming-out«, grinste Gabriel. »Und so konnte ich endlich schlafen.«

»Langsam glaube ich, du meinst es wirklich ernst mit Jessie. Früher warst du nicht so zurückhaltend, wenn dir eine Frau schöne Augen gemacht hat.«

»Sag ich doch die ganze Zeit. Jessie ist perfekt. Und wir sind jetzt dran.«

Sie bekamen die Schlüssel für einen Jeep und fuhren kurz darauf vom Flughafen Richtung Ortsmitte.

»Ich habe extra ein Auto mit Navi gemietet«, sagte Lennart stolz. »Gib mal die Adresse von Stefanie ein.«

Gabriel tat es, und sofort begrüßte sie eine Frauenstimme. Auf Spanisch.

»Gute Idee. Und jetzt?«

Lennart fuhr rechts ran. »Guck mal, ob hier irgendwo eine Straßenkarte liegt.«

Gabriel fand sie im Handschuhfach und breitete sie aus. »Okay, ich habe die Straße. Fahr erst mal geradeaus und dann die dritte rechts rein.«

Nach einigen Umwegen und Kehrmanövern, weil viele Straßen für Autos gesperrt oder Einbahnstraßen waren, fanden sie nach einer Dreiviertelstunde die Adresse. Stefanie wohnte in einem etwas heruntergekommenen Mietshaus außerhalb der Ortsmitte. Die beiden stellten das Auto ab und gingen zur Haustür.

»Bingo«, sagte Lennart und zeigte auf das Namensschild. »Wir haben sie gefunden.«

Er klingelte, und sie warteten. Als auch nach dem dritten Klingeln nichts passierte, versuchten sie es bei anderen Wohnungen. Das Fenster der Erdgeschosswohnung wurde geöffnet, und eine ältere Frau rief ihnen etwas zu. Leider wieder auf Spanisch.

Gabriel versuchte, sich mit ihr auf Englisch zu verständigen, doch die Frau sah ihn nur wortlos an und schloss das Fenster wieder.

»Hm. Und jetzt? Warten wir?«

»Bleibt uns wohl nichts anderes übrig«, stimmte Lennart zu.

Gerade, als sie sich ins Auto setzen wollten, kam eine junge Frau mit einer Einkaufstasche unter dem Arm auf das Haus zu. Gabriel lief ihr hinterher.

»Guten Morgen. Sprechen Sie Deutsch?«, lächelte er sie an.

»Ja. Ich bin Deutsche.«

»Sehr gut. Ich bin hier, weil ich meine Schwester, Stefanie Gruber, überraschen will. Aber jetzt ist sie nicht zu Hause. Wissen Sie vielleicht, wo ich sie finde?«

»Tut mir leid, keine Ahnung. Ich kenne Ihre Schwester kaum. Ich weiß nur, dass sie in einem Hotel arbeitet, aber in welchem, weiß ich nicht. Wissen Sie das denn nicht?«

»Leider nicht. Wir haben uns in den letzten Jahren etwas entfremdet. Familie, Sie wissen schon«, seufzte Gabriel. »Und darum bin ich hier. Damit wir uns wieder näherkommen.«

»Das finde ich toll. Da wird sie sich bestimmt freuen. Meistens ist sie ab halb vier, vier wieder zurück. Wenn ich sie sehe, soll ich ihr Bescheid sagen, dass Sie hier sind?«

»Oh, bitte nicht. Dann ist es ja keine Überraschung mehr, oder?«, lächelte Gabriel und zwinkerte ihr zu. »Ich komme einfach später wieder vorbei.« Er setzte sich wieder ins Auto. »Wahrscheinlich ist sie heute Nachmittag hier. Dann können wir jetzt ins Hotel fahren und einchecken, okay?«, fragte er Lennart.

»Alles klar, machen wir. Guck mal auf die Karte, wie wir fahren müssen.«

Nach einer guten halben Stunde standen sie vor einem riesigen Betonklotz direkt am Meer.

»Sieht aus wie sozialer Wohnungsbau. Und guck dir mal an, wie voll der Strand ist. Mein Urlaub wäre das nicht«, fand Lennart.

»Muss ich auch nicht haben. Aber das Wetter ist nicht schlecht. Lass uns einchecken und dann was essen. Ich habe Hunger.«

Nach dem Essen saßen sie auf der Hotelterrasse und tranken Kaffee. Gabriel sah auf die Uhr. »Halb drei. Wir sollten los. Zeit für einen kleinen Überraschungsbesuch.«

Sie warteten über eine Stunde vor dem Haus, als sie endlich Stefanie sahen, die aus einem Bus stieg und auf das Haus zuging.

»Oha«, sagte Lennart. »Das Leben im Süden hat wohl so seine Schattenseiten. Die sieht ja völlig fertig aus.«

Das sah sie wirklich. Verschwitzt und müde, in einem billigen Kleid, schlurfte sie auf die Haustür zu.

Beide stiegen aus dem Auto und setzten ihr nach.

»Hola, Stefanie. Na, so ein Zufall, dich hier zu treffen«, sagte Gabriel.

Erschrocken drehte sie sich um und starrte die beiden an. Wild suchten ihre Augen nach einem Fluchtweg, doch schnell erkannte sie, dass sie an den beiden nicht vorbeikam. Ihre Schultern sackten herab, und sie fing an zu weinen.

»Spar dir das Theater«, fuhr Gabriel sie an. »Ich will von dir ein paar Antworten haben. Und zwar jetzt.«

»Es, es tut mir so leid. Ich kann alles erklären«, stammelte Stefanie.

»Das wirst du auch tun. Los, hoch in deine Wohnung. Und komm nicht auf die Idee, mich anzulügen. Dann werde ich nämlich mal richtig sauer.«

Eine Stunde später standen Gabriel und Lennart wieder draußen vor der Tür.

»Das hätte ich nicht gedacht«, sinnierte Gabriel. »Wie blöd von mir. Wo hatte ich nur meinen Verstand? Die hatten recht damit, mich zu suspendieren. Nur der Grund war falsch, der hätte ›Dummheit im Dienst‹ lauten sollen.«

»Komm, hör auf«, wandte Lennart ein. »Daran hat niemand von uns gedacht. Lass uns zum Hotel fahren und unterwegs die Fluggesellschaft anrufen. Vielleicht können wir umbuchen. Hier sind wir fertig.«

Jessie ging müde die Stufen zu ihrer Wohnung hoch und freute sich auf ihre Badewanne. Gerade, als sie ihre Haustür aufschließen wollte, hörte sie Schritte hinter sich und erschrak.

»Hallo, Jessica. Bitte nicht erschrecken, ich bin es nur. Ich muss wirklich mit dir reden.«

»Robert«, sagte sie genervt. »Was soll das, dass du mich hier so überfällst? Ich habe dir gesagt, dass ich erst mal Abstand brauche.«

»Ich weiß, und es tut mir auch leid. Aber bitte, ich brauche nur fünf Minuten.«

Jessie seufzte. »Okay. Fünf Minuten. Dann komm eben mit rein.«

Er folgte ihr in die Küche und setzte sich an den kleinen Tisch. »Könnte ich vielleicht einen Kaffee haben?«, bat er.

Wortlos stellte Jessie die Kaffeemaschine an und drehte sich dann wieder zu Robert. »Also. Worüber willst du mit mir reden?«

»Du bist immer noch böse auf mich«, bedauerte er. »Du hast nicht auf meine Anrufe reagiert, und über die Blumen hast du dich auch nicht gefreut.«

»Du hast recht. Ich bin sauer auf dich. Deinetwegen wäre

fast meine Beziehung in die Brüche gegangen. Ich habe mich oft genug bei dir entschuldigt, dass ich die Verlobung lösen musste. Ich bin dir auch danach noch immer entgegengekommen, habe weiter die Rolle als Verlobte gespielt, weil du das gewollt hast. Und du hast dich dafür bedankt, indem du mir Lügen über Gabriel erzählt hast.«

»Es war eine Lüge, Jessica. Und du hast sie sofort geglaubt. Was sagt denn das über deine *Beziehung* aus? Du hast doch gar kein Vertrauen zu diesem Mann.«

Jessie blieb fast der Mund offen stehen. »Das geht dich überhaupt nichts an. Das ist allein meine Sache.«

»Ach Jessica, du bist ja regelrecht verbohrt. Komm doch wieder zur Vernunft.«

»Ich bin vernünftig. Und ich möchte, dass du jetzt gehst. Es gibt zwischen uns nichts mehr zu besprechen.«

»Bitte, Liebes, hör mir doch zu. Wir beide hatten eine so gute Beziehung, wir wollten heiraten. Uns gemeinsam eine Zukunft aufbauen. Bis dieser, dieser Kerl daherkam. Er wird dir nur das Herz brechen, wie allen anderen Frauen auch.«

»Du kennst ihn doch überhaupt nicht«, verteidigte Jessie Gabriel.

»Oh doch. Erinnerst du dich an Frau Gruber? Die Frau, die wir beim Italiener getroffen haben?«

Jessie lachte bitter. »Und ob. Schöne Mandanten hast du. Die Frau ist gemeingefährlich.«

»Nun, das ist sie ganz bestimmt nicht. Nur eines der Opfer dieses Mannes.«

»Sie? Ein Opfer? Die hat versucht, Gabriels Karriere zu zerstören.«

»Und das weißt du? Hat sie dir das gesagt?«

»Natürlich nicht. Warum sollte die mit mir reden?«

»Eben, Jessica. Und alles, was du von ihr weißt, hat dir dein Polizist erzählt. Ich kenne Frau Gruber schon sieben

Jahre, und ich kenne sie gut. Sie hat mir ihre Geschichte erzählt, und ich bin jetzt noch betroffen.«

»Was denn für eine Geschichte? Sie hat sich bei der Weihnachtsfeier betrunken und ist anschließend mit Gabriel ins Bett gegangen. Ist 'ne ziemlich kurze Geschichte.«

»Eigentlich nicht. Das war keine einmalige Sache. Die beiden waren drei Monate zusammen. Bis er sich von heute auf morgen nicht mehr bei ihr gemeldet hat. Und als sie ihn endlich zur Rede stellte, hat er sie ausgelacht. Sie beleidigt. Du bist doch auch eine Frau, Jessica. Kannst du so ein Verhalten gutheißen?«

»Robert, das hier bringt nichts. Ich glaube Gabriel, und ich glaube an seine Version der Geschichte. Ich weiß, dass ich dich verletzt habe, und das tut mir nach wie vor leid. Aber unsere gemeinsame Zeit ist vorbei.«

Robert sprang hektisch auf. »Vorbei? Wie kann unsere Zeit einfach so vorbei sein? Wir beide haben entschieden, unseren Lebensweg gemeinsam zu gehen. Ich habe um deine Hand angehalten, weil ich mein Leben mit dir verbringen wollte. Und man von mir geordnete Verhältnisse erwartet. Nicht heute hü und morgen hott. Und du weißt, dass wir beide perfekt zueinanderpassen. Darum denke einfach noch mal über alles nach. Meine Tür steht offen für dich. Ja, selbst deinen Fehltritt kann ich dir verzeihen. Du wirst einsehen, dass du an meine Seite gehörst.«

Mit diesen Worten ließ er sie endlich wieder allein. Jessie hätte zu gerne gewusst, um was es ihm wirklich ging: um sie oder um seinen guten Ruf. Langsam bekam sie allein von seinem Anblick eine Gänsehaut. Das war heute jedenfalls das letzte Mal, dass sie mit ihm gesprochen hatte, so ein Gespräch brauchte kein Mensch. Allein der Blödsinn, den er über Gabriel und Stefanie erzählt hatte. Ob das auf seinem Mist gewachsen war oder ob Stefanie ihm das erzählt hatte? Egal, sagte sie sich selbst. Viel wichtiger war, ob Gabriel sie auf Mallorca gefunden hatte. Und er dann endlich diesen dämlichen Verdacht gegen ihn ein für alle Mal aus der Welt schaffen konnte.

Fast kam es ihr wie Gedankenübertragung vor, als ihr Handy klingelte und sie seine Stimme hörte.

»Schätzchen, wir konnten unseren Flug umbuchen. Wir kommen heute Abend schon wieder. Holst du uns ab?«

»Heute Abend schon? Das ist ja super. Klar hole ich euch ab. Wann landet ihr?«

»Um halb elf. Ich freue mich auf dich.«

»Und ich erst. Habt ihr mit Stefanie gesprochen?«

»Ja. Erzähle ich dir zu Hause. Bis später, mein Engel.«

23

Jessie war schon vor zehn am Flughafen und tigerte aufgeregt vor der Anzeigetafel auf und ab. Endlich wurde der Flieger aus Mallorca als gelandet angezeigt. Es dauerte noch weitere zwanzig Minuten, bis Gabriel endlich in die Ankunftshalle trat. Kaum hatte er sie entdeckt, verzog sich sein Mund zu einem breiten Lächeln. Jessie stürmte auf ihn zu und schlang ihre Arme um seine Taille.

»Ich habe gedacht, wir sehen uns erst in drei Tagen. Ich freue mich so.«

Gabriel küsste sie. »Ich mich auch. Aber ich bin ziemlich fertig. Das war ein langer Tag. Fahren wir zu mir?«

»Gern. Wo ist Lennart? Ist er nicht mitgekommen?«

»Doch. Er wartet auf unser Gepäck.«

Kaum hatte er das gesagt, kam Lennart schon mit zwei Reisetaschen über der Schulter in die Halle.

»Hallo, Jessie. Kannst du mich bei mir absetzen? Ich bin völlig k.o.«

»Klar. Kommt mit, mein Auto steht gleich gegenüber auf dem Parkplatz.«

Da sowohl Gabriel als auch Lennart im Auto sehr schweigsam waren, zügelte Jessie ihre Neugier. Doch kaum hatten sie Lennart abgesetzt, hielt sie es nicht länger aus.

»Jetzt sag doch bitte mal. Hat Stefanie geredet? Ist endlich alles aufgeklärt?«

»Ja. Das ist es. Ich erzähle dir die ganze Geschichte bei mir. Aber vorher brauche ich eine Dusche und vor allem etwas zu essen. Wusstest du, dass sie einen in diesen Billigfliegern hungern lassen?«

»Ist ja ein Ding. Ich bestell dir eine Pizza, während du duschst, okay?«

»Eine große, bitte.« Er machte eine kurze Pause. »Jessie? Es ist schön, dich in meinem Leben zu haben.«

Die blinzelte die Tränen aus ihren Augen weg. »Gabriel, du bist so süß. Und du bist das Schönste in meinem Leben.« Sie nahm eine Hand vom Lenkrad und schob sie in seine. Kaum spürte sie den Druck seiner Hand, konnte sie es nicht mehr erwarten, mit ihm allein zu sein. Sie versuchte, sich nichts vorzumachen. Denn sie wusste, ihre Beziehung stand nach wie vor auf wackeligen Beinen. Aber sie wusste auch, dass kein Mann auf der ganzen Welt ihr jemals so viel bedeuten würde wie Gabriel.

Der ging in seiner Wohnung erst mal unter die Dusche, und Jessie bestellte ihm eine Pizza.

»Wenn Sie es unter einer halben Stunde schaffen, lege ich zehn Euro drauf«, versprach sie. Das zeigte Wirkung, denn als Gabriel frisch geduscht ins Wohnzimmer kam, klingelte es schon an der Tür.

»Essen«, schwärmte er. »Endlich. Ich brauche erst die Pizza und ein kaltes Bier. Danach erzähle ich dir alles, okay?«

»Okay«, antwortete Jessie und kuschelte sich in seinen Arm. Er machte den Fernseher an und sah die Zusammenfassung eines Fußballspiels.

»So. Jetzt geht es mir besser«, sagte er nach der Pizza. »Also, wir hatten recht und auch wieder nicht. Stefanie hat uns beide wirklich verfolgt. Sie hat uns fotografiert und die Fotos tatsächlich an Robert geschickt. Er hat die Wahrheit gesagt, er hatte mit dieser Sache nichts zu tun.«

»Habe ich ja doch noch ein bisschen Menschenkenntnis. Aber jetzt erzähl weiter.«

»Also, das war so. Stefanie kennt Robert seit Jahren. Er macht ihre Lohnsteuererklärung. Nach ihrem Auftritt beim Italiener hat sie sich bei ihrem nächsten Termin bei ihm entschuldigt und dabei erfahren, dass ihr beide zusammen seid. Er hat ihr später sogar von eurer Verlobung erzählt. Auch, als die gar nicht mehr aktuell war. So ist sie davon ausgegangen, dass du zweigleisig fährst. Denn uns beide hat sie zusammen in der Kantine gesehen.«

»Und da hat sie beschlossen, mich bei Robert anzuschwärzen?«

»Ja. Um uns auseinanderzubringen. Darum auch diese alberne Verfolgung und die Fotos, die sie ihm geschickt hat.«

»Aber dann musste sie doch später gedacht haben, ihr Plan sei aufgegangen. Wenn sie gewusst hat, dass wir nicht mehr zusammen sind?«

»Das hat sie tatsächlich als Erfolg gebucht. Nur, dass es ihr nichts gebracht hat. Denn ich habe ihr klargemacht, dass ich auf keinen Fall mit ihr zusammen sein will. Egal, was sie macht.«

»Irgendwie tut sie mir leid«, überlegte Jessie. »Sie hat sich da ganz schön reingesteigert.«

»Ja, das hat sie«, seufzte Gabriel. »Sie hat ihren Kollegen und wer weiß noch wem über Monate vorgelogen, sie wäre meine Freundin.«

»Und als ihr klarwurde, dass, egal, was sie tut, du nicht ihr Freund werden wirst, hat sie die Drogen bei dir versteckt?«

»Nein. Hat sie nicht. Ich muss das der Reihe nach erzählen. Also, nach ihrem letzten Auftritt in meinem Büro ging es ihr nicht gut. Sie hatte zwar zwischenzeitlich jemand anderen kennengelernt, aber ihr war schnell klar, dass der nicht der Richtige für sie war. Ich war nicht das einzige Problem in ihrem Leben, da kamen noch viele andere Dinge zusammen. Jedenfalls, sie wollte einen ganz neuen Anfang machen.

Darum ist sie nach Mallorca gezogen und dachte, da würden die Jobs auf der Straße liegen. Tun sie natürlich nicht, alles, was sie gefunden hat, war Arbeit als Zimmermädchen in einem Hotel. Tja, und nun sitzt sie da, todunglücklich, und hat noch nicht einmal das Geld für den Rückflug.«

Betroffen sah Jessie ihn an. »Aber das ist ja furchtbar. Ich meine, natürlich war es nicht richtig, was sie getan hat, aber das kam ja alles aus reiner Verzweiflung. Nicht aus Bösartigkeit, oder?«

»Sehe ich genauso. Und natürlich fühle ich mich schuldig. Okay, für mich war das wirklich das klassische eine Mal. Und hätte ich gemerkt, dass sie sich da viel mehr von verspricht, hätte ich sie niemals angerührt. Nur, ich kann es nicht mehr rückgängig machen.«

»Und wie geht es ihr jetzt?«

»Na ja, nicht gut natürlich. Allerdings ist sie wenigstens über mich hinweg. Sie hat sich mindestens dreimal bei mir entschuldigt. Und auch erkannt, dass sie sich nur an mich gehängt hat, weil in ihrem Leben so viel anderes nicht stimmte.«

»Aber wenn sie nichts mit deiner Suspendierung zu tun hat, wer dann?«

»Jemand, den wir überhaupt nicht auf dem Schirm hatten. Weil wir, statt in alle Richtungen zu ermitteln, uns nur auf Stefanie versteift haben. Ein dämlicher Fehler.« Gabriel schüttelte über sich selbst den Kopf.

»Erinnerst du dich an unser Gespräch über das Jobangebot, das ich bekommen habe?«

»Ja, klar. Du solltest als verdeckter Ermittler arbeiten.«

»Genau. Und hätte ich das getan, wäre meine Stelle frei geworden. Und diese Stelle wollte Alexander Meinert auf alle Fälle haben. Momentan wird in der OK ein großer Fall bearbeitet. Und Meinert war vorgesehen als verdeckter Ermittler. Nur er wollte das auf keinen Fall. Er wollte die Sicherheit eines Schreibtischjobs. Und um die Sache zu beschleunigen, hat er mir die Drogen in den Schrank gepackt und das anonyme Schreiben an die Revision geschickt.«

Jessie starrte ihn mit offenem Mund an. »Das ist nicht dein Ernst. Der hätte dich eiskalt über die Klinge springen lassen, nur um deinen Job zu bekommen?«

»Ja. Das war sein Plan. Und erfahren haben wir das von Stefanie. Die ist nämlich ganz früh an dem Tag, als sie gekündigt hat, in mein Büro gekommen, um mir einen Brief auf den Schreibtisch zu legen. In dem sie sich für alles entschuldigen und mir mitteilen wollte, dass sie ins Ausland geht. Nur, als sie in mein Büro kam, hat sie Meinert überrascht.«

»Sie hat gesehen, wie er die Drogen in deinen Schrank getan hat?«

»Das ist der Witz an der Sache. Sie hat ihn nur an meinem Schrank gesehen und sich überhaupt nichts dabei gedacht. Aber Meinert hat ziemlich heftig reagiert. Er hat sie wohl massiv bedroht. Daraufhin hat sie Angst bekommen und ihm versichert, sie hätte eben gekündigt und würde am nächsten Tag ins Ausland ziehen. Und als sie uns das erzählt hat, war uns klar, wer hinter meiner Suspendierung stand.«

»Hat er das alles zugegeben?«

»Nein. Er hat noch keine Ahnung, dass wir ihm auf die Schliche gekommen sind. Wir haben bisher erst Karsten informiert, und er wird am Montag mit ihm sprechen. Aber Meinert wird keine Möglichkeit haben, sich da rauszureden. Denn erstens ist es für ihn in seinem Job ein Leichtes, an Drogen zu kommen, und zweitens kennt er mehr als genug Leute, auch im Knast. Er wird irgendjemandem Hafterleichterung versprochen haben, wenn derjenige Carstensen zu einer Falschaussage bringt.«

»Das ist ja unglaublich«, staunte Jessie. »Ein eigener Kollege.«

»Ja. Darum haben wir in dieser Richtung auch überhaupt nicht nachgedacht. Auf die Idee sind wir gar nicht gekommen.«

»Ganz schön bitter. Aber immerhin bist du aus dem Schneider, oder?«

»Denke schon. Mal sehen, was Meinert am Montag sagt. Aber weißt du was? Im Moment will ich da gar nicht mehr dran denken. Ich möchte nur noch ins Bett. Und mit dir in meinem Arm einschlafen.«

»Okay. Aber vorher möchte ich noch etwas wissen. Stimmt es, dass du mit mir den besten Sex deines Lebens hast?«

Gabriel lachte leise. »Mit der Frage hätte ich rechnen müssen. Ich habe aber erst eine Frage an dich. Erzähl mir mal, wie viele One-Night-Stands hattest du schon?«

»Ähm, einen. Fast.«

»Wie, einen, fast?«

»Na ja, das wärst du gewesen. An dem Freitag nach dem Club. Wenn das unser einziges Mal geblieben wäre, dann hätte ich meinen ersten One-Night-Stand gehabt. Warum willst du das wissen?«

»Um deine Frage zu beantworten. Bis du in mein Leben gekommen bist, habe ich die Frauen immer auf Distanz gehalten. Und war nie lange mit ihnen zusammen. Aber dann bleiben nicht nur die Beziehungen oberflächlich, sondern auch der Sex. Jeder sieht einfach zu, dass er auf seine Kosten kommt. Aber dich liebe ich. Du bist mir so nah. Und darum ist Sex mit dir eben was ganz Besonderes.«

Jessie schlang ihre Arme um ihn. Diesen Mann würde sie niemals wieder loslassen.

24

Am Montag war Gabriel froh, dass das Wochenende vorbei war. Er konnte die Aussage von Meinert, der in Karstens Büro befragt wurde, kaum erwarten. Lennart und er saßen ruhelos in ihrem Büro und schauten immer wieder auf die Uhr.

»Schon nach zehn. Die sitzen da seit über einer Stunde. So lange kann das doch nicht dauern«, murrte Gabriel.

»Na ja, bei Karsten ist ja ein ganz schöner Auflauf. Ich habe Schlüter gesehen und zwei Anzugtypen, bestimmt aus der Revision.«

Es wurde fast elf, als die Tür zu ihrem Büro endlich aufging und Karsten seinen Kopf reinsteckte. Mit einem großen Grinsen im Gesicht.

»Alles klar. Er hat es zugegeben. Komm bitte in mein Büro.«

Gabriel sprang auf und folgte seinem Vorgesetzten. Sowohl Meinert als auch Schlüter waren nicht mehr da, aber die beiden Schlipsträger. Karsten stellte ihm die beiden Männer, die an dem Besprechungstisch saßen, vor.

»Das sind die Herren Brandt und Meissner von der Revision.«

Die beiden standen auf und schüttelten Gabriel die Hand.

»Herr Brinkmann. Sie sind vollständig rehabilitiert. Herr Meinert hat die Vorwürfe gegen ihn in vollem Umfang zugegeben.«

»Netter Kollege«, sagte Gabriel bitter.

Die beiden gingen darauf nicht ein, sondern verabschiedeten sich.

Gabriel wandte sich an Karsten. »Wer solche Kollegen hat, braucht keine Feinde mehr. Unglaublich. Was passiert jetzt mit ihm?«

»Es wird natürlich ein Verfahren eingeleitet. Aber ich kann mir vorstellen, dass er im Dienst bleibt. Es wird ein psychologisches Gutachten geben, da wird viel über Druck und Stress drinstehen. Meinert wird wohl mit einem blauen Auge davonkommen.«

»Großartig. Aber das eine sage ich dir. Wenn ich ihn treffe, wird er mehr als nur ein blaues Auge haben.«

»Das bringt dir auch nichts. Außerdem, wenn er im Dienst bleibt, dann sicherlich nicht hier. Eher wird man ihn auf eine kleine Wache abschieben.«

»Und das soll eine Strafe für ihn sein? Dann hat er doch, was er will. Einen netten, ruhigen Job.«

»Wir können es nicht ändern, Gabriel. Hak die Sache ab. Das Wichtigste ist doch, dass jeder Verdacht gegen dich vollständig ausgeräumt ist. Ach ja, und noch etwas. Du weißt, wie leid es mir tut, dass ich die Suspendierung aussprechen musste, oder?«

»Ja. Du hattest keine Wahl, das weiß ich. Ich bin mehr als froh, dass die Sache jetzt ausgestanden ist. So etwas brauche ich nie wieder.«

»Du kannst wohl davon ausgehen, dass das eine sehr einmalige Sache war. Und nun können wir ja mal wieder alle anfangen zu arbeiten.«

»Hab verstanden«, grinste Gabriel. »Ich muss aber eben noch was erledigen. Bin gleich wieder da.«

Kurz darauf stand er im Büro des Leiters der Personalabteilung.

»Hallo, Herr Baumann, haben Sie zwei Minuten Zeit für mich?«

»Sicher. Gibt es etwas Neues in dieser leidigen Geschichte?«

Gabriel umriss in kurzen Sätzen die Situation. »Wissen Sie, mir tut das Mädchen einfach ein bisschen leid. Und so ganz unschuldig bin ich an der Sache ja auch nicht. Wenn Stefanie ihre Kündigung zurückzieht, könnten Sie sich vorstellen, dass sie hier wieder anfangen kann?«

Erstaunt sah Baumann ihn an. »Also, das überrascht mich jetzt doch. Haben Sie denn mit ihr darüber gesprochen?«

»Ja. Sie weiß, dass sie Fehler gemacht hat. Sogar große. Aber das machen wir doch alle mal, oder? Ihr größter Wunsch wäre, ihren Job wiederzubekommen. Und haben Sie nicht selbst gesagt, dass sie, bevor Stefanies Probleme begannen, Ihre beste Mitarbeiterin war?«

»Ja, nun, das ist richtig. Also, ich werde Ihnen jetzt nichts versprechen, ich muss das mal durchdenken. Aber wenn Sie mir eine Telefonnummer von ihr geben, werde ich mich mal bei ihr melden. Was machen kann man immer.«

»Vielen Dank. Das freut mich sehr. Sie hat bestimmt eine Menge aus ihren Fehlern gelernt.«

Gabriel verabschiedete sich und grinste vor sich hin. Nun steckte sogar noch ein kleiner Samariter in ihm. Aber, musste er zugeben, es war kein schlechtes Gefühl.

25

Drei Wochen später saß Jessie am Freitagnachmittag im Büro und hörte sich Charlies Menüvorschläge für die nächste Woche an.

»Klingt doch super. Machen wir so. Wir sollten auch …« Jessie wurde vom Klingeln ihres Telefons unterbrochen. Nach einem kurzen Gespräch sah sie Charlie fragend an. »Das war die Pforte. Meine Mutter ist hier und will mich unbedingt sprechen. Wirklich sehr merkwürdig. Ich hole sie eben ab.«

Fünf Minuten später kehrte Jessica mit ihrer Mutter zurück ins Büro.

»Hallo, Tanja«, begrüßte Charlie sie. »Ich bin schon weg.«

»Nein, bleib ruhig sitzen. Du kannst es auch hören. Ich, also ich, ich werde heiraten.«

»Nein«, brüllte Jessie, »ich glaube es nicht. Mama, das ist die beste Nachricht seit Langem. Ich freue mich so für dich«, setzte sie hinterher und fiel ihrer Mutter um den Hals.

Charlie sprang dazu. »Das ist ja der Wahnsinn. Du traust dich wirklich? Ich weiß, das wirst du ganz bestimmt nicht bereuen.«

Tanja schniefte ein wenig. »Danke, ihr beiden. Ich hätte niemals gedacht, dass ich tatsächlich mal vor dem Altar stehen würde. Aber Rainer lässt mir ja keine andere Wahl. Ich bin so aufgeregt«, quiekte sie.

»Habt ihr schon einen Termin?«, wollte Jessie wissen.

»Ja, beim Standesamt, in sechs Wochen. Ihr bekommt nächste Woche die Einladung. Und abends wird gefeiert. Wenn ich schon heirate, dann richtig.«

»Mit allem Drum und Dran? Weißem Kleid und Orgelmusik?«, fragte Charlie.

»Um Himmels willen, bloß nicht. Weiß macht mich sowieso viel zu blass. Nein, ich habe ein unglaubliches Kleid gesehen, knallrot. Das kaufe ich mir, das ist genau das Richtige.«

»Für dich bestimmt«, lachte Jessie. »Kommt, das müssen wir feiern. Lasst uns was trinken gehen.«

Der Abend wurde lang und feuchtfröhlich. Irgendwann sah Tanja auf die Uhr und erschrak. »Schon nach zwölf. Ich habe morgen früh um halb acht meine erste Kundin. Trinkt noch ein Glas für mich mit, ich muss los. Und danke für den tollen Abend. So viel Spaß hatte ich lange nicht mehr. Macht's gut, ihr Süßen.«

Sie verabschiedeten sich, und Charlie bestellte noch eine letzte Runde. »Ich bin auch müde, wollen wir noch austrinken und dann los?«

»Ja, machen wir. Hey …«, rief Jessie plötzlich. »Guck mal da vorne, an der Bar. Ist das nicht Sebastian?«

Charlie sah hin. »Tatsächlich. Ist ja irre, wann haben wir den denn zuletzt gesehen? Vor zwei Jahren? Komm mit«, forderte sie Jessie auf.

»Seppl, du bist es wirklich«, freute sich Charlie und fiel ihm um den Hals. »Seit wann bist du denn wieder in der Stadt?«

»Charlie! Und Jessie! Mensch, ist das toll, euch beide mal wiederzusehen. Ich bin seit vier Monaten wieder hier und wollte mich auch melden. Na ja, ihr wisst ja, wie das ist.«

Jessie strahlte ihn an. Er hatte zusammen mit Charlie Koch gelernt, und die drei waren vom ersten Ausbildungstag an unzertrennlich gewesen. Drei Jahre lang verbrachten sie fast ihre gesamte Freizeit miteinander, feierten viel und standen kleine und große Liebesdesaster zusammen durch. Davon hatte besonders Sebastian viele. Als schwuler Zwanzigjähriger hatte er sich mit traumwandlerischer Zielstrebigkeit immer in die falschen Männer verliebt. Nach dem Ende ihrer Ausbildung sahen sie sich nicht mehr so oft, aber trotzdem noch regelmäßig. Bis Sebastians Freund vor vier Jahren einen Job in Südafrika annahm und er ihn begleitete, um auch dort zu arbeiten. Zuerst tauschten sie noch endlose Mails, doch irgendwann schlief der Kontakt einfach ein.

»Bist du noch mit Jacob zusammen?«, fragte Charlie.

»Nein, schon lange nicht mehr. Das ging in Südafrika ganze zwei Monate mit uns gut, dann ist er zurück nach Deutschland. Ich bin dageblieben und hatte eine tolle Zeit. Aber im letzten Jahr hat sich Kapstadt sehr verändert, darum bin ich zurückgekommen. Ich arbeite jetzt als Chefkoch im *Goldenen Hahn*. Und was macht ihr?«

Jessie und Charlie erzählten, und gemeinsam brachten sie sich wieder auf den neuesten Stand. Gegen zwei konnte Jessie ihr Gähnen nicht mehr unterdrücken.

»Das ist super, dass wir uns wiedergefunden haben. Aber ich muss jetzt ins Bett, ich bin todmüde.«

»Ja, ich auch«, bestätigte Charlie. »Wir nehmen ein Taxi, können wir dich mitnehmen? Wo wohnst du überhaupt?«

Sebastian druckste etwas herum. »Ich fahre heute nicht nach Hause«, vertraute er den beiden dann an. »Mein Freund und ich hatten einen ziemlichen Streit, darum sitze ich hier auch allein. Ich will den heute nicht mehr sehen.«

»Oje«, bedauerte Jessie ihn. »Die Geschichte musst du

mir erzählen. Aber nicht hier. Komm mit zu mir, wie in alten Zeiten. Ich habe sogar noch dasselbe Sofa. Das, auf dem du früher ziemlich oft geschlafen hast.«

»Oh ja, gerne. Charlie, kommst du auch mit?«

»Nee, ich habe Matthis versprochen, morgen mit zu dem Sommerfest seiner Firma zu fahren. Aber wir sehen uns bald wieder. Noch einmal dürfen wir uns nicht aus den Augen verlieren.«

Am Samstag musste Gabriel grinsen, als er auf seine Uhr sah. Schon halb zwei und noch immer kein Lebenszeichen von Jessie. Sie hatte ihn gestern Abend angerufen und von Tanjas Hochzeitsplänen erzählt. Auch, dass sie das zusammen mit Charlie feiern wollten. Sie musste ganz schön versackt sein. Gabriel schaute aus dem Fenster und sah einen strahlend blauen Himmel. Er würde sie mit dem Motorrad abholen, beschloss er. Und dann mit ihr zusammen eine Tour machen. Motorradfahren war sowieso schon das Größte, aber wenn Jessie dann noch hinter ihm saß und sich gegen ihn presste, etwas Besseres konnte es nicht geben. Er machte den zweiten Helm fest und düste los. Vor Jessies Haustür wollte er gerade absteigen, als er sie aus dem Haus kommen sah. Mit einem Mann. Dem sie gerade zulächelte.

Wie festgefroren saß er auf seiner Maschine. Es war wie ein Autounfall, er wollte nicht hingucken, aber konnte nicht anders, als die beiden anzustarren. Jessie hatte ihn noch gar nicht bemerkt, sie lachte gerade über eine Bemerkung dieses Typs. Durch dieses Lachen kam Bewegung in Gabriel. Er warf sein Motorrad an, gab Gas und raste los. Kurz hörte er noch ein Rufen hinter sich, was er jedoch nicht mehr beachtete.

Mindestens eine Stunde fuhr er ziellos durch die Gegend, bis er an einem See haltmachte und abstieg. Mit schweren Schritten ging er auf eine Bank zu und setzte sich. Das konnte doch gar nicht wahr sein. Wer war der Typ? Hatte sie den gestern Abend erst aufgegabelt, oder lief das schon länger? Nein, beschloss er, länger laufen konnte das noch nicht. Sie waren in den letzten Wochen fast ständig zusammen gewesen, das hätte er mitgekriegt.

Merkwürdigerweise war keine Spur von Wut in ihm. Es fühlte sich eher an wie Resignation. Er hatte schon die ganze Zeit mit irgend so was gerechnet. So wie es zwischen ihm und Jessie gelaufen war, das war einfach zu perfekt gewesen. Da konnte es nur einen Haken geben.

Sein Handy klingelte, und er schaute teilnahmslos aufs Display. Jessie. Natürlich. Er drückte den Anruf weg und starrte weiter auf den See. Kurz darauf signalisierte das Handy eine SMS. Er war mehr als neugierig, wie sie sich da rauswinden wollte, daher las er sie.

Hast du dich wieder beruhigt? Und können wir darüber reden? Der Mann ist ein alter Freund von mir. Ein sehr schwuler übrigens.

Ganz kurz keimte Hoffnung in ihm auf. Der Mann war schwul? Jessie hatte ihn nicht betrogen? Da war unbedingt eine Spende fällig. An irgendeine Schwulenbewegung. Doch gleich verwarf er diesen Gedanken wieder. Die Erklärung war einfach zu gut. Sie glaubte anscheinend, er wäre blöd. Tja, da hatte sie sich verrechnet. Er würde in seinem gesamten Leben niemals wieder auch nur ein Wort mit ihr wechseln.

Mit diesem Vorsatz stieg er auf sein Motorrad und fuhr nach Hause. Um vor seiner Wohnungstür zu erstarren. Da saß Jessie. In aller Seelenruhe.

»Verschwinde. Hau sofort ab. Ich will dich nie wiedersehen.«

»Pech gehabt. Hier bin ich und hier bleibe ich. Ob es dir passt oder nicht.«

Gabriel zuckte mit den Schultern. »Gut. Wenn du dich unbedingt zum Affen machen willst. Dann bleib eben hier sitzen. Mir ist das egal.«

»Wollen wir das wirklich hier im Treppenhaus diskutieren? Vor deinen Nachbarn?«

»Ich will gar nichts diskutieren. Ich will nur, dass du verschwindest.«

»Keine Chance. Ich gehe erst, wenn du dir angehört hast, was ich dir sagen will.«

Gabriel starrte sie verbittert an. In dem Moment kam sein Nachbar die Treppe hoch und grüßte die beiden freundlich. Die Frau machte ihn hier ja lächerlich.

»Also gut«, stieß er hervor. »Bitte, dann komm eben rein. Sag deinen Spruch auf und verschwinde dann.«

Jessie folgte ihm in die Küche. »Bevor du dich hier weiter so aufbläst, hörst du mir erst mal zu. Weißt du was? Dieses Gespräch hätten wir schon lange führen sollen. Du hast mich mit Sebastian gesehen und bist wie ein Irrer mit deinem Motorrad die Straße langgedonnert. Ist ja unglaublich, wie viel Vertrauen du zu mir hast, oder?«

»Willst du mich verarschen? Was denkst du denn, wie ich mich hätte verhalten sollen? Vielleicht ein bisschen Smalltalk mit deinem Bettgenossen machen?«

Jessie verblüffte Gabriel komplett, indem sie anfing zu lachen. Allerdings ziemlich bitter. »Ach Gabriel. Was für eine schlechte Vorstellung. Du weißt ganz genau, dass ich dich nicht betrogen habe. Aber du kannst es nicht glauben. Weil du es nicht glauben willst. Denn es passt nicht in dein Konzept, stimmt's?« Ganz schnell wurde sie wieder ernst. »Wir wissen doch beide, um was es hier geht. Du hast es mir damals selbst erzählt. Aber irgendwann musst du dich mit dem Thema auseinandersetzen. Und es anschließend dahin packen, wo es hingehört. Nämlich in die Vergangenheit.«

»Mit was für einem Thema? Was versuchst du hier?«

»Du vertraust mir nicht, Gabriel. So, wie du keiner Frau vertraust. Weil du Angst davor hast und sicher bist, jede wird dich nur enttäuschen. So, wie es deine Mutter getan hat.«

Gabriel erstarrte. »Du redest völligen Blödsinn«, erwiderte er zornig. »Meine Mutter ist tot. Ich habe dir erzählt, dass sie vor zehn Jahren gestorben ist.«

»Das weiß ich. Genau wie ich weiß, wie sie dich behandelt hat. Du bist mit verdammt schlechten Karten zur Welt gekommen, Gabriel. Aber du hast trotzdem so viel aus deinem Leben gemacht. Ich kann dir nur eins sagen. Ich liebe dich. Und ich werde immer für dich da sein. Aber das kann ich nur, wenn du es zulässt. Wenn du aufhörst, der Vergangenheit immer noch so viel Macht über dein Leben einzuräumen. Ich tue jetzt das, was du willst. Ich verschwinde. Aber nicht aus deinem Leben. Das wird niemals passieren. Ich lasse dich jetzt allein, damit du mal nachdenkst. Aber sobald du weißt, was du willst, bin ich für dich da. Ich warte auf dich. Denn ich weiß, dass du mich auch liebst.«

Mit diesen Worten verließ Jessie seine Wohnung. Am liebsten hätte er ihr irgendwas hinterhergeworfen. Das sollte ihr erst mal einer nachmachen. Erst fremdgehen und danach ihm die Schuld dafür in die Schuhe schieben. Doch schnell merkte er trotz all seiner Wut, dass irgendwas an diesem Gedanken falsch war. Und die Wut verrauchte, sodass er sich nicht mehr hinter ihr verstecken konnte. Denn er musste einsehen, dass Jessie recht hatte. Er hatte mal wieder impulsiv reagiert. Nicht nachgedacht, nicht erst nachgefragt. Sondern Jessie sofort Böses unterstellt. Der Frau, die ihn so absolut glücklich machte. Und überhaupt nicht der Typ war zu lügen und zu betrügen.

Gabriel erlaubte seinen Gedanken das erste Mal seit fast fünfzehn Jahren zurück in die Vergangenheit zu wandern.

Als er das erste Mal in ein Heim kam, war er dreieinhalb Jahre alt gewesen. Seine Mutter hatte ihm erzählt, sie beide würden einen Ausflug machen, und er war schrecklich aufgeregt gewesen. Doch der Ausflug ging in ein Büro, in dem eine ältere Frau auf ihn wartete. Ohne einen Blick zurück verschwand seine Mutter, und Gabriel brüllte sich die Seele aus dem Leib. Er verstand überhaupt nicht, was hier passierte. Die ältere Frau versuchte, ihn zu beruhigen, und erzählte ihm irgendwas von einem neuen Zuhause und netten Kindern, die mit ihm spielen wollten. Doch nichts davon nahm er auf. Er wollte nur, dass seine Mutter wiederkam.

Nur, sie kam nicht. Vier lange Monate gab es von ihr kein Lebenszeichen. Und Gabriel weinte sich jeden Abend in den Schlaf. Bis seine Mutter plötzlich im Heim auftauchte und ihn zurück nach Hause brachte. Und tat, als wäre gar nichts geschehen. Im folgenden halben Jahr war er bestimmt der bravste Vierjährige, den die Welt je gesehen hatte. Er versuchte alles, um seine Mutter dazu zu bringen, ihn zu lieben. Und ihn nie wieder wegzubringen. Doch irgendwas musste er falsch gemacht haben. Denn sechs Monate später gab sie ihn wieder im Heim ab.

Er wehrte sich mit Händen und Füßen, doch das half ihm nicht das Geringste. Diesmal blieb er ein Jahr lang dort. Wahrscheinlich hatte er noch Glück im Unglück, denn die Erzieherinnen dort waren sehr liebevoll und versuchten, ihm das Leben so schön es eben ging zu machen. Eigentlich hatte er da schon gelernt, dass er besser niemandem trauen sollte. Aber er war erst vier Jahre alt und wollte nur geliebt werden. Luise, die ältere Frau, die ihn schon das erste Mal in Empfang genommen hatte, gab ihm Liebe. Sie schrie ihn nicht an oder beschuldigte ihn, dass sie wegen ihm niemals einen Mann finden würde, der sie heiratete. Sie beschimpfte ihn nicht als verdammten Klotz am Bein. Im Gegenteil, sie war einfach da. Und ließ ihn nicht stundenlang allein weinen, sondern nahm ihn in die Arme und tröstete ihn mit Worten und mit Pudding. Doch nach ein paar Monaten umarmte sie ihn das letzte Mal und sagte ihm, dass sie nicht länger in dem Heim arbeiten würde. Und egal, wie sehr er sie bat zu bleiben, auch sie ging einfach.

Als seine Mutter ihn diesmal nach Hause holte, war es ihm fast schon egal. Besonders, als er mit sechs Jahren ein Gespräch zwischen ihr und einer Mitarbeiterin des Jugendamtes belauschte. Komisch, wie genau er sich heute noch daran erinnern konnte.

»Frau Brinkmann, so geht das nicht weiter. Das eine kann ich Ihnen sagen, wenn Sie Gabriel jetzt wieder ins Heim geben, dann sehen Sie ihn nie wieder. Ihnen wird dann das Kind entzogen. Nehmen Sie unsere Hilfe an. Es ist noch nicht zu spät, Sie können immer noch eine gute Mutter sein. Geben Sie Ihren Sohn nicht auf.«

An die Antwort seiner Mutter konnte er sich hingegen überhaupt nicht erinnern. Aber anscheinend hatten die Worte Eindruck bei ihr hinterlassen. Er wurde nie wieder ins Heim gegeben. Aber besser wurde sein Leben dadurch auch nicht. Seine Mutter schwankte zwischen hochemotionalen Liebesbeteuerungen und völliger Gleichgültigkeit. Je nachdem, ob es gerade einen Mann in ihrem Leben gab oder nicht. Und ob sie überhaupt nüchtern genug war, ihn zur Kenntnis zu nehmen.

Sein Leben änderte sich erst kurz nach seinem zehnten Geburtstag. Dass seine Mutter immer mal wieder ein oder zwei Tage verschwand, daran war er schon gewöhnt. Aber dieses Mal tauchte sie auch nach fünf Tagen nicht wieder auf. Gabriel wusste nicht, auf welchen Wegen das Jugendamt davon erfahren hatte, aber zwei Mitarbeiter standen eine Woche nach dem Verschwinden seiner Mutter vor der Tür und nahmen ihn mit. Dieses Mal blieb er nur kurz im Heim, denn das erste Mal in seinem Leben hatte er Glück. Es fand sich eine Pflegefamilie für den Zehnjährigen. Dort änderte sich sein Leben komplett. Die Familie Marschacht bot ihm ein Zuhause und ermutigte ihn, gute Leistungen in der Schule zu bringen. Er hatte ihr sehr viel zu verdanken. Trotzdem hoffte er immer, seine Mutter würde sich wenigstens mal bei ihm melden. Aber die hatte ihn total aus ihrem Leben gestrichen, er sah sie nie wieder. Über ihren Tod wurde er von der Sozialbehörde informiert.

Verwirrt bemerkte Gabriel, dass seine Augen nass waren. Er wusste, warum er sich solche Ausflüge in seine Vergangenheit bisher nie gestattet hatte. An diese ganze verdammte Zeit wollte er nie wieder denken. An seine Hilflosigkeit. An seine Mutter, die ihm in einem Moment versicherte, sie wäre immer für ihn da. Und ihn im nächsten wegschubste.

Er war so ein Idiot. Natürlich wusste er, dass Jessie ganz anders als seine Mutter war. Nur in manchen Situationen fiel ihm das immer erst hinterher wieder ein. So wie heute, als er sofort sicher gewesen war, dass Jessie ihn betrogen hatte. Das würde ihm nicht noch einmal passieren. Sie hatte völlig recht. Seine Mutter hatte keinerlei Macht mehr über ihn. Und genau darum würde er jetzt zu Jessie fahren und an diesen ganzen Scheiß nie wieder denken.

Jessie war zu Hause und versuchte, ein Buch zu lesen. Doch sie konnte sich überhaupt nicht konzentrieren. Immer wieder sah sie Gabriels wütendes Gesicht vor sich. Ob sie wirklich zu ihm durchgedrungen war, darauf würde sie keine Wette abschließen. Hin- und hergerissen zwischen Hoffnung und Verzweiflung wartete sie. Als sie die Hoffnung eigentlich schon aufgegeben hatte, klingelte es endlich an der Tür. Jessie riss sie auf, und vor ihr stand Gabriel mit einem schiefen Grinsen im Gesicht.

Sie lächelte ihn an. »Ich freue mich so, dich zu sehen.«

»Komm her, Schätzchen«, sagte er und zog sie in die Arme. »Du hast recht. Ich glaube nicht, dass du mich betrügst. Manchmal denke ich nicht so richtig nach.«

»Hast du denn über das nachgedacht, was ich dir gesagt habe?«

»Ähm, ja. Da ist vielleicht was dran. Aber erwarte jetzt nicht von mir, irgendwelche Psychogespräche zu führen. Das mache ich nicht.«

»Hab ich auch nicht mit gerechnet«, gab Jessie beiläufig zurück. »Aber einen Deal können wir doch machen, oder? Wir lassen deine Vergangenheit da, wo sie hingehört. Aber dafür versuchst du, nicht immer gleich das Schlechteste anzunehmen. Sondern lässt mich vorher mal zu Wort kommen.«

»Ich soll dich zu Wort kommen lassen, Herzchen? Ich weiß nicht. Du willst bestimmt wieder nur verdorbene Sachen sagen. Da fühle ich mich immer so bedrängt.«

Jessie lachte. »Ist das so? Das möchte ich natürlich nicht. Also keine verdorbenen Sachen mehr.«

»Och. Ich weiß nicht. Hast du mir nicht gesagt, ich soll mich meinen Ängsten stellen? Bestimmt hast du recht damit. Also, versuch es ruhig. Und dann gucken wir, ob ich damit klarkomme.«

Jessie musste schon wieder lachen. »Du bist ein mutiger Mann. Und ich denke wirklich an verdorbene Sachen. Sachen, bei denen wir beide nackt sind und ganz furchtbar ins Schwitzen kommen.«

Gabriel zog Jessie enger an sich. »Weißt du was? Es funktioniert. Ich habe fast keine Angst mehr. Nun müssen wir diese Sachen aber natürlich auch ausprobieren. Nur, um ganz sicherzugehen.«

Mit diesen Worten zog er sie ins Schlafzimmer und liebte sie, als würde er niemals genug von ihr bekommen.

Hinterher lag eine glückliche Jessie in seinem Arm. Einfach würde es mit ihm nie werden, erkannte sie. Besonders sein Misstrauen würde wahrscheinlich nie ganz verschwinden. Aber er würde sich alle Mühe der Welt geben, das wusste sie. Und das war doch schon mal ein Anfang.

ENDE